湖南省社会科学基金立项课题《丘特切夫诗歌美学》 （课题编号：05YB45）

天津师范大学学术著作出版基金
天津市比较文学与世界文学重点学科
资助出版

曾思艺 著▶

丘特切夫诗歌
美学

人民出版社

目　录

Tutchef's Poetry Aesthetics

Zeng Siyi

The purpose of this dissertation is to strengthen the text research and make a comparative and systematical study on Tutchef's artistic craftsmanship on poetry from the height of philosophy and aesthetics. By far, it has been the initiative study on Tutchef's poetry by the means of social criticism, cultural criticism, aesthetics, comparative literature as well as psychology.

Tutchef gains a thorough understanding and enriched F. W. J. Schelling's (1775 – 1854) philosophy on identity, which forms his special viewpoint of philosophy and aesthetics. In his eyes, everything in the world is combined by two opposites in a contradiction, which move and change all the time, and come up to unity and harmony through kinds of conflicts. Because nature is the symbol of harmony and perpetuity, and an active living system with its own will, soul, language and love, we should return to the nature, and be in perfect harmony with it. Tutchef forms his special idea of tragedy based on the theory mentioned above, and he thinks that poem is rooted in the earth and poem shows human's heart, which can improve human's nature and spirit, and recover our hearts' harmony and silence.

Directed by his viewpoint of philosophy and aesthetics, Tutchef has made a thorough inquiry into the various aspects of art forms. Take, for example, he has used varied lyric angle and created integrated form of fragment in the lyric art. In terms of artistic structure, he has used a great number of images with individuality, and made it a decisive factor on poem's structure.

1

Simultaneously, he is the first poet who has created the structure with many gradations to show the beauty of complexity while in the art of language, he is specialized in using diversified feelings' connection and changeable linguistic forms to express the beauty of the universe, complex motions and deep thoughts full of philosophical ideas.

On the one hand, Tutchef is perverse to probe into the secret of life, society, nature and human's heart, on the other, he obstinately pursues for the subject individuality of art and beauty by combining innate and postnatal factors, and establishing his special writing feature which emphasizes that poem is rooted in the nature and environment in which the poet lives and poem shows human's heart. His artistic style originates from his writing individuality in his poems, also from his aesthetic style and feature, which is the combination between nature and originality, conciseness and profoundness, beauty and gloominess, for which he combines his philosophical thinking with his aesthetic experience to create his specific and unique poem language.

Tutchef has written about 400 poems, which make a little book, yet his poems have taken up an uttermost position not only in the history of Russian poetry, but also in the history of the whole world because of their profound thoughts and aesthetic values.

Keywords: Tutchef, Poetry, Philosophy, Aesthetics, Art

导　言

费多尔·伊万诺维奇·丘特切夫（Федор Иванович Тютчев，1803 年——1873 年）是俄国 19 世纪一位杰出的天才诗人，他的诗歌在普希金之外，另辟蹊径，把深邃的哲理、独特的形象（自然）、瞬间的境界、丰富的情感完美地融为一体，达到了相当的纯度和艺术水平，形成了独特的"哲理抒情诗"，对俄苏诗歌的发展，产生了较大的影响，在俄国诗歌史乃至俄国文学史上，占有相当重要的地位。这在俄国已成为文学史的基本常识，在当代也得到了世界的公认。

在苏联时代，"丘特切夫的名字——自然而然地、习惯地与普希金、巴拉丁斯基、莱蒙托夫、涅克拉索夫的名字连在一起"，他的诗"决定性地进入了 20 世纪的门槛"，并且"是读者最多的俄国诗人之一"①。目前，在俄罗斯，人们公认："俄罗斯诗歌有过黄金时代，它是由普希金、丘特切夫、莱蒙托夫、巴拉丁斯基、费特等等诗人的名字来标志的。有过白银时代——这就是勃洛克、安年斯基、叶赛宁、古米廖夫、别雷、勃留索夫等等诗人的时代。"②

在俄罗斯以外，丘特切夫的文学地位也得到了公正的评价。西方的权威出版物把他和普希金、莱蒙托夫并称为俄国三大古典诗人。尤为可贵的是，他的诗歌与 20 世纪的诗篇产生了共鸣，并积极参与了当今时代对世界和人的认识。因此，1993 年，正值他诞辰 190 周年、逝世 120 周年之际，联合国教科文组织授予他"世界文化名人"的称号。我国学术界也对丘特切夫评价颇高，而且，丘特切夫在我国有越来越受重视的趋势。迄今为止，我国已

---

① *Озеров Л.* Галактика Федора Тютчева. *Тютчев Ф. И.* Стихотворения, М. , 1985, с. 6—7.
② ［俄］瓦·科日诺夫：《俄罗斯诗歌：昨天·今天·明天》，张耳节译，《外国文学动态》1994
　年第 5 期。

1

出版了两本丘特切夫诗歌选集，一本丘特切夫诗歌全集。徐稚芳的《俄罗斯诗歌史》、朱宪生的《俄罗斯抒情诗史》、任光宣主编的《俄罗斯文学简史》、郑体武的《俄罗斯文学简史》，均像对待普希金、莱蒙托夫等大诗人一样，列专章介绍丘特切夫的生平及创作，人民文学出版社出版的《致大海——俄国五大诗人诗选》，更是把他列为与普希金、莱蒙托夫、费特及茹科夫斯基齐名的俄国五大诗人。尤其是商务印书馆新出的《欧洲文学史》，改掉过去《欧洲文学史》对丘特切夫只字不提的做法，以整整3000字的篇幅较为简洁而全面地介绍了诗人及其诗歌[1]。

在俄国和我国，丘特切夫及其诗歌得到了较为全面的研究。

就所能掌握的资料来看，俄罗斯对丘特切夫诗歌的研究，大约可以分为三个时期。

第一个时期为开始时期，时间约为19世纪中后期。在这个时期，主要是一些诗人、文学家、批评家、学者对丘特切夫进行介绍和初步评论。

1836年，普希金收到丘特切夫的好友加加林公爵托茹科夫斯基和维亚泽姆斯基转来的一组丘诗，他为这些"色调明丽，充满新意，语言有力"且处处可见"新颖画意"的诗而狂喜[2]，"沉浸于其中整整一星期之久"[3]。在加加林面前，他"对这些诗作了应有的评价"，"把它们大大称赞了一番"[4]，并在自己主编的《现代人》杂志1836年至1837年分两期连载了24首，取名为《寄自德国的诗章》。

1841年—1849年，忙于思考政治大问题的丘特切夫九年没发表一首诗，人们开始忘记丘特切夫。就在这时，批评家和时评家迈科夫于1846年撰文向读书界提到丘特切夫的《寄自德国的诗章》，并且宣称："看到真正的诗

---

① 详见李赋宁总主编：《欧洲文学史》第二卷（十九世纪欧洲文学），商务印书馆2001年版，第371—374页。

② *Плетнев П. А.* Записка о действительном статском советнике Федоре Ивановиче Тютчеве, 转引自 Современники о Ф. И. Тютчеве, Тула, 1984, с. 18—19.

③ Ю. Ф. 萨马林1873年7月22日致И. С. 阿克萨科夫的信，转引自 *Гиппиус В. В.* От Пушкина до Блока, М. -Л. , 1966, с. 205.

④ 加加林1836年6月12日［24日］致丘特切夫的信，转引自《普希金论文学》，张铁夫、黄弗同译，漓江出版社1983年版，第211页。

意的作品被忘却，比看到用狂妄的自命不凡武装起来的毫无才能的劣诗，更使人悲哀。"① 这是评论家首次向社会和读者论及丘特切夫。

《现代人》杂志 1850 年 1 月号刊载了涅克拉索夫的文章《俄国的第二流诗人》，指出"Ф. Т."（丘特切夫发表《寄自德国的诗章》时所用的姓名简称）这位在当时不大为读者所知的诗人是一位"有力的和出类拔萃的天才"，并且宣称："尽管标题……我们坚决把 Ф. Т. 先生的天才列入俄国第一流诗歌天才"和"俄国文学中不多见的光辉现象"。② 他还分析了一些丘诗，第一次概括了丘诗的某些特点："对自然的爱，对自然的同情，对自然的充分理解和善于精巧地描绘它那千姿百态的现象——这是丘特切夫天才的主要特点。"③

在俄国丘特切夫研究史上，首先正式撰专文评论丘诗的，是屠格涅夫。他于 1854 年为自己编辑的丘特切夫诗选写了专文《略谈丘特切夫的诗》。文章把丘特切夫誉为"最优秀的俄国诗人之一"，他继承了普希金的事业，创造了不朽的语言，并富有远见卓识地概括了丘诗的特点：他的"每一首诗都始于思想，而这思想就仿佛火星一样，在深厚的感情和强烈的印象的作用下突然燃烧起来，由于这，如果可以这样说的话，丘特切夫先生自己作品的思想无论何时对读者来说也不是赤裸和抽象的，而总是与从精神世界或自然界中捕捉到的形象融汇在一起，总是被它充满着并且总是牢不可分地渗进它里面。丘特切夫先生的诗的抒情的情绪仅仅在极短的瞬间把它凝缩和简练地表现出来"，并且指出："他的才能，按它自己的特质来说，是不会转向一般的人们的，而他也不希望从他们那儿得到反响和赞许。如果要充分评价丘特切夫的话，那读者就应当成为具有一定的精细的理解力和对于较深刻的思想有一定的敏感力的人。紫罗兰的芬芳不会散发到 20 步以外的地方，要

---

① 转引自 *Озеров Л.* Галактика Федора Тютчева. *Тютчев Ф. И.* Стихотворения, М., 1985. с. 10. 亦可见曾思艺：《丘特切夫诗歌研究》，湖南文艺出版社 2000 年版，第 430 页。

② *Некрасов Н. А.* Русские второстепенные поэты, 转引自 Современники о Ф. И. Тютчеве, Тула 1984, с. 55，52.

③ 转引自 *Самочатова О. Я.* Природа и человек в лирике Ф. И. Тютчева. В Россию можно только верить…Ф. И. Тютчев и его время: Сб. статей, Тула, 1981, с. 48.

闻到它的香气就应该去接近它。"① 他甚至声称："关于丘特切夫无须争论，谁若是欣赏不了他，那么这本身就证明他欣赏不了诗"②。

费特认为丘特切夫是"大地上存在的最伟大的抒情诗人之一"③，不仅在诗歌中多次满怀敬意地写到丘特切夫及其诗歌，而且撰专文论述了丘诗的艺术。1883 年，他在《写在丘特切夫诗集上》一诗中指出："这本小小的诗册/比卷帙浩繁的文集/分量还沉重许多。"④ 他还写有专文《论丘特切夫的诗》（1859 年），集中深入地对丘诗的艺术进行了论述。他在文中指出，丘特切夫那小小的诗集，竟然包容了"如此之多的美、深邃、力量，一言以蔽之——诗意"⑤，而丘特切夫属于这样一类艺术家："当初次看到一对象，思想便会明亮地燃烧，或直接在第二景与情感相交融，或把情感推向深景"，进而指出："丘特切夫诗的力度，即敏锐性，是令人惊叹的。他不仅从独特的视角去观察对象——他能看出对象最最细微的纤维和色调。如果说，有某个人不能被指责为因循守旧，那个人便是我们这位诗人"，"除深度外，他的作品还以不可捕捉的细致性和典雅性、最可信的力量证明等见长"，"抒情活动同样需要极对立的素质，比如，疯狂的、盲目的勇敢与极大的谨慎（最精细的分寸感）。谁若是不能从七层楼头朝下跳下去，并怀有不可动摇的信心，即相信能临空飞翔，那么他就不是抒情诗人。但除了这类勇气之外，诗人心中应该燃烧着分寸感。丘特切夫的抒情胆量，我更要说，豪迈的大无畏精神无论有多大，他身上的分寸感也就有多强……"⑥

1874 年，И. С. 阿克萨科夫撰写的《费多尔·伊万诺维奇·丘特切夫（传记概略）》在莫斯科出版。1886 年，改名为《丘特切夫传》出第二版

---

① ［俄］屠格涅夫：《略谈丘特切夫的诗》，朱宪生译，见王智量编：《外国文学名家论名家》，华东师范大学出版社 1985 年版，第 258—259 页。

② 屠格涅夫 1858 年 12 月 27 日致费特的信，转引自 *Пигарев К.* Жизнь и творчество Тютчева, М., 1962, с. 355. 或见 Современники о Ф. И. Тютчеве, Тула, 1984, с. 58.

③ *Фет А. А.* Свидание с Ф. И. Тютчевым,转引自 Современники о Ф. И. Тютчеве, Тула, 1984, с. 66.

④ 曾思艺译自 *Фет А. А.* Лирика, М., 1999 年，с. 242。

⑤ *Фет А. А.* О стихотворениях Ф. И. Тютчева. *Фет А. А.* стихотворения. прозы. письма, М, 1988, с.285.

⑥ 钱善行主编：《词与文化——诗歌创作论述》，中国电影出版社 1997 年版，第 67—69 页。

（1985 年莫斯科工人出版社收入该年出版的《丘特切夫诗选》时，又改为初版的书名）。这是第一部丘氏传记，也是对诗人的生平与创作进行系统介绍与研究的第一部大型专著。作者是诗人的女婿，对诗人的生活与创作相当熟悉，同时还掌握了一些外人难以了解的诗人的创作情况乃至生活细节，因此，在丘特切夫研究中，至今仍然具有颇高的价值。全书比较详细地介绍了丘特切夫家族的发展、诗人父母的性格、诗人成长的经历、诗人的婚姻与交游，披露了诗人创作中一些难以为外人所知的特点（如：经常即兴创作，不太重视作品的收集与整理，喜欢把诗写在随手抓到的一些小纸条上），同时也对丘特切夫的诗歌特点进行了一些介绍。但由于是一本概略式的传记，因而，一切都还比较简要。

　　与此同时，一些文学大师和著名文学批评家也对丘特切夫作出了高度评价。列夫·托尔斯泰特别喜欢丘特切夫，他甚至认为丘特切夫高于普希金："在我看来，丘特切夫是个最好的诗人，其次是莱蒙托夫，再次是普希金"①，因为尽管普希金比丘特切夫全面，但他的长处更主要有赖于其散文作品，"而丘特切夫作为一个抒情诗人，无可比拟地深刻于普希金"②。他还仿造培根的名言"没有哲学，我就不想活了"，宣称："没有丘特切夫，我就不能活。"③ 陀思妥耶夫斯基称丘特切夫为"我们最伟大的诗人"④，而且是"第一个哲理诗人，除普希金而外，没有人能与他并列"⑤。杜勃罗留波夫通过丘特切夫与费特的比较，对丘特切夫作出了极高评价："费特君是有才能的，丘特切夫君也是有才能的……这一位才能，只能够把全部力量发挥在从那些静止的自然现象上，捕捉一些过眼烟云的印象；而那一位却除此以外，还了解火炽的热情，粗犷的精力，深刻的思索，这种思索不单被一些自

① Современники о Ф. И. Тютчеве, Тула, 1984, c. 76. 亦可见《同时代人回忆托尔斯泰》，下，周敏显等译，上海译文出版社 1984 年版，第 105 页，及上，冯连骅等译，第 369 页。

② Современники о Ф. И. Тютчеве, Тула, 1984, c. 77. 亦可见《同时代人回忆托尔斯泰》，下，周敏显等译，上海译文出版社 1984 年版，第 114 页，及上，冯连骅等译，第 595—596 页。

③ В. Ф. 拉茹尔斯基 1894 年 7 月 20 日日记中关于托尔斯泰的一段，转引自 Современники о Ф. И. Тютчеве, Тула, 1984, c. 76.

④ 陀思妥耶夫斯基 1877 年 4 月 17 日的信，转引自 Современники о Ф. И. Тютчеве, Тула, 1984, c. 68.

⑤ 转引自 Кожинов В. В. Тютчев. М., 1988, c. 6.

然的现象所激动，而且被一些道德问题和社会生活的利益所激动。"① 德鲁日宁也高度评价丘特切夫。

第二个时期为兴盛期，时间大约是 19 世纪末至 20 世纪 30 年代初。这个时期基本上是俄国象征派从兴起、旺盛到衰落的时期，现在一般称之为俄国文学的白银时代。丘特切夫的诗歌地位，在某种程度上，可以说是俄国象征派树立的。正是俄国象征派，发现了丘诗对俄国诗歌的重要意义与价值。"他们认为，自己的根子在以普希金为先导的 19 世纪俄国诗歌中，在丘特切夫、费特、福方诺夫等诗人的作品中……丘特切夫和费特对'彼岸'世界和'此岸'世界之神秘关系的扣问，对理智、信仰、记忆、知觉和艺术创作之间的复杂联系的探测，以及他们试图触及的'一切秘密的秘密'、'至高无上的事物'的努力，更使得象征派的美学原则明朗化"②。经过勃留索夫（如 1903 年《新路》第 11 期的《关于丘特切夫的轶闻》、《俄罗斯档案》1903 年第 3 期、1906 年第 3 期的《丘特切夫——他的生平年鉴》）、索洛维约夫（如 1912 年的《丘特切夫的诗》）、梅列日科夫斯基（如 1915 年的《俄罗斯诗歌的两个秘密——涅克拉索夫与丘特切夫》）、别雷（如 1916 年的著名论文《普希金、丘特切夫和巴拉丁斯基的视觉特征》）等著名学者型诗人的一再阐发，丘特切夫的现代意义与独特贡献彰显在人们面前，使他引起了献身文学、立志创新者的无比景仰。于是，俄国象征主义诗人不约而同地奉他为先驱，从其诗中汲取必要的艺术营养——周启超先生指出，丘特切夫和费特的诗，成了俄国象征派，尤其是"第一代象征派最看中的丰富养料"③，日尔蒙斯基更是明确指出："俄国象征主义根源于茹科夫斯基所开创的浪漫主义抒情诗派中。从茹科夫斯基经丘特切夫、费特及其继承者，这一诗歌传统最后由象征主义者延续下来……"④ 其他如阿克梅派的阿赫玛托娃、曼德尔施坦姆，未来主义的帕斯捷尔纳克，意象派的领袖叶赛宁，非现

---

① ［俄］杜勃罗留波夫：《黑暗的王国》，见《杜勃罗留波夫选集》第一卷，辛未艾译，上海译文出版社 1983 年版，第 281 页。
② 汪介之：《现代俄罗斯文学史纲》，南京出版社 1995 年版，第 19 页。
③ 周启超：《俄国象征派文学研究》，社会科学文献出版社 1993 年版，第 27 页。
④ *Жирмунский В.* Теория литературы. Поэтика. Стилистика. Л., 1977, c. 202.

代主义诗人蒲宁等等，也纷纷学习并钻研丘特切夫，从他的创作中吸收了不少有益的东西。俄国著名哲学家别尔嘉耶夫也称丘特切夫为"最深刻的俄国诗人"，是"歌唱自然之隐秘本质的诗人"①。

这个时期也出版了几部关于诗人及其诗歌的研究著作。1927 年，特尼亚诺夫的《摹古者和创新者》在列宁格勒出版，其中的《关于丘特切夫的问题》、《普希金，丘特切夫，莱蒙托夫》等文章从摹古与创新的角度，指出丘特切夫是一个在摹古的基础上创新的诗人。1928 年丘尔科夫的《丘特切夫的最后的爱情（E．А．杰尼西耶娃）》（莫斯科），则首次比较详尽地向世人介绍了诗人晚年和杰尼西耶娃既甜蜜又痛苦的最后的爱情，介绍了"杰尼西耶娃组诗"。1933 年莫斯科—列宁格勒出版的丘尔科夫的《丘特切夫的生平和创作年鉴》，则是俄国第一部丘特切夫的生平与创作年鉴，为此后的丘诗研究提供了一份比较翔实可靠的材料。

第三个时期为深化期，大约从 20 世纪 50 年代后期至今。

革命领袖列宁十分喜欢并高度评价丘诗，据邦奇—布鲁耶维奇的回忆录，丘特切夫诗集是列宁的案头必备书，这是他心爱的诗集，"他经常翻阅，反复细读，一再朗诵"②。"弗拉基米尔·伊里奇……所特别重视的一个诗人是丘特切夫。他非常欣赏他的诗。"③ 正是列宁，亲自把丘特切夫列为必须建立纪念碑的文化名人。由于这一缘故，20 世纪 30 年代以后，尽管极"左"思潮甚嚣尘上，俄国象征主义等现代派诗歌被当做批判的对象，而俄国象征派又把丘特切夫奉为祖师，丘特切夫因此在长达二十多年里受到冷遇，但毕竟没有被完全封杀，当然研究著作是完全见不到踪影了（就是文学史也往往避而不提丘特切夫，如产生于 1952 年—1954 年间布罗茨基主编的比较权威的三卷本《俄国文学史》介绍了费特和迈科夫，却没有只字谈到丘特切夫④），不过，丘诗偶尔还能出版，如 1939 年列宁格勒出版了《丘

---

① ［俄］别尔嘉耶夫：《俄罗斯思想》，雷永生、邱守娟译，三联书店 1985 年版，第 82 页。
② 转引自 Гамолин В. Д. Брянский край в поэзии и жизни Тютчева. В Россию можно только верить. . . Ф. И. Тютчев и его время: Сб. статей, Тула, 1981, с. 89.
③ 转引自《丘特切夫诗选》，查良铮译，外国文学出版社 1985 年版，第 180 页。
④ 此书蒋路、孙玮先生的中译本，1957 年由高等教育出版社出版。

特切夫诗歌全集》，1945 年莫斯科出版了《丘特切夫诗选》。

从 1957 年开始，丘诗的出版与研究在苏俄形成又一高潮。在这一高潮中，丘特切夫的诗歌深受广大读者的欢迎，接二连三地出版，并得到了越来越深入、系统的研究，而且，这些研究达到了一定的高度。

此时期关于丘诗研究的论文为数不少，而且涉及的面颇广。下面拟分为四类摘要予以介绍。

第一类是比较全面地介绍诗人的生平与创作的文章，如布赫什塔布的《丘特切夫》（1957 年列宁格勒《丘特切夫诗歌全集》前言）、皮加列夫的《丘特切夫》（1957 年莫斯科《丘特切夫诗选》序言）、别尔科夫斯基的《丘特切夫》（1962 年莫斯科—列宁格勒《丘特切夫诗选》前言）、塔尔霍夫的《丘特切夫的创作道路》（1972 年莫斯科《丘特切夫诗选》前言）、列夫·奥泽罗夫的《丘特切夫的银河系》（1985 年莫斯科《丘特切夫诗选》序言）、布拉果依的《天才的俄罗斯诗人（费·伊·丘特切夫）》（1959 年莫斯科《文学与现实》）、《丘特切夫的生平和创作》（1997 年莫斯科《丘特切夫诗歌全集》前言）。这些文章都写得全面、客观甚至生动，其中最为翔实、见解也颇深刻的是别尔科夫斯基的文章。这篇文章译成中文长达四万多字。全文分为五个部分。第一部分介绍了丘特切夫的生平、恋爱、婚姻、政治观念、性格与个性，以及其作为诗人的命运；第二部分剖析了诗人的成长：继承了杰尔查文等思考重大哲学问题的崇高体诗歌以及卡拉姆津、茹科夫斯基的朦胧抒情诗，并加以发展，把同时代人谢林和黑格尔的哲学辩证法融化到自己的血液里，从而形成了自己的独特风格，能辩证地、双重地看待事物，因此，他直到诗歌道路的终点都保持着原始、完整的感觉——一种统一体，一切都由其中产生，同时，自然、元素、混沌又与文明、宇宙等构成其诗歌中实际具有的最重要的对立，进而指出，从气质上来说，丘特切夫是个即兴诗人；第三部分主要探讨诗人的泛神论思想，及其对人性与自由、个性和其命运的思索；第四部分阐述了丘诗中未被现实吞没的生活的可能性、夜、自然、混沌、时间等主题，并指出：从美学角度看丘特切夫动摇于美与崇高之间，丘特切夫的诗按其内在形式——是瞬间的印象；第五部分分析了丘诗在 19 世纪 40 年代末以后的变化：由于他回到俄国并贴近俄国的具体生活，其诗从埃斯库罗斯的悲剧的高度降落到屠格涅夫、列夫·托尔斯泰、冈察洛夫、涅克拉索夫的庄稼地里，表现出对日常生活及其艰难历程的兴趣，对人民大众的关心，并重点剖析了"杰尼西耶娃组诗"。

第二类是探讨丘诗的文章，主要有：奇切林的《丘特切夫抒情诗的风格》（《1974 年语境》，莫斯科，1975 年）、谢缅廖娃的《丘特切夫诗歌中对照的意义》（《苏联科学院通报》1977 年第 2 期）、布哈尔金的《丘特切夫诗歌中的爱情—悲剧组诗》（列宁格勒《俄罗斯文学》1977 年第 2 期）、列夫·奥泽罗夫的《思想，激情，语言》（《文学报》1978 年第 49 期）。其中最有代表性的是奇切林的文章（其主要内容见第六章第二节有关论述）。

第三类是研究丘特切夫文学关系的文章，主要有：特尼亚诺夫的《普希金与丘特切夫》（《普希金和他的时代》，莫斯科，1969 年）、科日诺夫的《关于俄罗斯抒情诗中的丘特切夫流派（1830—1860）》（《走向浪漫主义》，莫斯科，1973 年）、谢缅廖娃《谈谈 19 世纪俄国哲理抒情诗》（《哲学问题》1974 年第 5 期）、米尔钦娜的《丘特切夫与法国文学》（《苏联科学院通报》1986 年第 4 期）。特尼亚诺夫的文章指出，丘特切夫与普希金是敌对者，因为普希金在 19 世纪 20 年代至 30 年代末批评甚至嘲笑过丘特切夫少年时的老师拉伊奇，而且，普希金对丘特切夫的态度是冷冰冰的，甚至是敌对的，他曾在一篇文章中谈到，俄国当时由舍维廖夫、霍米亚科夫、丘特切夫等人组成的"德国诗派"里，前两者的真正天才是无可争辩的，这是普希金在直接否定丘特切夫具有真正的天才（对此，科日诺夫后来作出了全面、客观而又极有说服力的反驳①）。科日诺夫和谢缅廖娃的文章则详细介绍了 19 世纪俄国哲理抒情诗的特点及流派的形成，着重论述了丘特切夫在这一流派中的中心地位与重大影响。米尔钦娜的文章则主要结合丘氏的具体作品，阐述了法国作家拉蒙纳、梅斯特、斯达尔夫人对他的影响。

第四类是介绍丘诗出版的文章，主要是丘尔科夫的《谈谈丘特切夫诗歌的出版》（《丘特切夫诗歌全集》，莫斯科，1997 年），比较详细地介绍了丘诗从 19 世纪中后期至 20 世纪中期的出版概况。

---

① 详见 *Кожинов В. В.* Тютчев. М., 1988, c. 142—203.

这个时期关于丘诗的研究著作也渐渐多了，主要有：皮加列夫的《丘特切夫的生平和创作》（莫斯科，1962 年）、列夫·奥泽罗夫的《诗人的劳动》（莫斯科，1963 年）、列夫·奥泽罗夫的《技巧与魅力》（莫斯科，1972 年）、列夫·奥泽罗夫的《丘特切夫的诗》（莫斯科，1975 年）、阿纳特戈列洛夫的《三种命运——丘特切夫、苏霍沃—科贝林、蒲宁》（列宁格勒，1980 年）、格里戈里耶娃的《丘特切夫诗歌的语言》（莫斯科，1980 年）、《对俄罗斯只能信仰——丘特切夫和他的时代》（论文集，图拉，1981 年）、《同时代人谈丘特切夫——回忆，评语和书信》（图拉，1984 年）、科日诺夫的《丘特切夫》（莫斯科，1988 年）、彼得罗夫的《丘特切夫的个性和命运》（莫斯科，1992 年），谢列兹尼奥夫的《19 世纪后期—20 世纪初期俄国思想中的丘特切夫诗歌》（圣彼得堡，2002 年）。其中，最为重要的是以下几部著作：

皮加列夫的《丘特切夫的生平和创作》。该书除作者的话和结语外，还有六章：第一章童年和青年——1803 年—1821 年；第二章在慕尼黑和都灵——1822 年—1839 年；第三章重回俄国——40 年代初至 70 年代初；第四章抒情歌手——思想家——艺术家；第五章诗歌形式的高手；第六章丘特切夫怎样创作自己的诗歌。作者是诗人的外孙，有着得天独厚的研究条件。该书比较全面地介绍了丘特切夫的生平与创作：前三章介绍了诗人的生平、学习、爱情、婚姻、交游等方面的情况及其在俄国、欧洲的文化氛围中形成的世界观尤其是社会政治观，第四章分析了诗人的自然诗、爱情诗、社会政治诗、译诗的内容，第五章从艺术方面论述了诗人与罗蒙诺索夫、杰尔查文、茹科夫斯基、卡拉姆津的关系及其诗歌格律，第六章介绍了诗人创作与诗歌修改的一些情况。该书于 1978 年改名为《丘特切夫和他的时代》在莫斯科出版，但只保留了前四章。

列夫·奥泽罗夫的《丘特切夫的诗》。这是作者综合、升华《诗人的工作》、《技巧与魅力》两书中的精华部分以及其他论文而成的一部颇为扎实的研究著作。作者是丘特切夫的同乡，在掌握资料方面有较为便利的条件，同时又是当代著名文学评论家，对艺术的把握颇为到位。该书首先介绍了诗人的生平经历，尤其是晚年与杰尼西耶娃"最后的爱情"，指出俄国和它的历史这一主题是贯穿诗人整个一生的诗歌主题，对俄罗斯命运与前途的思考，随着时间的流逝，在诗人心里占据的地位越来越重要，甚至逐渐控制了诗人，但诗人同时也很早就表露出了对宇宙思考的兴趣，后来更是从谢林哲学中汲取了"宇宙灵魂"（或"世界灵魂"）和辩证法的因素，形成了自己独特的哲学观念，从而使大自然和矛盾成为诗歌的主题、激情和形象的思想，也成为诗歌结构的原则和语言及艺术技巧，并探讨了丘诗的夜的主题、沉默的主题、梦的主题，以及与此相关的多种双重对立形象体系（如日与夜、自然和文明、现实与梦……），同时指出，在艺术上，诗人走过了一条从古典主义转向浪漫主义的道路，而1830年的《"好像海洋环抱着地面"》、1836年的《"大自然并不是你们想象的那样"》、1834年—1836年的《"从城市到城市"……》三首诗是其转折的标志。

格里戈里耶娃的《丘特切夫诗歌的语言》。全书共三章，从自然诗、爱情诗、沉思体抒情诗三个方面，分别论述了丘特切夫诗歌语言的继承与创新。

科日诺夫的《丘特切夫》。该书俄文原文厚达近五百页，分四部分共九章评介了丘特切夫的生平与创作。较之以前所出的丘氏传记，这本书的主要特点有二：一是资料更为翔实，评介更为细致；二是提出了不少新的见解。

《对俄罗斯只能信仰——丘特切夫和他的时代》。这是一本论文集，共收入论文14篇，分别论述了丘特切夫与涅克拉索夫、茹科夫斯基、19世纪后期俄国哲理抒情诗、诺瓦利斯、托尔斯泰乃至绘画、音乐的关系，以及丘特切夫哲理抒情诗的范围与诗艺、其诗中的人与自然、悲剧性自白等一系列专题。

彼得罗夫的《丘特切夫的个性和命运》则是一本相当独特同时也极具价值的著作，它把丘特切夫的诗歌、书信以及他人谈论诗人的文字，逐年编排在一起，共同指向一个主题——显示丘特切夫的个性与命运。这种第一手材料式的著作，为研究者提供了相当可靠的资料，同时又不乏编排者的匠心与独到的学术眼光，尤其值得肯定。

谢列兹尼奥夫《19世纪后期—20世纪初期俄国思想中的丘特切夫诗歌》，显示了俄罗斯学者在新的世纪里更为开阔的新学术视野。全书共五章。第一章《19世纪后半期文学美学批评中的丘特切夫诗歌》，介绍了19世纪后半期俄国文学美学批评对丘特切夫诗歌的评价；第二章《音乐中的丘特切夫诗歌》，介绍了丘特切夫诗歌进入音乐的情况；第三章《丘特切夫诗歌的哲学阐释》，包括从抒情诗的直觉到观念的说明、丘特切夫的抒情诗对索洛维约夫创作的影响、美——宇宙的力量、丘特切夫诗歌的形而上学热情、混沌和宇宙：丘特切夫的直觉与索洛维约夫的观念；第四章《丘特切夫诗歌中人的宇宙》，包括作为微观宇宙的艺术作品、昼与夜的思想—形象、美好的南方和严峻的北方、从现象到本质从表象到本体；第五章《在两个深渊之间——无和上帝》，包括丘特切夫是异教徒泛神论者自然哲学家反基督分子吗、尘世和天空自然和超自然、人的存在悲剧、两个深渊的声音、孤独：自然的沉默与人世繁华的喧嚣、爱情：人间的幸福与狂暴激情的盲目、病痛的世纪：信仰与缺乏信仰。在结语中，作者介绍了丘特切夫活生生的思想长期以来多方面的影响。

此外，还有不少著作分专章介绍、研究丘特切夫，比较出色的有吉皮乌斯的《从普希金到勃洛克》（莫斯科—列宁格勒，1966年）、科罗廖娃的《俄国诗歌史》第二卷（列宁格勒，1969年）、奇切林的《俄国文学风格史纲》（莫斯科，1977年）、迈明的《俄国哲理诗》（莫斯科，1980年）、苏联科学院高尔基世界文学研究所集体编著的《俄国作家的时代和机缘》（莫斯科，1981年）及《俄国文学史》第三卷（列宁格勒，1982年），其内容与单篇论文大体相近，兹不赘述。

我国对丘特切夫诗歌的译介，从1922年初瞿秋白先生译介两首丘诗算起，至今已有八十多年的历史，而对其诗歌的研究从1982年才开始起步，仅二十余年。

最初，发表的主要是一些评介性的文章。飞白先生在《苏联文学》1982年第5期发表《丘特切夫和他的夜歌》，在《西湖》1983年8月号发表《诗国的一束紫罗兰》，分别评介了丘特切夫写夜的诗歌和其爱情诗珍品"杰尼西耶娃组诗"。此外，查良铮先生在其《丘特切夫诗选》（外国文学出版社，1985年）译后记中，陈先元、朱宪生先生在其《丘特切夫抒情诗选》（漓江出版社，1986年）译后记中，分别比较详细地介绍了丘特切夫的生平、思想及其诗歌。

从 1989 年开始，我国对丘特切夫的研究逐步走向深入、系统。

1989 年，华中师范大学主办的《外国文学研究》当年第 1 期，刊载了朱宪生先生的长篇论文《自然世界的沉思　爱情王国的绝唱——略论丘特切夫的诗》，着重研究了丘特切夫的自然诗和爱情诗。

关于自然诗，文章指出，丘特切夫认为自然是一个充满活力的生命，但其描写并未停留在大自然的活力与生命上，而是由此深入其中，揭示其内部的运动和斗争，并发现了大自然深处存在的能吞没一切的力量——神秘、不可捉摸、有无比威力的"混沌"。这样，一方面是对大自然美妙活力的赞颂，对生活的热爱，另一方面是对大自然神秘力量的疑惑与恐惧，形成了丘诗大自然交响曲的二部和声。进而，文章探讨了建立在大自然基础上的丘诗的哲理与心理深度，指出其与谢林哲学的关系。

对丘氏爱情诗，尤其是"杰尼西耶娃组诗"的论述是文章最具特色的部分。它首先指出，在爱情方面，丘氏哲学家的深邃思想，因熔铸了个人对爱情极为独特和真切的体验，而显得格外充实丰满，他的诗人的敏锐感受，又因沐浴着哲理性之光，而变得尤其纯净和深沉，因而他的情诗格外动人而深沉，是俄国情诗的一大奇观，也是世界情诗的瑰宝。进而，阐析了包括 22 首诗的"杰尼西耶娃组诗"，认为其特点是：真诚、坦白、执著、深沉。既充满着炽烈的感情，又不乏冷静的理性；既有绵绵不断的倾诉和表白，又有严格无情的自我剖析和反省；既是爱的颂歌，又是爱的挽曲。它类似一部交响乐，其第一乐章的主题是乞求，第二乐章是搏斗，第三乐章是沉思，第四乐章是怀念。

从音乐尤其是西方交响乐的角度来研究丘诗，不仅显示了论者本身良好的艺术文化修养及独到、敏锐的眼光，而且颇富神韵地捕捉住了丘诗的本质特点。这是该文新颖、深刻、富有魅力的原因。

与此同时，笔者自 1987 年开始研究丘诗。但硕士研究生毕业论文《诗与哲学的结晶——试论丘特切夫的哲理抒情诗》的一部分《丘特切夫的哲理抒情诗与谢林哲学》，直到 1989 年 10 月，才在《湘潭大学学报》同年第 4 期刊出。该文较系统深入地探讨了丘特切夫对谢林"同一哲学"的创造性接受。

文章指出，作为当时新思想的谢林"同一哲学"，对丘特切夫有着深刻的、决定性的影响——深深影响了诗人的世界观，使丘诗把自然泛神论化，并通过自然追索心灵、生命之谜，谢林的审美直觉、永恒瞬间、无差别的绝对同一及两极对立的辩证色彩，也对丘诗有较大影响；而丘特切夫又以自己独特的气质和感情熔铸谢林哲学，突破、超越了谢林哲学，实现了创造性的背离，形成了独特的诗与哲学的结晶品——哲理抒情诗。

这是我国乃至中俄丘氏研究中，第一篇专门探索丘诗与谢林哲学关系的论文，而且比较深入、系统，发表后反响良好，被中国人民大学书报资料中心《外国哲学与哲学史》1989年第11期全文复印，多家刊物摘目编入索引。

1989年12月2日，北京的《文艺报》第6版，发表了朱宪生先生的文章《俄罗斯心中不会把你遗忘——俄国抒情诗中的瑰宝：丘特切夫和"杰尼西耶娃组诗"》，介绍丘特切夫，论析"杰尼西耶娃组诗"。

此后，有关丘氏的文章源源不断地出现，丘诗研究越来越深入、系统。据笔者掌握的资料，这些论文有（那些涉及丘氏或丘诗，但非专论的文章，未包括在内）：余国良的《丘特切夫与李贺诗歌的变异感觉》（收入戴剑龙主编《中外文化新视野》，黄山书社，1991年），郑体武的《丘特切夫的自然哲学诗》（《外国文学评论》1992年第4期），曾思艺的《风景与哲理的结晶——诗人丘特切夫对画家列维坦的影响》（《天津师范大学学报》1994年第2期，《中国高等学校文科学报文摘》1994年第4期摘要）、《异国文化背景中的丘特切夫》（收入张铁夫主编《多元文化语境中的文学——中国比较文学学会第四届年会暨国际学术讨论会论文集》，湖南文艺出版社，1994年）、《丘特切夫诗歌中的多层次结构》（《俄罗斯文艺》1994年第6期）、《在诗意的自然中探索人生之谜——丘特切夫对屠格涅夫的影响》（《外国文学研究》1994年第4期）、《俄罗斯诗心与德意志文化的交融——试论丘特切夫哲理抒情诗的形成》（《国外文学》1994年第4期）、《细腻独特的体察 深刻悲沉的探寻——试论丘特切夫的爱情诗》（《宁德师专学报》1995年第4期），周如心的《浅议丘特切夫诗歌》（《山东大学学报》1995年第4

期），曾思艺的《试论丘特切夫对俄国诗歌的贡献》（《湘潭大学学报》1995年第6期），顾蕴璞的《中俄诗苑中的两株奇葩——浅谈丘特切夫与陆游的爱情绝唱》（《俄罗斯文艺》1996年第5期），曾思艺的《丘特切夫诗歌的现代意识》（《湘潭大学学报》1997年第1期，中国人民大学书报资料中心《外国文学研究》1997年第4期全文复印）、《内心的历史　精致的形式——丘特切夫对海涅的借鉴与超越》（《俄罗斯文艺》1998年第4期）、《20世纪中国丘特切夫翻译与研究综述》（《湘潭大学学报》2000年第2期）、《自然诗人：王维与丘特切夫》（《衡阳师范学院学报》2000年第2期），朱宪生的《走近紫罗兰——旷世之作"杰尼西耶娃组诗"解读》（《名作欣赏》2002年第1期、第2期），曾思艺的《丘特切夫诗歌的意象艺术》（《常德师范学院学报》2002年第5期），马永刚的《费·伊·丘特切夫》（《俄语学习》2002年第5期）。

2003年，是丘特切夫诞辰200周年、逝世130周年纪念，我国虽因多方面的原因，未能召开专门的丘特切夫纪念会或其诗歌研讨会，但也一南一北，通过两个刊物刊发了丘氏纪念论文专辑。北方的是俄罗斯文学的权威刊物《俄罗斯文艺》（因故到2004年第1期才发出来），邀请上海师范大学博士生导师、著名俄苏文学研究专家朱宪生教授组织了一组文章（还配发了10首精选的丘特切夫爱情诗珍品——"杰尼西耶娃组诗"）。它们是朱宪生的《古典的"现代诗人"——纪念丘特切夫诞辰200周年》，曾思艺的《丘特切夫与托尔斯泰》。南方的是湖南的《湘潭大学社会科学学报》，在当年的第6期约组了国内有关专家、学人四篇论文：徐稚芳的《走近丘特切夫》，朱宪生的《放眼世界的"地球诗人"——纪念"世界文化名人"丘特切夫诞辰200周年》，曾思艺的《"对立——和谐"与"变化——永恒"——丘特切夫诗歌中两组重要的哲学观念》，陈世旺的《论"杰尼西耶娃组诗"对〈安娜·卡列尼娜〉的影响》。此外，《国外文学》2003年第4期的《试论丘特切夫的悲剧意识》（曾思艺），《上海师范大学学报》2003年第5期的《从古典到现代——纪念丘特切夫诞辰200周年》（朱宪生），也是为纪念丘特切夫而发的文章。此后，相继发表的论文有：杨玉波的《丘特切夫"杰尼西耶娃组诗"语义修辞格初探》（《黑龙江教育学院学报》

2004 年第 6 期），邱静娟的《和谐流动的音乐之声——试谈丘特切夫诗歌语言的音乐性》（《中国俄语教学》2005 年第 1 期）、《丘特切夫诗歌语言的形象性》（《芜湖职业技术学院学报》2005 年第 2 期）、《摹绘·象征·变色——试论丘特切夫诗歌颜色词的运用》（《山东文学》2005 年第 10 期），曾思艺的《意象并置 画面组接——试析丘特切夫、费特的无动词诗》（《名作欣赏》2005 年第 8 期）、《完整的断片形式——丘特切夫诗歌抒情艺术的特点》（《俄罗斯文艺》2005 年第 3 期）、《"最后的爱情，黄昏的晚霞"——丘特切夫晚年的爱情及其"杰尼西耶娃组诗"》（《世界文化》2005 年第 9 期）、《丘特切夫的美学主张》（《俄罗斯评论》第一辑，人民文学出版社，2006 年 12 月）、《现代生态文学的先声：丘特切夫自然诗的生态观念》（《外国文学研究》2007 年第 2 期）、《试论丘特切夫诗歌中的古语词》（《俄罗斯文艺》2007 年第 2 期）。

以上论文，大体可分为四大类。

第一类是对丘诗本身的研究，包括探讨丘诗的贡献。其中颇具特色的为下述论文：郑体武的《丘特切夫的自然哲学诗》，曾思艺的《丘诗的多层次结构》、《试论丘特切夫对俄国诗歌的独特贡献》、《丘特切夫诗歌的现代意识》、《丘特切夫诗歌的意象艺术》、《"对立——和谐"与"变化——永恒"——丘特切夫诗歌中两组重要的哲学观念》、《完整的断片形式——丘特切夫诗歌抒情艺术的特点》、《丘特切夫的美学主张》、《现代生态文学的先声：丘特切夫自然诗的生态观念》、《试论丘特切夫诗歌中的古语词》，朱宪生的《放眼世界的"地球诗人"——纪念"世界文化名人"丘特切夫诞辰 200 周年》，邱静娟的《和谐流动的音乐之声——试谈丘特切夫诗歌语言的音乐性》、《丘特切夫诗歌语言的形象性》、《摹绘·象征·变色——试论丘特切夫诗歌颜色词的运用》。这些文章分别论述了丘特切夫的自然哲学诗与谢林哲学的关系，丘特切夫诗歌中多层次结构的具体表现，丘特切夫对俄国诗歌的独特贡献，丘特切夫的种种意象艺术，"对立——和谐"与"变化——永恒"两组哲学观念的哲学渊源及其在丘诗中的具体体现，以及丘诗抒情艺术的特点——完整的断片形式，丘诗中的生态观念、古语词的运用，丘诗语言的音乐性、形象性和颜色词的运用等等问题。其中须特别指出的是朱宪生先生的《放眼世界的"地球诗人"——纪念"世界文化名人"丘特切夫诞辰 200 周年》，文章在丘特切夫和普希金的多方面比较后，分析了丘诗的全球性内容的多种表现，首次眼光独到而又恰如其分地指出了丘特切夫的地位：放眼世界的"地球诗人"，这标志着我国丘特切夫研究又深入了一个层次。

第二类为影响研究。它又可分为两种。一种是探讨丘特切夫所受的影响。最有代表性的是曾思艺的《俄罗斯诗心与德意志文化的交融》、《内心的历史　精致的形式》。前者深入、系统地探索了丘特切夫哲理抒情诗的四个特点——深邃的哲理、独特的形象（自然）、瞬间的境界、丰富的情感，与德国文化及俄罗斯文化传统的关系。后者则是国内第一篇阐析丘诗与海涅关系的专文，论述了丘特切夫如何以独特的个性、气质，综合融化海涅早期诗歌描写内心的历史、构建精致的形式及其他影响，实现了对海涅影响的超越：深度与技巧上都超越了海涅，更富哲理性，更深邃，更炉火纯青，更具现代性，在俄国诗歌史上影响广泛而深远。第二种是探讨丘氏对他人的影响。较有代表性的是曾思艺的《风景与哲理的结晶》、《在诗意的自然中探索人生之谜》、《丘特切夫与托尔斯泰》及陈世旺的《试论"杰尼西耶娃组诗"对〈安娜·卡列尼娜〉的影响》，分别论述了丘特切夫诗歌对俄国画家列维坦、俄国小说家屠格涅夫、列夫·托尔斯泰等的多方面影响。

第三类为中俄诗歌对照比较研究，主要有三篇论文：余国良的《丘特切夫与李贺的变异感觉》，顾蕴璞的《中俄诗苑中的两株奇葩》，曾思艺的《自然诗人：王维与丘特切夫》。这些文章在中俄文化的大背景下，分别探索了丘特切夫与李贺、陆游、王维在诗歌创作乃至人生态度等方面的异同，进而试图总结中俄文学发展的某些规律。

第四类为综述类，主要有曾思艺的《20 世纪中国丘特切夫翻译与研究综述》及在此基础上深化并收入陈建华主编的《中国俄苏文学研究史论》（重庆出版社，2007 年）第三卷的《中国的丘特切夫研究》。文章认为，丘诗在中国已有八十多年的译介研究历史，其发展大约经历了四个阶段。20年代初期，是拉开序幕阶段，瞿秋白率先译介了两首丘诗。60 年代初期，是"秘密"进行阶段，查良铮悄悄翻译了 128 首丘诗。1980 年至 1988 年，是逐步展开阶段，飞白、陈先元、朱宪生等人较多地译介丘诗。1989 年至1999 年，是系统深入阶段，丘氏作为大师广为人知，出版了第一本丘诗全集，丘诗研究也走向深入、系统，涌现了一系列论文。

我国丘特切夫研究最重要的成果应该是曾思艺的《丘特切夫诗歌研究》（湖南文艺出版社，2000 年）。该书洋洋 40 万字，在导言部分简短地介绍了丘特切夫探寻人生出路的一生及其社会政治思想，并对其创作进行了分期，然后分七章对丘诗进行系统、深入的研究。第一章丘诗与现代人的困惑，从自然意识中的矛盾与困惑、社会意识中的异化与孤独、死亡意识与生命的悲剧意识三个方面，论析了丘诗的现代意义；第二章丘诗分类研究，分自然诗、爱情诗、社会政治诗、题赠诗、译诗五类对丘诗加以研究，指出了每类诗的发展及特点；第三章丘诗艺术研究，首先从丘诗意象的组织、结构的多层次性、通感手法的运用几方面，深入探索了丘诗具体的艺术技巧，接着，论述了丘诗的总体特征及其流派归属；第四章丘特切夫与俄国诗歌和东正教，从丘特切夫与俄国传统诗歌、茹科夫斯基、普希金、东正教几个方面，阐析了丘诗与俄国文学、文化传统的关系及其超越之处；第五章丘特切夫与外国文学和哲学，从五个方面探索了丘诗对外国文学与哲学的创造性接受：丘特切夫与古希腊罗马文学和哲学、法国等国的文学与哲学、谢林哲学、魏玛古典主义和德国浪漫派、海涅；第六章丘特切夫的影响，分别阐析了丘特切夫对诗人费特、涅克拉索夫、尼基京及俄苏现当代诗歌的影响，论述了丘特切夫对小说家屠格涅夫和画家列维坦的影响；第七章丘特切夫与中国，第一节综合分析了 20 世纪中国的丘诗翻译与研究，第二节探讨了丘特切夫与王维诗歌的异同，并从中俄文化的角度挖掘了同异的原因。在结语部分，从内容与形式两方面，论述了丘特切夫对俄国诗歌的独特贡献。书后有三个附录：其一为丘特切夫生活与创作年表，这是作者花费了不少精力，参照多种俄文资料，整理而成的我国第一份颇为翔实、细致的诗人生活与创作年表；其二、其三是作者翻译的论文，一篇为苏联当代著名评论家列夫·奥泽罗夫的《丘特切夫的银河系》，另一篇为丘特切夫研究者别尔科夫斯基的长达 4万余字的论文《丘特切夫》。

综观上述中俄学术界的丘特切夫研究，可以发现，已进行的主要是两方面的研究：一是围绕其生平与创作进行综合介绍式的研究，一是专题研究。迄今为止，无论是俄国，还是我国，都还缺乏一部从哲学、美学的高度对丘诗的艺术进行深入、系统研究，进而确立其诗歌高度美学价值的著作。因此，针对这一薄弱环节，笔者克服资料有限等方面的巨大困难，在大量前期成果的基础上，试图深入、系统地研究丘特切夫的诗歌美学。

美学从 18 世纪中叶作为一门独立学科出现，已有长达一百多年的历史，但国内外学者至今对美乃至美学本身概念的理解仍不太统一。在我国，关于美的定义，比较著名的有蒋孔阳的"美是人的本质力量的对象化"，李泽厚的"美是自由的形式"，高尔泰的"美是自由的象征"；在西方，关于美的理解更是从古至今人言各殊：古希腊罗马时代认为美是和谐，中世纪则认为美是完善，近代英国经验主义美学家认为美是快感，法国哲学家狄德罗认为美是关系，德国的美学家鲍姆嘉通认为美是感性知识的完善，康德认为美是不借概念而普遍令人愉快的对象，谢林认为美是有意识活动和无意识活动的统一所表现出来的无限事物，黑格尔认为美是理念的感性显现，车尔尼雪夫斯基认为美是生活……真是五花八门，应有尽有。难怪柏拉图早就慨叹："美是难的"①。至于什么是美学，人们的看法也各不相同。有人认为美学是研究美的学问，有人则认为美学是研究审美现象的学科，还有人认为美学就是艺术研究……本书理解的美学，首先是一种艺术研究，同时也是一种以审美活动、艺术创造为研究对象，进而通过这一研究总结艺术规律、探索人的精神世界的人文学科。

丘特切夫仅以四百来首短诗就被公认为俄国三大古典诗人之一，并且于1993 年被联合国教科文组织授予"世界文化名人"的称号，这主要是由于其诗歌超越时代的哲学深度和巨大的艺术成就。其深刻的哲学思想影响了他的美学观，而其美学观又对其诗歌创作有着指导性的作用。本书将综合采用社会批评、文化批评、美学、比较文学、心理学乃至文艺心理学等方法作为基本研究方法，首先清理、归纳丘特切夫的哲学观与美学观，然后，紧扣文本分析，分别从抒情艺术、结构艺术、语言艺术等方面具体阐述其独特的诗

---

① ［古希腊］柏拉图：《文艺对话集》，朱光潜译，人民文学出版社1983 年版，第210 页。

歌艺术，进而探讨其如何形成独特的创作个性和艺术风格。本书的创新点因此在于：第一，首次从哲学的角度概括了作为哲学家诗人的丘特切夫以诗歌形式表现出来的普遍意义上的哲学观；第二，首次从美学的高度，归纳了丘特切夫的美学观，并进而比较系统、深入地研究了其诗歌的抒情艺术、结构艺术、语言艺术；第三，首次从心理学、文艺心理学的角度，结合其诗歌创作，阐析了丘特切夫的创作个性与艺术风格。

然而，由于丘特切夫"一生行事，没什么奇迹"①，更由于他在世时不太重视自己诗歌的发表与影响，只在具有相当鉴赏水平的上层高雅圈子里享有盛名，他的生平资料保存不多，以致"关于丘特切夫的生平，我们所知道的，比我们想要知道的要少得多"②。而且，他终生都力求在政治上大有作为，主要精力几乎都花在政治、历史等方面问题的思考上（列夫·奥泽罗夫曾指出："在诗人中，即使是最富公民责任感的诗人，也很少像丘特切夫这样对政治问题经常保持浓厚的兴趣"③），并未打算做一个职业诗人和哲学家，没有留下一篇专门的文学论文、文学批评或哲学理论作品，就是在书信中也主要谈论私人琐事或纵论国家大事，很少涉及哲学与文学问题。因此，本书的研究，有着相当的难度。好在最能说明诗人的思想与艺术追求的，主要是其作品。丘特切夫的哲学思考与美学追求，全都融化在其诗歌之中，这样，最能说明其哲学观与美学观的，反而是其诗歌。因此，本书主要从其诗歌作品中来研讨和概括丘特切夫的哲学观与美学观。

本书的研究，主要有以下几个方面的意义或价值。

第一，完善文学史研究，促进学科发展。丘特切夫是一位伟大而深刻的诗人，是当今最受欢迎也最费解的诗人之一，其超越时代的哲学深度和绝对独特的创作手法，对俄国象征派及苏俄现当代诗歌产生了重大影响，因此，深入、系统地研究丘特切夫，可以还其在世界文学史上应有的地位，也为此后进而探讨 19 世纪中后期乃至 20 世纪初期以至中后期俄国文学尤其是诗歌的流变打下了良好的基础，这不仅顺应了历史发展的潮流，符合实事求是的

---

① 《瞿秋白文集》（一），人民文学出版社 1954 年版，第 175 页。
② *Озеров Л.* Поэзия Тютчева, М., 1975, с. 8.
③ *Озеров Л.* Поэзия Тютчева, М., 1975, с. 21.

规律，而且有助于完善我国外国文学史尤其是俄苏文学史的编写、教学与研究，有利于促进学科的发展。

第二，补充俄罗斯哲学及美学思想研究的一个环节。丘特切夫是一位思想家诗人，他深受古希腊罗马哲学尤其是德国古典哲学家谢林的影响，并以自己独特的个性气质予以融合、创新，形成了独特的哲学观与美学观，而这是以往我国乃至俄国学界基本上未涉及的一个问题，对此加以研究，可以补充俄罗斯哲学及美学思想研究的一个环节。

第三，回归艺术本体研究。我国乃至俄国的不少文学研究，长期以来，往往以社会批评或文化批评取代了艺术研究。文学研究尤其是诗歌研究，固然离不开社会批评与文化研究，但如抛开文本分析与艺术研究，似有点舍本求末，过于剑走偏锋了，毕竟文学是艺术，而且是语言的艺术，这是文学独特的属性。有鉴于此，本书主要对丘诗的艺术（包括抒情艺术、结构艺术、语言艺术），从美学的高度加以把握，进而试图概括诗人的创作个性与艺术风格，从而回归到艺术本体的研究。这样不仅能够弥补国内外丘诗研究此方面的不足，而且有助于提高人们对丘诗艺术的理解与把握，同时，也可为回归艺术本体研究尽一份绵薄之力。

第一章

丘特切夫的哲学观

　　丘特切夫是一位具有相当思想深度的诗人，他的诗歌探索人与自然的关系、心灵和生命的奥秘、人在宇宙中的位置、个体（含个性）在社会中的命运等本质性的问题，达到了哲学终极关怀的高度。因此，他在国外被称为哲学诗人或思想诗人①、思想家诗人，他的诗歌被称为哲学抒情诗（философская лирика，我国一般译为哲理抒情诗）②，被认为"首先是献给人与宇宙相互关系的"③；在我国，他也被不少学者认为是一位深刻的哲学家诗人，如飞白先生指出，丘特切夫"用抒情诗回答着哲学的问题"④，朱宪生先生更是指出："作为诗人，普希金（莱蒙托夫等诗人也一样）关注俄罗斯生活中的迫切的现实问题，而丘特切夫却主要是以一个哲学家的眼光来看待俄罗斯和世界的"，"尽管丘特切夫和普希金是同时代人，但在今天看来，他们在诗歌史、文化史乃至思想史上却有着极不相同的意义。在某种意义上说，普希金是一个'古典'诗人，一个'艺术家'诗人，一个'俄罗

---

① 一般称为哲学诗人或思想家诗人，"思想诗人"是费特的说法："我们称丘特切夫为思想诗人"，详见费特：《诗与艺术——论丘特切夫的诗》，载钱善行主编：《词与文化——诗歌创作论述》，中国电影出版社1997年版，第70页。

② 详见 *Маймин Е. А.* Философская лирика Тютчева. *Маймин Е. А.* Русская философская поэзия. М., 1976, с. 143—184; *Ковалев Вл. А.* Из наблюдений над проблематикой и поэтикой философской лирики Ф. И. Тютчева. В Россию можно только верить... Ф. И. Тютчев и его время: Сб. статей, Тула, 1981, с. 33—46.

③ *Чичерин А. В.* Очерки по истории русского литературного стиля, М., 1977, с. 408.

④ 飞白：《诗海》现代卷，漓江出版社1990年版，第804页。

斯公民'和一个'俄罗斯诗人';而丘特切夫可以说是一个'现代'诗人，一个'哲学家诗人'，一个'地球公民'和一个'地球诗人'。"① 丘特切夫受到古希腊罗马哲学、法国哲学家帕斯卡尔与卢梭的思想以及德国思想家歌德、诗人席勒的影响②，尤其深受德国古典哲学家谢林同一哲学的深刻影响。

丘特切夫大约在1827年底至1828年初结识谢林，听过他的课，认真阅读过其哲学著作，并与之有过较长时间的朋友般的交往。谢林称他是"一个卓越的、最有教养的人，和他往来永远给人以欣慰"③。丘特切夫受到谢林同一哲学的深刻影响（当然他并不赞同谢林的所有观点，甚至与之展开过激烈的争论）。同一哲学认为，自然界的一切，从物质到人类，都是一种绝对的、不自觉的、发展的精神——"宇宙精神"（一译"世界灵魂"）按一定的目的创造出来的，世界本无"自我"与"非我"、意识与存在、理想与现实之分，只是因为"宇宙精神"不自觉的盲目活动，才产生出这些两极对立的矛盾，演变出这千姿百态的世界万物。人是"宇宙精神"的产物，他的意识与自然没有差别，因此，主观意识逐渐认识自己的过程，也就是认识客体的过程，反之亦然。人可以认识绝对的"宇宙精神"，那是"宇宙精神"通过人在认识自己。这样，一旦达到"自我意识"阶段，宇宙精神不自觉的盲目活动所产生的自我与非我、意识与存在、理想与现实等两极对立的矛盾便重归"同一"，达到无矛盾无差别的境界，重返原有的和谐。

丘特切夫创造性地接受了谢林同一哲学的影响④，并且，以自己的人生经历与深刻思考加以融会、发展，从而形成了自己独特的哲学观。而对思想家诗人或哲学家诗人丘特切夫的哲学观，国内外尚未见有人进行系统、深入

---

① 朱宪生：《放眼世界的"地球诗人"——纪念"世界文化名人"丘特切夫诞辰200周年》，《湘潭大学社会科学学报》2003年第6期。

② 详见曾思艺：《丘特切夫诗歌研究》，湖南文艺出版社2000年版，第240—301页。

③ 转引自《丘特切夫诗选》，查良铮译，外国文学出版社1985年版，第170页。

④ 关于丘特切夫对谢林哲学的创造性接受，详见曾思艺：《丘特切夫诗歌研究》，湖南文艺出版社2000年版，第271—288页，或见《丘特切夫的哲理抒情诗与谢林哲学》，《湘潭大学学报》1989年第4期（中国人民大学书报资料中心《外国哲学与哲学史》1989年第11期全文复印）。

的概括或探讨，本章拟对此进行初步的研究。

第一节　一切皆变与和谐思想

丘特切夫把深邃的思想、自然的形象、丰富的情感、瞬间的境界完美地融合起来，不仅在艺术上达到了相当的高度，而且具有极其丰富的哲学内涵，不愧为一位著名的哲学家诗人。这除了上述外国哲学的影响外，与俄罗斯的文化传统、诗人的个性也有着十分密切的关系。

在俄罗斯，文学与哲学一向关系极为密切，有时甚至堪称水乳交融。早在 18 世纪上半叶，特列季亚科夫斯基就认为诗是"最重要的哲学"①。我国学者林精华指出："现代俄国文学自走向成熟以来，就充分地显露出俄罗斯民族的价值追求方向，即把哲学、社会学、政治学、伦理学和宗教观念等功能很和谐地融进审美功能中去，文学的任务和使命在于提高读者的公民意识和发挥强大的社会作用。"② 俄罗斯当代学者、国学大师利哈乔夫更是明确指出："俄罗斯文学（散文、诗歌、戏剧）就是俄罗斯的哲学，也是俄罗斯创造性自我表现的特点，也是俄罗斯的全人类性"③，"在许多世纪里俄罗斯哲学与俄罗斯文学和诗歌紧密相连。因此研究俄罗斯文化应该联系罗蒙诺索夫和杰尔查文、丘特切夫和弗拉基米尔·索洛维约夫、陀思妥耶夫斯基、托尔斯泰、车尔尼雪夫斯基……"④

丘特切夫从小就喜好孤独地观察与沉思。还在童年时期，他就喜欢独自在花园里流连忘返，尽情观察与思考，也常常在薄暮时分，孤身爬上乡村公

---

① 转引自 [俄] 奥夫相尼科夫：《俄罗斯美学史》，张凡琪、陆齐华译，中国人民大学出版社 1990 年版，第 72 页。

② 林精华：《想象俄罗斯》，人民文学出版社 2000 年版，第 164 页。

③ [俄] 德·谢·利哈乔夫：《解读俄罗斯》，吴晓都等译，北京大学出版社 2003 年版，第 42 页。

④ [俄] 德·谢·利哈乔夫：《解读俄罗斯》，吴晓都等译，北京大学出版社 2003 年版，第 58 页。

墓远远的一隅，陶醉于紫罗兰的芳香和虔敬的沉思之中。成年以后，他更是形成了爱好观察与深思的个性。他的好友加加林公爵在一封信中谈到丘特切夫的这种个性："他对财富、地位甚至荣誉都不感兴趣。他最热心和最深刻的爱好是观察展现在他面前的世界画图，以毫不减弱的好奇心注视它的一切变化，并和他人交换印象。"①

丘特切夫以自己爱好观察与沉思的个性，以自己的人生体验与深刻思考创造性地吸收与转化外国哲学的影响、俄罗斯哲学与文学紧密相连的文化传统，在某种程度上把文学和哲学融为一体，并体现出全人类性或全球性。

不过，丘特切夫毕竟不是严格意义上的哲学家（职业哲学家），他不是像他们那样建立宏大的思想体系，通过比较严密的逻辑关系来层层深入地表现自己的哲学思想，而是以抒情诗来表述自己的哲学思考，回答哲学的问题。这是一种以形象的方式表达的哲学思想，虽无职业哲学家的逻辑严密、体系庞大，但也自成系统。由于哲学问题极其复杂，而且众说纷纭，人言各殊，也由于丘特切夫的思想既丰富又深邃，而且篇幅有限，此处只拟从普遍意义上的哲学这一角度，对丘特切夫的哲学观进行初步的研究。

关于普遍意义上的哲学，西方著名的哲学家多有论述，如黑格尔指出："哲学以思想、普遍者为内容，而内容就是整个存在"，"什么地方普遍者被认作无所不包的存在，或什么地方存在者在普遍的方式下被把握或思想之思想出现时，则哲学便从那里开始。"② 罗素也认为："当有人提出一个普遍性问题时，哲学就产生了"，"提出普遍性问题就是哲学和科学的开始。"③ 丘特切夫终生对自然、人、生命、心灵进行细致观察与深入探索，并把自己的探索与思考用诗歌形象地表达出来，从而形成了其诗歌思考存在、探索普遍性问题的显著的哲学特色：以诗对自然、心灵、生命乃至人在宇宙中的位置等人的本质问题进行执著、系统的探索，用抒情诗回答哲学的问题。因此，其诗歌富有深刻而丰富的哲学思想，主要表现为：一切皆变与和谐思想（含非理性的本体论神秘观）；回归自然、顺应自然的观念。本节只探讨其

---

① *Петров А. Личность и судьба Федора Тютчева, М.,* 1992, c. 71.
② ［德］黑格尔：《哲学史讲演录》第一卷，贺麟、王太庆译，商务印书馆1996年版，第93页。
③ ［英］罗素：《西方的智慧》，上，崔权醴译，文化艺术出版社1997年版，第6页、14页。

一切皆变与和谐思想，另一问题留待下一节研究。

丘特切夫的一切皆变与和谐思想，主要通过两组重要的哲学观念——"对立——和谐"和"变化——永恒"表现出来。

如前所述，丘特切夫深受德国古典哲学家谢林同一哲学的影响，而同一哲学中包含有丰富的辩证思想。谢林认为，人类自身存在着矛盾东西的对立统一："在人类中的是黑暗原则的整个能力，而正是在人类中也同时光明的整个力量。在人类中是最深的深渊和最高的天空，或者说是有两个中心。"① 而对象本身也存在着矛盾，正是矛盾的对立双方构成对象自身的同一："每种存在物只能在其对立物中启示出来，统一只有在斗争中才能启示出来。"② 事物是不断发展的，而发展是矛盾推动的，矛盾是一切事物运动、发展的源泉："对立在每一时刻都重新产生，又在每一时刻被消除。对立在每一时刻这样一再产生又一再消除，必定是一切运动的根据。"③ 而对立双方是可以相互转化的，正是对立导致了现实状况的改变，促进了事物的运动和发展。因此，在谢林看来，自然、社会和人的思维都是两种力量的对立不断解决、不断产生的过程，它们处于不断的运动中，世界并非现存各静止事物之总和，而是一个由低级到高级的发展过程："他认为辩证的过程在这世界上发挥作用，在这过程中有两种对立的活动（正和反），在一较高的合中结合并和谐或调和起来。他称为三重法：作用后面跟随着反作用；由对立产生和谐或合，这种合在时间的永无休止的运动中又要分解。"④ 而差别和矛盾（对立）最终归于无差别的绝对之中："在理智中一切斗争都应该取消，一切矛盾都应该统一起来。"⑤

丘特切夫接受了谢林哲学关于矛盾对立运动的辩证观念，但又以自己的人生体验与思索加以变化，更以诗的方式表现出来。在他看来，世上的一切

---

① ［德］马丁·海德格：《谢林论人类自由的本质》，薛华译，辽宁教育出版社1999年版，第283页。

② ［德］马丁·海德格：《谢林论人类自由的本质》，薛华译，辽宁教育出版社1999年版，第292页。

③ ［德］谢林：《先验唯心论体系》，梁志学、石泉译，商务印书馆1983年版，第148页。

④ ［美］梯利：《西方哲学史》，下册，葛力译，商务印书馆1979年版，第220页。

⑤ ［德］谢林：《先验唯心论体系》，梁志学、石泉译，商务印书馆1983年版，第264页。

皆由对立的双方共同构成，这些对立的矛盾总是在运动着，变化着，最后通过种种冲突，达到了统一，进入了和谐。因此，他在诗歌中极力表现世上的一切——从人类社会、自然万物到人的心灵的种种冲突，展示矛盾对立运动的过程，揭示一切皆变的社会、自然及心灵世界。

在社会中，诗人更多地表现的是政治方面的矛盾对立，如《两种统一》：

> 从盛满上帝的愤怒的酒杯中，
> 血溢了出来，西欧沉没在血泊里，
> 血涌向你们，我们的朋友和弟兄——
> 斯拉夫的世界，联合得更加紧密……
>
> "统一"，我们时代的先知者宣告：
> "或许只有用铁和血才能达到……"
> 但是我们将要用爱来统一——
> 那样我们看到的统一会更为牢靠……①

诗中的西欧与俄国不仅在政治上是对立的，而且在统一的方式上也是对立的：一个靠"铁"和"血"来统一，一个则靠"爱"来统一。诗人更表现了对这种人为对立的不满，希望它们能相互联合，形成新的和谐，如《"看，西方的天边上"》：

> 看，西方的天边上
> 燃起了晚霞的光焰，
> 渐暗的东方却穿上了
> 阴冷的灰色的鳞片。

---

① 《丘特切夫诗全集》，朱宪生译，漓江出版社1998年版，第493页。

> 它们之间可是有什么仇恨？
>
> 或是太阳并非它们的同一光源？
>
> 难道是这个不动的媒体
>
> 把它们割裂而不是相联？①

诗歌以象征的手法，表现了俄国（东方）与西欧（西方）的矛盾对立，并隐隐表达了让它们联合起来的渺茫希望（因为它们有着同一的光源——太阳）。

在思想成熟期的丘特切夫那里，甚至爱情，也充满了矛盾对立。在他看来，爱情是混沌世界本源的外在表现形式之———它作为一种自然初始便留下来的宿命的遗产，必然具有母体的种种特征，是一种原始的、无法控制的力量，因为自然界本身总是处于敌对力量的从不间断的冲突之中。因此，诗人在著名的"杰尼西耶娃组诗"中，不仅表现了这种原始性及其盲目性和毁灭性，而且，更深入地透过流行的两性在爱情中相爱与相融的观念，从爱情的快乐、幸福中看到不幸、痛苦，从两颗心灵的亲近中看到彼此的敌对："两颗心注定的双双比翼，就和……致命的决斗差不多"（《命数》），并在爱情中发现了多种对立的因素："有两种力量——两种宿命的力量"——一种是死，一种是人的法庭（《两种力量》）；一种是自杀，另一种是爱情（《孪生子》）；一种是幸福，另一种是绝望（《最后的爱情》）。

丘特切夫是著名的自然诗人，在自然诗中，他的"对立——和谐"观念体现得最为充分。他十分注意观察大自然的变化，留心捕捉春夏秋冬四季的交替，尤其擅长捕捉冬春之交大地从冬眠中苏醒时的矛盾斗争，并十分形象地表现在自己的诗歌之中，如《"冬天这房客已经到期"》：

> 冬天这房客已经到期，
>
> 却死赖着不肯迁出，
>
> 她白白发了一阵脾气，

---

① 《丘特切夫诗全集》，朱宪生译，漓江出版社1998年版，第195页。

春天却来敲打窗户。

这惊动了自然的一切，
大家都纷纷起来撵她，
听，天空中几只云雀，
已把赞歌洒上一片云霞。

冬天还是对春天咆哮，
并作出凌人的姿态，
但春天只是对她大笑，
并且比她嚷得更厉害……

那老巫婆被逼得跑开；
但是为了发泄怒气，
最后还抓起一把雪来
向那美丽的孩子掷去……

春天一点也没有受害，
索性在雪里洗个澡；
真出乎对手的意外，
她的面颊倒更红润了。①

　　全诗以拟人的手法，把冬化身为一个日薄西山的老太婆，而把春幻形为一位朝气蓬勃的小姑娘，通过她们的斗争，把冬春之交大自然对立因素的矛盾，形象生动地展示在我们面前，从而表现了诗人一向喜爱的一个主题——揭示大自然的争执。其他如《"太阳怯懦地望了一望"》表现了太阳与乌云、雷雨的斗争，《腊月的破晓》则表现了朝阳与黑夜的较量。诗人不仅喜爱描

————————————

① 《丘特切夫诗选》，查良铮译，外国文学出版社1985年版，第60—61页。

绘自然界各种力量之间的冲突，即所谓大自然的争执，而且喜欢写这些争执的因素经过冲突、斗争，最后达到新的和谐的境界，如《恬静》：

> 雷雨过了。巨大的橡树
> 被雷击倒，灰蓝色的烟
> 从枝叶间不断地飘出，
> 飞入雷雨洗过的碧空间。
> 林中的鸟儿早已在啼叫，
> 那歌声更加响亮动听；
> 彩虹从天上弯下一只角，
> 搭在高山翠绿的峰顶。①

雷雨骤至，自然界的一切都在动荡、冲突之中，各种元素相互矛盾甚至斗争，在这乱哄哄的矛盾斗争中，雷雨击倒了巨大的橡树，自然的和谐被混乱所取代。然而，一旦雷雨过去，自然那暂时的混乱便立刻让位给更永久的恬静，重重冲突停息了，重临的和谐更加可爱，也更令人珍惜——鸟儿的歌声"更加响亮动听"，彩虹更是以自己美丽的角把天空和大地连为一体。与此类似的诗，还有《雪山》、《阿尔卑斯》等。

诗人还在不少诗中表现了人与自然的对立，并渴望能像自然中既运动、变化又和谐一体的万物一样，加入自然优美和谐的大合唱，如《"在海浪的咆哮里"》：

> 在海浪的咆哮里有一种节拍，
> 在元素的冲击里有一种和声，
> 当芦苇在河边轻轻地摇摆，
> 簌簌的音乐就在那儿流动。

---

① 《丘特切夫诗选》，查良铮译，外国文学出版社1985年版，第18页。

万物都有条不紊，合奏而成

一曲丰盛的大自然的交响乐，

只有在我们虚幻的自由中，

我们感到和自然脱了节。

噫，为什么要有这种不协和？

为什么在万物的大合唱里，

这颗心不像大海一般高歌？

或像芦苇那样低语？①

　　诗人深感自然万物都有条不紊，合奏而成一曲丰盛而动人的大自然的交响乐，而人却因过分的自我意识无法感觉到自己只是大自然的一部分，因而与大自然不协和，无法融入其中。在这里，诗人已不只是反对西欧过分高扬的个人主义了，他甚至主张要取消或放弃人的自我意识，作为万物之一融入大自然和谐的交响曲。在《"灰蓝色的影子溶和了"》、《春》等诗中，他更是明确地高呼，愿摈弃自我，与那"一切在我中，我在一切中"的"安睡的世界合而为一"，"哪怕一瞬也好，让你自己/契合于这普在的生命！"

　　值得一提的是，这种"对立——和谐"的观念还在丘特切夫诗歌的意象体系中有所表现。在他的诗中，往往可以看到两类对立的意象体系：日与夜、山谷与山顶、海和梦、北方和南方、社会和混沌、文明和自然……日、山谷、海、北方、社会、文明……在诗人看来，是文明的象征，是不自然的事物，是夜、山顶、梦、南方、混沌、自然……的对立面，它们矛盾着，冲突着，一旦诗人达到自我意识阶段，它们就消失了，新的和谐重又来临。

　　丘特切夫的"变化——永恒"观念奠基于上述"对立——和谐"观念之上。诗人认为，正是世界上万事万物的矛盾对立，使整个宇宙充满了运动，一切都在运动着，一切也都在变化着。正因为这个世界总是处于矛盾冲突之中，使人难以安宁，而一切又都在变化之中，就像彩虹一样艳丽那么一

---

① 《丘特切夫诗选》，查良铮译，外国文学出版社1985年版，第154页。

瞬间，转眼又失去踪影，所以诗人渴望和谐，祈求和谐，并进而追求一种人世所难有的永恒。既然整个宇宙都处于运动变化的过程之中，一切皆变，为了表现世界万事万物的不断变化，丘特切夫最喜欢描写大自然的运动过程，如《"太阳怯懦地望了一望"》细致生动地描绘了由晴转雨又由雨转晴的自然天气转化过程，《"昨夜，在醉人的梦幻里"》更是细致入微地描写了晨光的流动。他还喜欢通过大自然对立力量的矛盾来表现大自然季节交替的运动，俄罗斯学者萨莫恰托娃指出："特别吸引丘特切夫的是自然生命在繁荣和衰落时表现出的过渡状态。"① 然而，最能体现丘特切夫"变化——永恒"这一哲学观念的，是其诗中的"时间"这一形象。

丘特切夫诗歌中的时间，主要可以分为宇宙的时间和历史的时间两种类型。它们既体现了诗人对变化的深切感受，也表现了诗人对永恒的向往与追求。

丘特切夫是一个极其早熟而且很早就有较深哲理感受的诗人，他12岁就写出了宇宙时间和历史时间交混的开阔、大气也深刻的《一八一六年新年献辞》：

> ……沿着不停旋转的时间的长河，
>
> 它的前驱已从大地上消失殆尽，
>
> 如沧海中的一滴，永远地沉默！
>
> 新年又至！上天的法规严格而神圣……
>
> 时间啊！你是永恒的一面流动的镜子！
>
> 一切都在倒塌，都要落入你的手心！
>
> 你的大限是多么威严而又神秘，
>
> 它起于那虚弱的要合上的眼睛！……
>
>
> 一个个世纪诞生之后又轮番逝去，

---

① *Самочатова О. Я.* Природа и человек в лирике Ф. И. Тютчева. В Россию можно только верить... Ф. И. Тютчев и его время: Сб. статей, Тула, 1981, с. 50.

> 这个百年又被那个百年拭擦干净。
> 什么能幸免于凶恶的克隆的愤怒？
> 什么能在这威严的上帝面前站稳？
> 沙漠之风在巴比伦的废墟上呼啸！
> 孟菲斯的兴盛之地已是野兽成群！
> 特洛亚如今已变成一片瓦砾，
> 四周荆棘缠绕，到处杂草丛生！……①

这里，节选的是其中的一部分，就是这短短的十几行诗，也足以说明诗人视野的开阔和思想的深沉：时间几乎是从悠远的古代开始，一个个世纪轮番逝去，一个百年紧接又一个百年；空间则包含了有古老的巴比伦、孟菲斯、特洛亚在内的整个大地。但一切在变，无物永恒——时间如流水，不舍昼夜地逝去，某一空间兴旺繁荣的文明也如过眼烟云，难寻踪迹。历史时间融合在宇宙时间里——空间中人类古老的文明被宇宙时间侵蚀得只留残迹。就是宇宙时间本身，也不断地更替着，被擦拭掉。宇宙的时间更集中、更明显地体现在以下几首诗中：《不眠夜》、《"午夜的大风啊"……》、《"被蓝色夜晚的恬静所笼罩"》。如《不眠夜》：

> 时钟敲着单调的滴答声，
> 你午夜的故事令人厌倦！
> 那语言对谁都一样陌生，
> 却又似心声人人能听见！
>
> 一天的喧腾已逝，整个世界
> 都归于沉寂；这时候谁听到
> 时间的悄悄的叹息和告别，

---

① 《丘特切夫诗全集》，朱宪生译，漓江出版社1998年版，第6—7页。

　　而不悲哀地感于它的预兆？

　　我们会想到：这孤凄的世间
　　将受到那不可抗拒的命运
　　准时的袭击；挣扎也是枉然：
　　整个自然都将遗弃下我们。

　　我们看见自己的生活站在
　　对面，像幻影，在大地的边沿，
　　而我们的朋友，我们的世代，
　　都要远远隐没，逐渐暗淡；

　　但同时，新生的、年轻的族类
　　却在阳光下生长和繁荣，
　　而我们的时代和我们同辈
　　早已被他们忘得干干净净！

　　只偶尔有时候，在午夜时光，
　　可以听到对死者的祭礼，
　　由金属撞击所发的音响
　　有时由于悼念我们而哭泣。①

　　这首诗表现的是：在永恒流逝的宇宙时间中，人的现在即将消失，新生的族类也会把前辈忘记，因此诗人为时间的无情而深感悲哀。《“午夜的大风啊”……》、《“被蓝色夜晚的恬静所笼罩”》则表现了面对永恒、神秘甚至美丽的宇宙世界和宇宙时间，人渴望“与无极的宇宙合一”。
　　历史的时间，主要集中表现于《西塞罗》、《“我驱车驰过利旺尼亚的平

---

① 《丘特切夫诗选》，查良铮译，外国文学出版社1985年版，第10—11页。

原"》、《"在这儿，生活如何沸腾"》等诗中。《西塞罗》一诗指出，尽管西塞罗感叹说："我来得太迟了！我才上路，罗马的夜就已面临着我"，但他毕竟送别了罗马的荣耀，因此是个"幸运的人"，最后宣称，谁"只要能看到世界的翻天覆地的一刻"，谁就走进了永恒之中："虽然活在世上，却好似神仙/啜饮着天庭的永恒之杯!"①《"我驱车驰过利旺尼亚的平原"》则表现的是：不论功业还是耻辱这些历史现象，都会在滚滚流逝的时光中淹没。《"在这儿，生活如何沸腾"》写得更为集中、深刻：

> 在这儿，生活曾经如何沸腾，
> 人喊马嘶，血水流成了河！
> 但那一切哪里去了？而今
> 能看到的，只有坟墓两三座……
>
> 是的，还有几株橡树在坟边
> 生得枝叶茂盛，挺拔动人，
> 它们喧响着——不管为谁追念，
> 或是谁的骨灰使它们滋荣。
>
> 大自然对过去毫不知道，
> 也不理会我们岁月的浮影；
> 在她面前，我们不安地看到
> 我们自己不过是——自然的梦。
>
> 不管人建立了怎样徒劳的勋业，
> 大自然对她的孩子一视同仁：
> 依次地，她以自己那吞没一切

---

① 详见《丘特切夫诗选》，查良铮译，外国文学出版社1985年版，第30—31页。

和使人安息的深渊迎接我们。①

　　这首诗初次发表时，题为《去武西日途中》。武西日古城是古代俄罗斯历史的一件残迹，该城公元 900 年已经存在，在 11 世纪中叶更成为武西日独立公国的首都，12 世纪后期这里发生过长期的激战，1238 年春天该城遭到破坏。诗人后来去掉初次发表的标题，正是试图使之具有更普遍的意义：在永恒的时间长河里，人的一切（功业也好，失败也好）都是微不足道的，时间改变一切，时间吞噬一切，真正永恒的，只有大自然。这与我国古代一些著名诗词所表达的思想感情极其相似，如唐代诗人刘禹锡的《西塞山怀古》："王濬楼船下益州，金陵王气黯然收。千寻铁索沉江底，一片降幡出石头。人世几回伤往事，山形依旧枕寒流。今逢四海为家日，故垒萧萧芦荻秋。"明代杨慎的《临江仙·"廿一史弹词"第三段说秦汉开场词》一词的上片："滚滚长江东逝水，浪花淘尽英雄。是非成败转头空。青山依旧在，几度夕阳红……"可见，丘特切夫在思想观念方面的确与东方极其相似，瞿秋白先生称其人生观"东方式得厉害"②，的确很有见地。

　　而且，大自然既是如此的神秘深沉，充满了如此多的不解之谜，又是那样的冷漠无情，对一切都不闻不问。这样，丘特切夫便越来越感到疑惑，甚至怀疑大自然是否存在奥秘与神秘性："大自然，这个古怪的斯芬克斯，／老爱用自己的考验把人们折腾，／哦，也许自从世界第一日开始／就没有什么谜语藏在它的心中……"③ 从而产生了与自然的疏离感，进而，产生了非理性的本体论神秘观。在《沉默》一诗中，他宣称心与心无法相通，"思想一经说出就是谎"，飞白先生曾就此论述道："这首名作不仅表现了现代西方的异化主题，同时也深刻地表现了丘特切夫对'存在'的本体的态度。诗人认为：思绪之所以不能让人理解，不仅由于社会的庸俗和肤浅，其更本质的原因是理性的词句在说明非理性世界（包括外在世界和内心世界）时的无能为力。

---

① 《丘特切夫诗选》，查良铮译，外国文学出版社 1985 年版，第 167 页，个别地方据原文作了改动。

② 《瞿秋白文集》（一），人民文学出版社 1954 年版，第 175 页。

③ 《丘特切夫抒情诗选》，陈先元、朱宪生译，漓江出版社 1986 年版，第 241 页。

能说明神秘的无底深渊的，唯有沉默，唯有心灵与宇宙的沉默的契合。"①

　　但心灵与宇宙的沉默的契合往往只存在于霎那间，而且这种境界是相当难得出现的，而时光却在一分分一秒秒地带着人的生命流逝，宇宙的奥秘对人的刺激反而更加强烈，诗人不禁由疑惑而产生恐惧，在极度的恐惧中诗人发现了人在宇宙中无所适从的尴尬局面，如《"庄严的夜从地平线上升起"》：

> 庄严的夜从地平线上升起，
> 可爱的白日啊，我们的慰安，
> 立刻像一幅金色的画帷
> 被它卷起，露出无底的深渊。
> 外在的世界梦幻似地消失……
> 而人，突然像孤儿，无家可归，
> 只有站在幽暗的悬崖之前
> 软弱无力，赤裸裸地颤巍。
>
> 智力已无用，思想失去了依据，
> 他只有靠自己了，因为外间
> 再也没有任何支持或藩篱，
> 唯有心灵，像深渊，任由他沉湎……
> 现在，一切明亮、活跃的感印
> 对他都好似久已逝去的梦……
> 而那不可思议，幽暗和陌生的，
> 他看到：原来是久远的继承。②

　　在这里，诗人高度集中而又生动形象地展现了人在宇宙中无所适从的尴尬局面：面对宇宙的本原，面对那无底的深渊，人深感像孤儿无家可归，再

----

① 飞白：《试论现代诗与非理性》，《外国文学评论》1987 年第 2 期。
② 《丘特切夫诗选》，查良铮译，外国文学出版社 1985 年版，第 83 页。

没有任何支持或藩篱，智力已无用，思想也失去了依据，只能赤裸裸地、软弱无力地颤栗在幽暗的悬崖之前！这种在宇宙本原面前无家可归、极其软弱无力的"孤儿感"，入木三分地表现了人无所适从的尴尬局面，已与20世纪现代派文学的此类思想相通，很有现代性！同类的诗还有《日与夜》、《"午夜的大风啊"……》等。

　　正是由于一切皆变，人所创造的一切无法永恒，人又具有极其强烈的孤独感，而唯一永恒的只是大自然，因此，人力求融入这永恒的和谐之中。这样，诗人在不少诗中表达了渴望与永恒的大自然融合为一以追求永恒的思想，如《春》：

> ……美好的春天……她不知有你，
> 也不知有痛苦和邪恶；
> 她的眼睛闪着永恒之光，
> 从没有皱纹堆上她前额。
> 她只遵从自己的规律，
> 到时候就飞临到人间，
> 她欢乐无忧，无所挂碍，
> 像神明一样对一切冷淡。
>
> 她把花朵纷纷洒给大地，
> 她鲜艳得像初次莅临，
> 是否以前有别的春天，
> 这一切她都不闻不问。
> 天空游荡着片片白云，
> 在她也只是浮云而已，
> 她从不想向哪儿去访寻
> 已飘逝的春天的踪迹。
>
> …… ……

个体生活的牺牲者啊！

来吧，摈弃情感的捉弄，

坚强起来，果决地投入

这生气洋溢的大海中！

来，以它蓬勃的纯净之流

洗涤你的痛苦的心胸——

哪怕一瞬也好，让你自己

契合于这普在的生命！①

　　这首诗首先极力抒写"春"的年复一年，鲜艳依旧，而且对一切都不闻不问，无所挂碍，其哲思类似我国宋代词人晁补之的《水龙吟·次韵林圣予〈惜春〉》一词的上片："问春何苦匆匆，带风伴雨如驰骤……吹尽繁红，占春长久，不如垂柳。算春长不老，人愁春老，愁只是、人间有"，充分写出了大自然的永恒与冷漠，最后则是面对大自然的永恒深感人生短暂的诗人，渴望投入这永恒与普在的生命之中。《"灰蓝色的影子溶和了"》、《"午夜的大风啊"……》、《"被蓝色夜晚的恬静所笼罩"》等诗，与此诗表达的思想感情类似：诗人渴望与那"一切在我中，我在一切中"的"安睡的世界合而为一"，"与无极的宇宙合一"，融入永恒、宁静、天人合一的大自然之中，获得永久的和谐与安宁。

第二节　回归自然、顺应自然观念

　　既然一切都处于矛盾对立的冲突之中，人的心灵自然也不例外，要时时

①《丘特切夫诗选》，查良铮译，外国文学出版社1985年版，第73—75页。

承受对立双方的冲突乃至撕扯，搞得精疲力竭，痛苦不堪，而且，一切皆变，一切都如流水，匆匆即逝，人在浩瀚无垠的宇宙中无所依傍，像无家可归、软弱无力的孤儿，而永恒和谐、年复一年青春永驻的只有大自然，因此，尽管有时对大自然这个斯芬克斯表示疑惑，丘特切夫还是形成了回归自然、顺应自然的观念。这种回归自然、顺应自然的观念，使他在某种程度上成为 20 世纪生态哲学、生态伦理学的先驱，至少与这一思潮相通。

首先，丘特切夫认为自然像人一样，是一个有着自己的灵魂、独立的生命的活的有机整体，如《"大自然并不是你们想象的那样"》：

> 大自然并不是你们想象的那样，
> 它不是图形，不是一张死板的脸——
> 它有自己的灵魂，它有自己的意志，
> 它有自己的爱情，它有自己的语言……
>
> …… ……
>
> 你们看看树上的枝叶、花朵，
> 难道这些都是那园丁的制作？
> 你们再看母体内孕育的硕果，
> 难道是外界异己力量的恩泽？
>
> …… ……
>
> 他们不会观察，也不会谛听，
> 生活在无比黑暗的小小天地。
> 他们认为，海浪中没有生命，
> 他们仅仅知道太阳不会呼吸。

光芒还没有照入他们的胸间，

他们心中的春天还没有开花。

他们四周的森林不可能交谈，

满天的繁星也只是一个哑巴！

河流和森林美妙神奇的语言，

使滂沱大雨的心房激情洋溢，

这大雨和善友好的夜间聚谈，

没有和他们细细地一起商议。

这不是由于他们自己的错误，

须知他们的器官是又哑又聋！

唉！即使大地母亲亲自来打招呼，

也不会使他们的心灵受到激动！……①

　　这首诗被称为丘特切夫诗歌的泛神主义宣言，是其自然诗的一首纲领性
作品。它宣称大自然并非死板的图形，而是一个活生生的生命有机体，有着
自己的灵魂、意志、爱情和语言，并且，直接批评那些把自然视为死板的图
形的大众"生活在黑暗的小小天地"里，不会观察，也不会谛听，"他们的
器官是又聋又哑"，对大自然的生命乃至生机和灵气全无感应，即使大地母
亲亲自来打招呼，"也不会使他们的心灵受到激动"。诗中还有些言论可能
相当激烈，以至有整整两节共八行诗被当时的书刊检察官删去了（译者以
省略号代替）。面对当时普遍盛行的、占主流地位的西方传统思想观念——
人类中心、把自然视为被征服的僵死物质或无生命的客体，丘特切夫挺身而
出，在这首诗里以高昂的热情、激烈的言论，与之展开争论，而且有理有
据，义正词严，有很强的说服力与艺术感染力。对此，俄罗斯当代学者明确

---

① 《丘特切夫抒情诗选》，陈先元、朱宪生译，漓江出版社1986年版，第85—86页，引用时部
　　分地方做了改动。

指出:"这首诗确立了自然主权的思想,它用来反对那些鼓吹人肆意践踏自然,使自然服从于人的意志的庸俗物质主义者,反对把自然看成是上帝意志的'图形'的教义。"① 在《春水》一诗中,他更是以生动形象的语言写出了大自然的活的生命:

> 田野里还闪着积雪,
> 春天的河水已在激荡——
> 流啊,流啊,它唤醒了
> 沉睡的两岸,边流边唱:
>
> "春天来了,春天来了!
> 我们是新春的先锋,
> 她派我们先来通报。"
> 果然,紧随着这片喧声,
>
> 文静、温和的五月
> 跳起了欢快的环舞,
> 闪着红面颊,争先恐后
> 出现在春水流过的峡谷。②

在这里,春天的河水是新春派来的先锋,它在新春到来之前,先行一步,以歌声向人们通报春天的到来,而五月(即新春——俄罗斯天寒地冻,到五月才出现新春)简直像健康美丽的淑女,她"文静、温和","闪着红面颊","跳起了欢快的环舞"。被当时的人们视为冰冷物质的春水以及仅仅代表着一个季节的春天,在此是以生机盎然的生命形式出现的。由上可见,丘特切夫眼中的自然,既非古希腊人那样是众神的殿堂,也不是基督教中上

---

① *Академия Наук СССР Институт мировой литературы.* История русской литературы, Т. 3., Л., 1982, c. 417.

② 《丘特切夫诗选》,查良铮译,外国文学出版社 1985 年版,第 33 页。

帝这宇宙的唯一创造者的神庙，而是一个生气勃勃的生命有机体。苏联学者布拉戈伊指出：“在丘特切夫的意识里，自然没有任何静止的、僵死的东西，一切运动着，一切呼吸着，一切生活着。”① 因此，作为一个生命有机体的大自然的一切，都为丘特切夫热爱，也在其笔下得到了广泛的描绘。列夫·奥泽罗夫在论述丘特切夫及其诗歌时指出：“他喜爱尘世的一切，喜爱现实生活的丰富多彩，渴望用自己的整个生命去了解它们。他喜爱春天的雷雨和初萌感情的汛滥，喜爱太阳下闪光的白雪和群山的顶峰，喜爱骑兵队似的海浪和当‘万物在我中，我在万物中’的黄昏时候神秘的宁静，喜爱一端架在森林上，另一端隐在白云中的彩虹，喜爱天空中飞翔的鸟群和‘在悠闲的犁沟里’闪闪发光的‘蛛网的细丝’。世界的一切元素对他敞开：大地，水，火，空气。”② 因而，“‘奇异的生机’的闪光，早晨的宁静，夜的沉入幻想的宽广，春天的繁荣，‘微笑在一切中，生命在一切中’的时候，夏天的正午，凉爽的灌木林，风平浪静的大海，令人狂喜的蓝色海湾，‘一颗颗喷泉的珠玉’，往远处浮游的白云，所有这一切充满了丘特切夫的诗。”③

　　进而，丘特切夫认为自然能给人以力量，能提升人的精神境界，人是自然的一部分，应该顺应自然，加入大自然的和谐之中。在《“不，大地母亲啊”》一诗中，他表达了对大地母亲的无比热爱和热烈赞美，也写到大地母亲能给自己以力量，使自己精神轻松，充满幻想；在《“曾几何时……”》一诗中，他进而写到大自然对自己精神的提升：“曾几何时，啊，在幸福的南方，/曾几何时，我与你面对着面——/你可是像敞开的伊甸园，/让我这个游子举步欲前？/尽管我还没有心醉神迷——/可心儿却被新的情感侵占——/对着面前的伟大的地中海，/我凝神倾听它波浪的歌声！”④ 面对美丽、伟大的地中海，诗人有了新的感触，不禁油然产生了新的情感，精神发生了变化。在《“你，我的大海的波涛”》一诗中，他进一步抒写了大自然

① *Благой Д. Д.* Лителатура и действительность, М, 1959, с. 447.
② *Озеров Л.* Галактика Федора Тютчева. Тютчев Ф. И. Стихотворения, М., 1985, с. 5.
③ *Озеров Л.* Галактика Федора Тютчева. Тютчев Ф. И. Стихотворения, М., 1985, с. 16.
④《丘特切夫诗全集》，朱宪生译，漓江出版社1998年版，第189页。

变幻的美以及心灵在大海的静美中的沉醉：

> 你，我的大海的波涛，
> 我的任性无羁的波涛，
> 像在安息，又像在嬉戏，
> 你的生命充满着奇妙！
>
> 有时你对着太阳微笑，
> 倒映出那高高的苍穹；
> 有时你又骚乱不安，
> 把这野性的深渊搅动。
>
> 你的呢喃使我感到甜蜜，
> 它里面充满温存和爱情，
> 那暴怒的怨言我也能听懂，
> 它是一种预言性的呻吟。
>
> 即使在狂暴的自然中，
> 你时而阴沉，时而明朗，
> 但在你的蓝色的夜晚，
> 你要把捕获的东西珍藏。
>
> 我投进你胸膛之中的，
> 不是作为礼品的戒指；
> 我藏在你心脏之中的，
> 不是晶莹剔透的宝石。
>
> 不，在这命定的时分，
> 我迷恋于你神秘的美，

> 我把心，一颗活的心，
> 埋葬在那深深的海底。①

　　大海是大自然和整个宇宙最生动的形象和象征。这神秘深沉的大海，安静时风平浪静，温和秀丽，近处浅绿，远处碧蓝，以富于变化和层次感的种种颜色使人领悟大自然的神奇；愤怒时汹涌咆哮，白浪滔天，惊涛拍岸，卷起千堆雪，以宏大的气势、雄伟的力量让人在强烈的震撼中拓展心灵。因此，诗人称它"任性无羁"，认为它既有"充满温存和爱情"的甜蜜的轻轻呢喃，又有暴怒的预言性的呻吟——而它们，都能使热爱大海的人在精神上有所收获。但诗人更喜爱更陶醉的是，在那宁静的蓝色夜晚，大海一碧万顷，晶莹纯净，宁静茫茫，神秘漫漫，茫茫的宁静中漫漫的神秘与纯净的美在袅袅升腾的薄雾中弥漫，使诗人陶醉得竟然让心灵不知不觉间沉入了深深的海底。这就极其生动形象地写出了大海的美对自己精神的提升，以非常巧妙的方式为大海的美唱了一首颂歌。正因为自然之美能慰藉人的心灵，提升人的精神境界，使人陶醉于迷人的美中，因此，诗人在不少诗中一再希望人能摆脱这虚幻的自我，融入作为整体的大自然之中，如《"灰蓝色的影子溶和了"》：

> 灰蓝色的影子溶和了，
> 声音或沉寂，或变得暗哑，
> 色彩、生命、运动都已化做
> 模糊的暗影，遥远的喧哗……
> 蛾子的飞翔已经看不见，
> 只能听到夜空中的振动……
> 无法倾诉的沉郁的时刻啊！……
> 一切在我中，我在一切中！……

---

① 《丘特切夫诗全集》，朱宪生译，漓江出版社 1998 年版，第 290—291 页。

> 恬静的幽暗，沉睡的幽暗，
> 请流进我灵魂的深处；
> 悄悄地，恺郁地，芬芳地，
> 淹没一切，使一切静穆。
> 来吧，把自我遗忘的境界
> 尽量给我的感情充溢……
> 让我尝到湮灭的存在，
> 和安睡的世界合而为一！①

丘特切夫认为，西欧高扬个性与自我，使整个社会过分追求个性与独立，最终发展成为极端的自我主义。这种极端的自我主义追求的是一种个人虚幻的自我，这种自我不仅使人与人之间的关系紧张，更使人把自然当做僵死的物质，而无法与之沟通，因此，他在诗中一再希望抛弃这虚幻的自我，而与整个大自然融为一体，在前述之《春》中，他宣称要抛开个体，投入大自然那"生气洋溢的大海"，与"普在的生命"契合。在前述之《"在海浪的咆哮里"》一诗中，他更是指出："万物都有条不紊，合奏而成/一曲丰盛的大自然的交响乐，/只有在我们虚幻的自由中，/我们感到和自然脱了节。"在这首《"灰蓝色的影子溶和了"》中，诗人表达了同样的主题：要遗忘自我，"和安睡的世界合而为一"，进入庄严而又迷人的"静穆"，进入"一切在我中，我在一切中"的美好境界。《"生活中会有些瞬息"》则进而写出了人与自然和洽一体的动人境界：

> 生活中会有些瞬息——
> 难以言传，只能意会。
> 那是上天赐予尘世的良机，
> 让人怡然自得，忘乎所以。

---

① 《丘特切夫诗选》，查良铮译，外国文学出版社1985年版，第50页，个别地方有改动。

> 我头顶上的树梢，
>
> 在发出阵阵喧哗。
>
> 只有天上的小鸟，
>
> 在和我交谈对答。
>
> 一切庸俗而又虚伪的东西，
>
> 离我们这样遥远。
>
> 一切神圣而又可爱的东西，
>
> 与我们这样亲切。
>
> 我欢愉，我甜蜜，
>
> 世界就在我心中，
>
> 我真是醺醺欲醉——
>
> 时光啊，请停一停！①

　　人与自然融合为一、和洽一体的境界，是天人合一的最高境界，这和境界十分美妙，但往往极其短暂，只有如梦似幻并且难以言传的那么一个瞬间，我国晋代的陶渊明在"采菊东篱下，悠然见南山"的瞬间，与自然和谐一体，但旋即深感"此中有真意，欲辩已忘言"（《饮酒·其五》），宋代词人张孝祥在 1166 年将近中秋时经过湖南洞庭湖，面对着"玉鉴琼田三万顷"的平湖秋月的浩渺景色，霎时间觉得"素月分辉，明河共影，表里俱澄澈"，甚至"不知今夕何夕"，但也深感"悠然心会，妙处难与君说"（《念奴娇·过洞庭》）。和陶渊明、张孝祥一样，丘特切夫这首诗也十分生动地写出了在天人合一的瞬间自己的美妙感受：一切庸俗、虚伪的东西，远远离开了；一切神圣、可爱的东西，则显得更加亲切；此时此刻，诗人深感"世界就在我心中"，觉得欢愉、甜蜜，甚至忘乎所以，醺醺欲醉，并发出了类似浮士德那样的高喊：你真美啊，请停一停！但他也指出，这美妙的瞬间，"难以言传，只能意会"，这既令人满足又让人感到无比遗憾。

　　在此基础上，丘特切夫认为人在根本上与自然相通，具有自然的非理性

---

① 《丘特切夫诗全集》，朱宪生译，漓江出版社 1998 年版，第 317 页。

的因素，比较早地认识到潜意识的东西深藏在人的心灵底层。如《"午夜的大风啊"……》：

午夜的大风啊，你在哀号什么？
为什么怨怒得这样的疯狂？
你的凄厉的声音意味着什么？
忽而幽怨低诉，忽而大吼大嚷？
你以这心灵所熟悉的语言
在倾诉一种不可解的苦痛，
你朝它深深挖掘，从那里面
有时竟发出多狂乱的呼声！……

哦，是的，你的歌在对人暗示
他可怕的故乡，那原始的混沌！
夜灵的世界听到你的故事
正感到多么亲切，听得多凝神！
别再唱吧！不然，它就要从胸中
挣出来，与无极的宇宙合一！……
哦，别把这沉睡的风暴唤醒——
那下面正蠕动着怎样的地狱！……①

俄国现代宗教哲学家弗兰克指出："夜风的呼号与灵魂深处的忧伤的倾诉，都是同一种宇宙存在本质的表现。自然的杂乱无章——我们的母亲的怀抱——隐藏在我们自己的心灵深处，因此尽管它不可得见，却仍然在每个人心中引起反响。"② 午夜的大风是自然原始力量的象征，它在夜深人静的时候，唤醒了人对原始的故乡——混沌世界的记忆，搅醒了人心灵深处"沉

---

① 《丘特切夫诗选》，查良铮译，外国文学出版社1985年版，第55页。
② ［俄］弗兰克：《俄国知识人与精神偶像》，徐凤林译，学林出版社1999年版，第19页。

睡的风暴"——潜意识，诗人对此既觉得欣喜又感到害怕，只得请求它别
唤醒那个蠕动着的"地狱"。在《"庄严的夜从地平线上升起"》一诗中，
他进而写道，当庄严的夜从地平线上升起后，无底的深渊显露在人们面前，
心灵深处的一切涌动着，诗人发现，心灵底层"那不可思议，幽暗和陌生
的"，"原来是久远的继承"。在《"好似海洋环绕着地面"》一诗中，诗人
更是明确指出生命被梦寐围抱，并写到无限、深渊、夜间的海洋，它们构
成非理性的一切。关于丘特切夫诗歌中的非理性、无意识内容，俄中学者
已多有论述。如弗兰克指出："他的全部抒情诗都贯穿着诗人面对人的心
灵的深渊所体验到的形而上学的颤栗，因为他直接感受到人的心灵的本质
与宇宙深渊、与自然力量的混沌无序是完全等同的。"[1] 飞白先生也认为，
丘特切夫的"全部诗歌创作，仿佛就是一座沟通理性与非理性、意识与无
意识的桥梁。他的诗中，汪洋梦境在生活的四周喧哗，混沌之世在我们的脚
下晃动，无声的闪电在天边商议神秘的事情，秋景的微笑露出了'面临苦
难的崇高的羞怯'……通过他的笔触，一切事物都获得新的神秘的光彩"[2]。

　　正因为如此，诗人重视梦幻、直觉乃至想象，反对以理性剥夺自然的神
秘，并且具有类似于现代生态保护的某些观念。他在《致安·尼·穆拉维
耶夫》一诗中指出，理性排斥大自然的神秘——神奇的想象，让宇宙中的
一切全都"遵从狭窄的法规"，把生活搞得四分五裂，毁灭了一切，因此，
必须向古代人民学习，他们遵从神奇的想象，生活在大自然母亲的怀抱，熟
悉大自然母亲的一切，在他们眼里，一切都是有生命的，并奉劝安德烈·尼
古拉耶维奇·穆拉维耶夫，不要过分相信科学和理性，把大自然视为无亐命
的僵死东西而尽力驱除神奇的想象。丘特切夫在诗中不仅一再主张像古代的
人民一样，融入大自然，与自然和谐一体，而且，比较超前地提出要遵从自
然规律，爱护大自然的一切生命，如《"难怪仁慈的上帝……"》：

---

① ［俄］弗兰克：《俄国知识人与精神偶像》，徐凤林译，学林出版社1999年版，第18页。
② 飞白：《试论现代诗与非理性》，《外国文学评论》1987年第2期。

难怪仁慈的上帝会
造就出胆怯的小鸟——
赐予它以敏感的胆怯，
作为危险可靠的担保。

与人亲近，对这可怜的
小家伙不会有什么好处，
与人越亲，就越近劫运——
免不了要落入他们之手……

你看小姑娘养大一只小鸟，
从鸟巢一直到长出了绒毛，
她给它喂食，抚养它长大，
不论是抚爱，还是操劳，
她从不怜惜，从不计较。

但你，小姑娘，不管你怎样
爱它，为它焦虑，被烈日烘烤，
那不容怀疑的一天将会来到，
你的小鸟将会在你手中死掉……①

  这首诗是诗人写给自己的一个女儿的。小姑娘爱鸟，养了一只小鸟，诗人对此是不赞同的，他出于一切都须遵从自然的信念，认为这样做是违背自然的：仁慈的上帝赐予小鸟"敏感的胆怯"来保护自己，落入人的手中，与人过分亲近，有悖于小鸟的天性——"敏感的胆怯"，这会给它带来劫运，因此，无论小姑娘怎样为小鸟操劳，小鸟也将会被她弄死。在这首诗里，诗人一方面奉劝小鸟不要违背自己的天性，过分与人亲近，另一方面，

---

① 《丘特切夫诗全集》，朱宪生译，漓江出版社1998年版，第279—280页。

又委婉地劝说自己的女儿，最好顺应自然的规律，让小鸟自然成长。这首诗比较含蓄地表达了诗人类似于今天爱护动物、任其自然生长的生态保护思想。此外，诗人还有比较超前的某些生态观念，如《在乡村》一诗里，诗人写道：一条狗突然追逐小河中的鹅群鸭群，使它们"四处乱飞乱撞"，"傻乎乎地乱叫乱嚷"，并且认为，"这里面有它的目的"："懒散的群体之中有血液淤积……/于是，那至善至美的上帝，/揭开胡作非为之徒的锁链，/要使鹅鸭至死都不会忘记/自己那对生死攸关的翅翼。"① 当今世界，人们普遍认为，由于人工饲养和环境破坏等原因，不少动物已丧失了自己固有的生存能力（如动物园的老虎），必须让动物自然生长，以恢复其固有的生命活力和生存能力，丘特切夫的上述思想与当代的生态观念完全合拍。

丘特切夫还希求过一种十分简朴但时时与自然相处，不断追求精神升华的生活。如《漂泊者》：

> 宙斯悦纳贫穷的香客，
> 神圣的华盖在他头上煜烨！……
> 无家可归的流浪者
> 成了天国众神的宾客！……
>
> 众神手创这奇妙世界，
> 千姿百态，气象万千，
> 就在他的面前一一展现，
> 给他以启示、教益和喜悦……
>
> 通过村庄、田野和城市，
> 他的道路无比光明——
> 整个大地任随他步行，

---

① 详见《丘特切夫诗全集》，朱宪生译，漓江出版社1998年版，第471—472页。

他看见一切并称颂上帝！①

　　漂泊者尽管物质生活十分简朴甚至极其贫穷，是"无家可归的流浪者"，但他的精神生活却无比富足，他受到万物之父和众神之父宙斯的悦纳，村庄、田野、城市乃至整个大地都敞开在他面前，任随他步行，他的道路无比光明，他从这美妙大千世界的千姿百态、万千气象中，随时获得"启示、教益和喜悦"。这种追求简朴生活并尽力融入自然以充分体验自然之美、丰富精神的思想，与美国著名作家梭罗（1817 年—1862 年）极其相似。梭罗被称为浪漫主义时代最伟大的生态作家，一生致力于生活艺术化，"追求简朴，不仅是生活上、经济上的，而且是整个物质生活的简单化"，尽可能"过原始人，特别是古希腊人那样的质朴生活"，同时，"全身心投入地体验田园风光"，"认识自然史"，"认识自然美学，发掘大自然的奇妙神秘的美"。从 1845 年 7 月 4 日开始，他在美国康科德郊外瓦尔登湖畔的一座小木屋里隐居了 26 个月，除少量从事为基本物质需要的劳动外，其余时间全部用于读书和与大自然沟通。② 因为在他看来，最高的美和人的发展来自个人对森林、河流、湖泊、山峦、晨雾、朝霞亦即大自然的一切的灵感和体验的升华，美好的生活是精神生活的充实和丰富，是人格的提升，它不是通过越来越多地积累知识、占有财富来达到的，而是通过对自然和人性美的敏锐感受来实现的。

　　在此基础上，丘特切夫厌弃庸俗、忙碌的物质追求，向往高洁、宁静的精神世界，厌弃短暂、纷纭的现实，追求永恒、纯净的天国，力求登上山顶，飞向天空（而山顶、天空在丘诗中是纯洁、永恒与精神境界的象征），力求忘掉自我，融入世界的整体，融入永恒、普在的生命之中，甚至希望用艺术创造一个"人工的天堂"，让自己的灵魂有所安顿。③

　　以上这一切思想观念，与西方传统的思想观念颇为不同。

　　众所周知，"二希"文化是西方文化的源头。"二希"文化都有强调主

---

① 《丘特切夫诗选》，查良铮译，外国文学出版社 1985 年版，第 19 页。
② 详见王诺：《欧美生态文学》，北京大学出版社 2003 年版，第 107—108 页。
③ 详见曾思艺：《丘特切夫诗歌研究》，湖南文艺出版社 2000 年版，第 178—179 页。

客二分（"主体—客体"）的传统，只是古希腊文化直接强调人以其主体性认识自然这客体，而古希伯来文化则间接一些（通过上帝授权给人的方式）。整个古希腊文化的核心就是个体性。在社会关系上，古希腊人认为，凡是不能支配自己和由人摆布的人都是奴隶，在哲学上，则提出了以质点、个体为特征的原子论思想，力求探索自然的奥秘。这种重视个体性的思想随着文明的进步、科技的发展，在人与自然的关系上也必然表现出来，普罗泰戈拉宣称："人是万物存在的尺度，是存在事物存在的尺度，也是不存在的事物不存在的尺度"[①]。这种思想确立了人在宇宙中的中心地位，强化了主客二分的传统，把自然当做苦苦探究的客体对象。而古希伯来文化和基督教的经典《圣经·旧约》也十分强调人类中心、人与自然的对立甚至人对自然的征服，如《创世记》中上帝就公开宣布让人"管理海里的鱼、空中的鸟、地上的牲畜和全地，并地上所爬的一切昆虫"，并明确指示人："我将遍地上一切结种子的菜蔬和一切树上所结有核的果子，全赐给你们做食物"，"凡地上的走兽和空中的飞鸟，都必须惊恐、惧怕你们；连地上一切的昆虫并海里一切的鱼，都交付你们的手。凡活着的动物，都可以作你们的食物，这一切我都赐给你们，如同蔬菜一样"。因此，美国学者怀特指出："与古代异教及亚洲各种宗教（也许拜火教除外）绝对不同，基督教不仅建立了人与自然的二元论，而且还主张为了其自身的目的开发自然是上帝的意志。"[②]

因此，自"二希"文化合流的文艺复兴以后，人们普遍盲目自大地认为，人是"宇宙的精华，万物的灵长"，形成了突出的人类中心观念，进而把古希腊开始的对自然的穷究发展为征服自然、主宰自然。其中，英国的弗兰西斯·培根在确立人类征服与统治自然的观念方面，起了相当重要的作用。他不仅明确提出人类中心论，阐述了自然只是为着人类的目的而存在："如果我们考虑终极因的话，人可以被视为世界的中心；如果这个世界没有人类，剩下的一切将茫然无措，既没有目的，也没有目标，如寓言所说，像

---

① 转引自北京大学哲学系外国哲学史教研室编译：《古希腊罗马哲学》，三联书店1957年版，第133页。
② 转引自余谋昌：《生态哲学》，陕西人民教育出版社2000年版，第168页。

是没有捆绑的帚把，会导向虚无。因为整个世界一起为人服务；没有任何东西人不能拿来使用并结出果实。星星的演变和运行可以为他划分四季、分配世界的春夏秋冬。中层天空的现象给他提供天气预报。风吹动他的船，推动他的磨和机器。各种动物和植物创造出来是为了给他提供住所、衣服、食物或药品的，或是减轻他的劳动，或是给他快乐和舒适；万事万物似乎都为人做事，而不是为它们自己做事。"① 而且，他还指出了人类更好地支配与统治自然的方法——发展科学和技术："这一观点概括在他的名言'知识就是力量'中，这里的力量是'支配'的能力、是有效的控制的实现。这种支配和控制作为一种知识形态，就是将自然对象化，并框定在一个逻辑和理性的框架内，使我们能够准确方便的预期；作为一种实践形态，就是按照我们的意志让自然奉献出我们所需要的东西。"②

张世英先生则从哲学的角度指出，在笛卡尔及其以后的西方哲学中，主客二分的关系模式，不仅仅是一般地指人与物的关系，而是以"我"为"主"，以"物"为"对象"、为"客"的关系模式。在这一关系中，主客双方并非一种平等关系，而是一种"主动—被动"的关系，是一种"征服—被征服"的关系。在这里，只是主体（人）有主动性，客体是被动的；主体是征服者，客体是被征服者。这种关系是"客体"、"对象"为"我"所用的关系，有点类似黑格尔所比喻的"主人—奴隶"关系。由于主体与客体的这一不平衡的关系，就自然而然地产生出人类中心论的观点。所以，西方哲学中的主体性与人类中心论有着内在的联系。③

值得一提的是，在西方传统思想尤其是自然观发展的过程中，启蒙运动更是进一步把人对自然的征服作为主要目标。启蒙时代又叫理性时代，正是因为启蒙运动的旗帜就是理性。而"理性的优先主导性的引申之一产生了一种含糊却广泛存在的对'进步'的设定。一般知识分子认定进步之为物，

---

① 转引自何怀宏主编：《生态伦理学——精神资源和哲学基础》，河北大学出版社2002年版，第274—275页。

② 何怀宏主编：《生态伦理学——精神资源和哲学基础》，河北大学出版社2002年版，第275页。

③ 详见《哲学的问题与方向探讨——访张世英教授》，《哲学动态》1999年第7期。

无非日益有效地运用理性，以控制自然与文化的环境。"① 笛福的《鲁滨逊漂流记》是极能体现启蒙精神的典型的启蒙文学作品，宣扬的主要就是流落荒岛的鲁滨逊不怕艰难，凭借自己顽强的劳动，征服自然，用自己的双手创造了一个取之于自然的新天地，极端肯定了人对大自然的征服。斯宾格勒在其名著《西方的没落》中称为西方近代文化象征的歌德的《浮士德》，更是高度赞扬了人对大自然的征服：浮士德一生五个阶段的探寻，前四个阶段均以悲剧而告终，但最终却找到了正确的途径——发动群众，移山填海，并且得出了智慧的最后断案："要每天每日去开拓生活和自由，然后才能做自由与生活的享受"。而这种开拓，在某种程度上就是对大自然的开拓与征服，是指人迫使大自然献出更大的空间、资源乃至财富供其占有，从而获得生活的享受，活得更加自由。

正是在上述一系列观念的影响下，人们比较普遍地认为，自然只是一个没有生命的资源宝库，是人征服的客体，而人是自然的主人，主宰着并能随心所欲地享用自然的一切。这样，理性与自然科学、科技文明的辉煌胜利，使"人再也看不到世界和自然的奥秘和神秘性，人和最高的真实失去了接触。古人经由神秘知识，诗人经由想象，哲学家经由他们整体性的理解，都和这最高的真实有所接触。今天是有史以来人类头一回除了他自己和他自己的产品外无以所对。现代人甚至和他内在的自我都失去了接触，科学和技术不再帮助人更深入一层地去寻获世界和自我内心的度向。科学和科技用人自己的构式和发明，计划和目标来阻挡人，以至于现代人只能从理性的构思和实用性的观点来看自然。今天，一条河在人看来只是推动涡轮机的能源，森林只是生产木材的地方，山脉只是矿藏的地方，动物只是肉类食物的来源。科技时代的人不再和自然做获益匪浅的对话，他只和自己的产品作无意义的独白"②。这使人们更加陶醉于感官刺激和物质享受，更尽情甚至更疯狂地掠夺大自然，终于导致了现代社会的诸多病症，尤其是生态危机和环境恶化。

---

① ［美］艾恺：《世界范围内的反现代化思潮——论文化守成主义》，贵州人民出版社1999年版，第9页。
② ［德］孙志文：《现代人的焦虑和希望》，陈永禹译，三联书店1994年版，第67—68页。

与这种传统观念颇为不同的丘诗，在某种程度上可以说是现代生态文学的先声。它反对把人凌驾于大自然之上肆意践踏大自然，强调人只是大自然的一个组成部分，而大自然是一个有着自己的意志、灵魂、语言和爱情的活生生的生命机体，人必须顺应自然并尽力融入自然之中。这些观念，与20世纪中后期兴起的大地伦理学和深层伦理学的观念完全一致。如大地伦理学的创立者利奥波德（1887年—1948年）在《大地伦理学》（1933年）中提出："大地伦理学改变人类的地位。从他是大地—社会的征服者，转变为他是其中的普通一员和公民。这意味着人类应当尊重他的生物同伴，而且也以同样的态度尊重大地社会。"① 深层生态学更是认为，自然是一个有机的整体，整个生物圈乃至宇宙是一个生态系统，这一系统中的一切事物都是相互联系、相互作用的，人类只是这一系统也即自然整体中的一个部分，既不在自然之上，也不在自然之外，而在自然之中。② 与此同时，人们也逐渐认识到，地球是有生命乃至灵性的。利奥波德在其论文《西南部资源保护的根本问题》中指出："地球——它的土壤、山脉、河流、森林、气候、植物以及动物的个体特征，不仅从整体上把它看做是有用的东西，而且把它当做一个有生命的存在。"③ 20世纪70年代中期，英国生态学家洛夫洛克和美国生态学家马古里斯提出的"盖娅假说"更是明确宣称地球系统本身是"一个有机的生命体"④，我国著名的生态哲学家余谋昌先生赞成这一学说，并为之提出了六点理由："1. 地球经历了前生物阶段、生物阶段和人类阶段的演化，地球是'活的'；2. 世界有目的性，包括无机自然的目的性，动物、植物的目的性，人的目的性；3. 世界有主动性，依主体的性质不同，可分为物质的主动性、生物的主动性、人的主动性；4. 世界有'评价能力'，明显表现在动、植物对于环境的评价上；5. 自然万物都是有价值的，存在着统一的'价值进化'方向；6. 自然中存在着'生态智慧'，这是'仿生学'

① 转引自余谋昌：《生态哲学》，陕西人民教育出版社2000年版，第157页。
② 详见雷毅：《生态伦理学》，陕西人民教育出版社2000年版，第165页、157页。
③ 转引自雷毅：《生态伦理学》，陕西人民教育出版社2000年版，第130页。
④ 转引自马世骏主编：《现代生态学透视》，科学出版社1990年版，第321页。

的基础。"①

　　而丘特切夫提出的热爱作为整体的大自然、爱护生物并尊重其自然成长规律等观念，也是现代生态保护和动物保护所具备的。如大地伦理学明确宣称："大地是一个共同体。大地是可爱的且应受到尊重。"认为人类应热爱、尊重和赞美大地，尊重它的生物同伴，尊重大地共同体，并提出大地伦理学的基本道德原则：一个人的行为，当有助于维持生命共同体的和谐、稳定和美丽这三个大地共同体不可分割的要素时，就是正确的；反之，就是错误的。② 生物中心主义更是明确提出：人是地球生物共同体中的一个成员，人类生存依赖于其他生物，这是人的存在的最基本特点；人与自然是各种相互依赖的整体；所有有机体是生命目的的中心。③ 此外，丘特切夫在《漂泊者》等诗中倡导的时时生活于大自然之中，不断获得启示、教益与愉悦，以提升精神的思想，也与当前兴起的精神生态学合拍。当前，美国19世纪作家梭罗及其《瓦尔登湖》在美国乃至整个世界受到高度的推崇，原因在于他倡导人与自然沟通，简朴、自由地生活在自然之中，追求高度的精神生活。当前的精神生态学，深受梭罗的启发，把"信仰、简朴、自然"作为生活与艺术最高和谐的美。④ 其实，丘特切夫早在梭罗之前几十年就已提出了类似的观念，只是没有梭罗那样多而集中而已。

　　由上可见，丘特切夫具有朴素的生态学意识，他那回归自然、顺应自然的思想，表现了颇强的现代生态意识，对当前我们处理人与自然的关系不无启发性，具有很强的现代性甚至全球意义，是其诗歌美学的现代意义的集中体现之一。

---

① 转引自鲁枢元：《生态文艺学》，陕西人民教育出版社2000年版，第39—40页。
② 详见雷毅：《生态伦理学》，陕西人民教育出版社2000年版，第132—137页。
③ 详见余谋昌：《生态哲学》，陕西人民教育出版社2000年版，第155页。
④ 详见鲁枢元：《生态文艺学》，陕西人民教育出版社2000年版，第351页。

第二章

丘特切夫的美学观

丘特切夫十分重视诗歌的艺术性，他在诗歌艺术上有着不懈的追求和大胆的创新。他的诗歌把古典主义的精致、浪漫主义的想象、象征主义的含蓄、现实主义的写实、唯美主义的追求美与艺术等等熔为一炉，达到了相当高的艺术境界，具有很高的美学价值，列夫·托尔斯泰指出其诗歌的一个显著特点是"美"（красота）①，费特认为他是一个伟大的纯美诗人②，斯卡比切夫斯基甚至在其《现代俄国文学史》中宣称，除了某些诗外，丘特切夫的全部作品"只有最严格最卖力的唯美主义者才会重视"③。作为一个有着深刻的哲学思想，又有着独特的艺术追求的诗人，丘特切夫必然有着自己的美学追求和美学思想，而且这一美学追求和美学思想必定受到其哲学观的影响。但是，由于诗人留下的生平资料极少，他在仅存的一些书信中又很少谈论文学与美学问题，因此，其美学观研究起来难度极大，我国和俄国的学者还基本上未曾进行深入探讨，皮加列夫甚至认为："很难为诗人的美学观点重建任何一点清晰的体系"④。当然，如果以职业美学家的要求去对待丘特切夫，那么，他既没有思周虑密、体系庞大的美学理论建构，甚至连逻辑

---

① 详见 *Беккер В. Э. Ф. И. Тютчев и Л. Н. Толстой. В Россию можно только верить... Ф. И. Тютчев и его время: Сб. статей, Тула, 1981, с. 161.*

② 详见《丘特切夫抒情诗选》，陈先元、朱宪生译，漓江出版社1986年版，第279页。

③ 转引自《丘特切夫抒情诗选》，陈先元、朱宪生译，漓江出版社1986年版，第280页。

④ *Пигарев К. Жизнь и творчество Тютчева, М., 1962, с. 179.*

性很强的理论阐述都无法见到，自然可以说很难为他重建任何一点清晰的系统美学观。然而，诗人、作家的美学观自有其特点，它是以形象的方式表现出来的，并且有着其内在的体系。本章拟结合丘特切夫谈论诗歌的只言片语，紧扣其诗歌创作，试图把握其美学观的内在体系，从而对其美学观进行初步的系统研究。通观丘特切夫的有关言论及其诗歌创作，我们认为，其美学观主要表现为在哲学观影响下的悲剧意识，以及与此相关的美学主张。

第一节　悲剧意识

悲剧在西方文学艺术中最具特色，也成就辉煌，可称为西方文学艺术的典型代表。然而，关于悲剧的定义，至今在国内外学术界还存在着分歧。

最早为悲剧下定义的是古希腊的亚里士多德，他在《诗学》中认为："悲剧是对于一个严肃、完整、有一定长度的行动的摹仿；它的媒介是语言，具有各种悦耳之音，分别在剧的各部分使用；模仿方式是借人物的动作来表达，而不是采用叙述法；借引起怜悯与恐惧来使这种情感得到陶冶。"①国内外大多数学者同意这一定义，但也有不少人根据戏剧的发展，对这一定义进行了补充和完善，程孟辉先生的《西方悲剧学说史》全书对此有全面而详细介绍，可参看。② 时至今日，这种做法依旧，如美国的阿伯拉姆认为：悲剧这一术语"被广泛用于表现文学作品中，特别是戏剧中把主人公或主要角色投入灾难的那些严肃而重大的行为。"③ 日本的竹内敏雄等学者也认为："悲剧是戏剧文学的一个种类，它在精神力不可避免的纠葛产生的苦恼中表现人的意志和行为，并且通过事件的全部经过，表现一种悲壮的美。悲剧起源于希腊。它的表现形式随时代而变化。虽然它逐渐摆脱了宗教

---

① ［古希腊］亚里士多德、［古罗马］贺拉斯：《诗学·诗艺》，罗念生、杨周翰译，人民文学出版社 1982 年版，第 19 页。
② 详见程孟辉：《西方悲剧学说史》，中国人民大学出版社 1994 年版。
③ ［美］阿伯拉姆：《简明外国文学词典》，曾忠禄等译，湖南人民出版社 1987 年版，第 371 页。

的束缚，但是自由和必然、罪过和拯救、人和神仍然是它经常表现的主题。悲剧描写使人怜悯或引起恐怖的事件，自然伴随着一种难受的感觉。但是它整体上深沉的思想感情，却能引起观众的共鸣，'净化'人的心灵。"① 程孟辉先生则指出："如果要给悲剧下定义的话，我们不妨这样说：悲剧是一种以极其严肃的态度探索人在现实世界生存斗争中的地位和命运的艺术。它以表现主人公与现实之间不可调和的矛盾冲突及其悲惨结局为其基本特点。它较之别的任何一种艺术形态都要更突出地提出有关人的处境的种种问题。例如，人为什么会遭受不幸和苦难？为什么人与人之间会有互相的争斗、暗算和残杀？为什么好人行善总不得好报，坏人作恶却屡屡得势却不受惩罚？为什么人与人之间存在种种不平等，有作威作福、荣华富贵享不尽的；也有饥寒交迫、无穷苦难受不尽的？如此等等。因此，所有的悲剧艺术作品，都是以人的某种不幸和苦难为基调，由此而构成的内容也都是邪恶必有，灾祸难免，毁损难补等等。在西欧戏剧史上，悲剧往往描写主人公所从事的事业由于恶势力的迫害和主人公自身的过错而导致事业（或前途）的失败乃至个人（包括精神化的个人和肉体化的个人）的毁灭。"②

更有一些学者根据时代和文学发展的实际对之进行了修正，提出了新的看法，如尼采认为，古希腊悲剧是酒神（醉境）和日神（梦境）之间的运动、碰撞和融合，"因此，我们在悲剧中看到两种截然对立的风格：语言、情调、灵活性、说话的原动力，一方面进入酒神的合唱抒情，另一方面进入日神的舞台梦境，成为彼此完全不同的表达领域"③，只有酒神精神的艺术和日神精神的艺术二者的融合才能产生悲剧。我国的侔荣本先生认为："整个一部人类的悲剧史可以说是一部人类的自由与解放史，也是一部人类的理想人格建构史"④，任生名先生则通过对悲剧的起源和西方悲剧发展历史的考察，认为："处于极限的人的生存困境的张力既是悲剧兴起的根源，又是

---

① ［日］竹内敏雄主编：《美学百科辞典》，刘晓路等译，湖南人民出版社 1988 年版，第 423—424 页。
② 程孟辉：《西方悲喜剧艺术的美学历程》"前言"，东北师范大学出版社 1997 年版，第 1—2 页；或见其《西方悲剧学说史》，中国人民大学出版社 1994 年版，第 545—546 页。
③ ［德］尼采：《悲剧的诞生》，周国平编译，三联书店 1986 年版，第 33—34 页。
④ 侔荣本：《文艺美学范畴研究——论悲剧与喜剧》，南京大学出版社 2002 年版，第 18 页。

悲剧世界中的终极力量"①，"这一张力是由两极构成的。一极是以个体生命形式显现的人本体，另一极是危及人的此在的生存和人本体意义上的类的延续的种种因素，也就是说是人的生存面临极限处境的种种因素，两极的多层面的制衡冲突的集合就形成了张力。这里所说的种种因素包括自然的、社会的、政治的、文化的、伦理道德的、宗教的、精神心理的、人本体的等等。……此范式的张力既是客观的，又是主观的；既是物质的，又是精神的；既是可见的，又是不可见的。但它的终极焦点始终在人，在人本体的自由生存，在人个体生命生存的真实性。"②

　　本节中所理解的悲剧，是与哲学紧密相连的一种广义的悲剧，指的是面对生存困境的张力，从自然、社会、政治、心理等方面对人之存在的关心与思考。雅斯贝尔斯早已指出："悲剧从这个有限的活动本身发现那种使个人与宇宙、有限同无限接近的永生的特征。悲剧是哲学的艺术，它提出和解决生命的最高的形而上学问题，它意识到存在的含义，分析全球性问题。"③因此，我们十分赞同任生名先生的观点。作为一个深刻的思想家诗人，丘特切夫认为一切皆变，无物永恒，但他却极力追求永恒。追求永恒的方法有二：一是人通过自己的奋斗建功立业，在人类历史上留下不朽的功勋；二是回归自然顺应自然，以达到和谐进入永恒。然而，在永恒的自然面前，人的功勋微不足道，甚至可能很快被时间的流水擦拭掉，而人回归自然进入天人合一的境界，也往往只有短短的一个瞬间，这样，丘特切夫的哲学思想便显得颇为复杂，具有明显的两重性。一方面，他认为人是具有高度智慧和理性的生物，能够观察、思索乃至创造一切，能在社会政治活动、文学艺术创作、哲学探索和爱情中建立功勋，更能反思自己存在的意义与价值；另一方面，他又认为人只是自然微不足道的一部分，被梦幻、潜意识乃至永恒的自然力或命运支配，即使努力奋斗，最终也将像梦一样昙花一现，消失无踪。这些，在时代、社会力量及个人经历等多方面因素的作用下，在其诗中以审美的方式转化为比较深刻的悲剧意识。这一悲剧意识也因之表现得颇为复

---

① 任生名：《西方现代悲剧论稿》，上海外语教育出版社 1998 年版，第 29 页。
② 任生名：《西方现代悲剧论稿》，上海外语教育出版社 1998 年版，第 4—5 页。
③ ［德］雅斯贝尔斯：《悲剧的超越》，亦春译，工人出版社 1988 年版，第 48 页。

杂，既有古希腊特色，更富现代观念。具体看来，其诗歌中的悲剧意识表现在以下四个方面。

第一，奋斗与宿命感。由于受远祖扎哈利伊·丘特切夫在库里科沃战役中所立下的卓著功勋的鼓舞，丘特切夫从小就向往建功立业①，以致后来终生追求在政治上有所作为（尽管并不成功）。他整个一生都力求活得充实，活得有所作为。在《"好似把一卷稿纸"》一诗中，他宣称厌倦那种不死不活、单调乏味、生命忧郁地腐蚀着"每天化为烟飞去"的无聊活法，而宁愿像闪电一样，哪怕霎时间发出照亮大地的光芒即湮灭，也心甘情愿：

> 好似把一卷稿纸放在
> 热烬上，由冒烟而至烧毁，
> 那是一种隐秘的火焰
> 一字字地把全文变成灰；
>
> 同样，我的生命忧郁地
> 腐蚀着，每天化为烟飞去，
> 就在这难忍的单调中，
> 我将同样地渐渐燃熄！……
>
> 天哪！我多么希望把心中
> 这半死的火任情烧一次，
> 不再折磨，不再继续苦痛，
> 让我闪闪光——然后就死！②

在《树叶》一诗中，他更是认为只要在人世鲜艳、蓬蓬勃勃地活上一阵，哪怕是极其短暂的一阵，也远远胜过那一年四季"从不变黄"，"也从

---

① 详见曾思艺：《丘特切夫诗歌研究》，湖南文艺出版社2000年版，第7页。
② 《丘特切夫诗选》，查良铮译，外国文学出版社1985年版，第32页。

不会鲜艳"，叶子赢瘦得"像刺猬的尖刺一般"的苍松和枞树：

> 我们呢，快活的族类，
> 蓬蓬勃勃地活一阵，
> 在树枝的筵席上
> 只是短暂的客人。
> 整个美丽的夏天，
> 我们都欣欣向荣……

并且，不愿"留在枝上变黄、衰败"，而宁愿在最美丽、最鲜艳的时候随"怒吼的狂风"飞去。① 进而，丘特切夫强调通过奋斗，建功立业，以获得不朽。在《西塞罗》一诗中，他甚至认为，即使不能建功立业，只要赶上并生活在世界翻天覆地的时刻，也就与永恒、不朽有缘，成为被众神邀请的宾客，参加了神的华筵，"走进了神的座谈会"，"虽然活在世上，却好似神仙/啜饮着天庭的永恒之杯"，堪称"幸运的人"了②。因此，在《拿破仑之墓》一诗中，他认为拿破仑尽管最后惨遭失败，但他此前早已建立了不朽的功业，完全可以名垂千古，无视孤独了：

> 他的胜利的雷声早已止息，
> 而世间仍播下了他的轰鸣。
> ……
> 人类的智者中不乏伟大的身影，
> 而他的身影却是如此与众不同，
> 他独自一人赏玩着海鸟的嘶叫，
> 在苍凉的岸边凝神倾听着涛声。③

---

① 《丘特切夫诗选》，查良铮译，外国文学出版社1985年版，第25—26页。
② 详见《丘特切夫诗选》，查良铮译，外国文学出版社1985年版，第30—31页。
③ 《丘特切夫诗全集》，朱宪生译，漓江出版社1998年版，第66页。

在《两个声音》一诗中，他通过自我分裂、自我争辩的形式，表现了人生的目的在于不屈的斗争与奋战，并认为在这一意义上人高于神，从而对那些高居于无差别境界的奥林匹斯众神表示了极大的蔑视，表达了类似尼采"对我们来说，生活就意味着不断地把我们的全部人格或经历变成光和烈焰"① 的思想，体现了一种鲜明的崇高美：

（一）

振奋起来，朋友们，不停地战斗，
尽管力量悬殊，胜利毫无希望！
在你们头上，星宿沉默无言，
在你们脚下，坟墓也一声不响。

让奥林匹斯的众神怡然自得，
他们是不朽的，不知劳苦和忧虑；
劳苦和忧虑只为人的心而设……
对人来说，只有终结而没有胜利。

（二）

振奋起来，战斗吧，勇敢的朋友们，
别管斗争多么持久，多么残酷！
在你们头上，是无言的一群星辰，
在你们脚下：沉默的、荒凉的坟墓。

让奥林匹斯的众神以美慕的眼光
看着骁勇不屈的心不断奋战。
那在战斗中倒下的，只败于命运，

---

① 转引自［美］威尔·杜兰特：《探索的思想》，上册，朱安等译，文化艺术出版社1991年版，第2页。

却从神的手里夺来胜利的花冠。①

　　这种奋斗类似于古希腊悲剧中明知结局悲惨，但仍要奋斗到底的主人公，所以，勃洛克说："在丘特切夫的诗歌中有一种古希腊悲剧式的，基督教产生以前的宿命感。"② 的确，丘特切夫从小就有着相当突出的宿命感，而且越到晚年，这种宿命感表现得越发突出，越发悲观。早在 12 岁写的《一八一六年新年献辞》一诗中，他就已初步表现出一切命定要落入永恒的时间之手、归于虚无的宿命感："时间啊！你是永恒的一面流动的镜子！/一切都在倒塌，都要落入你的手心！/你的大限是多么威严而又神秘……""什么能幸免于凶恶的克隆的愤怒？/什么能在这威严的上帝面前站稳？/沙漠之风在巴比伦的废墟上呼啸！/孟菲斯的兴盛之地已是野兽成群！/特洛亚城如今已变成一片瓦砾，/四周荆棘缠绕，到处杂草丛生！"③ 如果说，这还只是一种比较抽象、比较普遍的宿命感的话，那么，在 26 岁创作的《不眠夜》（诗见前引）中，这一宿命感就表现得更为具体，更切近自身，而且，不仅担心被大自然遗弃，更担心在社会中被人类的后代所遗忘。进而，他在《"我驱车驰过利旺尼亚的平原"》一诗中，深感不论功业、耻辱都会随死亡而消泯，都会在时光流逝中淹没：

　　　　我驱车驰过利旺尼亚的平原，
　　　　我举目四望，啊，一切如此凄凉……
　　　　沙石的土地，灰暗无神的天，
　　　　一切给我的心以无穷的感伤。

　　　　我想起这悲惨的土地的过去，
　　　　那血腥的统治，那可耻的一切，

---

① 《丘特切夫诗选》，查良铮译，外国文学出版社 1985 年版，第 103—104 页。
② 转引自《丘特切夫抒情诗选》，陈先元、朱宪生译，漓江出版社 1986 年版，第 133 页注。
③ 《丘特切夫诗全集》，朱宪生译，漓江出版社 1998 年版，第 6 页、7 页。

> 它的子孙曾怎样俯首屈膝
>
> 吻着泥土，和骑士们的马靴。
>
> 我望着你，涛涛的河水，
>
> 也望着你，岸边的橡树，
>
> 你们从远方来到这里，
>
> 你们曾陪伴过昔日的景物！
>
> 奇妙啊，唯有你们竟能
>
> 从另一世界来到这里；
>
> 唉，关于那个世界，你们
>
> 哪怕回答我仅仅一个问题！……
>
> 但大自然对于往事缄默不语，
>
> 只以神秘的微笑面对着人，
>
> 好像意外看到夜宴的童子，
>
> 白天也闭着嘴，讳莫如深。①

利旺尼亚是拉脱维亚和爱沙尼亚的古称，13 至 16 世纪被德国的僧侣骑士团统治，而今，当年利旺尼亚人俯首屈膝吻着"骑士们的马靴"的屈辱，甚至骑士团占领利旺尼亚的功勋，都已荡然无存，只有目睹过当年一切的滔滔河水、巍巍橡树仍然存在，它们"从另一世界来到这里"，但它们缄默不语，只发出神秘的微笑，任伤感的诗人如何询问，也不为所动。

丘特切夫由强调奋斗逐渐转向宿命思想，有多方面的原因。第一，这与其哲学观有关。如前所述，他认为一切皆变，无物永恒，既然如此，人的一切奋斗成果，都将被滚滚流逝的时间长河冲刷干净。第二，这与其性格有关。丘特切夫的性格很早就具有两重性：一方面志向远大，渴望建功立业，

---

① 《丘特切夫诗选》，查良铮译，外国文学出版社 1985 年版，第 21—22 页。

以自己奋斗的成果使自己进入不朽，达到永恒；另一方面又颇为悲观，希望过一种极其自然的生活，完全投身于自然，物化成大自然毫无追求的一个组成部分。第三，与其经历有关。如前所述，丘特切夫从小渴望在政治方面大有作为，名垂青史，然而这一理想直到晚年也无法实现，而亲人、朋友又接二连三地一个个去世，因此他更加悲观，宿命感深入心底，而且寒意逼人，前述之《"在这儿，生活曾经如何沸腾"》就非常悲观地写出了人不过是大自然的短暂的梦。《"伴我多年的兄长"》则更为悲凉：

伴我多年的兄长，
你去了，朝我们都要去的地方，
如今我站在光秃的山头上
独自站立，四周一片空空荡荡。

在这里独自站立了多长时间？
年复一年——仍将是空虚一片，
如今我望着这茫茫的黑夜，
四周的一切，我自己无法分辨……

一切都消失殆尽，连痕迹都没有！
有我还是无我——哪儿又会需要什么？
一切都将如此——暴风雪依然这样悲号，
依然是这样的黑暗，笼罩着草原的四周。

日子剩下不多，用不着去算计，
蓬勃焕发的生命早已完结，
前头已经没有了路，而我已
站在那注定的不幸的跟前。①

_____

① 《丘特切夫诗全集》，朱宪生译，漓江出版社1998年版，第500页。

　　诗人敬爱的兄长逝世了，"朝我们都要去的地方"，诗人也深感自己那朝气蓬勃的生命早已完结，自己已时日无多，"站在那注定的不幸的跟前"，前头已没有了路，但更为可怕的是，我存在还是不存在，对于大自然来说，是根本无关紧要的，甚至大自然根本就并不需要我的存在，一切都会消失殆尽，连痕迹都不会留下，只有无情的大自然宿命地永恒：悲号的大自然和茫茫的黑夜依旧会循环往复地笼罩着草原和一切！

　　第二，孤独感。19 世纪欧洲文学中出现了一系列新的形象——"世纪病"患者形象：最早是夏多布里昂《勒内》中的勒内，接着是缪塞《一个世纪儿的忏悔》中的沃达夫，贡斯当《阿尔道夫》、拜伦《恰尔德·哈洛尔德》、《曼弗雷特》、普希金《叶甫盖尼·奥涅金》等作品中的同名主人公，莱蒙托夫《当代英雄》中的皮却林……这是西方随着科学的发展导致"上帝死了"，人失去精神的引导和庇护而深感孤独的表现，也是西方随着工业化、都市化带来的商品竞争乃至生存竞争，出现道德沦丧等导致的孤独的表现。而如前所述，丘特切夫从小志向远大，渴望建功立业，成年后一直试图在政治方面有所成就，思考了不少问题，撰写了《俄罗斯与德意志》、《俄罗斯与革命》、《罗马教廷与罗马问题》等论著及论文，希望引起沙皇政府的重视，甚至不惜为此经常出入贵族沙龙，在那里宣讲自己的政治主张，力求通过贵妇人、官吏们而影响沙皇，但收效甚微，这使他产生一种"英雄无用武之地"的冷落感，长久的冷落感必然诱发孤独意识的萌生。丘特切夫又是一个思想深刻的人，尽管他的睿智风趣、博雅健谈赢得了不少崇拜者，但真正理解他的人却寥寥无几，鲍特金指出："来访的男人与女人中没有任何人……感觉和理解他诗中的诗意。"[①] 列夫·托尔斯泰 1873 年 2 月在致 А. А. 托尔斯泰娅的信中也谈到："您不会相信——我和他一生中只见过十余次面：但我爱他，并且认为他是那些无法计量地高出于所生活的庸众中的人们中不幸的一个，所以永远是孤独的。"[②] 诗人把这种极度的孤独形之于笔墨，从而出现了一系列表现孤独感的杰作，其中最杰出的又数《沉

---

① 转引自 *Пигарев К. Жизнь и творчество Тютчева*, М., 1962, с. 181.

② 转引自 *Пигарев К. Жизнь и творчество Тютчева*, М., 1962, с. 180.

默》一诗：

> 沉默吧，隐匿你的感情，
> 让你的梦想深深地藏躲！
> 就让它们在心灵深处
> 冉冉升起，又徐徐降落，
> 默默无言如夜空的星座。
> 观赏它们吧，爱抚，而沉默。
>
> 思绪如何对另一颗心说？
> 你的心事岂能使别人懂得？
> 思想一经说出就是谎，
> 谁理解你生命的真谛是什么？
> 搅翻了泉水，清泉会变浊——
> 自个儿喝吧，痛饮，而沉默。
>
> 只要你会在自己之中生活，
> 有一个大千世界在你心窝，
> 魔力的神秘境界充满其中，
> 别让外界的喧嚣把它震破，
> 别让白昼的光芒把它淹没——
> 倾听它的歌吧，静听，而沉默。①

　　诗人之所以深感孤独而呼吁沉默，乃是因为：第一，人无法认识这个世界更无法准确表达自己对这个世界的真切认识，因为"思想一经说出就是谎"，这是丘特切夫极其深刻的哲学名句，含义相当丰富——首先，越是深

---

① 飞白：《诗海》现代卷，漓江出版社1990年版，第811页。

刻的思想，与语言的距离就越大，我国的《周易》早就说过："言不尽意"①，老子也说过："道可道，非常道"②，庄子说得更加明确："意之所随者，不可以言传也"，"可以言论者，物之初也"③；其次，语言在流传下来的过程中被严重污染了，现代人已充分认识到了这一点，如美国著名学者杰姆逊指出："我们不可能用语言来表达任何属于我们自己的感情，我们只不过被一堆语言垃圾所充斥。我们自以为在思维，在表达，其实只不过是模仿那些早已被我们接受了的思想和语言。"④ 第二，人与人之间无法沟通，飞白先生指出："在哲学上，他（丘特切夫——引者）觉得社会的人际关系对人来说已成了异己的力量，人已无法与人沟通和实现交流。他终于发出了'沉默吧'的沉痛的呼吁：满腔的感情已不能再托付给别人了，因为你的热情将被看做伪善，你的忠诚将被讥为愚蠢，你的信赖将会受人欺骗，你的爱心将会换来冷酷。那么，把炽热而闪光的感情与梦想都深深地隐匿起来吧，让它们自生自灭吧。再没有别人来观赏它们了，只有你自己爱抚地观赏它们像美丽的星座一般冉冉升起，只有你自己默默地目送它们在西方徐徐沉默……"⑤

的确，丘特切夫深感在外部世界已无法找到精神的慰藉，因为人与人之间已无法沟通——不仅你的心事别人不愿也难以理解，而且更重要的是语言难以表达真正的认识，说明对世界的认识（"思想一经说出就是谎"）。而整个旧的世界已崩溃，新的世界尚未出现，一切都陷入混乱之中，人简直是无所适从，如《"当模糊的忧伤潜入心底"》：

当模糊的忧伤潜入心底——

我便把古老的岁月回忆：

① 《周易·系辞（上）》，详见詹斯大：《古老智慧的源泉——〈周易〉》，云南人民出版社1999年版，第261页。
② 《老子》第一章，详见陈鼓应：《老子注译及评介》，中华书局1984年版，第1页。
③ 《庄子》"天道"、"秋水"，详见杨柳桥：《庄子译诂》，上海古籍出版社1991年版，第264页、308页。
④ ［美］杰姆逊：《后现代主义与文化理论》，唐小兵译，北京大学出版社1997年版，第177页。
⑤ 飞白主编：《世界名诗鉴赏辞典》，漓江出版社1989年版，第234—235页。

那时一切都是如此舒适，
人们都好像生活在梦里。

而今天的世界似乎都已崩溃，
底在上面，一切都乱了阵脚，
在天上，上帝已经不在，
在地狱，撒旦已经死了。

人们多么勉强地活在世上，
到处是分裂，到处是争斗，
假如没有爱人那一点爱情，
我早就不在这个人世存留。①

　　丘特切夫借他人的酒杯浇自己的块垒，通过自由移译海涅这首诗表达了自己类似的感情。从诗中可知，海涅对世界还抱有一种浪漫主义的想法，认为至少爱情还能成为自己活在这个人世的精神支柱。丘特切夫却更进一步，他的认识更深刻，已经像20世纪现代主义那样绝望了：这个世界上，人与人之间根本已无法沟通，即使爱情也不能给人慰藉，因此，他创作了名诗《"从城市到城市……"》：

从城市到城市，从乡村到乡村，
命运如同旋风一样席卷着人们，
它从不管你是高兴还是不高兴，
它需要的就是——前进，前进！

风儿给我们送来了熟悉的声音：
啊，别了，别了，最后的爱情……

---

① 《丘特切夫诗全集》，朱宪生译，漓江出版社1998年版，第58页，结尾两句有改动。

我们身后是太多太多的泪水，
我们前面是一片一片的烟尘！

"回头看一下吧！停一停！
为什么要跑？要往哪儿奔？
爱情已落在了你的身后，
世上还有什么比它更加迷人？

"爱情已落在了你的身后，
你眼中泪水模糊，胸中充满痛苦……
啊，去怜悯一下自己的忧愁，
啊，去珍惜一下自己的幸福！

"回忆一下，去回忆一下
那多少个幸福的日日夜夜，
这一切对你是多么的亲切，
而你却要把它抛弃在路边！"

不要让时间唤起旧日的阴影，
这样每一分钟都会觉得沉重。
生活中越是充满着美好温存，
过去就会显得更加可怕阴森。

从城市到城市，从乡村到乡村，
命运如同旋风一样席卷着人们，
它全然不问你高兴还是不高兴，
它知道的就是——前进，前进！①

----

① 《丘特切夫诗全集》，朱宪生译，漓江出版社1998年版，第127—128页。

这首诗充分表现了孤独者内心的混乱与无所适从：爱情已随风远去，前途一片迷茫（"身后是太多太多的泪水"、"前面是一片一片的烟尘"），搞不清为什么要跑，要往哪儿跑，于是，他在内心与自己展开争论，既想沉浸在心灵对过去的回忆中，又深恐这样一来生活的每一分钟反而会更加沉重。这份孤独感，这种对人的内在心理矛盾的生动揭示，只是在几十年后陀思妥耶夫斯基、托尔斯泰、屠格涅夫的小说中才可见到，在诗歌中则直到 20 世纪勃洛克等人的作品中才会出现。可见他极富超前性与现代感。

这样，孤独的诗人便只好转向内心，在上述《沉默》一诗中他宣称要学会只在内心里生活，而在《"我的心是灵魂的乐土"》中他更是孤独地、自得其乐地陶醉于自己的内心世界——他把它称作灵魂的乐土与天堂：

> 我的心是灵魂的乐土，
> 我静穆、光明而美丽的天堂，
> 它既不受狂热年代意志的摆布，
> 也漠然于快乐或忧伤。
>
> 我的心是灵魂的乐土，
> 心啊，你和生活截然不同！
> 你把这一群无知无觉之物
> 变为逝去的美好时光的幻影！……①

到了晚年，强烈的孤独甚至使诗人极其希望他人能对自己的话语有所回应，如《"当一颗心对我们的话语"》：

> 当一颗心对我们的话语
> 赞许地加以回应——

---

① 曾思艺译自 *Тютчев Ф. И.* избранное, Ростов-на-Дону, 1996, с. 92.

> 我们再也无需任何别的奖励，
>
> 我们已心满意足，深深庆幸。①

　　这首诗表现了诗人很早就有的一种渴望人际交流、期盼为人理解的心情。早在 1836 年，当加加林公爵写信告诉诗人，茹科夫斯基尤其是普希金对他带回俄国的诗评价很高时，他在回信中写道："您最近的来信使我特别高兴，不是为虚荣或自尊而高兴，而是高兴在，您体验到了那种为同情他人的思想找到证明的喜悦。实际上人只要一同周围的情感分离，那么，对于他来说，除了这一同情，这一理性的喜欢，就不存在另一种现实。一切宗教，一切社会，一切语言都建立在这一基础上。"② 特别强调了人与人之间的相互同情和理性的喜欢，甚至认为这是一切宗教、一切社会、一切语言的基础。然而，这种人与人之间的相互同情和理性的喜欢极其罕见，诗人到晚年甚至进而发现，就连自己的话语都难以有人回应，所以诗人不仅感到孤独，力图潜入内心，甚至产生了一种得过且过、对一切都无所谓的人生态度，如1850 年的《"不要去谈论什么……"》：

> 不要去谈论什么，不要这样匆匆忙忙，
>
> 疯狂在四处寻觅，愚笨坐在审判台上，
>
> 白天的创伤夜间用梦去医治，
>
> 而那就要到来的明天又会是怎样？

> 活下去，就会感受一切：
>
> 有忧愁，有快乐，还会有恐慌。
>
> 有什么可希望的？又有什么值得悲伤？
>
> 日子一天天过着——得感谢上苍！③

---

① 曾思艺译自 Тютчев Ф. И. избранное, Ростов-на-Дону, 1996, с. 298.

② Пигарев К. Жизнь и творчество Тютчева, М., 1962, с. 179.

③《丘特切夫诗全集》，朱宪生译，漓江出版社 1998 年版，第 260 页。

面对混乱、颠倒的世界，孤独的诗人深感绝望，不愿再去谈论，也不愿再为之忙忙碌碌，只是力求在夜间用梦把白天所受的创伤医治好，既无希望又无悲伤地一天天过下去。而他逝世那年创作的《失眠夜》更是极其悲观地写道：

> ……我们的心会像弃婴一般
> 对生命，对爱情号叫和哭喊，
> 但有什么用？它白白在祈祷，
> 周围一切是荒凉，黑暗和寂寥！
> 可叹它的哀呼顶多也只能
> 延续一两刻，以后就衰弱，沉静。①

这种极度的孤独，可以说达到了 20 世纪现代派对人生高度绝望的境地！

第三，心灵分裂。丘特切夫是一位思想深邃的诗人，其内心世界十分矛盾：一方面，他无可估量地高出群俗，另一方面他又离不开群俗——那些上流社会的贵族们；一方面，他追求纯净的精神境界，另一方面又眷恋世俗的一切；尤其是 1850 年，年近半百的诗人，不顾自己的妻女，以婚外恋的形式与 24 岁的妙龄女郎叶莲娜·阿列克山德罗芙娜·杰尼西耶娃热恋并生儿育女，引起了人们的非议乃至宫廷的不满，使本来已处两难之境的诗人更加矛盾重重，郁积的思绪发为诗歌，其心灵分裂的悲剧独具魅力。与此同时，由于意识到自然的强大、永恒与人生的脆弱、短暂，意识到人在宇宙中无所适从的尴尬局面，意识到社会对人的异化，人与人关系的异化，更重要的是，意识到死亡将吞噬一切，② 因而丘特切夫有极其浓厚的宿命感，产生了深刻的生命悲剧意识，并通过悲剧的心灵分裂体现出来。丘诗中悲剧的心灵分裂主要表现为在一首诗中展示矛盾的两重心理，如前述《两个声音》之自我分裂、《沉默》之外界与内心的矛盾及个人与他人的无法沟通，在《海

---

① 《丘特切夫诗选》，查良铮译，外国文学出版社 1985 年版，第 168 页。
② 详见曾思艺：《丘特切夫诗歌研究》，湖南文艺出版社 2000 年版，第 35—82 页。

上的梦》中他宣称："两个无极，两个宇宙，尽在固执地把我捉弄不休"，
在《啊，我的未卜先知的灵魂》中他更是直接指出：

> 啊，我的未卜先知的灵魂！
> 啊，我的焦虑不安的心丸！
> 仿佛处在双重生活的门槛，
> 你是如此不停地来回狂奔！
>
> 你是两个世界的居民，
> 你的白天——病态而激情吐焰，
> 你的梦——朦胧而充满预言，
> 仿若神灵的启示图纹……①

　　这样，丘特切夫就能像现代派作家一样，由客观世界转到内心世界，充
分展现出只有现代人才有的那一份内心的矛盾、不安、惊慌、恐惧和骚动，
并由此而体现出生命的悲剧意识，皮加列夫甚至指出："对生活炽热的爱和
在有限范围内以悲剧性地理解现实的真实性为条件的经常的内在惊慌，成为
诗人丘特切夫基本的处世态度。"②
　　在诗歌的总体格局上，丘特切夫也体现出悲剧的心灵分裂。诗人一方面
热烈地渴求和谐与平静，力图进入普在生命，以换来内心的平静（如
《春》、《"灰蓝色的影子溶和了"》）；另一方面，又喜爱夜、风暴、雷雨、
骚乱与混沌，呼唤雷雨、风暴，呼唤夜，呼唤混沌（《春雷》、《"夏天的风
暴是多么快活"》、《日与夜》）。一方面，是对大自然美妙活力的歌颂，对生
活的热爱，尽情歌唱鲜花烂漫的五月的欢乐，红红的光，金色的梦和美妙的
爱情；另一方面，又对大自然的神秘力量深感疑惑与恐惧，对人世深感厌
恶，公开表示"我爱这充沛一切却隐而不见的恶"（这个恶就是死亡）

---

① 曾思艺译自 *Тютчев Ф. И.* избранное, Ростов-на-Дону, 1996, с. 173.
② *Пигарев К.* Жизнь и творчество Тютчева, М., 1962, с. 187.

（《病毒的空气》）。在爱情中，丘特切夫也深感有两种力量，在不断地撕扯着自己的心：一种是死，一种是人的法庭（《两种力量》）；一种是自杀，另一种是爱恋（《孪生子》）。即使是爱情本身，也一方面是"心灵与亲爱的心灵结合"，另一方面是"致命的决斗"，一方面是令人陶醉的幸福和甜蜜，另一方面是灰心丧气的绝望（《最后的爱情》）！因此，俄罗斯当代著名文艺批评家列夫·奥泽罗夫指出："无论是在丘特切夫之前，还是在他之后，俄国文学中没有过如此突出地揭示生命的悲剧的抒情诗。"[1]

第四，悲悯情怀。这里的悲悯情怀，指的是感叹时世艰辛，怜悯人民的疾苦。这种悲悯情怀是富于同情心的诗人匡扶弱小的审美情感，是一种最富博爱精神的悲剧意识。它源自诗人的仁爱之心，也与东正教特有的人道主义思想有关[2]。当然，这也是俄罗斯人突出的特点之一，别尔嘉耶夫指出："对于丧失了社会地位的人、对被欺辱与被损害的人的怜悯、同情是俄罗斯人的很重要的特征。"[3] 丘诗中的悲悯情怀主要表现为描写下层人民深重的苦难。他往往通过描写贫困、凄凉的生存环境，表达对当时沙皇黑暗统治下穷苦人民的同情。这方面的诗歌，主要有《"这里，苍穹是这样萎靡不振"》、《"穷困的乡村"》、《归途中》等。《"这里，苍穹是这样萎靡不振"》描写了"死寂的苍天"，贫瘠、疲倦的自然；《"穷困的乡村"》则写出了俄国农村普遍的贫困和凄凉："穷困的乡村，枯索的自然：/这景色哪有一点点生气？"《归途中》其二更加触目惊心：

乡土的景色啊……那远方

被大块大块的雪云所弥漫，

泛着蓝色；而凄清的树林

笼罩着一片暮秋的幽暗……

到处是赤裸的、无边的荒凉，

一样的单调、死寂、无声……

① *Озеров Л.* Галактика Федора Тютчева. *Тютчев Ф. И.* Стихотворения, М. , 1985, с. 13.

② 详见曾思艺：《丘特切夫诗歌研究》，湖南文艺出版社 2000 年版，第 237 页。

③ ［俄］列尔嘉耶夫：《俄罗斯思想》，雷永生、邱守娟译，三联书店 1995 年版，第 26 页。

只有些斑斑点点的闪光，

那是死水刚刚结的一层冰。

这儿没有声音、色彩、活动，

生命消失了……一切都听从

命运的摆布，像已昏迷、无力，

而人，只有蜷伏着作梦。

好像日色，他的目光是暗淡的……①

　　诗歌深刻地写出了在沙皇的黑暗与高压统治下，俄国人民的悲惨命运：到处都是"一样的单调、死寂、无声"，没有"声音、色彩、活动"，"一切都听从命运的摆布"，人只能"蜷伏着作梦"。他还常常直接反映下层人民的不幸与苦难。著名的诗歌《"世人的眼泪"》直接通过漫天的雨和泪的交融，形象生动地揭示了下层人民苦难的深重。《"上帝，请把一点欢乐……"》一诗尽管可能有爱情方面的象征寓意，但在客观上写出了可怜的乞丐的凄凉境遇。作为苦难的象征的俄罗斯下层妇女，也受到了诗人的关注，他创作了《致一位俄罗斯女人》一诗，通过这一位有代表性的妇女一生的遭遇反映了俄罗斯妇女普遍的悲惨命运——远离阳光和大自然，也远离社会和艺术，没有爱情，不能进入生活，在荒凉中、在默默无闻里，青春暗淡，感情熄灭，理想成灰……②

　　值得一提的是，诗人在揭示乡村的贫困与下层人民的苦难时，也善于从中发现人民的闪光点，以鼓舞人们的精神，如《"穷困的乡村"》：

穷困的乡村，枯索的自然：

这景色哪有一点点生气？

你长期来忍受着苦难，

---

① 《丘特切夫诗选》，查良铮译，外国文学出版社1985年版，第136页。
② 该诗详见《丘特切夫诗全集》，朱宪生译，漓江出版社1998年版，第219页。

啊，你这俄国人民的土地！

异邦人的骄傲的眼睛
不会看到，更不会猜想
在你卑微的荒原的底层
有一些什么秘密地发光。

祖国啊，在你辽阔的土地上，
那背负着十字架的天主
正把自己化作奴隶模样
向你的每一个角落祝福。①

　　诗歌以象征的手法写出在俄罗斯卑微荒原的底层，有人性的东西、俄罗斯民族强大的生命力和创造精神在发光，同时，俄罗斯也得到了上帝的保佑与祝福，这说明，诗人把俄罗斯获救的希望寄托在宗教上面。《“在这黑压压的一大帮”》一诗更明确地指出，基督会唤醒黑压压一大帮沉睡、不幸的人群，疗治暴力和欺骗的疤痕，医好堕落的灵魂，给人间带来自由②。

　　综观丘诗上述悲剧意识的四种类型，大约可把它们分为两类。一类是类似古希腊悲剧的悲剧意识，一类是颇有现代特色的悲剧意识。

　　关于古希腊悲剧，目前国内外有三种观点。

　　其一可称为“悲观说”。这种观点认为：“从整个希腊悲剧看起来，我们可以说它们反映了一种相当阴郁的人生观。生来孱弱而无知的人类注定了要永远进行战斗，而战斗中的对手不仅有严酷的众神，而且有无情而变化莫测的命运。他的头上随时有无可抗拒的力量在威胁着他的生存，像悬岩巨石，随时可能倒塌下来把他压为齑粉。他既没有力量抗拒这种状态，也没有智慧理解它。他的头脑中无疑常常会思索恶的根源和正义的观念等等，但是

---

① 《丘特切夫诗选》，查良铮译，外国文学出版社 1985 年版，第 129 页。
② 该诗详见《丘特切夫诗全集》，朱宪生译，漓江出版社 1998 年版，第 322 页。

却很难相信自己能够反抗神的意志，或者能够掌握自己的命运。"①

其二是"乐观说"。这种观点认为：古希腊人"通过对命运进行英勇而骄傲的斗争找到了出路，用这斗争的悲剧的壮伟照亮了生活的阴沉的一面；命运可以剥夺他的幸福和生命，却不能贬低他的精神，可以把他打倒，却不能把他征服。这个概念在《伊利亚特》里还是若隐若现，而在一些悲剧中，却已经发出全部壮伟的光辉。"② 甚至进而指出："在无情的命运主宰的处境中的个人的自由意志，昭示了希腊悲剧精神。悲剧英雄凭着这种精神，提高了人的力量，并追寻他自己的关于人是什么的观念，发现自己性格的最后形态，并将此赋予无序的世界，从而超越了个人的意义。正是悲剧英雄的这种精神，激起人们的怜悯，而悲剧英雄经受的苦难、痛苦、毁灭又不能不令人恐惧；同时，悲剧英雄勇于承担责任又使人们看到了人的高贵，从而对人和世界依然抱有希望，人们因而达到一个更澄明的境界……"③

其三可称为"兼顾说"。它既看到命运的巨大威力和人在命运的捉弄下无能为力的尴尬局面，更看到了人凭自己的自由意志对命运的抗争，以及由此而体现出的对人自身力量的肯定，这是我国当前大多数外国文学史教材所持的观点。有的还结合古希腊三大悲剧家命运观的变化，具体地指出从埃斯库罗斯、索福克勒斯到欧里庇得斯对人的自由意志的发展："命运观随着社会的变化而变化，三个时期各有不同的表现。埃斯库罗斯把命运看做具体的神，认为命运支配人的一切，但他又强调人的意志。索福克勒斯向命运提出怀疑与挑战，在他看来，命运不是具体的神，而是一种不可捉摸的神秘力量，命运有捉弄人的邪恶性质。他强调人对命运的反抗和坚强的意志。欧里庇得斯不相信命运。他认为命运在人的本身，强调事在人为，强调命运靠自己掌握。"④

我们认为，第三种观点更为全面，也更符合作品实际。丘特切夫悲剧意

---

① 朱光潜：《悲剧心理学》，张隆溪译，人民文学出版社1985年版，第101—102页。
② 《别林斯基选集》第二卷，满涛译，上海译文出版社1979年版，第87页。
③ 任生民：《西方现代悲剧论稿》，上海外语教育出版社1998年版，第48页。
④ 朱维之、赵澧主编：《外国文学史》（欧美卷，修订本），南开大学出版社1994年版，第34页。

识中的第一种与古希腊悲剧精神极为相似，体现了希腊悲剧的深刻影响。这是因为他早年曾受到对古希腊的哲学与文学很有造诣的诗人与翻译家拉伊奇，以及诗人、批评家、翻译家、莫斯科大学语文系教授梅尔兹里亚科夫的很大影响，并在自己此后的创作中留下了明显的痕迹。① 像古希腊悲剧一样，丘特切夫在诗歌中一方面有一种强烈的宿命感，深感在命运面前一切都是徒劳；另一方面，又不甘白白地来人世走一遭，力求用自己的奋斗、自己的创造留下自己的功勋，从而超越死亡，进入永恒，这无疑是积极的，也是对人的力量及生存意义的肯定。这样，丘特切夫的悲剧意识往往具有一种悲壮美，并且在悲壮中体现了一定的崇高感。

朱光潜先生指出："近代西方悲剧在基本精神上来源于欧里庇得斯，而不是埃斯库罗斯或索福克勒斯。它从探索宇宙间的大问题转而探索人的内心。"② 现代西方悲剧更是深入人的内心世界，展示其间两极对立甚至多重矛盾的冲突："现代西方人的悲剧精神不仅强烈地表现于人与现实世界的不和谐不平衡状态之中，而且包含人的精神世界的尖锐对立斗争。"③ 上述丘诗中深刻的孤独感、悲剧的心灵分裂，较早地体现了现代西方悲剧的精神实质，因而，他的这类诗歌具有突出的崇高感和极强的艺术感染力，也极富现代性，与20世纪的西方文学精神合拍，他也因此在1993年被联合国教科文组织授予了"世界文化名人"的称号。

随着社会的发展，人的生存受到越来越多的关注，人道主义思想也越来越深入人心。因此，现代文学中关心下层人民的生活，同情他们的不幸，为他们鼓与呼的作品越来越多。悲剧也是如此。帕克在其《美学原理》中指出："人生大部分都是悲剧性的，因为人生就是对环境的永无休止的战斗，大多数人都以默默无闻的英雄主义气概进行了这一战斗。最初，只有伟大人物的光荣和壮观的冲突才配得上在艺术中加以描写，但是，随着同情的增加，悲剧描写的范围已经逐渐扩大了，几乎包括了整个人类的生活。为了争取生存而对贫瘠的土地展开斗争的农民，为了养活自己的子女而艰苦度日，

---

① 详见曾思艺：《丘特切夫诗歌研究》，湖南文艺出版社2000年版，第11—13页、241—255页。
② 朱光潜：《悲剧心理学》，张隆溪译，人民文学出版社1985年版，第103页。
③ 佴荣本：《文艺美学范畴研究——论悲剧与喜剧》，南京大学出版社2002年版，第24页。

失去了自己的青春的坚韧不拔的妇女，现在也都是悲剧人物。"① 丘诗中的悲悯情怀既有俄罗斯文学和文化传统的影响，也颇具现代色彩，体现了诗人的仁爱之心，表达了诗人对苦难人民的同情与关怀。

由上可见，丘特切夫的悲剧意识具有比较广阔的内容，既有古希腊的特色，又有现代的特点，它一方面体现了诗人与西方、俄罗斯文化与文学传统的关系，另一方面也表现了诗人作为一个深邃的哲学家诗人比较超前的现代意识。同时，这也在一定程度上显示了诗人的崇高感。因此，费特把他称为伟大的唯美诗人，在某种程度上是误解了他。

第二节　美学主张

由于一切皆变，无物永恒，诗人试图回归自然顺应自然，达到和谐进入永恒，甚至试图潜入内心，挖掘心灵深处的隐秘泉源；又由于他有着突出的悲剧意识，一方面渴望建功立业，以自己的奋斗成果来超越死亡，另一方面又深感人不过是大自然短暂的梦，人的一切努力都是徒劳。因此，丘特切夫的内心充满了矛盾斗争。他渴望倾诉，但人与人之间又无法沟通，这样，他便一生致力于诗歌创作，希望用诗歌来自我倾诉，宣泄受压抑的情感，表达对世界的哲学思考，并且，在诗歌的创作过程中形成了与其哲学观及悲剧意识紧密相关的美学主张。这一美学主张大体上可以概括为两大点：诗必须植根于大地；诗是心灵的表现。

丘特切夫 1836 年 5 月 3 日在致加加林的信中宣称："为了诗歌的繁荣，她必须植根于大地。"② 这是诗人在二十余年的现实生活、哲学思考尤其是诗歌创作中，总结出来的一个美学主张——因为正是在 19 世纪 20 至 30 年代，诗人的创作逐渐走向成熟，并且初步形成了自己独特的创作个性，俄罗

---

① 转引自程孟辉：《西方悲剧学说史》，中国人民大学出版社 1994 年版，第 509 页。
② 转引自 *Пигарев К. Жизнь и творчество Тютчева*, М., 1962, с. 187. 原文为："Чтобы поэзия процветала, она должна иметь корни в земле."

斯当代学者洛特—加龙省曼指出："丘特切夫的美学观点和作诗原则形成于20年代至30年代初"①，丘特切夫的同乡暨丘氏研究专家列夫·奥泽罗夫更具体地指出："在1829年—1830年和1834年—1836年之间，丘特切夫特别紧张地探索自己的诗歌风格。正是在这段时间形成了丘特切夫诗歌的独特个性。"② 诗人的这一美学主张，包括以下内容。

一是描写大自然。丘特切夫所说的"大地"，首先，很自然的应该是大自然。由于自然永恒而和谐，自然能提升人的精神，诗人号召回归自然、顺应自然，因而，他在诗歌中大量描写自然。在前述《"大自然并不是你们想象的那样"》一诗中，诗人表达了自己泛神主义的自然观；而《"不，大地母亲啊……"》一诗则表达了诗人对自然母亲的深情迷恋。这样，他便尽情描绘大自然的一切，尤其喜欢描写大自然运动变化的过程或和谐宁静的美的瞬间。可以说，大自然从运动到静止的许多现象都在丘诗中得到了生动的描绘。在丘特切夫的400来首诗中，自然诗竟然多达110首，占四分之一强。因此，皮加列夫指出："在读者的印象中，丘特切夫是个自然的歌手。"③ 而其自然诗的特点，涅克拉索夫早已作了精辟概括："对自然的爱，对自然的同情，对自然的充分理解和善于精巧地描绘它那千姿百态的现象——这是丘特切夫天才的主要特点。"④

二是关注社会现实。丘特切夫所说的"大地"，第二应该是人生活于其间的社会现实。诗歌要想发展希望繁荣，必须植根于社会现实生活之中。这一观点可以说是对俄国文学传统的继承和发展。众所周知，关心现实生活，反映社会问题，是俄罗斯文学的优良传统，尤其是俄国公民诗的突出特点。受其影响，丘特切夫很早就形成了关注社会现实的诗歌观念，并有新的发展。因此，这一观点在某种程度上更突出地体现了诗人热爱生活关心人的生存的现实情怀。早在写于1820年的《和普希金的〈自由颂〉》一诗中诗人

① *Академия Наук СССР Институт мировой литературы.* История русской литературы, Т. 3., Л., 1982, с.408.

② *Озеров Л.* Поэзия Тютчева, М., 1975, с.50.

③ *Пигарев К.* Жизнь и творчество Тютчева, М., 1962, с.203.

④ *Самочатова О. Я.* Природа и человек в лирике Ф. И. Тютчева. В Россию можно только верить...Ф. И. Тютчев и его время: Сб. статей, Тула, 1981, с.48.

就表现出了对社会现实的强烈关注：

> 自由之火，烈焰腾腾，
> 锁链的声音在火中泯没，
> 诗歌振奋阿尔凯精神，
> 奴役的灰尘纷纷坠落。
> 诗歌的火花风驰电掣，
> 荡涤一切的激流般不可阻遏，
> 仿佛是上帝的圣火，
> 已烧到了帝王苍白的前额！
>
> 谁忘却高官，鄙夷权势，
> 谁就幸福，声音勇敢坚定，
> 向着执迷不悟的暴君宣示，
> 神圣的真理必将诞生！
> 哦，诗人，你定会得到奖励，
> 从那伟大的命运手中！
>
> 请用甜美的声音颂歌，
> 温情脉脉，动人心魂，
> 把专制君主的冷酷同伙
> 变成善与美的友人！
> 但不要惊扰公民的宁静，
> 不要使华丽的花环蒙上阴影，
> 歌手，在名贵的锦缎下，
> 让你那有魔力的琴声
> 更柔和，切莫惊扰心灵！①

---

① 曾思艺译自 *Тютчев Ф. И.* избранное, Ростов-на-Дону, 1996, с. 16.

　　概括地说，这首诗表现了诗人关于诗歌要关注社会现实的以下两方面主张。

　　第一，重视诗歌的社会政治作用。普希金在其《自由颂》（1817 年）等诗中主要表现的是自己的政治观点，他公开表示痛恨专制暴政："你专制独裁的暴君，我憎恨你，憎恨你的宝座"，在《致恰达耶夫》（1818 年）一诗中他进而宣称："在专制暴政的废墟上，将会刻上我们姓名的字样！"这些诗在当时俄国的青年中广为流传，影响极大。丘特切夫以此诗表达了自己对普希金这些诗歌的看法。他认为诗歌应该而且可以鼓舞人们反对专制暴政，摆脱奴役，奔向自由（阿尔凯是古希腊诗人，其诗歌有突出的反专制精神），并且，这饱含自由精神的诗歌的火花已经像上帝的圣火烧到了帝王苍白的前额。这与普希金的观点近似，也是对俄国公民诗歌传统的继承①。这一主张在诗人此后的创作中继续得到贯彻，他创作了不少社会政治诗，除前述之《"这里，苍穹是这样萎靡不振"》、《"穷困的乡村"》、《归途中》、《致一位俄罗斯女人》、《"世人的眼泪"》等反映下层人们苦难生活的作品外，也创作了《给尼古拉一世的墓志铭》、《"神圣的罗斯"》、《"当这乱糟糟的财政……"》、《"这俄罗斯志愿者的印章……"》等揭露、讽刺俄国政府机关存在的问题，乃至矛头直指沙皇本人的诗歌。

　　第二，主张用美改善人性。丘特切夫虽然也鄙夷权势，反对暴君与专制独裁，但他与普希金不同的是，不主张以暴力革命推翻专制统治，而希望用艺术用美来对之进行改造。这是他融合歌德、席勒"魏玛古典主义"的影响，而较早在俄国文学中提出的新美学主张。歌德、席勒为代表的"魏玛古典主义"，以古希腊文学作为榜样，希望通过美改造人性，使人获得全面发展，促进人性的健全。歌德在其名著《浮士德》中通过浮士德与海伦的结合，象征性地表现了这一思想。席勒则在诗歌、论著中一再宣传这一观点。他把美、艺术当做恢复人性、回归自然、达到无限的手段，因为最能使人恢复健全人性，进入真正自由境界的，唯有艺术和美。其诗歌《艺术家》

_____

① 关于俄国公民诗的发展，详见曾思艺：《文化土壤里的情感之花——中西诗歌研究》，东方出版社 2002 年版，第 2—8 页。

认为，"人啊，唯独你才有艺术"，"只有通过美这扇清晨的大门，/你才能进入认识的国土"，进而宣扬美与艺术能唤醒并改善人性："缪斯的琴弦振响，/有一种悦耳的震颤沁透你的心脾，/培育着你胸中的力量，/这力量将来会飞跃为世界精神"，"现在、自由优美的心灵，/开始从感性的昏睡中清醒，/忧虑的奴隶被你们解放，/跳进欢乐的母亲怀抱中。/现在，兽性的界限变得模糊，/人道浮现在开朗的前额上，/思想，这个庄严的陌生者，/从惊讶不已的大脑里往外冲。/现在，人已站起，对那些星星/指着君王般的脸庞，/他富于表情的眼睛向着崇高的远方，/仅仅对太阳光致敬鞠躬"，"前进的人感激地带着艺术，/向苍穹振奋起遒劲的翅膀，/从丰富多彩的大自然/就跳出一个崭新的美的人间天堂"，因此，他叮嘱诗人和艺术家："人类的尊严交在你们手中，/你们要对它千万珍重！/它随着你们上升，也随着你们下降！/诗的神圣法术，/为一个明智的世界计划献出力量，/人啊，你要把这股法力/平静地导入大和谐的海洋！"① 在其著名的美学论著《审美教育书简》中，他更是明确指出："美可以成为一种手段，使人由素材达到形式，由感觉达到规律，由有限存在达到无限存在。"② 而如前所述，俄罗斯传统美学强调以文学促进社会完善，对人民进行道德教育，如 17 世纪俄国诗人波洛茨基认为，诗的任务是对社会进行道德教育，使人的心灵健康，认识未知的东西，并美化人的生活。③ 丘特切夫在《和普希金的〈自由颂〉》中，则融合了魏玛古典主义的影响，希望用艺术和美把暴君及其冷酷的同伙变成善与美的友人，从而较早提出了新的美学主张。丘特切夫极其重视美和艺术，他不仅较早提出用艺术和美改善人性健全人性的新美学主张，并且终生努力实践这一主张。他虽一生的主要奋斗方向是成为一个政治家，但从未停止哲学思考，也从未放弃写诗，在某种程度上就是想以诗（艺术）以美来恢复乃至弘扬健全的人性。

---

① 以上均见［德］席勒：《秀美与尊严》，张玉能译，文化艺术出版社 1996 年版，第365—381页。

② ［德］席勒：《审美教育书简》，徐恒醇译，中国文联出版公司 1984 年版，第 102 页。

③ 详见［俄］奥夫相尼科夫：《俄罗斯美学史》，张凡琪、陆齐华译，中国人民大学出版社 1990年版，第 54 页。

　　三是表现宇宙性的问题。这是指诗人经常把人的问题放在宇宙的背景下来思考，而且思考的往往是一些带有终极意义的问题。早在前述 12 岁时写的《一八一六年新年献辞》中，诗人就把对人的问题的思考放置在广袤的宇宙中——时间从远古洪荒到 1816 年，空间则包括整个大地、天空乃至冥河。而 1827 年—1830 年间所译海涅的《问题》一诗，更是仿佛道出了丘特切夫的心声：

　　　　　　在午夜时分，在荒蛮的海岸上，
　　　　　　站着一个忧郁的青年人——
　　　　　　他心中满是烦恼，脑中满是疑惑，
　　　　　　他向大海的波涛发出询问：
　　　　　　"啊，请给我解开一个生活之谜，
　　　　　　一个折磨人的古老的问题，
　　　　　　在上面成千个人头上——
　　　　　　有的戴着埃及迦勒底人的帽子，
　　　　　　上面绣满了许多看不懂的文字，
　　　　　　有的缠着头，有的戴着金冠，
　　　　　　有的带有假发，有的剃着光头——
　　　　　　无数可怜的人头在不停地旋转，
　　　　　　在慢慢枯萎，不断冒着水汽——
　　　　　　请告诉我，人是什么？
　　　　　　他从何处来，又要去向何方？
　　　　　　又是谁居住在那星空之上？"
　　　　　　浪涛和以往一样在喧哗，在低语，
　　　　　　风仍在呼号，驱逐着乌云，
　　　　　　星光在闪烁，既明亮又冷漠——
　　　　　　傻瓜站着——期待着答复！①

---

① 《丘特切夫诗全集》，朱宪生译，漓江出版社 1998 年版，第 59—60 页。

的确，丘特切夫面对茫茫宇宙，终生思考的就是这样一些具有终极意义的问题："人是什么？／他从何处来，又要去向何方？／又是谁居住在那星空之上？"他的大多数诗歌，探索的就是人、生命、心灵、自然乃至宇宙之谜，其中宇宙意识最为明显的莫过于前述之《不眠夜》、《"好似海洋环绕着地面"》、《疯狂》、《"被蓝色夜晚的恬静所笼罩"》、《"午夜的大风啊"……》、《"庄严的夜从地平线上升起"》。

丘特切夫另一重要的美学主张是：诗是心灵的表现。这一观念在诗人童年时已开始萌芽，如他在 7 岁时创作的献给父亲生日的诗歌《致亲爱的老爸》中写道："我能否献上一首诗歌？／于是我便向心灵求助。／我的心灵这样回答……"① 对此，朱宪生先生评述道："也许诗中还颇有些稚气，但它出自一个 7 岁孩童之手这一事实本身就够令人惊叹的了！特别是一个 7 岁的孩童居然意识到'诗歌是心灵的产物'，真是不可思议。"② 随着年龄的增长，这一朦朦胧胧的观念变成了诗人明确的美学主张，并集中体现在写于 1850 年的《诗》一诗中：

> 当我们陷在雷与火之中，
> 当天然的、激烈的斗争
> 使激情沸腾得难以忍耐，
> 她就从天庭朝我们飞来，——
> 对着尘世之子，她的眼睛
> 闪着一种天蓝的明净，
> 就好像对暴乱的海洋
> 洒下香膏，使它安详。③

出国后谢林哲学等的影响，回国后俄罗斯复杂的社会现实以及诗人与杰

① 《丘特切夫诗全集》，朱宪生译，漓江出版社 1998 年版，第 1 页。
② 朱宪生：《从古典到现代——纪念丘特切夫诞辰 200 周年》，《上海师范大学学报》2003 年第 5 期。
③ 《丘特切夫诗选》，查良铮译，外国文学出版社 1985 年版，第 93 页。

尼西耶娃开始婚外热恋的独特经历，使诗人的美学观大大推进与发展了，并且完全成熟。在某种程度上，《诗》可以说是完全成熟的丘特切夫诗歌创作的美学宣言，它明确表达了诗是心灵的表现这一美学主张。诗一开始，便展示了一幅惊心动魄的斗争场面：霹雳震天，烈焰熊熊，心灵中矛盾斗争的双方全力以赴互相厮杀，使人的"激情沸腾得难以忍耐"，仿若"暴乱的海洋"。而诗，就产生于这样一种境况中！诗不仅产生于心灵的激烈争斗之中，表现诗人心灵的骚动，而且具有非尘世的宁静之美、明净之美和永恒之美，能平息心灵的混乱。诗人在诗中写道，他的诗歌（女性的"她"，相当于普希金诗中的"缪斯"）来自天庭，眼睛"闪着一种天蓝的明净"，这就使诗歌本身具有一种非尘世的明净之美和永恒之美（天庭或天空，在丘特切夫的诗歌中一向是永恒的象征），而她以这"天蓝的明净"使"暴乱的海洋"趋于宁静，恢复"安详"，则充分写出了诗能给人带来使心灵安详的宁静之美。其实，早在《和普希金的〈自由颂〉》一诗中，丘特切夫就已提出要追求使人心灵宁静的美。在该诗中，他先是强调要用"甜美的声音"歌唱，要"温情脉脉，动人心魂"，"不要惊扰公民的宁静"，最后，再次呼吁要让"有魔力的琴声更柔和"，而且，特意点明这琴声出现的环境有着"华丽的花环"、"名贵的锦缎"，这样，就十分鲜明地体现了诗人对使人心灵宁静之美的追求。可见，这种对使心灵宁静之美的追求是诗人从童年、青年直到晚年的一贯美学追求。后来，果戈理宣称："艺术是在内心中建立和谐与秩序，而不是建立混乱与精神失调。"① 不知是受到诗人的影响，还是英雄所见略同。作为一个终身处在"双重门槛"、被"两个无极，两个宇宙"固执地捉弄不休的诗人，丘特切夫心灵里有着非同一般的矛盾冲突，而诗正是他尽情表现内心的矛盾激战、宣泄难以忍耐的沸腾激情的最好手段，她为他带来安详、宁静、明净和永恒的美。因此，《诗》极其形象地表现了诗人的美学观，不愧为其诗歌创作的美学宣言。

通观丘特切夫的诗歌，其诗是心灵的表现这一美学观大约包括以下

---

① 转引自［俄］鲍列夫：《美学》，乔修业、常谢枫译，中国文联出版公司1986年版，第302页。

内容。

一是诗是自我或个性的表现。人的自我或个性，是心灵中多种因素集中而突出的体现，因此，表现心灵，在某种程度上就是表现自我或个性。丘特切夫是一个个性十分突出的诗人，他在诗歌中尽情地描写心灵的一切感受与种种矛盾冲突，充分展示了自己那独特的个性。因此，对于丘特切夫来说，"创作的目的是自我输出，而非喧嚷，亦非荣耀"①。俄罗斯当代学者洛特—加龙省曼指出，丘特切夫认为"作品的主要作用是显形自我意识以及个性的自我表现"②，"对丘特切夫来说，艺术首先是表达自我的方式，而与读者交流对他来说则意义较轻"③。

二是高度重视想象、直觉、灵感。强调诗是心灵的表现，必然重视想象、直觉与灵感。丘特切夫十分重视想象，在诗歌中多次谈到想象及其作用。在《海上的梦》中他写道：

> 海涛、风暴摇着我们的小舟，
> 困倦的我任随波浪来漂流，
> 我感到两个无极，两个宇宙，
> 尽在固执地把我捉弄不休。
> 在我周围，山岩被击得轰响，
> 风和风相呼应，海浪在歌唱。
> 这一片喧嚣虽然震得我耳聋，
> 我的梦却超越这一切而飞腾。
> 它充满无言的魅力，光辉刺眼，
> 在繁响、黑暗和混沌之上飘旋。
> 那是由热病的光照明的世界：

---

① ［俄］斯托洛维奇：《生活·创作·人——艺术活动的功能》，凌继尧译，中国人民大学出版社 1993 年版，第 39 页。

② *Академия Наук СССР Институт мировой литературы*. История русской литературы, Т. 3., Л. , 1982, с. 408.

③ *Академия Наук СССР Институт мировой литературы*. История русской литературы, Т. 3., Л. , 1982, с. 408.

　　大地绿油油，天空一片澄洁，

　　有曲折的花园、宫室和回廊，

　　还有一群无声的人在奔忙。

　　我认识了许多陌生的面孔，

　　许多珍禽异兽，美妙的生灵，

　　而我像上帝一般阔步云端，

　　看脚下的世界凝然闪着光。

　　但在这梦中，我还不断地听到

　　大海的轰响，好似巫师在号叫。

　　不料如此平静的梦之王国

　　竟溅来了咆哮的大海的泡沫。①

　　诗中的大海是喧嚣的现实世界的象征，它以不容分说的强劲的力，使人不得不随波逐流，自我被极度的喧嚣吞噬；而"梦"是想象的象征，它使人超脱于现实的喧嚣与纠缠，升腾到奇异、美妙、宁静的幻想世界。诗人晚年写的《给安年科娃》，表达了与《海上的梦》类似的思想，但更具体：

　　在我们的日常生活里，

　　有时梦如彩虹一样美丽，

　　在陌生的迷人的世界，

　　那陌生而真挚的情意，

　　突然间会令我们陶醉。

　　我们看见，从那深蓝的苍穹，

　　一种非人世的光辉照耀着我们，

　　我们看见另一个自然世界，

---

① 《丘特切夫诗选》，查良铮译，外国文学出版社1985年版，第42—43页。

那里没有落日，没有黄昏，
另一个太阳永远高悬在天空……

那里一切都美好、宽广和光明，
一切都离尘世那样遥远……
一切都与我们这个世界不同——
在纯净而热烈的天空，
心灵是这样轻快欢欣……

我们醒了——幻影消隐，
梦中的一切都荡然无存，
那至死都追随我们的
暗淡而呆滞的生活之影，
又紧紧地抓住了我们……①

在这里，"梦"同样是想象的象征，它像彩虹一般美丽，引领人超越紧紧抓住我们的"暗淡而呆滞的生活"，升腾到一个一切都那样广阔、光明、美好的远离尘世的世界，一个没有落日没有黄昏太阳永远高照的光明、纯美的世界。在上述两首诗里，丘特切夫不仅强调了想象的重要性，同时也写出了想象的神奇性、想象的美及其使人精神升华的作用。

丘特切夫不仅强调想象的重要性，而且十分重视直觉的作用。他曾经对谢林说："对于人来说，实质上没有比对超自然的信仰更自然的了。"② 强调对超自然的信仰，实际上就是反对过分的理性化，而重视想象，高扬直觉，因为超自然的东西本身就是一种想象，只能以直觉来理解。1821 年的《致安·尼·穆拉维耶夫》一诗比较集中地体现了诗人的这一观念：

---

① 《丘特切夫诗全集》，朱宪生译，漓江出版社1998 年版，第342—343 页。
② *Пигарев К.* Жизнь и творчество Тютчева, М. , 1962, с. 126.

对神奇的想象一味疑忌，

理性毁灭了一切，

它让空气，海洋，陆地，

全都遵从狭窄的法规，

就像俘虏——裸露得纤毫无缺，

又把生活搞得四分五裂，

啊，快给树木以思维，

快给无形以躯体。

你在哪里，古代的人民！

你们的世界曾是众神的圣殿！

大自然母亲这个书本，

你们不用眼睛，也能一目了然！

不，我们并非古代的人民！

朋友啊，我们的时代，早不是那般！

哦，被自己的学问所束缚，

你这忙碌于深奥的奴隶！

批评家啊，你徒然想驱除

它们那金翅幻想的嗡嗡飞舞，

请相信——经验本身就是凭依——

美梦里，善之仙女魔幻般的

华丽宫殿，使人无比快乐，

而现实中，你那寒酸的陋室

却叫人苦闷难遏！①

　　这首诗包含了两个方面的内容。

---

① 曾思艺译自 *Тютчев Ф. И.* избранное, Ростов-на-Дону, 1996, c. 17.

第一，高扬神奇的想象，反对以理性剥夺自然的神秘。安德烈·尼古拉耶维奇·穆拉维耶夫（1806年—1874年），当时是丘特切夫的同学，他们同为诗人、翻译家拉伊奇的学生。穆拉维耶夫年轻时写过诗，甚至得到名诗人巴拉丁斯基的好评①，但他后来深受法国启蒙主义的影响，转而相信科学和理性，力求驱除神奇的想象，把大自然视为无生命的僵死东西，丘特切夫对此不以为然，创作了这首诗加以劝导。诗歌指出，理性排斥大自然的神秘——神奇的想象，让宇宙中的一切全都"遵从狭窄的法规"，把生活搞得四分五裂，毁灭了一切，因此，必须重视神奇的想象，以便给树木以思维，给无形以躯体。诗人进而指出，想象还具有美化现实生活、使人更快乐的作用，奉劝穆拉维耶夫不要徒然驱除金翅幻想的嗡嗡飞舞，因为想象中善之仙女魔幻般的华丽宫殿，远较理性的现实更为迷人，也更使人快乐！

第二，投身大自然之中，学会用直觉与自然沟通。诗人指出，应该向古代人民学习，他们遵从神奇的想象，生活在大自然母亲的怀抱，熟悉大自然母亲的一切，因此，他们不用眼睛，单凭直觉，就能熟知大自然母亲这个书本。从而，表达了应投身自然之中学会以直觉与自然沟通的思想。

丘特切夫也十分重视灵感，在诗歌中多次涉及这一问题。在《闪光》一诗中，他把人的心灵比作午夜时分静寂不动的竖琴的丝弦，无意中的触动甚至每一阵轻风吹过，琴弦都会迸发出乐音。在《"大地还是满目凄凉"》一诗中，他更具体地写道，沉睡的心突然被什么搅得不宁，风光开始变得明媚，冥想也被"镀上了金"。这些诗以生动、形象的方式，不仅写出了灵感的突如其来性，而且，写出了灵感对沉睡的心灵的唤醒作用以及使不成形的冥想诗化的作用。

三是指出美的魅力及美的瞬间性。丘特切夫认为，美不仅有改善人性的巨大作用，而且有改变世界、使人精神升华、灵魂解放的巨大魅力。如《给克罗尔》：

---

① 详见 *Пигарев К. Жизнь и творчество Тютчева*, M., 1962, c. 203.

九月的冷风已在怒号，
褐色的树叶已在飘零，
将熄的白昼余烟袅袅，
雾起来了，夜已降临。

这一切对于眼和心灵
是这样的冷漠、无情，
是这样的忧郁、寂静，
可突然传来了谁的歌声……

这歌声有着怎样的魅力，
它使云雾消散、逃逸，
而苍穹又变成一片蔚蓝，
重又闪耀着明亮的光辉……

一切又重新变成绿色，
一切又重新回到春天……
而我做了这样一个梦，
当您的小鸟歌唱的时分。①

尼古拉·伊万诺维奇·克罗尔（1823 年—1871 年），是俄国 19 世纪的剧作家和讽刺诗人，这首献给他的诗，充分写出了美的魅力：美能改变世界的面貌，使寒冷的深秋变成春天，使褐色的凋零的树叶变成绿色，驱散云雾，让苍穹和人的心灵变成一片亮丽的蔚蓝。《致阿芭查》则通过阿芭查和谐优美的歌声"驱走了黑暗，送来了光明"，使人的灵魂"摆脱沉闷不甚的山谷，挣脱一切缠绕的锁链"而纵情无羁地升腾，写出了美的极大魅力。

丘特切夫还在诗歌中写到美的瞬间性，如《"在那湿润的蔚蓝的天

_____

① 《丘特切夫诗全集》，朱宪生译，漓江出版社1998年版，第412—413 页。

空"》：

> 在那湿润的蔚蓝的天空，
> 显露出多么意外的光明，
> 一座拱形的门突然升起，
> 沐浴着自己瞬间的庄严。
> 它的一端伸进了树林，
> 另一端在云彩后消隐。
> 它把半个天空抱在怀里，
> 随后便在高天渺无踪影。
>
> 啊，这绚丽多姿的幻影，
> 给我们带来怎样的欢欣！
> 它留给我们的只是一个瞬息，
> 抓住它吧，莫要犹豫不定！
> 你看，它已在渐渐地暗淡，
> 再过一两分钟又是怎样的情景？
> 它已经消失，就像你赖以呼吸、
> 赖以生存的东西已经消失殆尽。①

　　彩虹是大自然赐予世界的一个奇观，是美的象征，它有一种短暂而神秘的美，令人激动，引人遐想。多情而又深思的丘特切夫面对这美丽的奇观，激动不已，他像第一次看到彩虹那样描写了其从产生到逐渐消隐的短短过程（诗中并未出现"彩虹"的名称，而用第一次看到的说法"拱形的门"、"绚丽多姿的幻影"，而仿佛根本不知道有"彩虹"这个名称似的），同时又在这一过程中表达了自己对美的极端热爱（称彩虹为"赖以呼吸、赖以生存的东西"），更表达了自己关于美的哲理感悟：真正的美是极其短暂的，

---

① 《丘特切夫诗全集》，朱宪生译，漓江出版社1998年版，第406页。

只存在短短的一个瞬间。这就生动形象地写出了美的瞬间性。正因为认识到美的瞬间性，丘特切夫在诗歌中尽力用瞬间的境界来形象地描绘美，展示美，从而形成其诗歌一个显著的特点——瞬间的境界。

诗必须植根于大地和诗是心灵的表现这两大美学主张，是丘特切夫在长期的诗歌创作中融合其哲学观及悲剧意识而提出来的。由于一切皆变，无物永恒，而诗人又渴望不朽渴望永恒，因此，他试图关注社会现实，建功立业，并通过诗歌创作来表现自己的哲理思索，创造和谐的美的境界，以进入永恒，因此，他强调诗必须植根于大地。然而，时间的流水无情地冲刷着一切，人的所有努力与奋斗往往在社会中被遗忘，甚至在永恒的自然里被消磨得留不下踪迹，而对立、矛盾不仅时时刻刻在自然中运动，更在人的心灵里冲突，搞得人五内俱沸，痛苦不堪，这样，诗人又极力宣扬诗是心灵的表现。可以说，这两大美学观是诗人矛盾心灵的具体体现，它们既相互联系与沟通（如它们都重视描写自然、都致力于表现具有终极意义的问题），又有所区别（一个更重社会现实，一个更重心灵与想象），几乎都形成于 19 世纪 20 至 30 年代，而且，从此以后几乎都同时对诗人的创作产生作用——当诗必须植根于大地这一主张占上风的时候，诗人便较多地在诗歌中反映社会现实问题（如回到俄国后的 40 至 60 年代，诗人创作了不少反映社会问题的诗歌），当诗是心灵的表现这一主张居优势的时候，诗人便更多地揭示心灵的矛盾，表现自己的自我或个性。但不管怎样，这两大美学观使诗人具有一个显著的特点——热爱诗歌。丘特切夫在 1838 年 10 月 6 日致茹科夫斯基的一封信中承认，他对"祖国和诗歌"同等热爱①。他终生致力于诗歌创作，甚至在去世前不久的重病中还以口授的方式写诗，充分证明了他对诗歌的热爱。正是这种对诗歌终生的热爱，使丘特切夫对诗歌的许多重要问题发表了自己的看法。

关于诗的产生。丘特切夫认为诗的产生，主要有两个方面的原因。

一是有感于物。如《春天——致友人》：

---

① 详见 *Пигарев К.* Жизнь и творчество Тютчева, М., 1962, с. 321.

大地的爱情，年华的娇艳，
春天为我们散发芬芳，
大自然激发创作的灵感，
男子汉欢享盛宴，济济一堂！

生命，力量和自由的神灵，
使我们灵魂升华，通体舒畅，
欢乐，滚滚流进我们心房，
仿佛大自然的庄严的回声，
仿佛天神那使人生气勃勃的音响！

你在哪里，音乐的子孙？
来！快用勇敢的指尖，
拨动那沉睡的琴弦，
它已被亮丽的阳光温暖，
这阳光来自爱情、欢乐和新春。

仿佛百花怒放，万紫千红，
沐浴着清晨第一片青春的霞影，
玫瑰燃烧似火，灼灼闪光，
而那微风，欢快地吹动，
把花香撒遍四面八方。

看，生命的欢乐在到处盈溢，
歌手！请加快你们的步伐……①

　　诗人不仅明确指出"大自然激发创作的灵感"，而且，以诸多篇幅一再

---

① 曾思艺译自 *Тютчев Ф. И.* избранное, Ростов-на-Дону, 1996, с. 18.

指明，正是春天的芬芳和美丽，爱情的甜蜜，生命的欢乐，所有这些的强烈感动，使人情不自禁地放声歌唱！《"不，大地母亲啊"》一诗，也写出了诗人漫游在大地母亲的怀抱里，力求有感于物，以沉醉于诗意的梦幻。

二是情动于衷。这种情当然也包括感物所生的情，但更主要的是指心灵的矛盾冲突中所产生的情。丘特切夫在《海上的梦幻》和《"啊，我的未卜先知的灵魂"》中指出，有"两个无极，两个宇宙，尽在固执地把我捉弄不休"，并使他终生"处在双重生活的门槛"，因此，与普希金等诗人不同的是，他的诗往往产生于心灵的矛盾冲突之中，在《诗》一诗里，他公开宣称，他的诗产生于雷霆与烈火之中，尤其是"当天然的、激烈的斗争/使激情沸腾得难以忍耐"的时候。

关于诗歌的功用。这是丘特切夫谈得颇多的一个问题。首先，他认为诗歌具有规劝的作用，在《致 A. B. 舍列梅捷夫》一诗中他指出："古代圣哲常常用/诗歌对人们作出规劝"，因此，他也写了该诗对舍列梅捷夫进行规劝[1]。其次，他认为诗可以改善人性，在《和普希金的〈自由颂〉》一诗中他宣称，诗歌可以把专制暴君及其同伙改变成善与美的友人。第三，诗可以给不幸者以安慰，并使之健康成长，如《"被大自然……"》：

> 被大自然抛弃在
> 不幸的生命之石上，
> 一个活泼的小孩，
> 在漫不经心地游逛，
> 而缪斯给孤苦的孩子
> 盖上自己希望的锦缎，
> 又在他的身子下面，
> 铺上诗歌精美的地毯。
>
> 在缪斯的翅膀之下，

---

[1] 详见《丘特切夫诗全集》，朱宪生译，漓江出版社 1998 年版，第 34—35 页。

　　　　　　　　他很快成长为一个诗人……①

　　这首诗是丘特切夫献给老师拉伊奇的。拉伊奇是乡村神甫的儿子，青少年时期生活孤苦无助，但他十分热爱诗歌，凭自己的奋斗，成为诗人和著名的诗歌翻译家。丘特切夫以此诗充分肯定了老师的奋斗，也写出了诗歌对人的慰藉作用。第四，诗可以使诗人高贵、不朽。这集中地体现在《一八三七年一月二十九日》一诗中。这是为纪念普希金之死而写的一首诗。在诗里，为突出普希金作为诗人的高贵，他甚至宣称上天将在杀死普希金的凶手丹特士身上烙下永久的"刺杀王者"的印记；为突出诗人的不朽，他用了一个十分新颖而精彩以至今仍经常被人引用的比喻："就像铭记自己的初恋一样，俄罗斯心中不会把你遗忘！"②

　　关于诗人。丘特切夫主要谈了两个方面。一是诗人的特点和力量。他认为："诗人强大，如同自然的伟力，／只是他总是无法控制住自己"（《"你别相信诗人，姑娘"》）；在广阔的世界里，他"忽而任性快乐，忽而神情阴郁，／心不在焉，怪异，神秘"，但当他进入创作状态尤其是创作出美好的诗歌来，那就将像月亮一样，成为"辉煌的上帝"，照亮整个世界（《"你看他在广阔的世界里"》）。也就是说，诗人具有自然一般的伟力，但当他尚未进入创作状态时，在日常生活里，他显得喜怒不定，神秘怪异，而当灵感泉涌，他便成为夜空中的月亮，以自己的美照亮整个昏昏欲睡的大地。二是诗人应具备的素质。在《纪念茹科夫斯基》一诗里，他以自己的诗歌老师茹科夫斯基为例，指出诗人应该真诚（"毫无虚伪"、"诚实"）、纯洁、和谐③。在《给费特》一诗中，他认为诗人更应该有透过可觉察的表层直探大自然内部奥秘的先知般的能力④。

　　关于诗的语言与思维的关系、诗的命运等问题。关于诗的语言与思维的关系，丘特切夫在《沉默》一诗中有一句名言："思想一经说出就是谎"，

————————————————

① 《丘特切夫诗全集》，朱宪生译，漓江出版社1998年版，第32—33页。
② 《丘特切夫诗全集》，朱宪生译，漓江出版社1998年版，第182—185页。
③ 详见《丘特切夫诗全集》，朱宪生译，漓江出版社1998年版，第292—293页。
④ 详见《丘特切夫诗全集》，朱宪生译，漓江出版社1998年版，第367页。

认为言不尽意、言难尽意，语言无法表达真切、鲜活的感受和深刻的思想。这是俄国诗歌史上，首次正式从哲学的高度谈到语言的局限问题。这种对语言之局限的思考，在此后的俄国诗歌史中引起了强烈反响。费特因此深感"语言苍白无力"，力求用音乐来突破语言的局限①。纳德松在《"亲爱的朋友，我知道……"》一诗中高喊："世界上没有一种痛苦更甚于文字的痛苦"②（一译"世上最大的痛苦莫过于语言的痛苦"）。吉皮乌斯在《书籍题签》一诗中写道："欲表白绝无仅有的辞令，人间的话语竟难以寻觅"③，在《无力》一诗中，她认为："我仿佛已领悟了真理——却找不到词语将它说出。"④ 梅列日科夫斯基在《沉默》一诗中称："我多么想经常表白自己的爱慕，/但却无法吐露，欲说不能。"⑤ 巴尔蒙特在《风》一诗中也说自己常常"有口难言"⑥。关于诗歌的命运，丘特切夫在《致波戈金》一诗中写道："在我们这个时代诗歌注定昙花一现，/早晨呱呱坠地，晚上黯然消亡"⑦。这首诗写于1868年4月，当时，在俄国最受欢迎的是散文体文学作品（尤其是小说），诗歌相对来说，受到冷落，而丘特切夫的诗歌，更因其超前的深刻思想和极富个性的独创的艺术手法，只在上层高雅文化圈里受到欢迎。同时，随着俄国与西方交往的增多，西方资本主义的拜物主义和功利思想涌入俄国，人们开始更注意物质方面的追求，因此，诗人深深感到"在我们这个时代诗歌注定昙花一现"，"早晨呱呱坠地，晚上黯然消亡"。然而，这更是睿智的诗人超前的深刻预见。今天，在拜物主义、电影、电视、因特网等的冲击下，诗歌真的成为早晨出现晚上消亡的昙花了。

　　由于其哲学观、悲剧意识的影响，丘特切夫追求的是一种经过冲突而复归和谐的美。这一美的境界颇为复杂，既有变化、运动的美，又有宁静、和

---

① 详见曾思艺：《文化土壤里的情感之花——中西诗歌研究》，东方出版社2002年版，第140—141页。
② 《俄罗斯抒情诗选》，下册，张草纫译，上海译文出版社1992年版，第910页。
③ 《俄国象征派诗选》，黎皓智译，浙江文艺出版社1996年版，第32页。
④ 《俄国白银时代诗选》，汪剑钊译，云南人民出版社1998年版，第41页。
⑤ 《俄国象征派诗选》，黎皓智译，浙江文艺出版社1996年版，第131页。
⑥ 《俄国象征派诗选》，黎皓智译，浙江文艺出版社1996年版，第154页。
⑦ 曾思艺译自 *Тютчев Ф. И.* избранное, Ростов-на-Дону, 1996, с. 231.

谐的美。因此，丘特切夫一方面陶醉于运动、变化的美的境界，如《"夜的海啊，你是多么美好"》：

夜的海啊，你是多么美好，
这儿光明灿烂，那儿幽深飘渺，
在月亮的银辉中你仿佛活了，
你奔腾，你呼吸，你闪耀……

在广阔无涯的海面上，
闪光，起伏，轰鸣，喧闹，
波光粼粼的大海啊，
寂静无人的夜中你是多么美好！

你这壮阔的大海的波涛啊，
你在为谁的节日这般欢舞庆贺？
机灵的星星正在高天之上，
看着你奔腾、轰鸣、闪烁。

面对这波涛，面对这闪光，
我惘然若失，仿佛在梦中伫立——
我多么愿意把自己整个灵魂
沉入你那迷人的怀抱里……①

夜晚的大海，起伏、奔腾、轰鸣、喧闹，波光粼粼，光明灿烂，面对这运动的美、变化的美，诗人深深陶醉了，愿意把整个灵魂沉入大海迷人的怀抱。这充分说明了诗人对运动、变化之美的境界的热爱。正因为如此，他在诗歌中竭力描写大自然运动的过程，描绘大自然的争执，展示大自然变化的

---

① 《丘特切夫诗全集》，朱宪生译，漓江出版社1998年版，第388页。

美。另一方面，他更迷恋宁静、和谐、永恒、纯净的美的境界。正因为诗人终生处在两重生活的门槛，经常被种种矛盾搞得身心交瘁，因此，他更迷恋的是那种宁静、和谐、永恒、纯净的美的境界，这在他的许多诗中有明显的表现（详见前述），而更集中地体现在其《"紫色的葡萄垂满山坡"》一诗中：

> 紫色的葡萄垂满山坡，
> 山上飘过金色的云彩，
> 河水奔流在山脚下，
> 暗绿的波浪在澎湃。
> 目光从山谷逐渐上移，
> 直望到高山的顶巅，
> 就在那儿，你会看到
> 圆形的、灿烂的金殿。
>
> 高山上不凡的居处啊，
> 那儿不见世俗的生存，
> 在那儿，回旋的气流
> 更轻快、空廓而清新。
> 声音飘到那儿就沉寂，
> 只能听到自然的生命；
> 一种欢乐在空中浮荡，
> 有如复活节日的恬静。①

　　高山顶巅那恬静的欢乐，圆形的、灿烂的金殿，更轻快、空廓而清新的回旋的气流，共同构成了一个宁静、和谐、永恒、纯净的美的境界，它甚至能使世俗的声音飘到那儿就沉寂。而这就是诗人朝思暮想极力追求的美的

---

① 《丘特切夫诗选》，查良铮译，外国文学出版社1985年版，第53页。

境界!

综上所述，丘特切夫尽管并未写出专门的美学、诗学论文和论著，也很少在书信中表达自己的美学观念与追求，但他在诗歌中较多地谈诗写美，以形象的方式，生动地多方面表述了自己的美学观。

此外，必须指出的是，丘特切夫在美学类型上是美（优美）与崇高二者兼而有之，别尔科夫斯基早已指出："从美学角度看，丘特切夫动摇于美与崇高之间。在 18 世纪这些类别的严格区分就形成了。美——对人来说是亲切的，是被人驯服的，是合理的。但美中没有力量，雄伟，严肃。谁选择美，那么一些小东西和闪光点就是他的造化。巨大的、生动有力的、在人们头上享有权威的——则缺少美和魅力，它是严酷的，它不怀好意地抬高自己……丘特切夫勇敢地作出了自己的选择。作为诗人，哪里最富有生命力他就在哪里，就让它们也在丑陋的假面具里显露出来吧。丘特切夫在《病毒的空气》一诗里表示了对美的怀疑——它是否只是一件轻便的遮掩物，带着让我们和解的目的出现在凶恶的生活现象面前。无论是普希金，莱蒙托夫，涅克拉索夫，还是丘特切夫，都反对小巧的、脆弱的、含糊的美。他渴望大容量的生活。美应该征服这个生活，如果它想证明自己——就让今天在这里的一切对于美都是绝对的，甚至是与之对立的。"①

按照康德的观念，美有两种，即优美与崇高，它们以不同的方式令人愉悦："崇高使人感动，优美则使人迷恋"，"崇高必定总是伟大的，而优美却也可以是渺小的。崇高必定是纯朴的，而优美则可以是着意打扮和装饰的。"② 日本竹内敏雄等学者对康德的美（优美）与崇高理论进行了比较全面的概括，指出："康德认为二者的差异有以下几点。即：美只与被限定的对象形式有关，而崇高则对无限形式也适当。美是悟性的，崇高则与理性的各种无限概念的表现有关。美与性质的表象结合，崇高则与份量的表象结合。美是直接促进生命的感情，是积极的快感，与之相反，崇高是在生命力一时受阻而旁逸的感动，如含有敬畏之情的消极快感即是其例。康德还进一

---

① *Берковский Н. Я. Ф. И. Тютчев. Тютчев Ф. И. стихотворения, М. -Л. , 1962, с. 52—53.*
② ［德］康德：《论优美感和崇高感》，何兆武译，商务印书馆 2001 年版，第 3—4 页。

步把崇高分为两种，把无可比拟、无条件地大的称作数学的崇高，而具有优越于任何强大障碍的威力者则称作力学的崇高。"①

丘特切夫诗歌中的美或优美，比较显而易见，主要表现在以下几个方面。首先，他的不少自然诗通过对大自然景物的描绘，塑造了优美、和谐、宁静的境界。其次，诗人在《"不，大地母亲啊"》一诗中明确表明了自己对美（优美）的追求：只求一整天闲散地啜饮着春日温暖的空气，或者追索碧洁高空悠悠白云的踪迹，或者希望在漫无目的的游荡中偶尔遇见紫丁香的清新的芬芳和灿烂辉煌的梦幻。这样，他在诗歌创作中便较多地描写与优美有关的自然现象。如他爱用也常用的诗歌意象主要有：喷泉、彩虹、新叶、雷雨、白云、落日、明月、溪水……这些大都是自然界中偏于优美的物象。其三，丘特切夫的诗歌形式，也体现了他对优美的追求。尽管他在诗歌的语言和手法方面多有创新，但他在诗歌形式上一般采用的是严格的古典格律诗，尤其喜欢使用抑扬格诗律，韵律考究，格律严谨，而且绝大多数诗歌短小精悍，含蓄深沉，显得晶莹剔透，浓缩精致，耐人寻味，从而体现了他对美（优美）的执著的爱。

丘特切夫的崇高，首先在抒写夜的诗歌里体现出来。他有不少诗歌描写黑夜，歌颂黑夜，形成了独特的"夜歌"，我国学者飞白先生曾撰专文《丘特切夫和他的夜歌》加以评述。文章指出，丘特切夫厌恶文明，向往自然，越过中古而向往原始，在人性方面也总在追求人性底层被掩盖的东西，追求返璞归真，重返混沌。因此，他认为代表自然及原始粗犷的夜和混沌，比金线编织的白昼文明更富生气。这样，他一再抒写夜。进而指出，这种境界，源自德国哲学家谢林的同一哲学，不过，与同一哲学要求一切矛盾复归调和不同，丘特切夫的混沌孕育着悲剧性的叛逆精神。② 其实，在德国美学中，康德早已把夜列入崇高的范围之中。康德认为："黑夜是崇高的，白昼是美

---

① ［日］竹内敏雄主编：《美学百科辞典》，刘晓路等译，湖南人民出版社1988年版，第222页。
② 飞白：《丘特切夫和他的夜歌》，《苏联文学》1982年第5期，并翻译了《"阴影汇合了青灰的阴影"》、《昼与夜》、《"夜的天色啊多么郁闷"》、《"昨夜，耽于迷人的幻想"》、《两个声音》等一组大体以夜为题材的丘诗。

的。"① 因此，夜这一题材本身已具有崇高性，而丘特切夫又以自己的个性、气质对此进行富有生命力度的加工处理，使之表现了悲剧性的叛逆精神，从而体现了更加鲜明的崇高特色。丘特切夫的崇高，还体现在对混沌和自然现象的纷争的描写上。在他笔下，混沌是原始而神秘的世界，是一个万物从中诞生的"无底的深渊"，里面蠕动着使人浑身颤栗的地狱，人的一切本能欲望隐藏其间（《日与夜》、《"午夜的大风啊"……》、《"庄严的夜从地平线上升起"》）。而描写大自然的争执，如前所述，是丘特切夫诗歌的一大特点，受到了谢林哲学的深刻影响。而正是谢林本人，把这些内容列入崇高的范围之中，他认为："混沌是崇高的基本直观（形态）"，甚至认为，较之数学的崇高和力学的崇高，混沌的崇高更有意义。他还指出："自然不仅在我们的把握能力所不能达到的宏大之中或在我们的体力所不能战胜的力量之中显得特别崇高，一般地说，自然在混沌之中，或者如席勒所说，特别是在自然现象的纷乱之中也显示出崇高性"。② 丘特切夫的崇高更主要体现在，他明知结局是死亡但仍要奋斗，力求以奋斗的成果超越死亡，从而体现了人生的积极意义。

---

① 转引自蒋孔阳、朱立元主编：《西方美学史》第四卷（德国古典美学），上海文艺出版社1999年版，第16页。

② 详见蒋孔阳、朱立元主编：《西方美学史》第四卷（德国古典美学），上海文艺出版社1999年版，第294—295页。

第三章
丘诗的抒情艺术

我国清代著名画家、诗人郑板桥曾经这样总结过自己作画的体会："江馆清秋，晨起看竹，烟光、日影、露气，皆浮动于疏枝密叶之间。胸中勃勃，遂有画意。其实胸中之竹，并不是眼中之竹也。因而磨墨展纸，落笔倏作变相，手中之竹又不是胸中之竹也。"[①] "胸中之竹"、"手中之竹"已经渗透了作者的生命体验和审美情感，因此，已大大不同于作为自然物的"眼中之竹"。丘特切夫表现在诗中的情感，同样，已不是一种原始的情感，而是一种渗透了诗人生命体验的审美的情感，"是生活的情感经验与想象、幻想形象所引起的感情的交融"[②]。这一审美的情感既具个性又有哲理性。所谓个性是指诗人让生活的情感经验与想象、幻想形象所引起的情感在心灵中相交融，并以诗歌体现出真诚的自我灵魂。所谓哲理性是指这一审美情感总是与诗人对自然、人、心灵的哲学化思考相关，甚至本来就是这一哲学化思考而引发的，具体表现为普遍性和深刻性。丘特切夫的自然诗，描写自然的历程往往也就是描写心灵的历程，自然景象与心灵情感融为一体，情景交融，其所表达的对大自然的热爱之情，面对永恒的大自然而深感人的短暂与渺小之情等，是人所共有的；而其爱情诗不仅写出了爱的甜美与幸福，更进而写出了男女深深相爱中两性之间的原始性敌对。这是其普遍性的突出表

①《郑板桥文集》，巴蜀书社1997年版，第154页。
② ［俄］斯托洛维奇：《生活·创作·人——艺术活动的功能》，凌继尧译，中国人民大学出版社1993年版，第127页。

现。深刻性则体现为其自然诗从哲学的高度表现了人与自然的关系，表现了人只是自然中的一个组成部分，必须回归自然、顺应自然，进而表现了人在宇宙中的尴尬地位；其爱情诗更是前所未有地揭示了相爱男女之间存在的原始性敌对。丘诗的普遍性和深刻性使其达到了哲学与宗教终极关怀的高度，具有超前性、全球性、人类性，并进而获得超越个体、民族、国界乃至时间的永恒性。

作为一个出色的抒情诗人，丘特切夫在抒情艺术方面有着很高的成就，且受到其哲学观和美学观的影响，本章拟从多变的抒情角度、完整的断片形式两个主要方面加以论述。

第一节　多变的抒情角度

抒情诗都有一个抒情方式的问题。不同的诗人往往会依据自己的个性与气质及情感与思想表达的需要而采用不同的抒情方式，从而体现出独特的艺术风格。在俄国诗歌史上，罗蒙诺索夫等人由于受古典主义的影响，多表现公民的激情和国家的重大事件，因此主要采用偏于冷静的理性客观描述的抒情方式，杰尔查文、卡拉姆津等人则逐渐转到个性化的抒情方式上来——往往以主观的第一人称方式抒发个人的情感，普希金的浪漫主义抒情诗更是高扬个体的"我"，大多以第一人称的方式淋漓尽致地自由抒发自己在生活中的各种感受和情绪，而茹科夫斯基则开始使用较为客观的第二人称抒情方式。

如前所述，丘特切夫认为整个大千世界时时刻刻都在运动变化着，人的内心也充满矛盾斗争，幽深复杂，这样，角度固定、比较单一的传统抒情方式显然已难以表现这运动变化的世界和矛盾复杂的内心。因此，强调诗歌植根于大地、诗是心灵的表现的丘特切夫，在继承传统抒情方式的基础上，根据自己表达思想、抒发情感的需要，进行了颇为大胆的推进与创新，在俄国诗歌中较早地采用了变换的多角度抒情方式——灵活自如地选择不同的抒情角度，以更好地表现经常处于运动变化中的世界和时刻在矛盾冲突着的复杂内心，同时也使抒情诗在抒情角度方面具有多种角度，富于变化之美。其抒情诗变化的多角度表现如下：

第一，第一人称主观式角度，即以抒情主人公"我"直抒胸臆。这主要是一种传统的尤其是浪漫主义的抒情角度。这一抒情角度在其自然诗、爱情诗乃至哲理诗中，都颇为常见。

自然诗中采用这种抒情方式的名诗较多，比较著名的如《"不，大地母亲啊"》：

> 不，大地母亲啊，我不能够
> 掩饰我对你的深深爱情！
> 你忠实的儿子并不渴求
> 那种空灵的、精神的仙境。
> 比起你，天国算得了什么？
> 还有春天和爱情的时刻，
> 鲜红的面颊，金色的梦，
> 和五月的幸福算得了什么？……
>
> 我只求一整天，闲散地，
> 啜饮着春日温暖的空气；
> 有时朝那碧洁的高空
> 追索着白云悠悠的踪迹，
> 有时漫无目的地游荡，
> 一路上，也许会偶尔遇见
> 紫丁香的清新的芬芳
> 或是灿烂辉煌的梦幻……①

---

① 《丘特切夫诗选》，查良铮译，外国文学出版社1985年版，第44页。

　　这首诗试图表达的是诗人对大自然的一种极其深厚、真诚的爱，因此，诗人便以第一人称"我"的方式，直接倾诉自己对大自然母亲的热爱之情，显得自然、真挚、亲切而感人，这种抒情方式很好地传达了诗人的深情。采用这种第一人称抒情方式且颇为有名的诗还有：《泪》、《"快乐的白天还在沸腾"》、《"我驱车驰过利旺尼亚的平原"》、《病毒的空气》、《海上的梦》、《"灰蓝色的影子溶和了"》、《"啊，多么荒凉的山林峭壁"》、《"我又站在涅瓦河上了"》、《"我又看到了你的眼睛"》、《"在生活中有一些瞬息"》、《"尽管我在山谷中营着巢"》……

　　在爱情诗中，这种抒情方式更为常见，因为爱情面对的是具体的活生生的爱恋对象，而且，这种感情相当浓烈，因此，特别适宜于采用第一人称的抒情方式，如《"我熟识一双眼睛"》：

> 我熟识一双眼睛——啊，这双眼睛！
> 上帝知道——我多么爱它们！
> 我无法使自己的灵魂，
> 离开那迷人的热情的夜空！
>
> 在这不可思议的盼顾里，
> 生命把一切都袒露无遗，
> 那是怎样的一种痛苦，
> 那是怎样的一种深情！
>
> 在睫毛的浓郁的阴影下，
> 露出忧愁的深邃的明眸，
> 好像是一种疲惫的幸福，
> 又像是一种命定的痛苦。
>
> 而在这些美妙的瞬息，
> 我一次都不能使自己

> 与它们相遇，不激动万分，
>
> 把它们欣赏，不饱含泪水。①

  诗人与杰尼西耶娃深情相爱，并且，不惜冒犯世俗社会的道德规范，在保持自己原有家庭的情况下，另外组织了一个新的家庭，同居达 14 年之久，这遭到了世俗社会尤其是上流社会的猛烈攻击。在这场为捍卫爱情而与世俗进行的斗争中，杰尼西耶娃既饱尝爱情的甜蜜、幸福，又被上流社会排挤出社交的圈子，倍感压抑、屈辱，因此，她的感情是极其复杂的，这些都在她的目光里流露出来。诗人深爱杰尼西耶娃，1864 年，他在杰尼西耶娃饱受折磨因病去世出殡后的第二天，给 A．H．格奥尔吉耶夫斯基写信说："一切都完了——昨天我们把她埋葬了。这究竟是怎么回事？发生了什么事情？我这是在给你写什么——我不知道……对于我来说，一切都死去了：思想，感情，记忆，一切……"② 在这首诗中，诗人以第一人称的方式直接抒发对杰尼西耶娃目光的感受，通过这目光领会到了她那复杂的心境，从而把对她的满腔深情，自然、真切、生动、深刻地传达出来。这类诗还有《"我还被思念的痛苦所折磨"》、《"对于我，这难忘的一天"》、《"啊，我记得那黄金的时刻"》、《"在我的痛苦淤积的岁月中"》等。

  在一些哲理诗中，丘特切夫也采用第一人称来传达自己的感情与哲思，如《"我的心愿意作一颗星"》：

> 我的心愿意作一颗星，
>
> 但不要在午夜的天际
>
> 闪烁着，像睁着的眼睛，
>
> 郁郁望着沉睡的大地，——
>
>
> 而要在白天，尽管被

---

① 《丘特切夫诗全集》，朱宪生译，漓江出版社 1998 年版，第 289 页。
② 转引自 *Пигарев К.* Жизнь и творчество Тютчева, М., 1962, c. 169.

> 太阳的光焰逼得朦胧，
>
> 实则它更饱含着光辉，
>
> 像神仙一样，隐在碧霄中。①

全诗表达了诗人这样一种人生观：希望饱吸生活的乳汁，活得更加充实，但又要轻松自在，不惹人注目。采用这种抒情方式的哲理诗还有《"好似把一卷稿纸"》、《"我的心是一群幽灵的乐土"》、《"我独自默坐"》等。

就在这种最为常见的第一人称主观抒情方式中，丘特切夫也极力加以变化，以使自己的诗获得变化之美。他往往有意把单数第一人称"我"变为复数第一人称"我们"——在自然诗与哲理诗中，这主要是为了把纯属个人的独特感受变成一种大家均有的感受，从而突出其普遍性，使之更具有情感和哲学上的普遍意义，如《"好似海洋环绕着地面"》：

> 好似海洋环绕着地面，
>
> 世上的生命被梦寐围抱；
>
> 夜降临了——大海朝着岸沿
>
> 拍击着它的轰响的波涛。
>
> 它在催逼我们，恳请我们……
>
> 魔力推动小舟离开海港；
>
> 潮水上涨，飞快地把我们
>
> 带往无涯的幽黑的海上。
>
> 星辰的荣光燃烧在中天，
>
> 天穹从深处窥视着小舟，
>
> 我们航行在无底的深渊，

---

① 《丘特切夫诗选》，查良铮译，外国文学出版社1985年版，第56页。

　　烈火熊熊，环绕在我们四周。①

　　这首诗表现的是我们大家当今都熟悉的、而在当时却极富前瞻性的普遍哲理问题——生命与非理性的梦寐的关系，正如海德格尔所说的那样："诗唤出了与可见的喧嚣的现实相对立的非现实的梦境的世界，在这世界里我们确信自己到了家。"这一哲理在当时本是诗人极其超前也相当独特的一种个人感受，但由于诗人放弃了浪漫主义者惯用的单数第一人称"我"的抒情方式，而根据内容的需要，十分恰当地采用了复数第一人称"我们"的形式，因此，这一极富个人特色的感受也就仿佛变成了我们大家的共同感受。值得一提的是，诗歌的结尾一段，充分显示了诗人超凡绝伦的想象力：它与我国唐代诗人李贺《梦天》一诗中的"遥望齐州九点烟，一泓海水杯中泻"一样，简直就像当今坐宇宙飞船在太空航行遥望地球，而且，它比李贺的诗写得更为具体、真实而生动！其他如《树叶》、《"在深蓝的海水的平原上"》、《诗》、《"宴会终了"》、《归途中》、《"在海浪的咆哮里"》、《"在这儿，生活曾经如何沸腾"》、《失眠夜》等诗，也莫不如此。

　　在爱情诗中，丘特切夫也经常采用这种把个体的我复数化的抒情方式。首先，这在某种程度上也有使爱情普遍化——大家都可能置身其中——的含义，如其名作《最后的爱情》即是如此：

　　　　啊，在我们迟暮残年的时候，
　　　　我们会爱得多痴迷，多温柔……
　　　　行将告别的光辉，亮吧！亮吧！
　　　　你最后的爱情，黄昏的彩霞！

　　　　夜影已遮暗了大半个天空，
　　　　只有在西方，还有余辉浮动；

---

① 《丘特切夫诗选》，查良铮译，外国文学出版社1985年版，第15页。

> 稍待吧，稍待吧，黄昏的时光，
>
> 停一下，停一下，迷人的光芒！
>
> 尽管血管里的血快要枯干，
>
> 然而内心的柔情没有稍减……
>
> 哦，最后的爱情啊！你的激荡
>
> 竟如此幸福，而又如此绝望！①

丘特切夫在1850年与24岁的美女杰尼西耶娃正式开始恋爱，此时他已将近48岁（较之在马里恩巴德温泉爱上19岁的少女伍尔里凯小姐并创作了著名的诗歌《马里恩巴德悲歌》的74岁的歌德②来说，当然还算十分年轻，他在诗中自称"迟暮残年"，可能有两个原因：其一，是面对深爱着的而且又是青春妙龄的杰尼西耶娃，深感自己年龄太大；其二，丘特切夫体质不好，还不到50岁就满头银丝，别人暗地里称他为"老头儿"③，可能有一种类似中国古代顾悦"蒲柳之姿，望秋而落"④ 的感觉），这种晚年产生的恋爱，毕竟只是极少数情况，并不是每一个人都有这种机会在晚年与年轻美女发生热恋，也并不是每一个人都有这种魅力能赢得年轻美女爱恋的芳心，因此，这种"夕阳恋"并不具有普遍性，而往往是诗人个人私秘的事情。但诗人在这里却采用了复数第一人称"我们"的抒情方式，似乎我们每一个人都有这样一种经历，这就把诗人自己那最为个体化的经历普遍化了，使之具有普遍的意义。《"我们的爱情是多么毁人"》一诗也是如此："我们的爱情是多么毁人，/凭着盲目的热情的风暴，/越是被我们真心爱的人，/越是

---

① 《丘特切夫诗选》，查良铮译，外国文学出版社1985年版，第125页。

② 该诗详见《歌德诗集》（下），钱春绮译，上海译文出版社1982年版，第237—245页；奥地利著名作家斯蒂芬·茨威格有专文《玛丽恩巴德悲歌》写此事，详见其《人类的群星闪耀时》，舒昌善译，三联书店1986年版，第164—181页，译者把"伍尔里凯"译为"乌尔丽克"。

③ *Пигарев К.* Жизнь и творчество Тютчева, М., 1962, c.120.

④ 见［南朝宋］刘义庆：《世说新语·言语》："顾悦与简文同年，而发蚤白，简文曰：'卿何以先白？'对曰：'蒲柳之姿，望秋而落；松柏之质，经霜弥茂。'"

容易被我们毁掉！……"① 这首诗也同样把个人的爱情普泛化，从而使之具有一种普遍的哲理性：在爱的盲目的热情的风暴中，越是被我们真心爱的人，由于种种原因，可能越是容易被我们毁掉。这是相当深刻而超前的对男女爱情的一种洞察，它突破了以往只看到恋爱给双方带来幸福与欢乐的狭隘视阈。

其次，这也因为恋爱是男女双方的事情——恋爱是男女双方共同置身其中，爱我所爱无怨无悔的一种互相热恋的感情，因此采用"我们"的笫一人称复数抒情方式，既可唤起对方的类似感情，也可传达两人亲身经历过的一些共同感受。如《"不论别离怎样折磨我们"》：

不论别离怎样折磨我们，
我们从没有向它屈服——
还有别的痛苦比别离
更为深重、更难忍受。

别离的时刻已经过去，
我们已学会把它控制，
只是有块纱帘隔断我们，
让我们的目光有些迷离。

我们知道，在这烟幕后面，
心灵为之疼痛的一切，
竟是那样奇异而又隐秘，
它躲避我们——默默无言。

这种考验的目的何在？
心灵不由得感到困惑不宁，

---

① 《丘特切夫诗选》，查良铮译，外国文学出版社1985年版，第113页。

尽管它不愿意这样，

但总摆脱不了怀疑的阴影。

别离的时刻已经过去，

祝愿你一路平安，

可我们不敢扯下纱帘，

它是多么令人可憎![①]

　　这首创作于 1869 年的诗，大约写的是一对相爱的恋人因为某种原因被迫分手，但仍旧深深相爱（"不论别离怎样折磨我们，/我们从没有向它屈服"），后来又设法聚会在一起，又不得不分离（很可能，写的是与阿玛莉雅·克留杰涅尔男爵夫人的关系，她曾在 20 年代初是诗人的情人，诗人为她写过《给 H.》、《"啊，我记得那黄金的时刻"》等诗，后来，不知何故，她嫁给了克留杰涅尔男爵，但他们内心深处一直深深相爱，1837 年 12 月 1 日他们在意大利的热那亚聚会后诀别，诗人为她写下了《一八三七年十二月一日》一诗，到晚年他们还在卡尔斯巴德相会，而此时阿玛莉雅已再嫁阿德勒伯格伯爵，诗人在 1870 年又为她写了一首类似普希金《致凯恩》的爱情诗《给 Б.》）。诗歌以"我们"的抒情方式，非常含蓄地写出了许多不足为外人道而又"心有灵犀一点通"的事情（如"还有别的痛苦比别离/更为深重、更难忍受"），同时也传达了两人共同经历的一些感受（"心灵为之疼痛的一切，/竟是那样奇异又隐秘"）。这类诗还有《两种力量》等。

　　丘特切夫不仅像绝大多数浪漫主义诗人一样，直接运用第一人称"我"的抒情方式直叙当前的事直抒当前的情，而且进而因情所需，灵活自如地大胆加以创造性的运用，赋予这种抒情方式以变化多姿的美。他或者以回忆的调子来运用这种抒情方式，并使之与自然美景结合起来，达到俄国文学中比较少见的情景交融的境地，如其献给阿玛莉雅的爱情名诗《"啊，我记得那黄金的时刻"》：

----

① 《丘特切夫诗全集》，朱宪生译，漓江出版社 1998 年版，第 481 页。

啊，我记得那黄金的时刻，
我记得那心灵亲昵的地方：
临近黄昏，河边只有你我，
而多瑙河在暮色中喧响。

在远方，一座古堡的遗迹
在那小山顶上闪着白光，
你静静站着，啊，我的仙女，
倚在生满青苔的花岗石上。

你的一只纤小的脚踩在
已塌毁的一段古老的石墙上，
而告别的阳光正缓缓离开
那山顶，那古堡和你的脸庞。

向晚的轻风悄悄吹过，
它把你的衣襟顽皮地舞弄，
并且把野生苹果的花朵
——朝你年轻的肩头送。

你潇洒地眺望着远方……
晚天的彩霞已烟雾迷离，
白日烧尽了，河水的歌唱
在幽暗的两岸间更清沥。

我看你充满愉快的心情
度过了这幸福的一日；
而奔流的生活化为幽影，

　　　　　　　　　正甜蜜地在我们头上飞逝。①

　　丘特切夫在 1823 年与阿玛莉雅相识，不久即相恋，但三年后（1826年），她却和丘特切夫的同事克留杰涅尔男爵结了婚，而诗人也和艾列昂诺拉·彼得逊喜结连理。这首诗创作于 1834 年—1836 年间，离当年热恋的时候已有十年光景，显然是回忆，开头第一句"啊，我记得那黄金的时刻"，即以明显的回忆语调定下了全诗回忆的基调。因此，全诗不同于一般诗人也不同于诗人自己此前爱情诗的直接感情抒发，而是把人与自然结合起来，通过回忆的、抒情的调子，以第一人称的方式，自然、亲切地向我们展示一幅美丽的画一般的过去的恋爱情景：在暮色降临的美妙的黄昏时分，在宁静宜人的多瑙河边，远方，有古堡在山顶闪着白光，眼前，有美丽可爱的心上人倚着生满青苔的花岗岩，她脚踩塌毁的古老石墙，沐浴着夕阳的红辉，潇洒地眺望远方，一任向晚的轻风悄悄地顽皮地舞弄衣襟，把野生苹果的花朵一一朝肩头吹送。在回忆的调子中，在情景交融中，全诗通过生活细节让柔情蜜意盈盈溢出，并弥漫着一种幸福、和美、快乐的气氛。涅克拉索夫对这首满蕴诗情画意的诗非常赞赏，认为它属于丘特切夫本人甚至是全俄罗斯最优秀的诗歌之列。

　　诗人的大胆创新更突出地表现为，他还可以从未来的角度，以第一人称的方式来抒发情感，如其名诗《"我又站在涅瓦河上了"》：

　　　　　　我又站在涅瓦河上了，
　　　　　　而且又像多年以前那样，
　　　　　　还像活着似的，凝视着
　　　　　　河水的梦寐般的荡漾。

　　　　　　蓝天上没有一星火花，
　　　　　　城市在朦胧中倍增妩媚；

---

① 《丘特切夫诗选》，查良铮译，外国文学出版社 1985 年版，第 40—41 页。

一切静悄悄，只有在水上

才能看到月光的流辉。

我是否在做梦？还是真的

看见了这月下的景色？

啊，在这月下，我们岂不曾

一起活着眺望这水波？①

　　这首诗写于 1868 年。1864 年，杰尼西耶娃在身心交瘁之中因病去世，这首诗是深情得痴情的诗人悼念恋人、表达痴情的一首杰作。但痴情的诗人并不以未亡者的身份来悼念死者，竟远涉未来（有点类似于我国唐代诗人李商隐的《夜雨寄北》："君问归期未有期，巴山夜雨涨秋池。何当共剪西窗烛，却话巴山夜雨时。" 也是由眼前转入未来——他日重逢，惊喜之余，剪烛共话巴山夜雨时的绵绵思念），设想活着的自己也死了（"还像活着似的"），然后再以从未来回忆过去的方式（别尔科夫斯基指出："'还像活着似的'——丘特切夫在这里说的是以后，以便他能感觉从前的一切。"②），以死者的身份与因病逝世的杰尼西耶娃一起活着赏月，这真是匪夷所思的奇绝写法！显然，它得益于这种独特的抒情方式！飞白先生从心理学的角度对此有颇为精辟的论述："本来，以死者身份写诗是荒谬的，但诗人确实又可以写不可能发生的事（亚里士多德语）。——因为过于完美不容于世的叶莲娜已经像诗人早已预感到的那样逝去，而当年的春江月夜却和过去一样重现眼前，这时，年已垂暮的诗人怎能独自在人世赏月呢？诗人确实产生了自己也已死去的感觉，觉得与叶莲娜同赏此景已是隔世的事情了。于是，不可能发生的事发生了，荒谬化成了真实——这是情感的真实。"③

　　第二，第二人称对话式角度（包括复数第二人称）。此前的诗人在抒情诗中一般直接运用第二人称"你"的抒情角度，来进行常规的对话式交谈，

---

① 《丘特切夫诗选》，查良铮译，外国文学出版社 1985 年版，第 160 页。

② *Берковский Н. Я. Ф. И. Тютчев. Тютчев Ф. И. стихотворения*, М.-Л., 1962, с. 78.

③ 飞白：《诗国的一束紫罗兰》，《西湖》1983 年第 8 期。

丘特切夫的诗歌中也有这种类型，但为数不多，主要表现在那些献给别人的诗中，如《给一个俄罗斯女人》：

> 远远离开阳光和大自然，
> 接触不到社会和艺术，
> 没有爱情，和生活也疏远，
> 你青春的岁月如此荒芜。
> 你活跃的感情暗淡了，
> 你的幻想也不再缭绕……
>
> 你的一生悄悄地过去，
> 在荒凉而无名的地方，
> 没有人知道你，看见你，
> 好像在阴暗、低沉的天上，
> 一缕烟云消失得无踪
> 在秋日的无边的幽暗中……①

　　这首诗通过直接献诗的第二人称抒情方式，亲切、平易地仿佛在交谈中为这位俄罗斯妇女指出她一生的悲惨命运：远离阳光和大自然，也远离社会和艺术，没有爱情，不能进入生活，在荒凉中、在默默无闻里，青春暗淡，感情熄灭，理想成灰……诗人以极大的同情反映了俄国妇女所处的被压迫地位和不幸的生活，通过献诗给一位俄罗斯妇女而概括了大多数俄罗斯妇女的普遍命运，很有概括力，也极感人，杜波罗留波夫在其有名的论文《真正的白天何时到来》中曾加以引用。这类诗还有《致亲爱的老爸》、《致两朋友》、《致 A．B．舍列梅捷夫》、《给 H．》、《致尼萨》、《致 N．N．》、《给两姊妹》、《给》、《"我的朋友，我爱你的明眸"》、《"多么温存，多么迷人

---

① 《丘特切夫诗选》，查良铮译，外国文学出版社 1985 年版，第 82 页。

的忧愁"》、《"你不止一次听见我的表白"》、《"你怀着爱情所祈祷的"》、《"你现在还顾及不到诗歌"》、《给尼古拉一世的墓志铭》、《致安德烈·尼古拉耶维奇·穆拉维耶夫》、《致阿芭查》、《致戈尔恰科夫公爵》等，但以在爱情诗中更为突出。

在这类诗中，诗人也有所创新——把这种抒情方式与象征手法结合起来，如他为纪念德国诗人歌德逝世而创作的《"在人类这株高大的树上"》就是如此：

> 在人类这株高大的树上
> 你是那最碧绿的一叶，
> 受着最明净的阳光抚养，
> 充满了它的最纯的汁液！
>
> 对它伟大心灵的每一轻颤
> 你比谁都更能发出共鸣：
> 或则与欲来的雷雨会谈，
> 或则快乐地戏弄着轻风！
>
> 不等夏日的暴雨或秋风
> 把你吹落，你便自己飘下，
> 你的寿命适中，享尽了光荣，
> 好似从花冠上坠落的一朵花！①

歌德（1749年—1832年）活了83岁，而且在行政、文学、绘画乃至自然科学方面都取得了出色的成就，赢得了举世的注目和爱戴，的确可称"享尽了光荣"。在他逝世的1832年，非常敬佩他、翻译过他不少诗歌的丘特切夫为他创作了这首纪念诗。诗歌采用象征的手法，以第二人称的形式，

---

① 《丘特切夫诗选》，查良铮译，外国文学出版社1985年版，第36页。

很好地表达了自己的敬佩与爱戴之情，以及自己对生命的哲理思索——个体在建立了功业之后瓜熟蒂落般死亡，是人生的一大幸福。为悼念普希金决斗被杀的诗《一八三七年一月二十九日》，抒情角度也与此相同。

在这方面，丘特切夫还继承了茹科夫斯基的艺术创新，并有所变化。

茹科夫斯基在抒情诗方面进行了比较大胆的创新，如较早在俄国诗歌中采用情景交融的艺术手法、象征手法，在抒情方式方面，他也有新的开拓，较早采用第二人称抒情方式，而且把一些自然现象乃至抽象东西拟人化，与之进行亲切的对话式交谈，如其名作《海》："沉默的海，蔚蓝的海，/站在你的深渊之上，我心荡神驰。/你勃勃生机；你频频呼吸；/你充满惊恐的思绪和骚动的爱情。/沉默的海，蔚蓝的海，/请为我打开你深藏的秘密：/是什么牵动了你广阔的怀抱？/你起伏不安的胸膛在呼吸着什么？莫非是那深远的明净的天空/要把你从大地上拉向云端？……/你的生命神秘而又诱人，/你因天空的纯净而纯净：/你焕发着它灿烂的蔚蓝，/你燃烧着黄昏与早晨的霞光，/你爱抚着它金色的云朵，/你欢快地把它的星星辉映。/而当乌云聚拢，/要从你这里夺走明亮的天空——/你颤抖、怒号、掀起波涛，/你呼啸着，撕扯敌意的黑暗……/黑暗隐退，乌云散尽，/但是你却惊神未定，/久久地回荡着慌乱的波澜，/天空重又明亮的迷人的光辉/还没有完全恢复你的平静；/你的平静的深渊里面隐藏着惊恐，/你是这样仰慕天空，你为它而颤抖。"① 全诗运用第二人称抒情方式，使自然对象"海"拟人化了，成为诗人谈话的对象"你"，这种手法对普希金后来的名诗《致大海》有较大影响——也采用第二人称的抒情方式，把大海拟人化。这类第二人称的抒情方式在茹科夫斯基的诗歌中较为多见，主要作用在于把无生命的东西和抽象的东西拟人化，如其《神秘的造访者》把造访诗人的抽象东西拟人化为"你"②，而其《夜》则把夜拟人化为"你"③。受其影响，丘特切夫也常采用这种把无生命对象拟人化的第二人称抒情方式，如其名诗《天鹅》：

---

① 黄成来、金留春译，转引自朱宪生：《俄罗斯抒情诗史》，陕西人民教育出版社1993年版，第52页。
② 详见朱宪生：《俄罗斯抒情诗史》，陕西人民教育出版社1993年版，第53—54页。
③ 详见《苏联文学》1984年第6期第78页，连铁译。

休管苍鹰在怒云之上
迎着急驰的电闪奋飞，
或者抬起坚定的目光
去啜饮太阳的光辉；

你的命运比它更可羡慕，
洁白的天鹅！神灵正以
和你一样纯净的元素
围裹着你翱翔的翅翼。

它在两重深渊之间
抚慰着你无涯的梦想，
一片澄碧而圣洁的天
给你洒着星空的荣光。①

　　诗歌把天鹅拟人化，并较茹科夫斯基更推进一步的是，诗人仿佛真的把天鹅当做活生生的交谈对象，正在劝慰着它，而天鹅实际上又是诗人自己那酷爱和平与追求宁静的人生理想的象征。这类诗在丘诗中数量颇多，比较有名的有：《海驹》、《行吟诗人的竖琴》、《"杨柳啊……"》、《"午夜的大风啊"……》、《"曾几何时，啊，幸福的南方"》、《"我又看到了你的眼睛"》、《"世人的眼泪"》、《"哦，我的大海的波浪呀"》、《"天色变暗，黑夜临近"》、《"穷困的乡村"》等。

　　丘特切夫最大的创新在于，他在一些哲理诗中，把自己也当做客体，当做对话的对象，从而使之具有客观性和普遍性，通过与"自己"的对话，表现对世界与人生的深刻思考，特尼亚诺夫指出，在丘诗中，具有教导作用的丘式问题，往往是以交谈的语气来表现的，② 指的就是这一类诗。如前述

---

① 《丘特切夫诗选》，查良铮译，外国文学出版社 1985 年版，第 12 页。
② *Тынянов Ю. История литературы. Критика. СПБ.*, 2001, c. 388—389.

之《沉默》，就把自己当做客体或对话的对象，用"你"的第二人称形式，以教导、告诫的方式，来抒发自己的心曲，表达自己的哲思。又如《"你的眼睛里没有情意"》一诗也是如此：

> 你的眼睛里没有情意，
> 你的言辞中没有真理，
> 你的胸中失去了精神。
>
> 心啊，鼓起勇气到底：
> 创造中——没有上帝！
> 祈祷中——没有理性！①

　　这首诗写于1836年，在这个时期，诗人一方面受带有浓厚泛神论色彩的谢林同一哲学的影响，宗教观念较为淡薄，另一方面，从小深受的宗教影响，又使他难以割断对宗教的感情，不时为自己的宗教观念淡薄而隐隐感到不安——因此，他既创作了《"灵柩已经放进墓茔"》这种表现在永恒的大自然和死亡面前宗教说教苍白无力的诗歌，又写下了《最后的剧变》这类把人世的最终希望寄托在上帝身上的诗歌。《"你的眼睛里没有情意"》以第二人称的抒情方式很好地展示了诗人的这种矛盾心理：一方面他感到自己由于宗教观念淡薄，已经"眼睛里没有情意"、"言辞中没有真理"、"胸中失去了精神"，有点不安起来；另一方面，他又试图自己安慰自己——心啊，既然已经如此了，那你就鼓起勇气一直走到底，就像在祈祷中没有理性一样，在你现在所从事的创造中，也没有上帝（因为创造否定既成的东西，而强调人的个性与独创性）！

　　第三，第三人称客观式角度。首先，丘特切夫也像此前的诗人一样，较多地使用第三人称的方式，客观地表现人、事物和感情，如《疯狂》：

---

① 《丘特切夫诗全集》，朱宪生译，漓江出版社1998年版，第178页。

当天空炎热得像烟雾，

和烧毁的大地相交融，

在那儿，就有可怜的疯狂

活跃在无忧的欢乐中。

它埋在干旱的沙地下，

被火焰的光烤得灼热，

于是睁大玻璃的眼睛

徒然地往云端去探索。

突然间它振奋起来，

用敏锐的耳朵贴着

有裂缝的大地，贪婪地

倾听着什么而暗暗欢乐。

它觉得它听到了泉水

在地下沸腾的奔流声，

啊，流水在唱着摇篮曲，

并且喧腾地从地下进涌！……①

　　这首诗通过第三人称的方式，描绘了一个荒凉、炎热、干旱的沙漠世界中的"寻水者"，他从天上到地下一刻不停固执地寻找着水。诗歌题名《疯狂》，表现了诗人对此行径的讽刺。别尔科夫斯基认为这首诗是反对谢林泛神论哲学观念的，言之有据："丘特切夫是一个狂热的泛神主义者和谢林分子，同时他又是一个反对这些流派的激烈的、难以抑制的争论者……丘特切夫写出自己泛神主义的宣言《'大自然并不是你们想象的那样'》，显然，是在 1836 年，而更早，在 1830 年的《疯狂》一诗里，他就毅然愤怒地表达出

---

① 《丘特切夫诗选》，查良铮译，外国文学出版社 1985 年版，第 20 页。

反对谢林精神的某些思想……在《疯狂》中，从直观的形象出发，带着全部热情洋溢的力量——丘特切夫的哲学思想就是从这种感情的力量中获取的。他描写了干旱、严酷、凄凉景色的每一细节，无雨，无风，旱灾，人被孤苦伶仃地挤在炎热、干旱的沙漠里。有机的生命好像永远中止了。而人仍然'往云端去探寻'——寻找泛神论的上帝，寻找'世界灵魂'的标志，它对于他是仁慈的，能给他送来雨、水、生命。人的疯狂也在于此。在最后一行写道，这个耳贴着大地的人，希望听到地下迸涌的泉水在汩汩流淌。对最后一行有个注释（K. B. 皮加列夫）：丘特切夫暗指'寻水者'。可以继续这个注释。寻水者，找矿者——在谢林及其信徒的眼里是有着特殊意义的人。寻水者——是大自然把自己的秘密告知和付托的人。丘特切夫在慕尼黑听说过1807年闻名于这个城市的著名寻水者卡姆别基的故事。卡姆别基是慕尼黑的谢林分子——利杰尔，巴杰尔，最后是谢林本人——最喜爱的人。谢林曾在其已为丘特切夫所熟知的关于人类自由的研究论文（1809年）中写到寻水者。这样，在《疯狂》的最后一行——按其情节来说'卡姆别基一行'——准确说明，丘特切夫是带着怎样的世界观来进行争论的。《疯狂》在我们面前展现的是一个孤独者，他力不胜任地只身担负着使世界振兴的职责，因此他周围的一切显得如此贫瘠和唯命是从。"①《漂泊者》同样以第三人称的方式，客观地表现了贫穷的漂泊者漫游大地，充分领略大千世界之美，以象征的手法表达了诗人那渴望走遍世界、遍观宇宙之美的寻宝者之心。丘特切夫还用这种客观的第三人称方式来揭示当时社会存在的普遍问题，如《我们的时代》：

> 如今，不是肉体而是精神在堕落，
> 而人，已陷入绝望，忧心忡忡……
> 他从黑夜的阴影中奔向光明，
> 一旦获得光明，却又抱怨声声。

---

① Берковский Н. Я. Ф. И. Тютчев. Тютчев Ф. И. стихотворения, М. -Л. , 1962, с. 37—39.

失去了信仰，心灵枯竭，麻木不仁，

如今，他对不能容忍的也能容忍……

他认清自己正在走向毁灭，

渴望信仰……却又不去请求神灵……

无论他在被关闭的门前有多么悲伤，

他永远都不会热泪盈眶，不会求诉：

"放我进去吧——我的上帝！我信，

可是，我却是信不足，求主帮助！"①

　　这首诗标题是《我们的时代》，揭露了那个时代在科学进步、经济发展、个人主义盛行、上帝将死的背景下，人们精神的麻木、空虚乃至堕落，但诗歌却并未像题目所标示的那样，用第一人称复数"我们"的方式来表现，而采用了第三人称单数的形式，其主要原因在于：第一，这是为了获得客观、写实的效果，因为此时丘特切夫已慢慢远离浪漫主义（试比较莱蒙托夫同类型的诗《沉思》："我悲哀地望着我们这一代人！／我们的前途不是暗淡就是缥缈，／对人生求索而又不解有如重担，／定将压得人在碌碌无为中衰老。／……真可耻，我们对善恶都无动于衷，／不抗争，初登人生舞台就退下来，／我们临危怯懦，实在令人羞愧，／在权势面前却是一群可鄙的奴才……"②就完全采用主观的第一人称抒情方式，这十分适合其主观性的标题《沉思》），而逐渐转向涅克拉索夫等人较为客观的现实主义；第二，如用"我们"当然就可能包括诗人自己在内，而此时的诗人已回归东正教，并形成了自己的泛斯拉夫主义思想，精神充实，理想远大，甚至试图让俄罗斯统一整个斯拉夫民族，进而拯救西方乃至世界，因此，自然不包括在内。所以，诗人就采用了第三人称的客观形式。不过，皮加列夫的说法也不无道理：丘特切夫在这里似乎说的不是自己，而是他的同时代人，然而在这个第

---

① 《丘特切夫诗全集》，朱宪生译，漓江出版社1998年版，第270页。
② 详见《莱蒙托夫诗选》，顾蕴璞译，湖南人民出版社1985年版，第176页。

三人称形象背后，可以深深感觉到诗人自己那痛苦不堪的"我"。①

　　诗人还善于把自然之物或自然现象拟人化，用第三人称的方式，来生动地表现自然景物，如《罗马夜色》：

> 在天蓝色的夜里，罗马沉睡了，
> 月亮升上天空，静静把它拥抱，
> 她以自己的默默无言的光荣
> 洒遍了这安睡的、无人的名城……
>
> 在她的光辉下，罗马睡得沉沉，
> 这不朽的遗迹和月光多么相衬！
> 仿佛这安息的城，这清晰的月夜，
> 就是那魅人的、久已失去的世界！②

　　全诗把月亮拟人化，让"她"的光辉照耀着著名的历史名城罗马，让"她"唤出"那魅人的、久已失去的世界"，两者相互映衬，相得益彰，从而使自然与文化融合为一个永恒的整体。《"冬天这房客已经到期"》一诗更是把冬天和春天拟人化为老太婆与小姑娘，通过她们的斗争，表现了大自然的永恒的争斗。《"夏天的风暴是多么快活"》、《"树林被冬天这女巫"》等诗也是如此。

　　在第三人称中，丘特切夫的大胆创新表现在，他从心理的角度，以假想的方式，多方面地细细展示"他"或"她"的一切，以抒情达意。他既可以从自己的心理出发，设想对方的一切情况，如《"我认识她时"》：

> 我认识她时，还是当她
> 正处在神话的年代中，

---

① 详见 *Пигарев К.* Жизнь и творчество Тютчева, М., 1962, с. 195.
② 《丘特切夫诗选》，查良铮译，外国文学出版社1985年版，第94页。

那时候，在晨光之下，

原始时代的一颗星

刚刚没入碧蓝的天空……

那时她还没有摆脱

曙光之前的一层幽暗，

而且充满着清新的美色，

正当露水落在花间，

悄悄无声，也看不见……

那时她的整个生命

是如此纯洁，如此完美，

一点也没有沾上凡尘，

而她的消失，我以为，

也好似星星没入晨辉。①

　　男女的爱情，细究起来，的确十分奇妙，这里面有许许多多无法用常理解释清楚的东西，尤其是那种一见钟情式的恋爱，所以中国人最喜欢用前世姻缘之类的说法来加以形容。《红楼梦》中贾宝玉和林黛玉初次见面时，两人都有一种似曾相识之感，实际上表现的就是这种奇妙的感觉。丘特切夫在这首诗里，也通过把可爱的抒情女主人公"她"推入原始的"神话的年代"的方法，充分表达了这种爱情的原始性，进而巧妙地高度赞美了女主人公的纯洁与完美。

　　诗人更突出的创新是，他还可以从想象中的女主人公的角度，把自己对象化，成为被女主人公观察的第三人称的"他"，如《"不要说他还像从前那样爱我"》：

------

① 《丘特切夫诗选》，查良铮译，外国文学出版社1985年版，第139页。

> 不要说他还像从前那样爱我，
>
> 不要说他还像从前那样珍惜我，
>
> 啊不！他是在残忍地杀害我，
>
> 尽管我看见刀在他手中颤抖。
>
> 时而怨恨不已，时而伤心落泪，
>
> 我爱恋着他，可心又受到伤害，
>
> 我不想活，但又只能为他而活——
>
> 这日子！……啊，它有多苦！
>
> 他为我小心地试探周围的气氛，
>
> 就是为恶徒人们也不会这样做……
>
> 唉，我还能痛苦而艰难地呼吸，
>
> 我能够呼吸，但我却不能够活。①

这首诗是杰尼西耶娃组诗中的一首。尽管诗人与女主人公是自觉自愿地进入恋爱关系的，而且，女主人公相当大胆而勇敢地为爱情承受了社会的一切围攻与打击，但毕竟女主人公承受的压力远远大于诗人。不管怎样，诗人还是照样当他的官，依旧可以出入上流社会的沙龙，而杰尼西耶娃则像托尔斯泰著名小说《安娜·卡列尼娜》中的女主人公安娜一样，被整个上流社会拒之门外，受到的伤害也更大。因此，诗人面对这位为爱情建立了丰功伟绩的女主人公，经常深感抱愧——有时，他公开宣称："你不只一次听我承认：／'我不配承受你的爱情。'／即使她已变成了我的，／但我比她是多么贫穷……"（《"你不止一次听我承认"》）；有时，他又感到："你的爱情对于她来说，／成了命运的可怕的判决，／这爱情以无辜的耻辱／玷污了她，一生都难洗雪！"（《"我们的爱情是多么毁人"》）在这首诗里，诗人表达的依旧是这样一种带有忏悔和负罪感的心情，但他以一种新颖的方式，设身处地

---

① 《丘特切夫诗全集》，朱宪生译，漓江出版社1998年版，第286页。

地从女主人公的角度，设想自己的种种情景，从而使自己的负罪感和忏悔心情的表达更富变化之美，也更有深度和新意。对此，苏联学者别尔科夫斯基有精彩的论述："丘特切夫希望接受心爱的女人观点，他不止一次地以她的眼光观察自己，那时他以严厉无情的态度审判自己。《'不要说，他还像从前那样爱我'》一诗是人物角色的出色转化。诗是以她的名义而写的，而整首诗——都是反对他的起诉词。丘特切夫如此进入另一个心灵的生活，如此充满了精神生活，以致使自己成为自己的对手。在这首诗里丘特切夫以另一个的主观性——通过另一个'我'——来表现主观，在自己与自己的关系上表现出坚定的客观性。他不怕自我责备。在这首诗里他以女主人公的名义说：'他为我小心地试探周围的气氛'——'小心'一词在这里是起诉的词，这里所指的不是在某种关系中小心翼翼，而是自己在对自己的关系中要小心翼翼，在消耗自己的储存时要谨慎从事。在杰尼西耶娃组诗里我们找到另一个'我'的特别抒情诗的范例——能转到另一个'我'的位置的抒情，如果这是他自己的抒情的话。"①

不过，上述两首诗的人称角度问题，已与下面要谈的多种人称变化式角度有关。

第四，多种人称变化式角度。诗人为了打破只用一种人称抒情的过于单调，在创作中还常常根据表达感情和表现思想的需要，在同一首诗中灵活自如地使用多种人称。他或者明确地在一首诗中让两种或两种以上的人称出现，如上述《"不要说他还像从前那样爱我"》一诗就是如此，诗歌从假想的女主人公"我"的角度入手，而把诗人自己作为女主人公的对象"他"，从"我"来观察"他"，这样，就在两种人称的变换中生动地揭示甚至起诉自己的同时，又设身处地地表现了女主人公的心理，从而获得了单一人称抒情角度所不能传达的艺术效果。又如《"她在地板上坐着"》：

---

① *Берковский Н. Я. Ф. И. Тютчев. Тютчев Ф. И. стихотворения*, М. -Л. , 1962, с. 75—76.

她在地板上坐着，
把一堆信札整理，
像抓起冷却的灰烬，
把它们抓起又抛弃。

她拿起这熟悉的笺页，
望着它们，显得这样出奇，
好像灵魂从高处看着
那被它抛弃了的肉体……

啊，这里面有过多少生活，
那永不复返的感受和经历！
啊，这里面有过多少伤悲，
那死去的爱和欢乐和瞬息！

我默默地站在一旁，
准备在她面前屈膝下跪——
仿佛那可爱的影子犹在，
它使我感到忧郁、颤栗。①

　　这首诗是诗人在 1858 年写给第二个妻子爱尔厄斯蒂娜的，他们在 1833
年初认识。1838 年，诗人的第一个妻子艾列昂诺拉在乘船从俄国返回慕尼
黑的途中，轮船起火，她勇敢地冲入火海，抢救孩子，结果被烧成重伤，不
久逝世（1838 年 8 月）。1839 年 7 月，丘特切夫续娶爱尔厄斯蒂娜为妻。他
们两人有着很深的感情：首先，他们是相识六年多以后才结婚的，相互之间
有较长的了解时间；其次，丘特切夫对第一个妻子艾列昂诺拉十分热爱，
1848 年，在她死后十年时，他为她写了一首感情深挚的诗《"我还被思念的

---

① 《丘特切夫诗全集》，朱宪生译，漓江出版社 1998 年版，第 331—332 页。

痛苦所折磨"》："我还被思念的痛苦所折磨，/这颗心啊，依旧充满着旧情；/在'回忆'的暗雾中，热望的火/驱使我去追索你的形影……/啊，无论何时何地，在我眼前/总浮现你难忘的、可爱的面容，/无法抓得住，但也永远不变，/好似夜晚天空中的一颗星……"① 然而，在妻子死去还不到一年的时间里，他就续娶了爱尔厄斯蒂娜（当然，这与诗人在爱情方面的特点也有一定的关系，皮加列夫指出："丘特切夫不是一个爱情专一的男人"②，他的儿子更具体地谈到："丘特切夫能真诚地爱，深挚地爱……不是一个妇女之后紧接一个，而是同时爱几个"③，的确，丘特切夫在深爱着艾列昂诺拉的时候，又热爱爱尔厄斯蒂娜，在被任命为都灵的一等秘书不久，他即与爱尔厄斯蒂娜在意大利的热那亚幽会，并为此创作了诗歌《意大利别墅》，后来在深爱爱尔厄斯蒂娜的同时，又与杰尼西耶娃产生了生死热恋），并且为了她，甘愿冒着被解职的危险，不惜违反外交使团的纪律，不曾请假，就悄悄地从自己担任外交代办的都灵跑到瑞士，与爱尔厄斯蒂娜相会，商谈结婚事宜（对此，苏俄学者大多含糊地一笔带过，如列夫·奥泽罗夫指出："由于擅离职守从都灵去瑞士，他被解除了职务"④，别尔科夫斯基也含含糊糊谈到："丘特切夫完全没有显出外交官员的勤勉，却能锁上使团的门，去另一国家，办理特殊的私事，而不向上司请示。这种事在都灵就发生过。"⑤），足见他对其感情之深。深深相爱的两人共同生活了将近二十年，尤其是自从 1844 年 9 月全家回到俄国之后，丘特切夫把妻子留在故乡奥甫斯图格，自己则住在彼得堡，这期间又有多少书信往来！这些书信，是当年爱情历程喜怒哀乐的凝结和两人深情的见证，多情且深情的诗人自然是爱如珍宝！然而，可能是妻子知道了他和杰尼西耶娃的关系，气愤之余，迁怒于过去的书信，把它们抓起又抛弃，就"像抓起冷却的灰烬"，而且"好像灵魂从高处看着/那被它抛弃了的肉体"，看着"那死去的爱和欢乐"！面

---

① 《丘特切夫诗选》，查良铮译，外国文学出版社 1985 年版，第 81 页。

② *Пигарев К.* Жизнь и творчество Тютчева, М., 1962, с. 148.

③ 转引自 *Кожинов В. В.* Тютчев. М., 1988, с. 28.

④ *Озеров Л.* Галактика Федора Тютчева. *Тютчев Ф. И.* Стихотворения, М., 1985, с. 9.

⑤ *Берковский Н. Я.* Ф. И. Тютчев. *Тютчев Ф. И.* стихотворения, М.-Л., 1962, с. 8.

对此情此景，诗人不仅深感内疚，甚至有一种负罪的感觉，因此在默默旁观了一阵之后，竟准备向妻子屈膝下跪——为了过去的真情（"那可爱的影子"），也为了自己对妻子的不忠——又爱上了杰尼西耶娃！诗人这种复杂的感情，通过诗歌的两种人称所形成鲜明的对照，巧妙而含蓄地传达出来了。更重要的是，这首诗展示了两个主人公的心理深度：观察者"我"和女主人公的复杂心理。再如《两种力量》：

> 两种力量，两种宿命的力量，
> 掌心里紧攥着我们的整个一生，
> ——从呱呱坠地到身入坟场，
> 一种是死亡，另一种是人的法庭。
>
> 这种和那种同样不可抗拒，
> 这种和那种同样漠不关心，
> 没有怜悯，绝不容许抗议，
> 它们的判决封闭了所有嘴唇。
>
> 但死亡更正直——它绝不徇私，
> 什么也不能把它伤害，也不能惊扰，
> 对唯命是从或牢骚满腹的姊妹兄弟，
> 对一切人它都一视同仁地扬起镰刀。
>
> 但人世却不这样：尔虞我诈，纷争不已，
> 嫉妒的统治者——他不能容忍，
> 他无法彻底地消灭一切异己，
> 而最好的麦穗他往往是连根拔尽。
>
> 她忧伤，唉，双重的忧伤，
> 被另一种高傲而年轻的力量所激动，

带着坚毅的目光，也加入了这场
不平等的战斗，嘴边浅笑盈盈。

当她对自己的一切权利
有了宿命的认识，便带着美的豪勇，
大无畏地向诬蔑和诽谤走去，
陶醉在某种飘飘欲仙的状态中。

她不用面纱遮掩自己的眼神，
也不把自己尊严的头低下，
而是高扬起自己的卷发，仿如抖落灰尘，
抖落掉那些威胁、诽谤和辱骂。

是的，她痛苦——越是品洁志高，
越是被视为罪恶累累……
人世就是这样：哪里惨无人道，
哪里人的真诚就是犯罪。①

　　如前所述，诗人与杰尼西耶娃出于真情而不顾社会的常规结合了，他们组织了另一个家庭，这种公开的、真诚的婚外恋，使一向习惯于偷鸡摸狗而反对真情的上流社会目瞪口呆，一时之间，舆论大哗，威胁、诬蔑、辱骂铺天盖地降临到两人尤其是杰尼西耶娃头上，社交界的大门也纷纷对他们关闭，此情此景使诗人在愤怒之余进行了深刻的哲理思考，进而领悟到人的整个一生都处在死亡和人的所谓"法庭"的控制中，但两相比较，死亡更为公正，人的"法庭"只致力于消除一切异己，而且往往是把"最好的麦穗"连根拔尽。最后，通过自己尤其是杰尼西耶娃的悲惨遭遇，诗人悟出了人世残酷的真理："越是志洁品高，越是被视为罪恶累累"，"哪里惨无人道，哪

---

① 曾思艺译自 *Тютчев Ф. И.* избранное, Ростов-на-Дону, 1996, c. 235.

里人的真诚就是犯罪"！这份复杂的感情、这种深刻的哲理思考，通过多种人称的变化使用，很好地表现了出来：首先是死亡与人的法庭构成的"它们"，然后是两者比较中的"它"或"他"，最后则是为爱情建立了丰功伟绩的女主人公"她"。

在这多种人称并用的抒情方式中，诗人还善于在一首诗中把对象的人称方式依据情感的起伏加以变幻，如早年创作的《捉迷藏》一诗：

> 她的竖琴就放在常放的角落，
> 窗旁照样安放着石竹花和玫瑰，
> 正午的阳光在地板上似睡非睡，
> 约定的时间到了，可她在哪里？
>
> 啊，谁能给我找到这个淘气姑娘？
> 我的轻盈仙女到底在哪儿躲藏？
> 我感到在空气中弥漫着一种喜气，
> 犹如那醉人的幸福之光在荡漾。
>
> 石竹花并非故意地在窥探打量，
> 玫瑰啊，怎么你的脸颊在绿叶上
> 会发烫，就连气味也越来越香：
> 我知道，是谁在花丛中躲藏！
>
> 我听到的不是你的竖琴的音响，
> 你还幻想在金色的琴弦里隐藏？
> 你拨动的金属琴弦早就响起，
> 那甜蜜的声音还在那儿震荡。
>
> 仿佛烟尘在正午的阳光中飘舞，
> 仿佛蹦跳的火星在火堆上飞扬，

我看见熟识的眼睛中的火焰，

我当然知道此时它正欣喜若狂。

小蝴蝶在花间不停地飞舞，

它飞来飞去，假装成无忧无虑，

我的亲爱的客人，你尽情飞吧！

难道我还认不出轻盈如气的你？①

　　这首诗写于1828年，是献给新婚的妻子艾列昂诺拉的。新婚燕尔，恩爱无比，何况又是少年夫妻，其间有多少不为外人所知也不宜为外人所知的恩爱举动和柔情蜜意！我国宋代欧阳修的词《南歌子》就是通过新嫁娘新婚后的娇羞情态与欢乐喜悦心情来表现新婚夫妇那份难得的柔情蜜意的："凤髻金泥带，龙纹玉掌梳。走来窗下笑相扶，爱道画眉深浅入时无。弄笔偎人久，描花试手初。等闲妨了绣工夫，笑问鸳鸯两字怎生书？"沈际飞在《草堂诗余别集》卷二中评此词："前段态，后段情，各尽，不得以荡目之。"丘特切夫这首诗与欧阳修的词有异曲同工之妙，他通过娇美的新婚妻子捉迷藏这一充满天真情趣的举动，来表现自己美满幸福的新婚生活。诗歌主要从"我"的角度来写。起初，诗歌的调子似乎较为冷静，使用的是第三人称"她"指称妻子。在约定的时间，"她"竟然不见了。聪颖的诗人马上领悟到这是多情的娇妻用淘气的天真方式来表达她对自己的感情，因此，感情随即发生了变化，马上改用第二人称"你"的亲切形式，并且，一再用玫瑰、琴声、阳光、小蝴蝶来加以陪衬，从而使全诗的柔情蜜意几乎浓得化不开。又如《"我们的爱情是多么毁人"》一诗，最初出现的是"我们"的复数第一人称抒情方式，这是为了取得双方的共同感受，引起双方的共鸣，接着，便进入自我反思阶段，诗人把自己客观化为第二人称的"你"，作为观察和反思的对象，并引出"她"和"她"在这场爱情中所遭到的被毁待遇，结尾，再回到第一人称"我们"上来，以收束全诗，呼应开头，

①《丘特切夫诗全集》，朱宪生译，漓江出版社1998年版，第69—70页。

总结升华。这样，全诗既表现了我们共同的遭遇共同的感受以及"她"的被毁的待遇，又对自己进行了反思，体现了诗人既深深爱恋又深感抱愧乃至负罪的颇为复杂的思想情感。

这种类型的诗一直保持到诗人晚年，如1852年写的《纪念茹科夫斯基》：

我见过你美丽动人的黄昏！
在我最后一次与你告别时，
我欣赏着它：那样安谧、明净，
上上下下都渗透着热情……
啊，诗人，你的告别之光
是怎样地在发热、辉映……
而就在那时，在它的黑夜，
显然已升起了一批新星……

他身上毫无虚伪，毫无矛盾，
他宽容一切，让一切共存。
他曾为我朗读过《奥德赛》，
满怀着虔诚和崇拜之情……
那是多么幸福辉煌的岁月，
我天真幼稚的童年的光阴……
而在那时，星星都失去了光彩，
只有神秘暗淡的微光在空中颤动……

他的性情确实像鸽子一般纯洁。
在他身上洋溢着鸽子般的温顺，
即使对于奸诈邪恶的智谋
也不轻视，也能理解、容忍。
他使这纯洁的精神发展、巩固，

使它变得如此清澈而又明净。

他的灵魂达到了和谐的境地：

他和谐地生活，和谐地歌吟……

而这崇高的和谐的灵魂

主宰着他的生活，融入了他的作品，

他把它们遗交给激动不安的世界，

作为丰硕的果实，作为卓越的功勋……

世界是否得到了他、把他的价值认清？

我们能否做这样神圣的保证？

抑或是神灵还没有对我们说：

"诚实者对上帝说话只能用心灵！"①

丘特切夫早在少年时期就认识了茹科夫斯基。1818 年 4 月 17 日，丘特切夫在父亲的陪同下，登门拜访了住在莫斯科的茹科夫斯基。这次拜访给丘特切夫留下了极其深刻的印象，几十年后，他还记得当时的一切细节，1873年 4 月 17 日，重病中的诗人还深情地回忆往事，写下《一八一八年四月十七日》一诗。而在此之前，茹科夫斯基早已是常来拜访丘特切夫家的著名客人中的一个。在长期的交往中，他们的感情越来越深厚，茹科夫斯基曾在一封信中这样谈论丘特切夫："我最初认识他时，他还是个孩子，而现在我爱上了这个成熟的人……他是一个具有非凡的天才同时又十分善良的人。"②而丘特切夫整个一生都把茹科夫斯基当做师长来尊敬、爱戴。在这首诗里，诗人描画了茹科夫斯基纯洁的性情、宽厚的胸襟、和谐而崇高的灵魂，肯定了他的文学成就，充分表达了自己的敬爱之情。但这种感情的表达，抒情方式的人称变化作用颇大：首先，是激情满怀地以"我"来抒发对"你"的深厚感情，之所以采用第二人称"你"，可能是因为，这里写的是茹氏美丽

---

① 《丘特切夫诗全集》，朱宪生译，漓江出版社 1998 年版，第 292—293 页。
② 转引自 *Пигарев К. Жизнь и творчество Тютчева*, М., 1962, с. 98.

动人的晚年时光，在这段时间里，诗人与他经常在一起，十分亲密，而且，茹氏刚去世，诗人的心灵处于深深的激荡状态；接着，马上转换人称，用"他"来指称茹科夫斯基，这是因为：其一，下面主要是对茹氏一生的人品和文学成就作出评价，用第三人称的"他"较之第二人称的"你"要客观一些，同时也可以使之更具有普遍意义；其二，这也与回忆的调子有关，因为诗人回忆到"天真幼稚的童年"，茹科夫斯基给他朗诵《奥德赛》的情景，用第三人称"他"，可以造成一种回忆的悠远感。

诗人有时在诗中还比较隐蔽地运用多种人称——即在诗歌的前面仿佛是客观描写，不曾涉及诗人自己，结尾的时候才把抒情主人公"我"给轻轻抖出，如《"她整天神志不清地躺着"》：

　　　　　她整天神志不清地躺着，
　　　　　全身都笼罩着一层阴影。
　　　　　夏日的暖雨敲打着树叶，
　　　　　发出一阵阵欢快的响声。

　　　　　后来她慢慢苏醒过来，
　　　　　开始倾听窗外的雨声，
　　　　　她长久地入迷地听着，
　　　　　仿佛在思考着什么事情。

　　　　　她像是在自言自语，
　　　　　突然间她脱口而出：
　　　　　"这一切我曾经怎样爱过！"
　　　　　（我伴着她，已是半死不活。）

　　　　　你爱过，像你这样的爱，
　　　　　啊不，谁也不曾拥有过！
　　　　　天哪！饱经人世沧桑……

這顆心還沒有碎成粉末……①

　　这首诗写的是 1864 年杰尼西耶娃临终时的情景。如前所述，丘特切夫对杰尼西耶娃感情很深，她的死给他巨大的打击。这首诗是诗人对其深挚的爱的具体体现。只有真正地而且深挚地爱一个人的人，才会在临终时守在她的身边，并且，把她临终时的一切细节一一牢记在心：她的病情，夏天，暖雨，雨点敲打着树叶的声音，她临终的表情，所说的话……诗歌的前三节，仿佛是用第三人称的方式在客观地描述，但最后一节，却把一直隐蔽的抒情主人公"我"猛然推出——首先，他站出来向女主人公直接抒情："你爱过，像你这样的爱，/啊不，谁也不曾拥有过！"；其次，这位抒情主人公还谴责自己面对此情此景居然心还未完全粉碎，也未曾随她一起死去（这是诗人在不少诗中公开表达的情感，在这首诗中表现得比较隐晦）："天哪！……这颗心还没有碎成粉末……"！

　　可见，丘特切夫既继承了此前诗人的一些抒情方式，同时又在此基础上进行了一些更新的探索，他在把诗歌从外部世界的描绘和单纯的主观抒情转向对内心的表现之时，采用了多种多样而又颇具变化的抒情方式，从而表达的思想、感情更复杂、细腻——不仅表现了运动变化的大千世界，而且展示了矛盾冲突的内在心灵，在表现手法上也更具现代特色。

第二节　完整的断片形式

　　特尼亚诺夫非常精辟地指出，丘特切夫在抒情诗歌创作上的一大创新是创造了断片（фрагмент）形式②。他在文章中一再强调，面对当时西欧和俄国诗歌的已有成就，丘特切夫力求创新，"他找到的出路是断片形式"③，并

---

① 《丘特切夫诗全集》，朱宪生译，漓江出版社 1998 年版，第 382 页。
② *Тынянов Ю.* История литературы. Критика. СПБ., 2001, с. 213.
③ *Тынянов Ю.* История литературы. Критика. СПБ., 2001, с. 385.

且断言：“断片成为丘特切夫抒情诗的基础。”① 但他并未展开论述。与此同时，他还指出：“在丘特切夫那里，与断片一起的，还有完整。”② 本节正是由此得到启发，并因而认为，丘特切夫诗歌在抒情艺术方面的一大特点是完整的断片形式。这一完整的断片形式包括以下几个方面的内容。

一是精致。丘诗的精致是其断片形式的显著标志。俄苏学者对其诗歌的精致，已有所论述。如特尼亚诺夫指出，丘特切夫的精致形式是与普遍性的主题（общая тема）联系在一起的③，列夫·奥泽罗夫则称丘诗为“精致的抒情小晶”④。但他们都未对此进行深入阐发。我们认为，丘特切夫诗歌这一精致的特点又包括以下内涵，或者说由以下内涵构成：

第一，瞬间的印象。别尔科夫斯基指出：“丘特切夫的诗按其内在形式——是瞬间的印象。他渴望瞬间并把最大的希望寄托于瞬间，就像唐璜、浮士德、新文化最初的著名人物那样。瞬间的激情——同样也是即兴创作。丘特切夫的诗并非长期的收集，而需要迅速的行动，对摆在面前的任何问题，都要快速地回答。丘特切夫力图在瞬间的印象中容纳下整个自己，早已拥有的思想、感情及生活本身的所有无限性。他的诗——是为时间，为在短短的期限里有轰轰烈烈的生活而进行的特殊的斗争。”⑤ 屠格涅夫也指出：“丘特切夫先生的诗的抒情的情绪仅仅在极短的瞬间把它凝缩和简练地表现出来。”⑥ 我们认为，丘诗中这种瞬间印象主要得力于谢林哲学的影响。丘特切夫深受谢林哲学中非理性审美直觉观念等的影响，探索混沌，探索心灵，表现梦，挖掘潜意识，他往往运用这种非理性的审美直觉，通过“瞬间的印象”（或“永恒的瞬间”）来领悟或把握自然的整体，直探自然、心灵、生命之谜，这样，其诗的抒情境界便是瞬息即逝的，他的诗也便有了瞬间印象的突出特点。

---

① *Тынянов Ю.* История литературы. Критика. СПБ., 2001, c. 385.

② *Тынянов Ю.* История литературы. Критика. СПБ., 2001, c. 387.

③ *Тынянов Ю.* История литературы. Критика. СПБ., 2001, c. 214.

④ *Озеров Л.* Галактика Федора Тютчева. *ТютчевФ. И.* Стихотворения, М., 1985, c. 5.

⑤ *Берковский Н. Я.* Ф. И. Тютчев. *Тютчев Ф. И.* стихотворения, М. -Л., 1962, c. 59.

⑥ ［俄］屠格涅夫：《略谈丘特切夫的诗》，朱宪生译，见王智量主编：《外国文学名家论名家》，华东师范大学出版社1985年版，第285页。

　　第二，简短的形式。正因为丘特切夫在诗歌中表现的主要是瞬间印象，其诗歌的抒情境界是瞬息即逝的，他的诗歌形式因之是短小精悍的，他的诗显得朴实、自然而简洁，没有任何多余的东西，上引屠格涅夫的话已谈到其诗具有"凝缩和简练"的特点，格里戈里耶娃也指出："在关于诗人丘特切夫的语言的意见中，常常看到指出其诗的下列特性：朴实，没有多余的修饰，诗的结构与内容紧紧联结在一起，诗歌语言的准确性，诗的修饰语的恰当性。"① 这样，简短的形式便成为丘特切夫诗歌的又一突出特点。列夫·奥泽罗夫把丘诗比作一个美丽、浩瀚的银河系，而认为："他的八行诗——十二行诗，都是汇入银河的河口。"② 屠格涅夫更是宣称："丘特切夫先生最短的诗几乎是他最成功的诗。"③ 笔者对列宁格勒苏联作家出版社 1957 年版的《丘特切夫诗歌全集》进行了统计：丘特切夫包括译诗在内共有诗歌约 397 首（如《浮士德》片断等译诗算多首，则有 400 余首），其中四行诗 51 首，六行诗 14 首，八行诗 58 首，十行诗 11 首，十二行诗 47 首，十六行诗 67 首，二十行诗 31 首，二十四行诗 22 首，十五行诗、十八行诗、七行诗各 4 首，二行诗、五行诗、二十二行诗、二十三行诗各 2 首，三行诗、九行诗、十一行诗、十三行诗、十四行诗各 1 首，二十四行以上的诗仅 70 首。诸如《黄昏》、《正午》、《"好似海洋环绕着地面"》、《恬静》、《秋天的黄昏》、《阿尔卑斯》、《春水》、《日与夜》、《"初秋有一段奇异的时节"》、《"在海浪的咆哮里"》、《"夜晚的天空是这么阴沉"》、《"白云在天际慢慢消融"》、《罗马夜色》、《海浪和思想》、《"世人的眼泪"》、《最后的爱情》等名诗，其诗歌形式都是短小精悍的，大多为八至十六行，可以说，丘特切夫的绝大多数好诗都在二十行以内，其诗歌的形式的确是简短的。

　　第三，丰美的内涵。丘特切夫把深邃的哲理、独特的形象（自然）、丰富的情感、瞬间的境界四者完美地结合起来，使其诗歌达到了超常的艺术高度。正因为如此，丘诗显得凝练而含蓄，精致又深沉，优美而有立体感，有

① *Григорьева А. Д.* Слово в поэзии Тютчева. М. , 1980, с. 8.

② *Озеров Л.* Галактика Федора Тютчева. *Тютчев Ф. И.* Стихотворения, М. , 1985, с. 5.

③ ［俄］屠格涅夫：《略谈丘特切夫的诗》，朱宪生译，见王智量主编：《外国文学名家论名家》，华东师范大学出版社 1985 年版，第 259 页。

点类似于我国的律诗、绝句，有着相当丰美的内涵。格里戈里耶娃指出：
"对读者来说，丘诗的文本总是在精致的形式里表现出惊人的容量。"①

　　二是即兴。俄罗斯学者一再谈到，丘特切夫的诗具有即兴诗的特点。特
尼亚诺夫指出，丘诗的断片特点说明，"丘特切夫的诗就像'偶然地写成
的'"②。别尔科夫斯基更是明确指出："从气质上，丘特切夫是一个即兴诗
人。他高度评价了人身上自然、下意识的力量。丘特切夫在自己的诗中作为
艺术家，作为大师依靠的是自己心灵中'自然'这一自然因素——依靠即
兴的自然力量。丘特切夫追随自己的灵感，把希望寄托在感情和思维的奇想
上——它们本身应该把他引领到正途上去。在诗歌的叙述中，他进行急剧的
跳跃和转折，使自己突来的精彩之处合法化——这是否会成为诗的思想，是
否会成为诗的语言，——他并不为它们寻找证据，而是坚信自己猜测的正
确性。

　　　　　漫无目的地游荡，

　　　　　一路上，也许会偶尔遇见

　　　　　紫丁香的清新的芬芳

　　　　　或是灿烂辉煌的梦幻……

　　在这几行诗里——有丘特切夫即兴诗歌的纲要。他醉心于生活的观感，
紧随着它，感激它们提示所暗示的东西。作为真正的即兴诗人，他根据突然
间冒出来的契机，不做准备，但准确无误地写起诗来。即兴诗歌的印象，赋
予丘特切夫的诗一种特殊的魅力。丘特切夫所属的浪漫主义时代尊敬即兴诗
人，认为他们是汲取了生活和本源的最高层次的艺术家。"③ 丘特切夫的创
作情况充分证明了别尔科夫斯基的观点。丘特切夫的同时代人梅谢尔斯基在
其《我的回忆》里写道，丘特切夫非常不重视自己的诗，只是倾吐感情和
思想，他常常诗兴一来，便随手抓起身边的一张纸，写在上面，写完后便随

---

① Григорьева А. Д. Слово в поэзии Тютчева. М. , 1980, c. 33.

② Тынянов Ю. История литературы. Критика. СПБ. , 2001, c. 385.

③ Берковский Н. Я. Ф. И. Тютчев. Тютчев Ф. И. стихотворения, М. -Л. , 1962, c. 30—31.

手抛开，忘记了它们，或者口授诗歌让妻子或女儿记下来。① 阿克萨科夫曾经谈到丘特切夫《"世人的眼泪"》一诗的创作经过："有一次，他在秋天的一个雨夜乘着雇来的轻便马车回家，淋得几乎全身都湿透了，他对前来接他的女儿用法语说：'我想好了一些诗句。'还没有脱下湿透了的衣服，他就口授着这首美妙的诗歌，让女儿记录下来……"② 仔细研究丘特切夫的诗歌，我们发现，其诗歌的即兴特点又大约包含了两个方面。

第一，对"景"生情。丘特切夫是一个感情丰富、天性敏感而且富于想象力的诗人，他喜欢不断追寻新的感受与体验，喜欢不断地接触新人，甚至喜欢不断地追求女性，更喜欢到处旅游，即使身处慕尼黑、莫斯科、彼得堡这样的大都市，他也想方设法一有机会就到大自然中去，就是明证。他曾在一首诗中明确宣布了自己的这一追求：

> 我得以珍藏的一切：
> 希望，信念和爱情，
> 都汇进了一种祈祷：
> 体验吧，不断体验!③

这样，在不断出现的新的刺激面前，丘特切夫便能够不断地对"景"生情，写出新的诗篇。他可以面对美丽的女性，写出自己情感的升华，如《邂逅》：

> 无论你是谁，无论你的心
> 纯洁无瑕抑或爬满罪孽，
> 一旦与她相遇，你会面目一新，

---

① Современники о Ф. И. Тютчеве, Тула, 1984, с. 29.
② 转引自《丘特切夫抒情诗选》，陈先元、朱宪生译，漓江出版社1986年版，第125页注释。
③ ［俄］丘特切夫：《"我得以珍藏的一切"》，见《丘特切夫诗全集》，朱宪生译，漓江出版社1998年版，第319页。

> 倏然升腾到一个美妙的灵性境界。①

　　这首诗写的是皇后玛丽亚·亚历山德罗芙娜。诗人为她的美、她的高洁的气质所倾倒，每次遇到她，心里总有新的激情产生，并伴随着精神的升华，因此，对人生情，写下了这首诗。但诗歌的写作又很有艺术性：诗人把自己个人对皇后的美好感觉普遍化了，他非常巧妙地采用了第二人称"你"的抒情角度，让这个"你"既是诗中抒写的主人公，又像是我们每一个读者，从而使这种感情变成一种人所共有的对美好女性的感情，写出了我们每一个人在生活中都可能遇到的一种感觉，这种感觉歌德在《浮士德》中以名句"美好的女性，引领我们飞升"进行了精彩的概括。他还可以面对美好的艺术抒发自己的感情，如《致阿芭查》：

> 您的歌声是这样和谐优美，
> 对于灵魂有着无上的权威，
> 一切活着的人都会喜爱
> 您那忧郁而亲切的语汇。
>
> 它里面有什么在呻吟、跳动，
> 好像被镣铐禁锢的灵魂
> 要不由自主地冲脱出来，
> 高声地倾诉着它的隐情。
>
> 不知是完全沉入了您的歌声，
> 还是我们自己在浮想联翩，
> 在那儿充满一种解脱，而最后，
> 不是被征服，就是思绪万千……

---

① 曾思艺译自 *Тютчев Ф. И.* избранное, Ростов-на-Дону, 1996, с. 289.

> 摆脱沉闷不堪的山谷，
>
> 挣脱一切缠绕的锁链，
>
> 被解放了的自由的灵魂，
>
> 纵情无羁地跳跃、欢腾……
>
> 您那无所不能的吟哦呼唤
>
> 驱走了黑暗，送来了光明，
>
> 而我们是无声地用心灵来感受，
>
> 在那里面我们听见了您的心声。①

这首诗是献给当时著名的歌唱家和音乐家尤莉娅·费多罗芙娜·阿芭查的，她曾和法国的古诺、匈牙利的李斯特等大师一道，创建了俄国音乐协会，这首诗生动有力地赞美了阿芭查的歌唱艺术及其对自己心灵的深深打动。丘特切夫更善于面对自然景物，触景生情，如《意大利的春天》：

> 香气氤氲，天空明丽晴朗，
>
> 二月，春光就已潜入花园中，
>
> 看，扁桃花霎时绽蕾怒放，
>
> 枝枝洁白缀满盈盈万绿丛。②

这首诗写于 1873 年，此时的丘特切夫已年届古稀。但他对美的敏感依然如旧。俄罗斯天寒地冻，春天到来得很晚，而意大利的春天来得很早，二月就已开始展示自己的美景了，年老的诗人目睹花园里万绿丛中枝枝洁白的扁桃花，心潮激荡，写下了这首对景生情、很有灵气的小诗，表达了自己对美好春天的瞬间感受（"扁桃花霎时绽蕾怒放"）。

丘特切夫毕生追求美，对美的东西终生有一种特别的敏感，前述《"夜

---

① 《丘特切夫诗全集》，朱宪生译，漓江出版社 1998 年版，第 479—480 页。
② 曾思艺译自 *Тютчев Ф. И. Полное собрание стихотворений*, Л., 1957, c. 300.

的海啊,你是多么的美好"》是如此,早年的《山中的清晨》也是如此:

> 一夜雷雨清洗过的天空,
> 轻漾一片蓝莹莹的笑意,
> 露水盈盈的山谷蜿蜒着,
> 像一条晶带光华熠熠。

> 云雾弥漫的重重山岭,
> 半山腰间雾环云系,
> 仿如那由魔法建成的
> 空中宫殿残留的遗迹。①

　　这首诗表现了青年诗人对雨后自然美景的喜悦之情,当然,在某种程度上也表达了诗人一贯的哲理思想——一切都在运动、变化,新的东西每天都在诞生:雷雨后的天空和山谷与昨天已迥然不同,就是那所谓的由魔法变成的"宫殿"也在变化着——原来的宫殿变成了废墟,而从废墟中又将矗立起新的宫殿。

　　第二,哲理感悟。丘特切夫是一个天性敏感、感情丰富、精于观察、善于思考、凡事都有自己独特见解、思想达到了相当深度的学者型诗人,他终生都在探寻人、心灵、自然乃至宇宙的奥秘,因此,他的即兴的特点不仅表现为对"景"生情,而且也表现为在生活中随时有诗意的哲理感悟。他可以面对自然的美好景物产生哲理感悟,如:《"白云在天际慢慢消溶"》:

> 白云在天际慢慢消溶;
> 在炎热的日光下,小河
> 带着炯炯的火星流动,
> 又像一面铜镜幽幽闪烁……

---

① 曾思艺译自 *Тютчев Ф. И.* избранное, Ростов-на-Дону, 1996, c. 39.

炎热一刻比一刻更烈，
阴影都到树林中躲藏；
偶尔从那白亮的田野
飘来阵阵甜蜜的芬芳。

奇异的日子！多年以后，
这永恒的秩序常青，
河水还是闪烁地流，
田野依旧呼吸在炎热中。①

　　面对着眼前这奇异的美景，富有哲思的诗人不是简单地沉醉，而是对景
生情，进而对景生思，想到了大自然的永恒（奇异美景的年复一年常在），
从而表达了类似前述刘禹锡"人世几回伤往事，山形依旧枕寒流"、杨慎
"青山依旧在，几度夕阳红"的对宇宙与人生的哲理思考。前述之《"在那
湿润的蔚蓝的天空"》则面对着彩虹这大自然的美丽奇观，表达了自己的哲
理感悟：美的东西、奇迹般的东西的存在是瞬间般短暂的，必须加倍珍惜。
而《幻影》一诗的哲理，表现得更加巧妙、深刻：

在那万籁俱寂的午夜，
有一段神仙显灵的时间：
那辆灵活的宇宙马车，
自由自在地滑向天空的圣殿。

夜色正浓，犹如混沌与水交融一体，
人失去知觉，仿佛阿特拉斯压着大地，
只是在预言的梦境里，

----

① 《丘特切夫诗选》，查良铮译，外国文学出版社1985年版，第161页。

上帝惊扰了缪斯纯洁的灵魂![1]

　　别尔科夫斯基对这首诗有非常精彩的阐述:"他(丘特切夫——引者)在《幻影》里准确地说明,诗的使命是什么,诗的真谛在哪里……这首诗从开头到结尾,在精神和风格上可说是古希腊式的。不仅仅一个阿特拉斯,和一些缪斯,也不仅仅是一个从古希腊世界里借用的上帝。灵活的宇宙马车——又一个古希腊式的形象,古希腊人称大熊星座为马车。可以猜测,这首诗与古希腊哲学有着某种有机的联系。赫拉克里特·艾菲斯基称熟睡者为'宇宙事件的劳动者和参与者'——即使是从著名的施莱尔马赫为这个哲学家写的一本书(出版于1807年)中,丘特切夫也能了解赫拉克里特。赫拉克里特的箴言给予丘特切夫一个占首位的启示:在自己的午夜时分人了解了世界的运行,世界的历史,这些东西在白天的意识里被削弱。同一个赫拉克里特指出,自然喜欢隐藏——它对不知情的人隐藏的正是自己永恒的运动。在'万籁俱寂'的时刻,按丘特切夫的观点,宇宙生命不愿沉默的工作显现出来了,人丧失了自己日常的支柱——因循守旧的幻想,在他面前世界处于一种力不胜任的真理中。最后的两行诗直接与诗的作用和诗的使命有关:世界在其令人害怕的深处,世界在其崇高、生动的内容里,它还站在缪斯面前,像丘特切夫在这儿说的那样,惊扰了缪斯的梦。诗不怕折磨人的情景和动荡的场面,它能用那各种各样的真理使人振奋起来。哪里一部分人'失去知觉',昏迷不醒,丧失力量,哪里就有诗人,缪斯——进行预言的朝气和理由。"[2]《火灾》一诗也是面对吞噬一切的大火,深深感悟到:"在天然的恶毒力量面前,/人,只能沮丧地站立,/垂下双手,茫然无言,/好像软弱无力的孩子。"[3] 其他如《喷泉》、《"杨柳啊……"》等诗也属这种对景的哲理感悟。他也可以由个人的离别之情,上升到对普遍的爱情乃至生命的哲理思考,如《"离别中有高深的含义"》:

---

① 曾思艺译自 *Тютчев Ф. И. избранное*, Ростов-на-Дону, 1996, с. 33.

② *Берковский Н. Я. Ф. И. Тютчев. Тютчев Ф. И. стихотворения*, М. -Л. , 1962, с. 53—54.

③ 曾思艺译自 *Тютчев Ф. И. избранное*, Ростов-на-Дону, 1996, с. 229.

> 离别中有高深的含义：
>
> 无论怎样爱着，一天，或者一世，
>
> 爱情都是一场梦，而梦就是一瞬，
>
> 或迟或早，总会清醒，
>
> 而人最终都该会睡醒……①

　　这首诗是诗人 1851 年写给第二个妻子爱尔厄斯蒂娜的。面对妻子对自己的一片真情与深情（具体体现为离别时的恋恋不舍之情），诗人心潮荡漾，灵感骤至，由个人的离别之情上升到对普遍的爱情乃至生命的哲理思考。男女相爱，朝朝暮暮互相厮守，当然自有它的甜蜜与意义。而离别、相对来说，更是有着高深的含义。离别产生距离，距离产生美，产生清醒的意识，能使相爱的双方更好地认识对方，从而增进情感。何况爱情本来就像一场梦，美妙而短暂，人总有睡醒并清醒的时候。这就从爱情上升到对生命的某种哲理思考了。生命因有爱情而更美妙更精彩，但生命也同爱情一样，极其短暂，而且也该有睡醒乃至清醒的时候。这首诗在艺术功效及所传达的情感上，有点类似于我国宋代词人秦观的《鹊桥仙》："纤云弄巧，飞星传恨，银汉迢迢暗度。金风玉露一相逢，便胜却人间无数。　　柔情似水，佳期如梦，忍顾鹊桥归路。两情若是久长时，又岂在朝朝暮暮。"也是把个人的离别之情升华为爱情中普遍的别离之情，具有一定的哲理性。丘特切夫更善于把经过长期的思考和生活体验后倏然间得到的哲理感悟，以极其简洁、高度概括的警句形式表达出来，如至今在俄罗斯广为传颂、广为引用的名诗《"凭理智无法理解俄罗斯"》：

> 凭理智无法理解俄罗斯，
>
> 她不能用普通尺度衡量：
>
> 她具有独特的气质——

---

① 《丘特切夫诗全集》，朱宪生译，漓江出版社 1998 年版，第 273 页。

　　　　　　　　　对俄罗斯只能信仰。①

　　"穿越其千年的历史的俄罗斯文化最本质的特点，是其宇宙性和包罗万象性"②，这本已使俄罗斯比较难以让人理解了，而俄罗斯又是一个兼有东方与西方双重特点、且一直在东方与西方之间摇摆的国家，东正教更赋予她浓厚的神秘主义色彩，这样，俄罗斯的确是最难理解的国家之一，俄罗斯民族、俄罗斯文化更加难以用理智去理解，这是世界许多国家人们普遍的感受。丘特切夫作为一个在西方生活了二十多年的俄罗斯人，较一般人更能理解俄罗斯——既能入乎其内把握其实质，又能超乎其外以一种类似于他者的眼光来审视俄罗斯，这样，他便把这许许多多人的共同感受用这样短短的一首四行诗，极具哲理性地高度概括出来，从而成为近两百年来在对俄罗斯感兴趣的人们中流行不衰、广为引用的格言警句。朱宪生先生指出："如今，这首著名的诗已引起西方乃至全世界学者的高度重视，成为人们试图解开'俄罗斯之谜'的一把钥匙。而由这首诗引申出的一个新的话题——'想象俄罗斯'，已经成为西方学术界的热门话题。"③ 又如《"大自然——这个斯芬克司"》：

　　　　　　大自然——这个斯芬克司，
　　　　　　总爱用自己的考验把人折磨，
　　　　　　也许，从开天辟地的时候起，
　　　　　　它胸中什么谜语都不曾有过。④

　　如前所述，丘特切夫终身热爱自然，即使身处慕尼黑、彼得堡、莫斯科这样的大都市，他也总是想方设法外出旅行，以求回归自然。他对自然有细

───────────────

① 曾思艺译自 *Тютчев Ф. И. избранное*, Ростов-на-Дону, 1996, с. 218.
② ［俄］德·谢·利哈乔夫：《解读俄罗斯》，吴晓都等译，北京大学出版社 2003 年版，第 37 页。
③ 朱宪生：《放眼世界的"地球诗人——纪念'世界文化名人'丘特切夫诞辰 200 周年"》，《湘潭大学社会科学学报》2003 年第 6 期。
④ 《丘特切夫诗全集》，朱宪生译，漓江出版社 1998 年版，第 474 页。

致的观察，更以一种深刻的哲学思想去理解大自然，试图从中寻找人生的安顿。然而，长期的观察、思考与探索，反而使他深感矛盾与困惑：一方面他认为自然像人一样，有着活的灵魂，有着自己的个性、语言、生命和爱情，人的生命变化与自然的变化有着同一性——像自然有春夏秋冬四季一样，人有幼年青年壮年老年，而且，大自然的阴晴冷热等境况可以引发人相应的怒喜哀乐之情，另一方面自然却又永恒、强大、青春永驻，而人却短暂、脆弱、转眼就是黑夜降临；一方面他认为尽管自然永恒人生短暂，但人总不能在这世上白走一遭，他得以奋斗的成果来证明自己的生，从而否定死，超越死，另一方面他又强烈地感到，人奋斗过了，老了，被证明了的生命的价值已随时间的流逝而渐渐模糊，甚至完全失去意义——成长起来的年轻一代，已把上一代连同他们的时代忘得干干净净，而且，在永恒的自然中，人的一切努力似乎都是徒劳的，人不过是自然的梦，人生则是瞬间的梦幻般短暂的，甚至无所谓的，最后剩下的，只是那茫茫的无限与永恒。这种竭力的探索，得到的结果只是矛盾与困惑，使诗人对大自然产生了疑惑，创作了这首有名的诗，怀疑自然是否存在奥秘与神秘性，表达了对自然的疏离感，而这也是经过自然科学洗礼的现代人的一个共同的感受。

　　丘特切夫有时还把自己的哲理感受以预言式的宣告表达出来，如《最后的剧变》：

> 当世界末日的钟声当当响起，
> 地上的万物都将散若云烟，
> 洪水将吞没可见的一切东西，
> 而上帝的圣像将在水中显现！①

　　丘特切夫的母亲虔信宗教，他早年受母亲的影响，有较强的宗教意识，青年时代受谢林哲学等的影响，形成了泛神论乃至近似无神论的观念，他在《"我喜欢新教徒的祈祷仪式"》、《"灵柩已经放进墓茔"》等诗中对宗教进

---

① 曾思艺译自 *Тютчев Ф. И.* избранное, Ростов-на-Дону, 1996, c. 43.

行了讽刺，但他毕竟无法彻底摆脱宗教的影响，这首诗就是一个例子。进行终极思考的诗人，思考到世界和人的极限以及人存在的意义问题，而这是科学和其他哲学无法解答的，于是，又回到唯一能解答这一问题的宗教上来——在世界末日到来之时，唯有上帝及其审判才是人生存的价值与意义。

三是完整。特尼亚诺夫指出，在丘特切夫那里，与断片一起的，还有完整，首先，出现的是矛盾状态，然后进入对照。① 实际上，这只是丘特切夫一部分诗歌的特点。的确，丘诗虽然表面看起来像是断片，但每一首丘诗都是完整的，也就是说，每一首丘诗在结构上都是完整的——具有很强的逻辑性。正因为这种逻辑性在每一首丘诗中都有体现，无法一一进行论述，因此，此处仅拟谈谈最为普遍也最为突出的几点：

第一，以自然景物与思想感情两相对照构成全诗。即：让自然景物和思想感情在诗歌中平行地、对称地共同建构全诗——或在全部两节诗中各占一节，地位相等，相互映衬；或在短短的几行中交错出现，互相沟通，共同深化主题。这可以说是丘特切夫诗歌的一个相当独特而又极其鲜明的特点，我们称之为"对喻"，这在下一章的第二节有详细论述，此处不赘述。

第二，用反衬营建诗歌。这是指诗人往往在诗歌中先极力铺写某种事物，然后再写出相反的事物，不仅在语意上来了个转折，而且在逻辑关系和主题上，更以前面的部分深刻地反衬了后面的部分。如《"北风静息了"》：

> 北风静息了……蔚蓝的
> 微波在日内瓦湖上荡漾——
> 小船又在水面上漂游，
> 天鹅又重新戏水拍浪。
>
> 太阳像夏日一样整天照耀，
> 斑斓的树木在阳光下闪亮，

---

① *Тынянов Ю.* История литературы. Критика. СПБ. , 2001, с. 387.

　　　　空气用它温和轻柔的呼吸
　　　　抚摸着这一片衰败的辉煌。

　　　　而在那儿，白峰从一早
　　　　就脱下云衣显露真形，
　　　　它庄严静穆，银光闪闪，
　　　　就像神的启示一样威凛。

　　　　这里，有颗心本可以忘记一切，
　　　　那样，也就会忘记了所有的痛苦，
　　　　但除非在那儿——在故土——
　　　　能够少去那一座坟墓……①

　　面对瑞士日内瓦湖的秋日美景——轻轻荡漾的蔚蓝湖波，缓缓漂游的小船，戏水拍浪的天鹅，熠熠闪光的斑斓树木，银光闪闪、庄严静穆像神一样威凛的白峰……一向热爱自然热爱美的诗人，几乎就要陶醉其中，并与美丽的大自然合而为一了。然而，在诗歌的最后一节，出现了与这些美景截然相反的东西——俄罗斯故土的那一座坟墓——诗人深深热爱、视为生命的杰尼西耶娃死去了，痛苦使他无法与生机盎然、欢欣无比的大自然融为一体！全诗前三段极力铺叙日内瓦湖的美景，最后一段则写出了这一美景再美，也无法减轻杰尼西耶娃的死给自己所带来的痛苦，从而以反衬的手法力透纸背地写出了杰尼西耶娃的死带给诗人的痛苦之大之深！其写法类似我国唐代诗人李白的名诗《越中览古》："越王勾践破吴归，义士还家尽锦衣。宫女如花满春殿，至今惟有鹧鸪飞。"前三句极力叙写越王勾践破吴的辉煌，最后一句来个转折，从而以反衬的方法深刻而有力地表达了诗人的思想——霸业、功名的虚幻。可见，中外诗歌在诗心和手法方面的确有共通之处。又如《"林中草地上腾起一只大鸢……"》：

---

① 《丘特切夫诗全集》，朱宪生译，漓江出版社1998年版，第374—375页。

> 林中草地上腾起一只大鸢，
> 高高地冲到那辽阔的蓝天，
> 它，比百鸟飞得更高更远，
> 飞向遥远遥远的天涯海边。
>
> 母亲——大自然给它安上
> 一对强健而又活跃的翅膀——
> 但我满面污垢，汗水直淌，
> 大地之王只能紧贴在地上！……①

　　这首诗以大鸢能腾飞云霄甚至飞到天涯海边，反衬出人的渺小：人自以为是大地之王，却反而连一只大鸢都不如，不仅无法飞起，反而必须紧贴在大地之上，弄得"满面污垢，汗水直淌"，才能生存！《"灵枢已经放进墓茔"》一诗同样运用的是反衬手法：以自然的永恒来反衬牧师宣教的虚幻。

　　第三，以正衬的方式建构全诗。即前面极力铺写类似的多种事物或某一事物的各个方面，最后再写出另一类似的事物，它们之间形成一种递进的逻辑关系。也就是说，以前面的事物作为铺垫，进一步衬托出后面的事物，从而更生动形象地表现诗人的思想感情。如《黄昏》：

> 好像遥远的车铃声响
> 在山谷上空轻轻回荡，
> 好像鹤群飞过，那啼唤
> 消失在飒飒的树叶上；
>
> 好像春天的海潮泛滥，
> 或才破晓，白天就站定——
> 但比这更静悄，更匆忙，

---

① 《丘特切夫抒情诗选》，陈先元、朱宪生译，漓江出版社1986年版，第80页。

山谷里飘下夜的暗影。①

　　诗人首先用博喻的方法接连推出四个主导性的意象：山谷上空轻轻回荡的车铃声、飒飒树叶上鹤群的啼唤、春天泛滥的海潮、刚破晓就已站定的白天，最后，推出主导意象"夜的暗影"，它比上述四个意象来临得"更静悄，更匆忙"，这就使全诗在逻辑上递进一层，更生动有力地写出了夜降临的速度之快。在深受古罗马铺叙式古典诗歌影响的早期创作中，丘特切夫采用这种手法较多，《泪》先铺叙一系列东西的美：美酒、葡萄、春光和浮香中的宇宙万物、美人的妩媚等，最后点出这一切都比不上神圣的泪，这种经过层层铺垫后的递进，不仅在逻辑上把全诗串接成一个完整的整体，而且十分有力地表达了诗人所要表达的思想——歌颂在生活的雷雨乌云间绘出一道道活泼彩虹的眼泪的神圣与美。一直到晚年，诗人还在使用这种手法，如《"午日当空"》：

午日当空，河水亮闪闪，
一切在微笑，万物滋荣，
树林的枝叶欢乐得轻颤，
好似沐浴在蔚蓝的空中。

树木在歌唱，流水在闪耀，
大气之中融合着爱情，
这欣欣向荣的自然界
仿佛充满了过多的生命。

然而，在这过分的欢乐中，
有哪一种欢乐能企及
由你那忍受痛苦的生命

---

① 《丘特切夫诗选》，查良铮译，外国文学出版社1985年版，第3页。

所发的一丝感伤的笑意？……①

　　这首诗写于 1852 年。此时，诗人与杰尼西耶娃已开始恋爱并同居，上流社会群起而攻之，杰尼西耶娃饱尝打击之苦但仍勇敢地捍卫自己的爱情。诗人对此一方面深感惭愧、负疚，一方面又十分钦佩、感激恋人的举动。这种感情萦之于心已久，终于，在欣欣向荣的自然界充分展示其生命的丰盛诗人也陶醉于这生命的丰盛的时刻，他生动形象地把这种感情表现了出来。诗歌先是极力铺写午日当空时整个大自然欣欣向荣的景象，最后，推进一层，指出这一切再动人，也无法与杰尼西耶娃忍受痛苦的心灵所发出的一丝感伤的笑意相比！从而含蓄而生动地表达了自己对杰尼西耶娃又深爱、又怜惜、又敬佩、又愧疚的复杂情感。

　　丘特切夫在诗中还常常比较隐蔽地使用正衬手法，如前面引述过的《"好似把一卷稿纸"》一诗就是以"稿纸"与"火"来正面衬托生命与"闪光"的。可以说，在诗中使用正衬，以递进的方式把各种意象或思绪、情感串接成一个逻辑整体，这是丘特切夫常用的一种手法。

　　值得一提的是，诗人晚年还达到了一种从心所欲的境界，能极其自如地穿越于各种事物之间而丝毫感觉不到它们之间存在的阻隔，甚至能把一些根本不可能联系在一起的事物，以诗意的方式组合在一起，从而以超逻辑的方式更灵活地体现诗意的逻辑性。如《"这样一种结合我真不敢想象"》：

这样一种结合我真不敢想象，
——虽然我迷迷糊糊地听见，
雪橇，在雪地上吱吱作响，
欢快的燕子，在软语呢喃。②

　　俄罗斯天寒地冻，冬天没有燕子，而诗人在这首短诗里却出人意料地让

---

① 《丘特切夫诗选》，查良铮译，外国文学出版社 1985 年版，第 123 页。
② 曾思艺译自 *Тютчев Ф. И. избранное*, Ростов-на-Дону, 1996, c. 310.

冬天的雪橇与春天的燕子并列出现，因此，诗人宣称的"这样一种结合我真不敢想象"，反而更进一步衬托了这种结合的神奇，使这首短短四行的诗达到了我国唐代诗人王维的画《袁安卧雪图》里雪中芭蕉的艺术高度。关于雪中芭蕉及其艺术性，我国古人多有论述。宋代沈括在其《梦溪笔谈》中谈到："书画之妙，当以神会，难可以形器求也。世观画者，多能指摘其间形象位置、彩色瑕疵而已，至于奥理冥造者，罕见其人。如彦远画评，言王维画物，多不问四时。如画花，往往以桃杏芙蓉莲花同画一景。余家所藏摩诘画《袁安卧雪图》，有雪中芭蕉，此乃得心应手，意到便成，故造理入神，迥得天意，此难可与俗人论也。"① 惠洪在其《冷斋夜话》中进而使之与诗歌创作的艺术性联系起来："诗者，妙观逸想之所寓也，岂可限以绳墨哉！如王维作画雪中芭蕉，法眼观之，知其神情寄寓于物，俗论则讥以为不知寒暑。"② 丘特切夫这首诗也完全可以称之为"妙观逸想之所寓也"，诗人超脱了世俗的物物之间存在界限乃至所谓万物各有季节的偏见，自由地神行于事物之间，创作了这首以超世俗的逻辑来更好地体现诗意的逻辑的好诗。对此，别尔科夫斯基作出了高度的评价："丘特切夫直到诗歌道路的终点都保持着原始、完整的感觉——一种统一体，一切都由其中产生，以及现象、概念、语言之间界限的相对感。丘特切夫的比喻可以在任何方面扩展力量，无须担心力量对比喻的反抗。丘特切夫的对比是冲破了一切思想障碍产生的。在1871年初丘特切夫写了一首在自己诗学的独创性方面非同寻常的四行诗（诗详上引）……这些晚期诗极大程度表现出了丘特切夫风格的原则——否定那把物与物分离开的绝对力量。丘特切夫消除了四季的区别，在这里他根本不重视时间秩序。在这首诗里没有比喻，没有比拟，用最简单的形式观察并一个接一个地称呼这些现象，而大自然中这些现象是不可能一同出现的。透亮的远景通过整个世界，一切都是透明的，是可渗透的，整个世界从头到尾都清晰可见。"③

由上可知，丘特切夫的诗歌虽然由于简短、即兴而显得像是断片，但在

---

① 转引自杨文生编著：《王维诗集笺注》，四川人民出版社2003年版，第819页。
② 转引自杨文生编著：《王维诗集笺注》，四川人民出版社2003年版，第793页。
③ Берковский Н. Я. Ф. И. Тютчев. Тютчев Ф. И. стихотворения, М. -Л. , 1962, с. 29—30.

整个诗歌的结构、形式上却是相当完整的，因此，他的诗歌在艺术上一个显著的特点便是：完整的断片形式。

这种完整的断片形式的出现，与诗人的哲学观、美学观密切相关。如前所述，诗人认为大自然乃至人的心灵，通过对立、冲突而时时刻刻都处在运动、变化之中，而人只能在运动长河中一个短短的瞬间把握其美和本质。因此，表现这一运动变化的世界和心灵的诗歌，必然是简短的断片式的。与此同时，诗人又力图有所作为，力图赋予人的生命乃至宇宙以意义，注重用诗歌描绘变化的世界表现复杂的心灵，强调在永恒的短暂瞬间，从整体上诗意地感悟、把握运动变化的宇宙和心灵的美与本质，这样，表现这种感悟与把握的诗歌的形式，又必然是以诗意的逻辑形式体现意义的，在总体上是完整的。这两方面的结合，就自然而然地构成了丘特切夫诗歌抒情艺术方面在其哲学观与美学观影响下而形成的一个突出特点——完整的断片形式。

第四章

丘诗的结构艺术

丘特切夫是一个极有个性且思想深邃的人,凡事都力求有自己独到的见解,有自己的处理方式。在诗歌方面,他虽然不谋求成为职业文学家,也不追求声名,但他立志献身文学,而且终身乐此不疲,1873年在重病中还以口授的方式写诗,这使他必然关注文学的发展,并因而决定自己的文学追求。丘特切夫曾在欧洲生活了二十多年,且精通法语、德语、英语、意大利语,对法国、德国、英国、意大利等欧洲国家的文学发展十分了解,对俄国文学的发展更是十分关注。当时欧洲最著名的诗人拉马丁、雨果、诺瓦利斯、歌德、席勒、海涅、拜伦、曼佐尼等,以及俄国举国瞩目的诗人普希金都成为他学习与超越的对象。而作为一个深爱俄罗斯、力图推进俄罗斯文学发展进程的诗人,普希金更是他关注的焦点。他在慕尼黑的好友、最能理解其诗歌天才的加加林公爵,在1833年至1835年间致诗人的一封信的草稿片断中就曾写道:"我们经常谈到,普希金在诗歌世界该占据怎样的位置。"①这样,面对普希金已有的诗歌创作成就,丘特切夫产生了"影响的焦虑",便在自己的哲学观与美学观的指导下,另辟蹊径,写作独特的哲理抒情诗,并且在艺术形式方面也多有创新。其中,最突出的不仅是上述抒情角度的变革,而且在结构和语言方面也有新的开拓。语言方面的创新,留待下章再加论述,此处主要阐析其结构方面的新变。通观丘特切夫的诗歌,我们认为,

---

① 转引自 *Пигарев К.* Жизнь и творчество Тютчева, М. , 1962, с. 89. 注释。

他在结构方面的新变，主要表现在两个方面：个性化的意象艺术和多层结构与多义之美。

第一节　个性化的意象艺术

　　丘特切夫的诗歌之美，不仅通过多样化的抒情方式表现出来，而且还通过其他多种方式体现出来，个性化的意象艺术就是其中十分重要的一种。而他这一个性化的意象艺术，已不单纯是意象的运用，已经直接影响到诗歌的结构了，也就是说，他已使意象成为决定诗歌结构的重要因素，在某种程度上把意象的运用变成了一种结构的艺术。

　　意象是诗歌必不可少的一个基本元素。意象的选择与运用，能体现一个诗人的趣味与爱好，成熟诗人的意象体系，更能显示其个性、品格乃至创作风格，如我国古代诗人屈原的香草、美人及鬼神意象体系，展示了他那高洁的品格和浪漫的气质，李白的大鹏、长风、春天、明月意象体系，体现了他那奔放不羁的个性和潇洒豪迈的气质，而美国诗人惠特曼那包罗万有的意象体系，体现了他那广阔的胸襟和非凡的进取精神，印度诗人泰戈尔的女性、母亲、儿童、花草意象体系，则展示了诗人那博爱的胸怀和温柔的个性。

　　那么，什么是意象呢？国内外对此界定不一。我们认为，最有代表性的，国外是意象派领袖、美国著名诗人庞德的观点——意象是"在一刹那时间里呈现理智和情绪的复合物的东西"[1]，国内则是北京大学教授袁行霈先生在其《中国古典诗歌的意象》一文中所下的定义：意象是"融入了主观情意的客观物象，或者是借助客观物象表现出来的主观情意"[2]。综合上述中西两位论者所言，"意"即作者主观方面的思想、观念、意识、情感，"象"即包括自然、社会各种客体的客观物象，"意象"就是作者主观方面

① 转引自［英］彼得·琼斯编：《意象派诗选》，裘小龙译，漓江出版社1986年版，第152页。
② 袁行霈：《中国古典诗歌艺术研究》，北京大学出版社1987年版，第63页。

的思想、观念、意识、情感与包括自然、社会各种客体的客观物象的有机融合。

意象的组合运用是一个复杂的形象思维过程，要想全面、深入地进行研究，殊非易事。此处仅拟结合诗歌结构，对丘特切夫诗歌在意象运用及意象体系方面的艺术特点加以探讨。

每一位成熟的诗人都有自己运用意象的独特方式，丘特切夫也不例外。他运用意象的艺术，也受到其哲学观与美学观的影响。既然世界无时无刻不在运动、变化，与之呼应的人的心灵也在不断骚动不宁，那么展示心灵世界的隐秘、揭示大千世界之美与奥秘的诗歌，在艺术上也必须相应地改变，以跳跃式的意象来结构全篇，能更传神地表达世界与人心的运动。丘特切夫这种跳跃式的意象艺术，主要通过意象分列、意象象征和意象叠加三种方式体现出来。

所谓意象分列，是一种以情感或思想为中心的意象运用方式，即围绕所要表达的思想感情，跳跃性地组合一些精心选择的意象，把情感表达得鲜明动人，把思想表现得含蓄深刻。它又可分为两种形式。

一是围绕情感，先作多种意象组合铺垫，最后再推出主导意象，使诗的情感推进一层，更为突出，诗歌的结构也就体现在层层衬托或各种衬托之中。有时，这一主导意象是以正面衬托的形式推出的，给人一种类似"锦上添花"的递进感，突出主导意象的内容比其他意象更好，如《泪》：

> 朋友啊，我爱看一杯美酒——
> 它的红色光焰、点点星火，
> 我也爱看枝叶间的葡萄——
> 红宝石般的喷香的硕果。
>
> 我爱看宇宙万物静静地
> 沉没在那春光的海洋里，
> 世界在浮香中安详睡去，
> 又似从梦中漾出了笑意！……

我爱看春天的温和的风
把美人的脸点燃得火红，
它忽而在那酒涡里啜饮，
忽而把动情的发丝撩弄。

但葡萄美酒、芬芳的玫瑰，
或维纳斯的百般的妩媚，
怎比得上你啊，神圣的泪，
你这天国的朝霞的露水！

神灵的光在粒粒火珠中
灼灼闪耀，它折射的光线
绘出一道道活泼的彩虹
在生活的雷雨的乌云间。

泪之天使啊，你若用翅膀
触及人的眼珠，他的泪泉
立刻会叫浓雾消散，
穹苍里便充满天使的脸。①

　　全诗以美酒、葡萄、玫瑰、美人等一系列意象来衬托主导意象——眼泪，突出地表达了眼泪的圣洁及其丰富的内涵（是"生活的雷雨"绘出的"活泼的彩虹"）。又如《"午日当空"》一诗，先极力突出午日当空时，大自然的无比欢乐：万物滋荣，河水欢歌，树林的枝叶快乐得轻颤，最后指出，它们都比不上杰尼西耶娃那忍受痛苦的生命所发的一丝感伤的笑意。而《黄昏》一诗则以车铃声响、鹤群啼唤、海潮泛滥、晨光降临等意象来陪衬、突出黄昏这一主导意象，传神地写出其到来之静悄与匆忙。

────────────

① 《丘特切夫诗选》，查良铮译，外国文学出版社1985年版，第1—2页。

　　有时，诗人以反衬的形式，推出主导意象，如《"山谷里的雪灿烂耀目"》：

> 山谷的雪会融化而不见，
> 春天的禾苗布满山谷，
> 但它闪耀不久，也就凋残。
> 然而，是什么在那雪山顶峰
> 永远光灿而不衰萎？
> 啊，那是由朝霞所播的种，
> 至今还鲜艳的玫瑰！……①

　　以积雪、禾苗等意象的短暂性反衬雪山顶峰朝霞意象的永恒性，表达了诗人追求永恒、纯洁与美的思想感情。又如《"北风息了"》一诗，以日内瓦湖边的美景：碧波、艳阳、彩叶、白峰，反衬出故国的坟墓（指杰尼西耶娃之墓）给自己带来的极度痛苦。

　　二是围绕情感和思想，点缀式地组合各种意象。如《"宴会终了"》：

> 宴会终了，歌声沉寂，
> 酒瓮都已倾倒一空；
> 篮子倒了，杯盘狼藉，
> 只有残酒还留在杯中；
> 头上的花冠已经揉乱，
> 留下余香还缭绕在
> 明亮而空旷的厅堂间……
> 宴会终了，我们迟迟走开，——
> 只见满天的繁星闪耀，
> 啊，这已经是子夜了……

---

① 《丘特切夫诗选》，查良铮译，外国文学出版社1985年版，第63页。

大街上是车马和喧声，

不睡的人们熙熙攘攘，

暗红的光到处闪动……

就在这城市的动荡

和一片殿宇街屋上空，

当谷中的烟雾缭绕，

在那山上的高空中，

纯洁的星星却在燃烧；

它以明净无邪的光

回答着世人的瞭望……①

全诗点缀着各种意象：倾空的酒瓮、倒了的篮子、留有残酒的酒杯、揉乱的花冠、明亮空旷的厅堂、满天的繁星、充满车马与喧声的大街、熙熙攘攘深夜不睡的人们、暗红的光、纯洁的星星……但它们共同营造了一种类似中国宋代词人谢逸《千秋岁》（"楝花飘砌"）一词中的名句"人散后，一钩淡月天如水"的意境，从而表达了诗人对扰攘而耽于享乐的人世的厌恶，与对永恒、纯净的天空（即精神境界）的向往，也暗含着这样一种哲理：不管这烟雾缭绕的人世如何动荡不安地追求享乐，甚至彻夜不眠地喧嚣，永恒的只有默默无言、纯洁孤寂的星空。又如《秋天的黄昏》一诗，通过斑斓的树木、不祥的光辉、紫红的枯叶、薄雾、天蓝、落叶、凄苦的大地等点缀式意象，表现了对黄昏的一种凄凉而温柔的感情。《"在这儿，只有死寂的苍天"》、《归途中》等诗也属此类。这类诗歌的结构，就是以这情感或思想为红线，把各种意象的珠子串成一个整体。

所谓意象象征，是一种以意象为中心的表述方式，它往往在意象中灌注自己的情感，寄托自己的哲思，从而使这一意象上升到象征的高度，因此，暂时叫做"意象象征"，它又包括两种形式。

一是以一个意象为中心，铺开描写并结构全篇，使之成为象征，表现自

①《丘特切夫诗选》，查良铮译，外国文学出版社1985年版，第95—96页。

己对人生、世界的哲理思考。如《难题》：

> 从山顶滚下的石头躺在山底。
> 它是怎样跌落的？如今已无人知。
> 它的坠落可是出于自己的意志，
> 还是一只有思想的手把它掷弃？
> 过了一个世纪，又一个世纪，
> 还没有谁能解答这个难题。①

　　这首诗写于 1838 年，全诗围绕"石头"这一意象展开而构成全篇，并使石头成为人生命运的一个象征，从而比较隐晦地表达了诗人一种宿命的悲剧感。"石头"这一意象，来自荷兰著名哲学家斯宾诺莎。斯宾诺莎在给舒列尔的信中说："如果一块被抛向空中的石头具有意识的话，那么，它也会相信自己是按其自由意志而运动。我对此所能做的补充就是：石块将是对的。冲力之于石块犹如动机之于我；体现在石块中的一致性、引力和刚性在本质上无异于我自身能意识到的意志，当然，倘若石块能感知，便也能意识到这种意识。"② 然而，"每个人都先验地认为自己能在任何瞬间开始另外一种生涯，也就是说变成另一个人。但是通过经验，他又惊异地发现自己并不自由，而必须服从必然性；虽反复考虑、决心如山，他仍不能改变自己的行为；从呱呱坠地到辞别人世，他必须始终扮演他自己不愿扮演的角色，并像演戏一般，把自己的角色演至剧终，"③ 因此，"无论在石块中，还是在哲学家身上，这种意志都不是'自由的'。意志作为总体是自由的，因为别无其他约束性意志；可是，普遍意志的各个部分——每个物种、每个机体、每个器官——都无条件地受到总体的制约"④。丘特切夫深深懂得人的异化，人的意志不自由，在本诗中，他通过石头是自己坠下还是被掷下的疑惑，比较

---

① 曾思艺译自 *Тютчев Ф. И. избранное*, Ростов-на-Дону, 1996, с. 64.
② ［美］威尔·杜兰特：《探索的思想》，下，朱安等译，文化艺术出版社 1991 年版，第 326 页。
③ ［美］威尔·杜兰特：《探索的思想》，下，朱安等译，文化艺术出版社 1991 年版，第 326 页。
④ ［美］威尔·杜兰特：《探索的思想》，下，朱安等译，文化艺术出版社 1991 年版，第 396 页。

含蓄地表达了人的命运不由自主的宿命论思想。关于这首诗，别尔科夫斯基有比较精彩的论述，正好可以与我们的上述观点互相补充："在 1857 年丘特切夫又复述了这首诗——在 H．B．格尔别里的纪念册上……代替诗句'还是一只有思想的手把它掷弃'的是'或是别人的意志把它抛掷'。丘特切夫在本质上修正了原文，虽然迟了几乎 20 年。在第一稿里主题分成两个，清晰度减弱：'有思想的手'——修饰语离开了正确的轨道。要知道哲学的问题并不在于有思想或无思想的手推动石头。这首诗的情节和问题不在手，而在石头，在于它的命运如何，它的存在方式如何。在格尔别里的纪念册里，终于出现了适合于主题的真正的修饰语：说的是'别人的意志'，而这是重要的——外来的、别人的力量作用于石头上。争论正是因此而进行的：石头在整体上与整个自然的关系怎样，它的元素在自然中是怎样联系的——外部的或内部的联系。丘特切夫的诗在自己的这一或另一形态上，与斯宾诺莎给 Г．Г．舒列尔信中的著名观点彼此呼应：如果飞落的石头具有意识，它可以想象，是按自己的意愿飞起的。在诗的最后一稿里，丘特切夫更明显地表现了斯宾诺莎的思想。在斯宾诺莎看来，自然是非本性固有的，它是用外部原因将彼此相连的力量机制。"[1] 又如《"东方在迟疑"》：

> 东方在迟疑，沉默，毫无动静；
> 到处屏息着，等待它的信号……
> 怎么？它是睡了，还是要等等？
> 曙光是临近了，还是迢遥？
> 当群山的顶峰才微微发亮，
> 树林和山谷还雾气弥漫，
> 城市在安睡，乡村无声无响，
> 啊，这时候，请举目望望天……

---

① *Берковский Н. Я. Ф. И. Тютчев. Тютчев Ф. И. стихотворения*, М. -Л. , 1962, с. 39—40.

> 你会看到：东方的一角天空
> 好像有秘密的热情在燃烧，
> 越来越红，越鲜明，越生动，
> 终至蔓延到整个的碧霄——
> 只不过一分钟，你就能听到
> 从那广阔无垠的太空中，
> 太阳的光线对普世敲起了
> 胜利的、洪亮的钟声……①

丘特切夫对俄国（东方）与西方的关系进行过长期、系统的思考，曾撰写过政论文章《俄罗斯与西方》。他对西欧的极端个人主义和以资产阶级功利观为核心的资本主义文明十分不满，而认为注重道德修养、重视集体、富于人道情怀和真正博爱精神的俄罗斯（东方）将是人们的理想所在，能把人们从西方道德败坏、自相倾轧的混乱局面中解救出来，进而，他形成了一种泛斯拉夫主义的思想，认为斯拉夫民族应该醒悟过来，团结在俄罗斯的旗帜下，抵抗并战胜西方，以拯救整个世界。这首诗表现的就是东方斯拉夫民族的觉醒。全诗围绕"东方"这一意象展开具体描写，以东方日出的过程形象地展示了东方斯拉夫民族逐渐觉醒的过程，从而成为东方斯拉夫民族觉醒的象征。

二是全诗围绕两个对立的意象展开，构成象征，寄托自己的哲思，而两个对立的意象既以对立的统一表现哲思，又以各自对立的张力支撑着全诗的结构。如《"啊，多么荒凉的山林峭壁"》：

> 啊，多么荒凉的山林峭壁，
> 一路上，溪水朝我流得欢腾——
> 它忙于到谷中去另觅新居……
> 而我则往山上缓缓地攀登。

---

① 《丘特切夫诗选》，查良铮译，外国文学出版社1985年版，第155页。

> 我坐在山顶，伴着一株白松，
>
> 这儿一片静，令人感到欣慰……
>
> 溪水啊，你朝着山谷和人群
>
> 奔流吧：尝尝那是什么滋味！①

　　"山谷"是庸俗尘世的象征，"山顶"则是永恒的精神境界的象征，全诗通过这两个中心意象的对立与统一，表达了诗人富有哲理意味的思想——厌恶纷纭扰攘的庸俗人世，向往纯洁、永恒的精神境界。这类诗，在丘诗中颇多，如《"曾几何时……"》一诗中象征自由、充满活力的"南方"与象征专制、窒息人的环境的"北方"，《日与夜》一诗中象征文明的"白昼"和象征自然的"黑夜"，《大海和悬崖》中象征着坚定不屈的"悬崖"和象征着狂暴力量的"大海"（可能还隐喻俄国与西方）。

　　所谓意象叠加，是指诗人让多个意象并置起来或者径直让两个意象叠加在一块，诗歌的结构也因之而成为一种两相并置式的结构，或带跳跃性的两相并置式的结构。如果说前面两种已能较好地体现诗人的个性与独创性的话，那么，在俄国文学史上这种手法则是诗人绝对独创性的东西，可以称为典型的丘特切夫风格。它又可以分为以下两种类型。

　　一是对喻式意象并置。这是丘特切夫独创的一种意象运用手法。他往往在一首诗中平行地突出两个主要意象，让它们既相互对应又互相映衬，形成彼此比喻的局面，构成两相并置式的结构，以传达哲思，因此，可称之为"对喻式意象并置"。如《"看哪，在广阔的河面上"》：

> 看哪，在广阔的河面上，
>
> 水流下坡时变为活跃，
>
> 朝着那吞没一切的海洋，
>
> 一块冰跟着一块冰流泻。

---

① 《丘特切夫诗选》，查良铮译，外国文学出版社 1985 年版，第 51 页。

或者在阳光下五色缤纷，

或者在深夜里暮气沉沉，

冰块总是不可免地融解，

而且都向一个目的航行。

无论大，无论小，一起漂流，

而且丧失了原有的形状，

彼此没有区别，好似元素，

汇合了——与那命定的深渊！……

哦，我们的神思所迷恋的

命题啊，这人类的"小我"！

你的意义岂不就是如此？

你的宿命和冰块也差不多。①

　　诗中，向着大海的深渊漂流的冰块与人类的自我（诗中的"小我"）二者既彼此对应，又相互映衬，从而更生动地表现了人的个性在现代社会必然湮灭的哲学思考，这也与诗人的异化思想有关。② 这类诗在诗人的创作中为数不少，《"在郁闷空气的寂静中"》天空的雨与少女的眼泪，《"河流迂缓了"》里凛冽严寒封锁下水的生命力与生活的寒冷所扼杀不了的人的生命力，《喷泉》中自然的喷泉与人类思想的喷泉，等等，莫不如此。

　　二是意象叠加。即以一系列表面上全然无关的意象并置在一块，而取消动词，让它们的并置产生新的艺术效果与魅力，诗歌的结构也因之成为带跳跃性的两相并置式的结构。这类诗，人们最熟悉也最津津乐道的是美国意象派领袖庞德 20 世纪初创作的《地铁车站》："人群中这张张幽灵般的脸

① 《丘特切夫诗选》，查良铮译，外国文学出版社1985年版，第105页。

② 关于丘特切夫的异化思想，详见曾思艺：《丘特切夫诗歌研究》，湖南文艺出版社2000年版，第51—55页。

庞；/湿漉漉黑树干上的朵朵花瓣。"① 殊不知丘特切夫早在 1851 年就创作了名诗《海浪与思想》：

> 绵绵紧随的思想，滚滚追逐的波浪，
>
> ——同一自然元素的两种不同花样：
>
> 一个，小小的心胸，一个，浩浩的海洋，
>
> 一个，狭窄的天地，一个，无垠的空间，
>
> 同样永恒反复的潮汐声声，
>
> 同样使人忧虑的空洞的幻影。②

全诗无一动词，主要以名词性词组构成意象，跳跃性地组合成两相并置式的结构，让"绵绵紧随的思想，滚滚追逐的波浪"两个主导意象动荡变幻——时而翻滚在小小的心胸里，时而奔腾在浩瀚的海面上，时而是涨潮、落潮，时而又变为空洞的幻象。丘特切夫的诗，往往使人感到，他仿佛把事物之间的界限消除了，他常常极潇洒自由地从一个意象或对象跳转到另一意象或对象，似乎它们之间已全无区别。在本诗中，由于完全取消动词（这首诗俄文原诗未出现一个动词，但国内的多种译本均出现动词，诗人的创新难以体现，笔者所译基本上也未出现动词），而让"思想"和"海浪"两个意象既并列出现，平行对照，又相互交错，自由过渡，更突出了这一特点。这种无动词诗在当时的俄国诗坛是一种大胆的创新，仅唯美派诗人费特写过几首③，他们的创新对此后的俄国诗歌产生了积极影响，不少人群起仿效，创作了一些无动词诗。

与普希金相比，丘诗的这种创新更加明显。在普希金的诗歌中，写某一意象或某一事物仅仅就是这一意象或事物，当他写出"海浪"这个意象时，

---

① 曾思艺译自 Richard Ellmann, *The Norton Anthology of Modern Poetry* (New York, 1973) p. 338.

② 曾思艺译自 *Тютчев Ф. И.* избранное, Ростов-на-Дону, 1996, c. 140.

③ 详见曾思艺：《试论费特抒情诗的艺术特征》，《国外文学》1996 年第 4 期（或见中国人民大学书报资料中心《外国文学研究》1997 年第 2 期），亦可见曾思艺：《文化土壤里的情感之花——中西诗歌研究》，东方出版社 2002 年版，第 110—114 页。

他指的只是自然间的海水。但在丘特切夫笔下，"海浪"这一意象就不仅是自然现象，同时也是人的心灵，人的思想和感情——这与谢林的"同一哲学"关系极大。谢林的"同一哲学"认为，自然是可见的精神，精神是不可见的自然，自然与人的心灵是一回事。这样，深受谢林同一哲学影响的丘特切夫在本诗中就让自然与心灵既对立又结合——"海浪"与"思想"这两个意象的二重对立，造成诗歌形式上的双重结构，二者的结合则使"海浪"与"思想"仿佛都被解剖，被还原，成为彼此互相沟通的物质，从而含蓄地表达了诗人对人的思想既强大又无力的哲学反思：像海浪一样，人的思想绵绵紧随，滚滚追逐，潮起潮落，变幻多端，表面上似乎自由无羁，声势浩大，威力无比，实际上不过是令人忧虑的空洞的幻影。为了与意象组合的跳跃相适应，这首短短六行的诗竟然三次换韵——每两句一韵，构成一重跳跃起伏。第一重开门见山，写出"海浪"与"思想"两者的对立与沟通；第二重则分写其不同；第三重绾合前两重，指出其共通之处，从而使这首仅仅六行的小诗极变换腾挪之能事，极为生动而深刻。近似的诗还有《世人的眼泪》。

值得一提的是，丘特切夫诗歌的意象艺术还通过其意象体系体现出来，这一意象体系在某种程度上也对其诗歌结构有着影响。丘诗的意象体系包罗万象，上至天穹的星星，下至细小的沙粒，宇宙万物尽在其中，充分体现了诗人那探索自然、宇宙、人生之谜的心灵及深思的个性。这种包罗万象的意象体系，包括以下几种意象类型。

第一类是空中意象，包括天空、星星、月亮、太阳、彩虹、朝霞、云彩等，其中天空是永恒的象征，星星是心灵的化身，彩虹代表短暂之美，朝霞象征永恒之美，云彩以乌云出现时，是恶劣心情的化身，以白云出现时，往往又代表纯美，太阳则是生命力的图腾。

第二类是大地意象，包括山顶、山谷、树林、大海、波浪、喷泉、雷雨、沙粒、天鹅、苍鹰、白鸢、新叶……几乎是大地上的一切。其中山顶象征永恒，山谷代表污浊的人世，诗人常常希望离开山谷，去到山顶。而波浪和喷泉往往意味着人类的思想。

第三类是无形意象，包括混沌、梦、宇宙、南方、北方、春天、夏天、秋天、冬天、白昼、黑夜、黄昏、正午、黎明等。其中混沌和梦既象征着原始的自然（即自然的混沌，诗人向往自然，越过中古而奔向原始），又代表着原始的人性（即人性的混沌，诗人追求人性底层被掩盖了的东西，力求返璞归真），还意味着无穷的能量，无限的可能性。

第四类是文化意象，包括宗教意象——基督、圣母、上帝、蛇、禁果、洪水，等等；历史意象——阿尔凯、西塞罗、罗蒙诺索夫、彼得一世，等等；神话意象——乌剌尼亚、克瑞乌萨、宙斯、俄耳甫斯、阿波罗之树、克隆、赫芭、阿特拉斯，等等。主要是为了造成深厚的文化历史感，探索人性、自然底层之光辉。

通过上述四类意象，诗人或探索宇宙的本质，自然的奥秘，人的心灵之谜及人类存在的价值与意义，或体现一年四季乃至一天之间大自然的种种细微变化，追求自然与人性底层的光辉。而且，这些意象往往构成诗歌的深层底蕴，使诗歌的时空扩大并显得悠远，诗歌具有表层与深层双重结构，诗歌的内涵更为丰富。

在丘特切夫的诗中，往往可以看到两类对立的意象体系：日与夜、山谷与山顶、海和梦、北方和南方、社会和混沌、文明和自然……其中，日、山谷、海、北方、社会、文明……是不自然的东西，是夜、山顶、梦、南方、混沌、自然……的对立面，它们往往共同构成诗歌的内在结构。①

丘诗的意象世界既囊括宇宙万有，体现了诗人博大的胸襟与沉思的个性，也往往以月亮、星星、海浪、雷雨、新叶等意象构成优美的意境，让人体会到其个性中柔美、细腻的一面。而其中两类对立的意象体系，往往直接参与一些具体诗歌的结构，如《雪山》、《"啊，多么荒凉的山林峭壁"》之山谷与山巅、《日与夜》、《"庄严的夜从地平线上升起"》中的日与夜、《海上的梦》、《"在深蓝的海水的平原上"》之海与梦，等等。

在俄国诗歌中，丘特切夫以其对自然、生命、心灵等本质问题的探索而开创了哲理抒情诗派，并且在形式上有独特的创造，其中比较突出的一点，是其意象运用的艺术。丘诗的意象艺术对费特及俄国象征派诗人乃至苏联诗

---

① 详见曾思艺：《丘特切夫诗歌研究》，湖南文艺出版社 2000 年版，第 271—286 页。

歌，都产生了积极的影响。①

<h2 style="text-align:center">第二节 多层结构与多义之美</h2>

丘特切夫被俄国象征派奉为祖师，其诗歌在艺术方面多有创新，其中最重要的一个特点，就是多层次结构。既然自然是可见的精神，精神是不可见的自然，自然与人心息息相通，人的每一脉情思都可以在自然界中找到对应物，那么，丘特切夫就可以让自然景物与人的情思并列出现，形成俄国乃至世界诗歌史上的"对喻"。现代人思想复杂、混乱，心灵的活动极其复杂，具有多种层次，揭示它的方式也多种多样，既可以采取通篇象征，也可以把思想隐藏于风景背后。

象征派注重暗示、联想、对比、烘托等艺术手法，主张寻找"对应"（波德莱尔）、"对应物"（庞德）或"客观的关联物"（艾略特），认为人的精神、五官与世界万物息息相通，可见的事物与不可见的精神互相契合。而如前所述，丘特切夫的诗歌创作深受德国古典哲学家谢林"同一哲学"的影响，谢林认为，自然是可见的精神，精神是不可见的自然，自然与人的智性和意识是一回事。这样，丘特切夫在创作中就能把自然与精神融为一体，从而在无意中与象征派的诗歌理论及诗歌创作暗合。

由于自然与精神是一回事，又重视直觉，丘诗跟象征派诗歌一样，出现了客观对应物，出现了象征，形成了多层次结构，并产生了多义性，从而形成了其诗歌特有的多层结构与多义之美。

丘特切夫诗歌创作中的多层次结构大体以三种方式体现出来：出现客观对应物，运用通体（又称通篇）象征，把思想巧妙地隐藏于风景的背后。这在当时的俄国诗坛，的确是前无古人的"绝对独特的创作手法"。

---

① 详见曾思艺：《丘特切夫诗歌研究》，湖南文艺出版社2000年版，第314—330、343—360页。

在"俄国文学之父"、"俄罗斯诗歌的太阳"普希金的笔下，大多是客观的白描和主观的抒情，即使在诗歌中运用某物作象征，也仅仅像一颗流星，在全诗中一闪即逝，并未构成通体象征，他的某些诗，如《致大海》、《囚徒》、《毒树》等，象征虽出现于全文，但象征手法不够成熟，过于显露，并未构成多层次结构。茹科夫斯基喜欢用象征，他的诗作充满了朦胧的幻想，但他的象征也较为明显（如前述之《大海》），很少能构成多层次结构。莱蒙托夫则有所发展，在他那里已有较好的通体象征或多层次的诗，如《帆》："在那大海上淡蓝色的云雾里/有一片孤帆儿在闪耀着白光！……/它寻求什么，在遥远的异地？/它抛下什么，在可爱的故乡？……//波涛在汹涌——海风在呼啸，/桅杆在弓起了腰轧轧地作响……/唉！它不是在寻求什么幸福，/也不是逃避幸福而奔向他方！//下面是比蓝天还清澄的碧波，/上面是金黄色的灿烂的阳光……/而它，不安的，在祈求风暴，/仿佛是在风暴中才有着安详！"① 全诗表面上描绘的是雾海孤帆、怒海风帆、晴海怪帆三种画面，实际上，它象征性地表达了18岁的青年诗人渴望行动、渴望创造（抛下家乡远行在外、期盼风暴）但又深感前景朦胧，因而既孤独傲世又苦闷迷惘的复杂情感与抽象意绪。这本是一种难以言喻的情绪，诗人却通过"帆"这一象征性形象优美生动地传达出来。高尔基指出："在莱蒙托夫的诗里，已经开始响亮地传出一种在普希金的诗里几乎是听不到的调子——这种调子就是事业的热望，积极参与生活的热望。事业的热望，有力量而无用武之地的人的苦闷——这是那些年头人们所共有的特征……"② 由于通篇象征运用出色，"帆"的象征意义超越了个人超越了时代，概括了一切时代渴望冲破平庸与空虚的宁静生活、力求有所行动有所创造的人们的共同特征。如果说这首诗的象征手法还显得不够纯熟、稍嫌显露的话，那么，莱蒙托夫稍后创作的名篇《美人鱼》，则象征手法已用得相当纯熟："美人鱼在幽蓝的河水里游荡，/身上闪着明月的银光；/她使劲拍打起雪白的浪花，/想把它溅泼到圆月的脸颊。//河水回旋着，哗哗流淌，/把水中的云影不停地摇

---

① 《莱蒙托夫诗选》，余振译，上海译文出版社1980年版，第153页。

② ［俄］高尔基：《俄国文学史》，缪灵珠译，上海译文出版社1979年版，第273页。

晃；/美人鱼轻轻启唇——她的歌声/飞飘到陡峭两岸的上空。//美人鱼唱着：'在我所住的河底上，/白日的光辉映织成幻象；/这儿，一群群金鱼在嬉戏、游玩，/这儿，一座座城堡水晶一般。//'这儿，在闪亮细沙堆成的枕头上边，/在浓密的芦苇的清荫下面，/嫉妒的波涛的俘虏，一个勇士，/一个异乡的勇士，在安息。//'但不知为什么，对我们的狂热亲吻/他一言不发，总是冷冰冰，/他只沉睡，即使躺在我的怀里/还是既不呼吸，也无梦呓……！'//满怀莫名的忧伤，/美人鱼在暗蓝的河上歌唱，/河水回旋着，/哗哗流淌，/把水中的云影不停地摇晃。"[1] 全诗把诗人那孤独傲世而又苦闷迷惘的复杂情感，借美人鱼和死去勇士的形象，非常巧妙、含蓄、生动地传达出来，在艺术上更富感染力，难怪别林斯基要称之为俄国诗歌中不可多得的珍珠。不过，莱蒙托夫的这类诗毕竟为数极少。只有到了丘特切夫，客观对应物与通体象征才大量在诗中出现，并形成多层次结构，产生了多义之美。

首先，丘特切夫在诗歌中让自然景物作为思想与情绪的客观对应物，平行地、对称地出现，从而使内心世界与外部世界互相呼应，可见的事物与不可见的精神相互契合，在诗歌结构中形成两条平行的脉络，出现两组对称的形象。两组平行脉络的相互交错，丰富了诗歌的情感层次；两组对称形象的交相叠映，深化了诗歌的思想内涵。这种类似于音乐中的二重对位、电影中的平行蒙太奇的艺术手法，我们称之为"对喻"，它是诗人把前述"对喻式意象并置"手法大量运用到艺术整体结构上的结果，从而在俄国诗歌史上，开创了一种独特新颖、别有韵味、很有艺术感染力的丘特切夫式的对喻结构。

丘诗中的"对喻"又表现为以下三种情况：

第一，前面整整一段写自然景物，后面整整一段则是思想情感，二者各自构成一幅画面，相互并列又交相叠映，互相沟通且相互深化，既描绘了特定的艺术画面，又抒发了浓厚的思想情感，并使情与思达到水乳交融的意界，如《"河流迁缓了"》：

---

[1] 曾思艺译自 Русские поэты. Т. 2, М., 1966, с. 340.

　　河流迂缓了，水面不再晶莹，

　　一层灰暗的冰把它盖住；

　　色彩消失了，潺潺的清音

　　也被坚固的冰层所凝固——

　　然而，河水的不死的生命

　　这凛冽的严寒却无法禁闭，

　　水仍旧在流：那喑哑的水声

　　时时惊扰着死寂的空气。

　　悲哀的胸怀也正是这样

　　被生活的寒冷扼杀和压缩，

　　欢笑的青春已不再激荡，

　　岁月之流也不再跳跃、闪烁——

　　然而，在冰冷的表层下面，

　　生命还在喃喃，并没有止息，

　　有时候，还能清楚地听见

　　它那秘密的泉流的低语。①

　　第一节写河面上结了一层薄冰，但凛冽的严寒不能凝固全部的河水，水仍在冰层下面流，第二节则写生活寒冷的重压同样没法扼杀人内心的生命活力及求生的欲望。全诗以鲜明生动的画面，使自然中的严寒与生命之泉和生活中的严寒与生命的欢乐之泉相对举，深邃地表达了生命及生活的活力与欢乐是任何力量都无法扼杀的这样一种哲理思想。又如《喷泉》第一节写自然的喷泉，第二节写思想的喷泉，两相对喻，更深刻地体现了人类的思想既强大又无力这一哲理。

　　这种对喻手法的运用，较之单有一幅自然景物的描绘，或仅有一段思想感情的流露，显然是结构更匀称，层次更复杂，感情更深厚，哲理更深邃，

---

① 《丘特切夫诗选》，查良铮译，外国文学出版社1985年版，第54页。

艺术性也更高，审美感染力也更强。

第二，前面整整一段写思想感情，后面整整一段写自然景物。它又可分为以下两种情况。

一是以情喻景，而又情景相生。既然自然是可见的精神，精神是不可见的自然，丘特切夫也就能够不仅以景写情，而且还可以以情喻景，这在当时乃至今天都无疑是大胆而独特的。如《"在戕人的忧思中"》：

> 在戕人的忧思中，一切惹人生厌，
> 生活重压着我们像一堆堆巨石，
> 突然，天知道是从哪里，
> 一丝欢欣飘进我们的心田，
> 它以往事将我们吹拂和爱抚，
> 暂时消除了心灵那可怕的重负。
>
> 有时正是这样，在秋天，
> 当树枝光秃秃，田野空荡荡，
> 天空一片灰白，山谷更加荒凉，
> 突然袭来一阵风，润爽而温暖，
> 把落叶吹得东飞西扬，
> 使心灵仿佛浸泡于融融春光。①

前面一段描写生活的重压与突如其来的一丝欢欣所引起的人心情感的激荡，后面一段写大自然中有时秋天突如其来的一阵"润爽而温暖"的风所引起的恍如置身融融春光之中的瞬息感觉，以前面的情喻后面的景，但又不仅仅如此。丘特切夫诗歌的妙处与深度也正体现在这里。如前所述，丘诗往往是前后两段对举出现而形成"对喻"。"对喻"不同于一般的比喻，它约前后项并不仅仅构成简单的本体与喻体关系，前后项之间更多的是互相对

① 曾思艺译自 *Тютчев Ф. И.* избранное, Ростов-на-Дону, 1996, с. 117.

比，互相衬托，前者烘托后者，后者深化前者，二者的关系如红花绿叶，互相扶持，交相辉映，共同构成一个立体的画面，并且缺一不可。《"在戎人的忧思中"》一诗就是如此，前面的情衬托了后面的景，后面的景又使前面的情给人留下更深刻的印象。

二是以景写情，突出所要表达的思想感情。如《"你看他在广阔的世界里"》：

> 你看他在广阔的世界里，
>
> 忽而任性快乐，忽而神情阴郁，
>
> 心不在焉，怪异，神秘，
>
> 诗人就是这样——而你竟对他鄙视！
>
> 看看月亮吧：整个白天
>
> 它在空中瘦弱不堪，奄奄一息，
>
> 黑夜降临——这辉煌的上帝，
>
> 在昏昏欲睡的树林上空银辉灿灿！①

这首诗写诗人在社会中的遭遇。诗人是人，在日常生活中他一如常人，甚或比常人更痴更笨拙。诗人是天才，当灵感泉涌，他那天才的力量使平凡的一切都放射出纯美、神圣、诗意的光辉。痴拙于常人和超常的敏感、惊人的洞察力的奇异结合，使诗人性格怪异，行为举止也异于常人，成为世俗眼中十足的怪人。这样，在世俗的社会中，诗人便受到极不公平的待遇。当他痴拙于常人、行为举止不合于常规时，便遭到世俗者的冷眼相看乃至极度轻蔑。法国象征主义诗人波德莱尔的《信天翁》极其生动而深刻地写出了诗人的这种悲剧性境遇："时常地，为了戏耍，船上的人员/捕捉信天翁，那种海上的巨禽——/这些无挂碍的旅伴，追随海船，/跟着它在苦涩的旋涡上航行。//当他们把它们一放到船板上，/这些青天的王者，羞耻而笨拙，/就

---

① 曾思艺译自 *Тютчев Ф. И. избранное*, Ростов-на-Дону, 1996, c. 38.

可怜地垂倒在他们的身旁，/它们洁白的巨翼，像一双桨棹。//这插翅的旅客，多么呆拙委颓！/往时那么美丽，而今丑陋滑稽！/这个人用烟斗戏弄它的尖嘴，/那个人学这飞翔的残废者拐躄！//诗人恰似天云之间的王君，/它出入风波间又笑傲弓弩手；/一旦堕落在尘世，笑骂尽由人，/它巨人般的翼翅妨碍它行走。"[1] 波德莱尔的诗写于 1859 年，而丘特切夫这首诗写于 19 世纪 20 年代末 30 年代初，比波德莱尔早几十年。当然，它所写的诗人受世俗轻蔑的程度远不如《信天翁》一诗，它只是向世人指出，尽管诗人喜怒不定甚至喜怒无常，怪异、神秘，但也不能轻视他，更不能鄙视他——诗歌的第二节在第一节点出世人鄙视诗人之后，以月亮白天瘦弱不堪、毫无生气而到了夜晚则成为辉煌的上帝，让整个昏昏欲睡的世界银辉灿灿，十分生动有力地表达了作者对诗人的肯定，及其希望世人理解诗人的心绪。第二节表面上写的是景——月亮在白天和黑夜的云泥之别，实际上是围绕第一节不能轻视更不能鄙视诗人的思绪来写的，是以后面的写景进一步形象地说明和深化前面的情，同时又使全诗以写景收束，显得含蓄而有韵味，从而大大增强了诗歌的艺术魅力，给人留下无穷的余味。

有时，丘特切夫把上述两种方法混合起来使用，使诗歌更富于韵味，如《"大地还是满目凄凉"》：

> 大地还是满目凄凉，
> 空中已浮现春的气息；
> 田野里的枯树在摇晃，
> 白松的高枝微微颤栗。
> 大自然还没有醒来，
> 然而她的睡意淡了，
> 在梦中听到春的声息，
> 也不禁漾出一丝微笑……

---

① 《戴望舒译诗集》，湖南人民出版社 1983 年版，第 119 页。

心啊，心啊，你也还没有醒……

但突然，是什么使你不宁？

是什么抚慰着你的梦，

并且把冥想镀上了金？

一堆堆雪在闪烁，在消融，

风光变得明媚，血在跃动……

你是感到了春天的柔媚？……

还是有了女人的爱情？……①

第一节写冬春之交大地满目凄凉中浮现的"春的气息"，第二节则写在麻木中苏醒的人心里所萌发的幻想，二者交相辉映，又互相深化，但最后四行笔锋一转，既写大自然，又写人心，使二者融合为一，分不清界限，似乎自然现象已转化为人的心灵状态了——这，又具有了下面即将论述的对喻的第三类特色了。

第三，思想感情与自然景物在全诗中同时平行而又交错地出现，巧妙自然地相互过渡，使人分不出是情是景，辨不清是自然现象还是心灵状态。如《"世人的眼泪"》：

世人的眼泪，哦，世人的眼泪，

你总是早也流啊，晚也流……

你流得无声无息，没人理会，

你流得绵绵不断，无尽无休，

你流啊流啊，就像幽夜的雨水，

淅沥淅沥在凄凉的深秋。②

在这首诗里，雨和泪构成二重对位，同时又使二者交织融合为一，是

---

① 《丘特切夫诗选》，查良铮译，外国文学出版社 1985 年版，第 64 页。
② 曾思艺译自 *Тютчев Ф. И.* избранное, Ростов-на-Дону, 1996, c. 120.

雨？是泪？二者简直不可区分。这弥天漫地、遍布人间的雨和泪，正是下层
俄国人民苦难深重的象征。《"在郁闷空气的寂静中"》一诗也是如此：

> 在郁闷空气的寂静中，
> 好似雷雨的预兆，
> 玫瑰的香气更浓重，
> 蜻蜓的嗡嗡更响亮了……
>
> 听！在白色的云雾后
> 一串闷雷隆隆地滚动；
> 飞驰的电闪到处
> 穿绕着阴沉的天空……
>
> 好像这炎热的大气
> 饱和着过多的生命，
> 好像有神仙的饮料
> 在血里燃烧，麻木了神经！
>
> 少女啊，是什么激动着
> 你年轻的胸脯的云雾？
> 你眼里的湿润的闪光
> 为什么悲伤，为什么痛苦？
>
> 为什么你鲜艳的面颊
> 变白了，再也不见一片火？
> 为什么你的心胸窒压着，
> 你的嘴唇这么赤热？……

> 穿过丝绒般的睫毛
>
> 噗地落下来两滴……
>
> 或许就这样开始了
>
> 一直酝酿着的雷雨？……①

诗歌的第一、二、三节似乎写的是自然界突如其来的雷雨，第四、五节似乎写的是少女的激动，但最后一节巧妙地把这二者绾合起来，而且让初恋少女激动的眼泪与酝酿已久而下的雨滴二者融为一体，使你搞不清落下来的究竟是眼泪还是雨滴，从而使前面的写景变为写人，后面的写人又与前面的写景相互映衬，两者相得益彰，大大增强了诗歌的艺术表现力与情感感染力。《海浪和思想》一诗，不仅使海浪与思想二重对位，造成诗歌结构上的双重结构，而且也使海浪与思想仿佛都被解剖，被还原，成为彼此互相沟通的物质。

其次，丘特切夫采用通体象征造成诗歌的多层次结构，形成诗歌内涵的多义性。

丘诗中的通体象征一般造成双重结构。如《雪山》：

> 太阳射下垂直的光线，
>
> 日午的时光正在燃烧；
>
> 山中的树林一片幽暗，
>
> 只见雾气在氤氲缭绕。
>
> 在山下，碧蓝的湖面
>
> 像一面铜镜闪着幽光，
>
> 溪水从曝晒的山石间
>
> 冲向这低洼的故乡。

---

① 《丘特切夫诗选》，查良铮译，外国文学出版社1985年版，第46—47页。

正当这山谷的世界
疲弱无力，睡意朦胧，
在日午的幽影下安歇，
充满了芬芳的倦慵，——

在山巅，好像一群天神
超然于垂死的大地，
冰雪的峰顶正在高空
和火热的蓝天嬉戏。①

　　这首诗具有表层与深层双重结构。表层结构写的是日午时的雪山风景：山谷的世界疲弱无力，睡意朦胧，充满了芬芳的倦慵，而山巅的世界，那冰雪的峰顶，超然于垂死的大地，像一群天神，正在和火热的蓝天嬉戏。而其深层结构是：日午象征着无情的时间力量，山谷象征着短暂无力而充满欲望的人世，山顶则象征着纯洁、和谐而永恒的美，因此，诗歌表现的是诗人对人世与永恒的一种哲理思索，表现了诗人希望超脱充满欲望的、短暂的人世，而飞升永恒、纯净、和谐的精神天国的一贯追求。又如前述之《天鹅》，表层结构写的是天鹅比苍鹰的命运更可羡慕——它得到了神灵的爱护。而深层结构是：它表现了诗人的人生观——酷爱和平与宁静（天鹅），厌恶狂暴与斗争（鹰），情愿终身老死在纯净的美之王国中，因为在欧洲古典诗歌中，鹰与天鹅是经常出现的一对形象，取得胜利的每每是鹰，丘特切夫在这里却反其意而用之，让天鹅比苍鹰更可羡慕，以表现自己的人生观。再如《"杨柳啊……"》：

杨柳啊，是什么使你
对奔流的溪水频频低头？

---

① 《丘特切夫诗选》，查良铮译，外国文学出版社1985年版，第14页。

为什么你那簌簌颤抖的叶子，

好像贪婪的嘴唇，急欲

亲吻那瞬息飞逝的清流？

尽管你的每一枝叶在水流上

痛苦不堪，颤栗飘摇，

但溪水只顾奔跑，哗哗歌唱，

在太阳下舒适地闪闪发光，

还无情地将你嘲笑……①

　　这首诗不仅具有双重结构，而且具有多义性。其表层结构是全诗在极力铺写杨柳，深层结构则具有多义性。首先，可以认为这是一幕落花有意、流水无情的单相思痴恋场面，进而可以隐喻人与人之间的某种关系；其次，更进一步考察，这里隐喻着个性的悲剧、人生的悲剧：一股溪流从身旁经过，杨柳俯身也不能触及它，可悲的是，并非杨柳想要俯身，而是某种外在的力量迫使它俯身，又使它够不到水流，在社会上、在人世间，人及人的个性不也如此？生活迫使你去渴望，迫使你去追求，而往往又注定你徒劳无功，这就是人生的悲剧！同时，这也是当时"一切办公室和军营都围着鞭子和官僚运转"②、一切都"堕入铁一般沉重的梦里"的俄国以及当时工业文明飞跃发展、人已变成"整体中一个孤零零的断片"的欧洲社会里人的必然归宿。

　　由于象征运用得巧妙，丘诗往往构成三重结构。如《海驹》：

骏马啊，海上的神驹，

你披着浅绿的鬃毛

有时温驯、柔和、随人意，

---

① 曾思艺译自 *Тютчев Ф. И.* избранное, Ростов-на-Дону, 1996, с. 72.

② 转引自 *Пигарев К.* Жизнь и творчество Тютчева, М., 1962, с. 43，这是丘特切夫的一句话，原话为："在俄国，一切办公室和军营都围着鞭子和官僚运转。"

有时顽皮、狂躁、疾奔跑！

在神的广阔的原野上，

是风暴哺育你长成，

它教给你如何跳荡，

又如何任性地驰骋！

骏马啊，我爱看你的奔跑，

那么骄傲，又那么有力，

你扬起厚厚的鬃毛，

浑身是汗，冒着热气，

不顾一切地冲向岸边，

一路发出欢快的嘶鸣；

听，你的蹄子一碰到石岩，

就变为水花，飞向半空！……①

初看，它描绘的是一匹真正的马，写了马的形体（"披着浅绿的鬃毛"），马的性格（"有时温驯、柔和、随人意，有时顽皮、狂躁、疾奔跑"），马的动作（"不顾一切地冲向岸边，一路发出欢快的嘶鸣"），这是第一层；可诗歌的结尾两句却使我们惊醒，并点明这是海浪（"听，你的蹄子一碰到石岩，就变为水花，飞向半空"），从而由第一层写实的语言转入带象征意味的诗意的第二层次，使写实与象征两种境界既相互并存，又互相转化。但诗人的一大特点是把自然现象与人的心灵状态融为一体。因此，这首诗表现的是诗人的心灵与人的个性，这是第三层。而这第三层又具有多义性：这是一个满腔热情、执著追求的人，朝着理想勇往直前地猛冲，最后达到了理想的境界，精神升华到了另一天国；这也是一个强有力的个性，宁折不弯，一往无前，结果理想被现实的礁岩撞击成一堆水花与泡沫。这一切，都是借助象征的魔力来实现的，丘特切夫不愧为俄国象征派的祖师。

---

① 《丘特切夫诗选》，查良铮译，外国文学出版社 1985 年版，第 16 页。

其三，丘特切夫还通过把哲理思想完美地融合于美妙的自然景物之中来形成诗歌的双重结构。这类诗，往往表面上但见一片纯美的风景，风景的背后却蕴涵着颇为深刻的生命哲学。如《"在那夏末静谧的晚上"》：

> 在那夏末静谧的晚上，
> 夜空中的星星淡红微吐，
> 田野身披幽幽的星光，
> 一边安睡，一边悄悄成熟……
> 它那无边的金黄麦浪
> 在夜色中渐渐平静，
> 这柔波镀上月亮的银光
> 闪着如梦的一片晶莹……①

乍看，这仅仅是自然风景的朴实描绘（表层结构），然而在这短短的八行诗中，却蕴涵着深邃的哲理、丰富的思想（深层结构）：这是一片普普通通的田野，在幽幽的星光下，已不见白日的劳作与匆忙，更不见阳光的热力与明媚，在这七月的夜晚，它静静地安睡着。然而，这人类生命的源泉——粮食的诞生地，并未停止生命的进程，它一面安睡，一面在成熟中。人们辛勤劳动所培育的生命，已成为大自然的一部分，它随时间的进展而时刻成长着。虽然从表面上看不到生命的顶点，也看不到它的运动，但自然和历史却隐藏在表面下一刻不停地向前运动。这不仅是对人的劳动、人与自然那平凡而伟大的日程的赞颂，而且是对世界、自然、历史、生命的某种深刻的哲理把握！这类诗在丘特切夫的诗集中俯拾即是，最著名的有《"紫色的葡萄垂满山坡"》、《恬静》、《山中的清晨》……

综上所述，丘诗的多层次结构的确是他大胆独创的艺术手法，为俄国诗歌开拓了新的路子，对后来的俄国象征派诗歌也有较大的影响。

---

① 曾思艺译自 *Тютчев Ф. И.* избранное, Ростов-на-Дону, 1996, с. 116.

第五章

丘诗的语言艺术

　　文学是一门语言的艺术。作家或诗人的思想、情感乃至某种朦胧或抽象的情绪，都必须借助语言才能体现出来，正像绘画必须通过线条与色彩、音乐必须通过音符、节奏和旋律体现出来一样。因此，语言是文学的第一要素。文学的目的之一就是使人们像第一次看到事物那样感觉到事物，从而恢复对世界乃至人生的诗意感受，以美的方式投入生活。而要使人们像第一次看到事物那样去感知事物，必须在语言上多花工夫，也就是说，要讲究语言的艺术，使之富有形象性。因为"艺术语言具有区别于自然语言的独具的特征。这些区别之一是艺术语言的形象性"①。事实上，每一位伟大的作家或诗人，无一不是语言大师。然而，在日常生活中，语言由于过多使用，已经变成一种让人们熟视无睹、只起机械反映的符号了。为了使人们像第一次看到事物那样去感知事物，作家尤其是诗人，在语言方面进行了诸多探索。其中最有效的方法，就是俄国形式主义著名理论家什克洛夫斯基提出的"остранение"（反常化，通译陌生化，一译奇特化）："那种被称为艺术的东西的存在，正是为了唤回人对生活的感受，使人感受到事物，使石头更成其为石头。艺术的目的是使你对事物的感觉如同你所见的视像那样，而不是如同你所认知的那样；艺术的手法是事物的'反常化'（остранение）

---

① ［俄］斯托洛维奇：《生活·创作·人——艺术活动的功能》，凌继尧译，中国人民大学出版社1993年版，第187页。

手法，是复杂化形式的手法，它增加了感受的难度和时延，既然艺术中的领悟过程是以自身为目的的，它就理应延长；艺术是一种体验事物之创造的方式，而被创造物在艺术中已无足轻重。"① 这种反常化的方法，主要表现为对语言的艺术改造、加工乃至扭曲。有学者明确指出："艺术语言，也叫变异语言。从语言的组合和结构形式上来看，艺术语言是对常规语言的超脱和违背，所以，有的也把它叫做对语法偏离的语言，或者把它叫做破格语言"，"艺术语言表现思想和感情往往通过各种语项的超常设置来实现。"②

丘特切夫很早就认识到语言在诗歌创作中的重要性，他曾说过，诗歌创作的"全部事情只在于把语言解放开来，使语言不受束缚"③，俄罗斯当代学者格里戈里耶娃在其《丘特切夫诗歌的语言》一书中指出："滑过通用的语言惯例，在丘特切夫那里，是一个普遍的特点。"④ 的确，丘特切夫终其一生几乎都在致力于诗歌语言的探索，达到了相当的水平和高度，成为俄国诗歌史乃至文学史上的一位语言艺术大师，当年，屠格涅夫在《略论丘特切夫的诗》一文里就称他创造了不朽的语言⑤，俄罗斯当代学者奇切林也认为："丘特切夫的所有力量都体现在俄语中。"⑥

尽管丘特切夫终身致力于解放语言，但他并非单纯为创新而解放语言，而是由于对他来说，艺术的意义改变了。艺术的意义，即具体艺术作品传达的思想、情感及其所揭示的生命存在的价值。在此以前的俄国诗歌，一般或抒写内心的哲思或激情，或单纯地描写自然景物。而丘特切夫认为人与自然是一个整体，物与物之间相互沟通，自然与心灵的一切时时刻刻都在运动变化之中，同时他又主张诗必须植根于大地、诗是心灵的表现，试图通过探索自然来探索心灵和生命之谜，这样，其诗歌所传达的艺术的意义已大大不同

---

① ［俄］什克洛夫斯基：《作为手法的艺术》，见什克洛夫斯基等著：《俄国形式主义文论选》，方珊等译，三联书店1989年版，第6页。

② 骆小所：《艺术语言学》，云南人民出版社1996年修订版，第1页。

③ 转引自 Тынянов Ю. История литературы. Критика. СПБ. , 2001, с. 213.

④ Григорьева А. Д. Слово в поэзии Тютчева. М. , 1980, с. 70.

⑤ ［俄］屠格涅夫：《略谈丘特切夫的诗》，朱宪生译，见王智量编：《外国文学名家论名家》，华东师范大学出版社1985年版，第258页。

⑥ Чичерин А. В. Очерки по истории русского литературного стиля, М. , 1977, с. 404.

于以往的俄国诗歌，表达这一艺术意义的诗歌语言也必须相应地加以改变。

丘特切夫诗歌的语言艺术，主要表现为以多种感觉的沟通和以多样的语言方式来形象地表现宇宙的美、复杂的情感和深刻的哲理思想。

第一节　多种感觉的沟通

由于往往把人与自然结合起来描写，通过自然追索心灵、生命之谜，同时又意识到语言的重要性，尤其是解放语言的重要性，这样，一方面是人与自然的融合无间使得丘特切夫能把各种感觉相互沟通，另一方面，他也想方设法从各个方面滑过语言常规，力求在多种感觉的沟通中来形象地表现宇宙的美、复杂的情感和深刻的哲理思想，即大量运用通感手法来超越常规语言，产生陌生化的效果，从而使读者像第一次见到世界那样去感知世界、体验感情、思考人生。通感，本是修辞手法中的一种，但由于丘特切夫在其诗歌中运用得多而出色，具有极大的艺术感染力和较高的美学价值，此处设专节对之进行研究。

在实际生活中，人们通过眼睛摄取事物的各种外部形象，通过耳朵听取外界的各种声音，通过鼻子闻到世界的各种气味，通过舌头尝到各种各样的味道，通过身体触到身边的许多事物。由于生理的原因，上述感觉可以相互沟通，从而形成通感。所谓通感，是指人们让视觉、听觉、嗅觉、触觉、味觉等各种不同感觉范畴所得到的印象互相挪移借用，并相互沟通。

文学作品中的通感是特定的心理现象在文学中的反映，是一种艺术通感，它与心理学上的通感有所不同。

一般而言，心理学上的通感是艺术通感的基础。从心理学的角度看，通感是一种心理活动，"表现为一种感觉兼有另一种感觉的现象。它是各种感觉相互联系的一种特殊表现"[1]。人的视、听、嗅、味、触等各种感官都能

---

[1]　燕国材：《新编普通心理学概论》，东方出版中心1998年版，第62页。

产生美感，同时每一个人的眼、耳、鼻、舌、身、肤等各个感官的领域能相互沟通，一种感觉可以引起另一种或多种感觉的联想，心理学家称这种现象为"通感"，又叫"感觉转移"（简称"移觉"）、"感觉挪移"、"感觉变换"或"联觉"。对此，钱钟书先生具体论述道："在日常经验里，视觉、听觉、触觉、嗅觉、味觉往往可以彼此打通或交通，眼、耳、舌、鼻、身各个官能的领域可以不分界限。颜色似乎会有温度，声音似乎会有形象，冷暖似乎会有重量，气味似乎会有体质。诸如此类，在普通语言里经常出现。譬如我们说'光亮'，也说'响亮'，把形容光辉的'亮'字转移到声响上去，正像拉丁文以及近代西语常说'黑暗的嗓音'、'皎白的嗓音'，就仿佛视觉和听觉在这一点上有'通财之谊'。又譬如'热闹'和'冷静'那两个成语也表示'热'和'闹'、'冷'和'静'在感觉上有通同一气之处，结成配偶。"①

心理学上的通感是潜意识的，内涵广泛，而且不带感情色彩。而艺术通感则是文学家们有意用综合感觉的形式感知事物并用语言表达出来的结果，它具有以下几个特点：

一是直觉性或幻觉性。文学家特别是诗人往往较一般人想象力更丰富，也更为敏感，同时也比一般人更执著，更沉迷于所从事的艺术事业，尤其是当其进入创作境界时，往往是："其始也，皆收视反听，耽思旁讯，精骛八极，心游万仞。其致也，情瞳昽而弥鲜，物昭晰而互进，倾群言之沥液，漱六艺之芳润，浮天渊以安流，濯下泉而潜浸。于是沈辞弗悦，若游鱼衔钩而出重渊之深；浮藻联翩，若翰鸟缨缴而坠层云之峻。收百世之阙文，采千载之遗韵，谢朝华于已披，启夕秀于未振，观古今于须臾，抚四海于一瞬。"②在此情况下，艺术家"凭借想象力和他的敏感，可以看出不同事物的相互感应"③，从而以直觉或幻觉的方式表现不同事物的感应，并使各种感觉

---

① 钱钟书：《通感》，见舒展编选：《钱钟书论学文选》第六卷，花城出版社 1990 年版，第 92—93 页。
② 陆机：《文赋》，见郭绍虞主编：《中国历代文论选》第一册，上海古籍出版社 1979 年版，第 170—171 页。
③ 波德莱尔语，转引自刘自强：《波德莱尔的相应论》，《外国文学研究》1980 年第 4 期。

沟通。

　　二是情感性。文学作品无不深深浸透作者的情感，王国维甚至认为："一切景语皆情语也。"① 艺术通感自然也渗透着作者的情感，因而感觉挪移在某种程度上也就是感情的挪移。

　　三是审美性。艺术通感虽以直觉的形式表现出来，但由于其情感性，更由于它积淀着作者长期的生活经验、人生智慧与艺术修养，因而具有审美性。可以说，艺术通感是审美意义上不同感官印象之间的某种"替代"。"艺术也可以说是要每一个形象的看得见的外表上的每一点都化成眼睛或灵魂的住所，使它把心灵显现出来"②。文学中的通感手法，就是诗人、作家通过不同艺术手法和技巧，生动逼真地描绘客观事物在自己头脑中所形成的各种感觉的相互沟通或彼此替代的审美意象，并以具体形象的语言，通过更换感受的角度，来描写事物的形状和情貌，形象地表现宇宙的美、复杂的情感和深刻的哲理思想，以收到陌生化的功效。

　　四是语言性。美国的阿伯拉姆为通感下的定义是："通感指一种感官受到刺激时，同时产生两种或多种情感的心理过程。在文学上，此术语者描写一种感觉的语言被用来描写另一种感觉；声音具有颜色，颜色具有气味，或气味具有声音等。这种现象的复杂特性有时也叫做'感觉转移'或'感觉类比'。"③ 在这一定义中，他明确指出，文学中的通感具有语言性（"指描写一种感觉的语言被用来描写另一种感觉"）。的确，文学是语言的艺术，无论任何感觉都必须通过语言表达出来，通感也不例外，而且，在某种程度上，作者也正是通过语言来进行艺术革新，以达到反常化的艺术效果，因此，语言性应该是文学通感必不可少而且十分突出的特点。

　　诗歌中运用通感，在西方拥有悠久的历史。早在古希腊时期，荷马便写出了"那句使一切翻译者搁笔的诗"："像知了坐在森林中一棵树上，倾泻

① 王国维：《人间词话》，见《人间词话新注》，滕咸惠校注，齐鲁书社1986年版，第50页。
② ［德］黑格尔：《美学》第一卷，朱光潜译，商务印书馆1996年版，第198页。
③ ［美］阿伯拉姆：《简明外国文学词典》，曾忠禄、郑子红、邓建标译，湖南人民出版社1987年版，第366页。

下百合花也似的声音"①。17 世纪英国玄学派更是爱用"五官感觉交换的杂拌比喻",即通感,如该派领袖约翰·但恩(一译多恩,1572 年—1631 年)的诗歌《香味》中的名句:"一阵响亮的香味迎着你父亲的鼻子叫唤。"②到 19 世纪,通感手法开始被诗人们广泛地运用,如意大利诗人帕斯科利(1855 年—1912 年)诗歌中有这样的通感名句:"碧空里一簇星星啧啧喳喳像小鸡儿似的走动。"③ 阿伯拉姆更是具体指出:"请看雪莱的《含羞草》中的一节诗:'褐色、白色和蓝色的风信子,/奏起了清新悦耳的钟乐,/如此柔美、轻快、奔放,/在感官里犹如感觉到一种味道。'五颜六色、呈钟形状的花朵播出优美的钟乐,濡染了人们的感官,仿佛这音乐(实际上它是)就是风信子的气味。在《夜莺颂》中,济慈要求品尝一杯凉酒:'使人品尝到花香和绿野风光,/品尝到跳舞、歌唱和阳光的欢乐。'事实上,那是在品尝风景、颜色、动作、声音和欢乐。在从荷马以来的零散的文学例子中,可以找到这种意象形式。十九世纪中期和后期的法国象征主义者则更喜欢使用通感这一诗歌艺术手法。"④

更重要的是,通感这一手法在 19 世纪得到了理论概括。法国著名诗人、象征派先驱波德莱尔,综合诗人们长期以来的创作实践与瑞典神秘主义哲学家斯威登堡的理论,以诗的形式提出了颇为系统的"通感论"(又译"交感论"、"应和论"),它集中、精练、形象地体现在其名诗《应和》(一译《通感》)中:"自然是座庙宇,那里活的柱子/有时说出了模模糊糊的话音,/人从那里过,穿越象征的森林,/森林用熟识的目光将他注视。//如同悠长的回声遥遥地汇合/在一个混沌深邃的统一体中/广大浩漫好像黑夜连着光明——/芳香、颜色和声音在互相应和。//有的芳香新鲜若儿童的肌肤,/

① 钱钟书:《通感》,见舒展编选:《钱钟书论学文选》第六卷,花城出版社 1990 年版,第 99 页。

② 钱钟书:《通感》,见舒展编选:《钱钟书论学文选》第六卷,花城出版社 1990 年版,第 99—100 页。

③ 钱钟书:《通感》,见舒展编选:《钱钟书论学文选》第六卷,花城出版社 1990 年版,第 100 页。

④ [美]阿伯拉姆:《简明外国文学词典》,曾忠禄、郑子红、邓建标译,湖南人民出版社 1987 年版,第 366 页。

柔和如双簧管，青翠如绿草场，／——别的则朽腐、浓郁、涵盖了万物，／／像无极无限的东西四散飞扬，／如同龙涎香、麝香、安息香、乳香/那样歌唱精神和感觉的激昂。"① 这首诗被称为"象征派的宪章"，内容非常丰富，对后世的影响极为深远，它全面而系统地总结并升华了"通感论"。

第一，上升到哲学的高度，提出了人与自然的"应和"（或"通感"）关系，从而奠定了感觉沟通理论的坚实的哲学基础。诗歌以一种近乎神秘的笔调，描绘了人与自然的"应和"关系。自然是一种有机的生命，其中的万事万物都彼此联系，以种种方式显示各自的存在。它们互为象征，组成一座象征的森林，并向人发出信息，然而，这种信息是模模糊糊的，不可解的，唯有诗人才能领会——因为诗人是自然界和人之间的媒介，而诗人心灵中的每一次颤动，每一缕情思，都可在自然中找到对应的象征，也就是说，大自然的物质世界与人的精神实在是相互感应，互相沟通的。郑克鲁先生对此论述道："在《通感》中，波德莱尔把诗人看做自然界和人之间的媒介者。诗人能理解自然，因为自然同人相似（树木是活的柱子，发出含含糊糊的声音）。诗人在自己的各种感觉中看到宇宙的统一，这些感觉只是宇宙的可感反应。波德莱尔区分了两种现实：自然的，即物质的现实，这只是表面；精神的，即内在的现实，他认为这是宇宙起源的基因。通过象征——由自然提供的物质的、具体的符号，也是具有抽象意义的负载者——诗人能够理解更高的、精神的现实。他认为诗人本质上是明智的，命定能破译这些象征符号：人要不断穿越象征的森林，力图理解其中的含义。"② 有必要指出的是，在波德莱尔看来，人与自然的交流，纵然有"熟识的目光"作为媒介，却并非随时随地可以发生，只是"有时"而已，只有诗人才可能有机会洞察这种种神秘的感应和契合，深入到"混沌而深邃的统一体中"，从而达到物我两忘、浑然无碍的境界。

第二，在此哲学理论的基础上，波德莱尔总结了西方诗人在这种手法方面的长期艺术实践，揭示了人的各种不同感觉之间的相互应和、沟通的通感

---

① ［法］波德莱尔：《恶之花》（插图本），郭宏安译析，漓江出版社1992年版，第13页。
② 郑克鲁：《法国诗歌史》，上海外语教育出版社1996年版，第194—195页。

关系，完整而形象地提出了一切感觉相通的观点："芳香、颜色和声音在互相应和。"郑克鲁先生对此有颇为细致而精辟的阐述："他（波德莱尔——引者）在一篇艺术评论中写道：'一切，形态、运动、数量、色彩、香气，无论在自然界还是在精神界，都是富有含义的，相互作用的，相互转换的，相通的'，一切都建立在'普遍相通的、永不竭尽的资源'之上。这段话可以作为上述这句有名的诗的补充。这句诗扼要地，但完整而形象地提出了一切感觉相通的观点。《通感》主要从香味出发来阐发这一理论：某些香气同触感相似（'新鲜如儿童的肌肤'）；这些香味随之又可以从声音得到理解（'柔和如双簧管'）；最后溶入视觉之中（'青翠如绿草场'）。不同感觉互相交应，因为它们全都趋向同一道德概念：纯粹。无论孩子肌肤、双簧管，还是草原，都突出了纯洁，它们使人想起爱情的殿堂。接着诗人以腐蚀的丰富的和得意洋洋的香气与前面几种香气相对照，这些香气令人想到龙涎香、麝香、安息香、乳香，即包括整个异国情调的世界。这些香的质地能无限扩张（'像无极无限的东西四散飞扬'），它们不断升腾，引导诗人幻想更高的现实。扩张于是变成入迷状态，感官的沉醉导致精神的入迷，因为这些香味在'歌唱精神和感觉的激昂'。至此，通感达到了最高潮，这是狂热的头脑和感官作用的结果。"①

　　通感本是一种心理和生理现象，其运用和表现在此前西方文学乃至中国文学中并不鲜见，但那往往是作为一种修辞手段来使用的。波德莱尔则不然，他将通感作为应和的入口甚至契机，进而使之成为其诗歌理论的基础，由此而枝繁叶茂的象征的森林便覆盖了人与自然、精神与物质、形式与内容以及各种艺术之间等一切关系。郑克鲁先生指出："波德莱尔认为诗歌应该同别的艺术相通。他从版画（卡洛、戈雅、韦奈尔）到雕塑（《面具》、《骷髅舞》），再到音乐和绘画，写出这些艺术形式之间相通的关系。在《灯塔》一诗中，他写到鲁本斯、达·芬奇、伦勃朗、米开朗基罗、皮热、华托、戈雅和德拉克罗瓦，他们的画和作品在诗人眼里呈现出光怪陆离的意象。波德

---

① 郑克鲁：《法国诗歌史》，上海外语教育出版社1996年版，第195页，引文中的译诗作了改动。

莱尔认为绘画和诗歌是相通的。他说：'如果各种艺术不致力于力求互相代替，至少要力求互相借用新的力量。'他又说：'画家把音阶引进了绘画中'，艺术家从此可以用声音和色彩等手段去表达感情。"①

总括地看，波德莱尔的"通感论"实际上包括了三个方面的内容：一是人与自然的应和关系，强调每一缕情思要在自然中寻找客观对应物；二是各种感觉之间的沟通，强调要以联觉的形式表现事物；三是各种艺术形式之间的沟通，强调绘画、雕塑、音乐、诗歌等必须互相借用新的力量。由此，波德莱尔带来了一场诗歌的革命。从此，诗人们便大量使用通感，并寻找客观对应物以构成象征，来暗示性地展示与自然应和的精神世界。

丘特切夫在诗歌创作中比较生动、全面地实现了波德莱尔的"通感论"，既写了人与自然的"应和"（让自己的思想感情总是尽可能地通过自然景物表现出来，采用了客观对应物），又写了人的各种感觉的沟通，但都与波德莱尔无关，而主要受谢林哲学的影响，同时也受到19世纪诗歌喜用通感的时代潮流的影响。丘特切夫的人与自然应和的通感，我们在其哲学观与美学观尤其是在其结构艺术等部分中已有较多论述，虽未用通感一词，但其人与自然的应和及"我在一切中，一切在我中"的境界，以及采用对喻手法、运用客观对应物或通体象征，都是最明显的体现，此处不赘述。这里论述的是他诗歌中作为语言手段出现的通感手法。

丘诗中的通感手法不仅量多，而且相当出色，充分体现了他那人与自然一体的思想，和他致力于陌生化的艺术创新——在审美情感的支配下，打破常规的感知觉经验，把各种感知觉表象相互嫁接与转换，变成想象中的变形性感知觉，并外化为诗意的语言，以更好地表现复杂、幽微的隐秘情思，从而收到反常合道的艺术功效。其通感手法大约可以分为以下几种类型。

第一，以视觉写听觉。车尔尼雪夫斯基指出："美感是听觉和视觉不可分离地结合在一起的，离开了听觉，视觉是不可设想的。"② 声音作用于人的听觉，感动了人，使人的心中产生视觉的形象，从而使听觉变成视觉形

---

① 郑克鲁：《法国诗歌史》，上海外语教育出版社1996年版，第195—196页。
② ［俄］车尔尼雪夫斯基：《生活与美学》，周扬译，人民文学出版社1957年版，第42页。

象。丘特切夫深知个中奥秘，在诗中较多地以视觉写听觉，如"Когда весенний, первый гром, /Как бы резвяся и играя, /Грохочет в небе голубом."（"那春天的第一声轰鸣，/像孩子一路欢跳一路嬉戏，/隆隆滚过蓝莹莹的天空。"）（《春雷》）轰隆隆的春雷声，清脆地滚过天空，使诗人心中产生了似乎看到一群天真活泼的儿童在相互追逐嬉戏的情景，诗人把这一情景以通感的形式借助语言表达出来，既化听觉为视觉，使熟悉的事物和熟悉的语言陌生化，增加了艺术欣赏的情趣，又含蓄地表达了诗人对春雷所带来的生命活力的欣喜之情。又如"Раздастся благовест всемирный/Победных солнечных лучей"（"太阳的光线对普世敲起了/胜利的宏亮的钟声"）（《"东方在迟疑"》），太阳的光线本是视觉，但由于太阳升起，人们随之起来，经过长长黑夜而得到休息的万物也充满活力，生机勃勃，早晨的钟声"当当"敲起，在这一刻，诗人深感钟声和太阳融为一体了，于是，他以通感的方式，让太阳用光线对整个世界敲起胜利的宏亮的钟声，化视觉为听觉，变常见为陌生，从而把自己对生命的热爱、对早晨阳光的赞美，极其生动、深刻、隽永地表达出来。

第二，以触觉写视觉。如"во мгле морозного тумана"（"在寒雾的烟尘中"）（《"我又站在涅瓦河上了"》），"туман"（"雾"）本应是眼睛所见，此处却感觉其"морозный"（"寒"），这就把视觉感受变成了触觉感受，同时又点出这"寒雾"只是"мгла"（烟雾，烟尘），从而生动形象地写出了寒雾将尽、阳光即至的冬日情景。又如"чистая и теплая лазурь"（"纯净而温暖的蔚蓝"）（《"初秋有一段奇异的时节"》）。初秋时节，天高气爽，天地间有一种水晶般的透明、纯净。我国唐代诗人杜牧《长安秋望》诗云："楼倚霜树外，镜天无一毫。南山与秋色，气势两相高。"此时，冬天的寒冷尚未到来，亮丽的阳光使人心情灿烂，水晶般的秋天使人也变得水晶起来。丘特切夫的这句诗把天空水晶般透明、纯净（"чистая"，"纯净"）的蔚蓝（视觉）变成了可感触的"温暖"（"теплая"，触觉），有力地表达了对初秋的热爱。再如"зелень свежую поит"（"滋润着鲜嫩的绿意"）（《"浅蓝色的天空"》），也是以触觉来写视觉："绿"是眼见之物，而"鲜嫩"则全凭触觉，用"鲜嫩"修饰"绿意"则把两种感觉打通，变触觉为视觉，同时也增加了语言的陌生感与新颖感。

第三，以嗅觉写视觉。如"Сумрак тихий, сумрак сонный, /...
Тихий, томный, благовонный"（"宁静的幽暗、沉睡的幽暗……/静悄悄、
懒洋洋、香馥馥的幽暗"）（《"灰蓝色的影子溶和了"》）、"елей душистый
и янтарный"（"芬芳的、琥珀色的光辉"）（《"在人群中，在不息的喧哗
里"》）。"сумрак"（"幽暗"）、"елей"（"光辉"）本属眼睛所见，而分别
以"благовонный"、"душистый"（均意为"香的"、"芬芳的"）加以修
饰，仿佛能嗅到，这就让嗅觉与视觉沟通了。而"елей"本指"教堂用的
橄榄油"，后转意为"精神上的安慰物"，此处借指"神圣的光辉"，朱宪生
先生译得十分精彩①，因而以"芬芳的"加以修饰，就不仅是让视觉与嗅觉
沟通，更多了一层下面将要论述的使抽象之物变为具体可感的艺术功效。

第四，化虚为实，或变抽象为具象。一些抽象的思想、空灵的观念往往
难以为人所知，诗人调动想象力，运用通感手法，充分利用通感的直觉性、
审美性、情感性与语言性，化虚为实，变抽象为具象，使枯燥的东西充满情
感，让熟悉的语言陌生化，从而大大增强了诗歌的审美情趣，提高了诗歌的
艺术性。这是丘特切夫诗歌的惯用手法。他或是让具体动词与抽象名词结合
起来，如："Подпирает локоть белый/Много милых, сонных дум"（"她们
以雪白的肘支起了/亲切的、如梦的思绪"）（《"在深蓝的海水的平原
上"》），"дум"（"思绪"）尤其是"сонных дум"（"如梦的思绪"）本是抽
象的、难以感知的，但以具体的动词"подпирает"（"支起"）与之搭配，
立即使这一缈无形迹的空灵的"思绪"具有实体的感觉，从而化抽象为神
奇可感的东西，同时，这种搭配在语言上也有一种超出常规的新颖性，引人
注目。这是一种颇为现代的语言方式与技巧，在现代诗中极为常见，海外现
当代诗人使用尤多，如"唐玄宗/从水声里/提炼出一缕黑发的哀恸"（洛夫
《长恨歌》）、"四十多年的思念/四十多年的孤寂/全都缝在鞋底"（洛夫
《寄鞋》）、"柳树的长发上滴着雨，/母亲啊，滴着我的回忆"（余光中《招
魂的短笛》），就是一些女诗人写爱情诗也能信手拈来，仅新加坡华裔女诗

① 详见《丘特切夫诗全集》，朱宪生译，漓江出版社1998年版，第79页。

人淡莹的《伞内·伞外》一诗中就有："把热带的雨季/乍然旋开"，"共撑一小块晴天"（"晴天"谐音"情天"），"撑着伞内的春"。由此可见，丘特切夫的这种手法，是相当大胆而且极有现代意义的。或者，他以具有实体感的词修饰抽象的名词，赋予抽象的东西以实感，如："погрузившись в сон железный，/усталая природа спит"（"疲倦了的大自然，/堕入了铁一般沉重的梦里"）（《"在这儿，只有死寂的苍天"》），抽象的"сон"（"梦"）以"железный"（"铁一般沉重的"）来修饰，使"梦"具有重量，变得真实可感；又如："на светлую мечту"（"灿烂辉煌的梦幻"）、"златые сны"（"金色的梦"）（《"不，大地母亲啊"》），则让"梦幻"和"梦"具有明亮的颜色，给人产生一种如在眼前的感觉。这同样是现代诗歌惯用的一种手法，如淡莹的《伞内·伞外》中有"雨的青涩年龄"，笔者的《蒙娜·丽莎》中有"几千年抑制不住的迫切探寻/怒放为一朵千古传奇万载芬芳的神秘"①。此外，丘特切夫还以通感的手法把一些感觉或抽象之物变得具体可感，如"проникнут негой благовонной"（"充满了芬芳的倦慵"）（《雪山》），"негой"（"倦慵"）本是一种只可意会难以言传的感觉，诗人用"благовонной"（"芬芳的"）修饰之，就使它变得具体可感了。

第五，多重感觉沟通。如："Дымно-легко，мглисто-лилейно，/Вдруг что-то порхнуло в окно"（"烟一般轻，幽洁如百合，/有什么突然扑进窗户"）（《"昨夜，在醉人的梦幻里"》）。如前所述，这首诗写的是黎明时阳光在卧室里渐渐出现的过程，先从触觉上写其极轻——"Дымно-легко"（"烟一般轻"），再从嗅觉上写其芳香——"мглисто-лилейно"（"幽洁如百合"）（也包括颜色的不那么亮），从而使视觉、触觉、嗅觉沟通，细致传神地写活了黎明时分的阳光。又如："Вдруг животрепетным сияньем/Коснувшись персей молодых，/Румяным，громким восклицаньем/Раскрыло шлек ресниц твоих"（"突然，它以颤动的光线/触着了少女的前胸，/又以洪亮的、绯红的叫喊/张开了你睫毛的丝绒"）（《"昨夜，在醉人的梦幻里"》），阳光本属视觉所见，可它却发出了"громким

---

① 曾思艺：《蒙娜·丽莎》，香港《诗双月刊》1998 年 4 月号（总第 39 期）。

восклицаньем"（"洪亮的叫喊"），则转化为听觉，而"восклицаньем"（"叫喊"）又以"Румяным"（"绯红的"）来修饰，又变听觉美为视觉美。短短一节诗，把视觉同时变为听觉和视觉，构成了多重感觉变换与沟通，具有多重感觉之美，语言也因此不仅新颖，而且具有多层次的美。

丘特切夫的通感手法还往往结合一些修辞手法来展开，运用最多的，主要有以下两种：

第一种是比拟，即拟人或拟物。通感与比拟结合，是一种由我及物或由物及我的移觉、移情同时进行的审美心理活动，它不仅仅是主体内心情感的联想，而且是主体内在感觉的联系。如："и я один, с моей тупой тоскою"（"而我孤独的，带着呆滞的阴郁"）（《"在我的痛苦淤积的岁月中"》），"вялый, безотрадный сон"（"凋残的、凄苦的梦"），"в чуткой темноте"（"敏锐的暗影中"）（《"夜晚的天空是这么阴沉"》）。"тоска"（"阴郁"）像人一样神情"тупая"（"呆滞"），"сон"（"梦"）像花朵一样"вялый, безотрадный"（"凋残的、凄苦的"）（也可视为像人一样凄苦），"темнота"（"暗影"）具有人的"чуткая"（"敏锐"），这种通感与比拟的结合，化抽象为具体，化空幻板滞为鲜活生动，语言也因之而活泼生动新颖。这类诗句，还有"Здесь великое былое/Словно дышит в забытьи; /Дремлет сладко, беззаботно"（"过去的辉煌的梦/仿佛还在波光中玥灭；/它正无忧地、甜蜜地睡着"）（《"金碧辉煌的楼阁"》）等。

第二种是比喻。即以比喻的方式表现通感，化抽象为具象，让人更新鲜、更形象地感知事物。如："И всю природу, как туман, /Дремота жаркая объемлет"（"炎热的睡意似雾般浓，/把大自然整个的罩笼"）（《日午》）。"дремота"（"睡意"）本是一种可感觉但难以描述的颇为抽象的东西，此处以"как туман"（"似雾般浓"）比喻之，不仅化抽象为具体可见可感，而且极生动地写出了炎热的夏日正午的睡意之浓。前述"疲倦了的大自然，/堕入铁一般沉重的梦里"（《"在这儿，只有死寂的苍天"》），也是用比喻来表现通感，以"железный"（"铁一般沉重的"）来修饰抽象的"сон"（"梦"），使之富有可触可感的重量。

值得一提的是，丘特切夫诗歌中的通感手法不仅量多，独特，极富现代感，而且表现了时代的精神和深邃的哲理。余国良先生指出，丘特切夫"通过感觉的变异，使艺术形象的有限性和无限性统一起来，以表现一种时代的精神和深邃的哲理"，如他写雷声："'听！在白色的云雾后，一串闷雷轰隆隆地滚动；飞驰的电闪到处穿绕着阴沉的天空。'（《'在郁闷空气的寂静中'》）这里的雷声，一扫可爱之态，像憋着一肚子气那样，闷声闷气地向'阴沉的天空'发泄。这沉闷之气，阴郁之感，正是由听觉雷声，引起了视觉对闪电飞驰穿绕的注意，从而调动了人的触觉对云雾中夹带着的湿润气流的敏感，使人感到雷声之沉闷，天空之阴郁，以及两种巨大力量的较量，如果说滚动的雷声是主将，'飞驰的闪电'就是先锋，它们一起撕破'白色的云雾'，向'阴沉的天空'轰击，这恐怕就是丘特切夫寓含于诗中的哲理和时代精神"。[①]

　　丘特切夫的通感手法在俄国诗歌中是一种大胆的创新。此前的俄国诗歌，通感手法运用不多，即使运用，也往往是偶尔为之。而丘特切夫是有意大量运用通感的手法，把平淡无奇的事物变成充满诱惑力的新感知对象，把艺术形象的有限性与无限性统一起来，在多种感觉的沟通中展示自己所把握到的美的世界，同时使习以为常的语言变得新颖而有多层次意义。他的这种手法运用得极其成功，极富现代感，对后来的俄苏诗歌尤其是现代主义诗歌产生了较大的影响。

第二节　多样的语言方式

　　大自然总在变化不已，人的心灵也矛盾、复杂而幽微，各种隐秘的情思互相纠缠，剪不断，理还乱，而用通感和其他多样的语言方式却能传神入妙地表现这一切。因此，除了大量采用通感手法来对日常的语言进行变异和加工以外，丘特切夫还善于以多种方式让语言鲜活、形象起来，极其生动而形

---

① 余国良：《丘特切夫与李贺诗歌的变异感觉》，见戴剑平主编：《中外文化新视野》，黄山书社1991年版，第436—437页。

象地表现宇宙的美、复杂的情感和深刻的哲理思想。这多种语言方式都属于审美的方式，是诗人依照审美的情感的需要去运用语言，从而使语言的法则和规范，远离日常生活逻辑的法则和规范，而服从于审美的法则与规范。

一是采用多种修辞手法。修辞是创造性地使用语言的一种艺术技巧，是更美好、更形象、更生动地表达思想感情的一种语言艺术。一般认为，修辞必须遵守四条原则，即：有效原则（要求忠实有效地传达信息、交流思想感情，做到合乎事实、合乎逻辑、合乎语法）、得体原则（要求恰到好处地传达信息、表达思想感情，做到切合题旨、适合对象）、灵活原则（要求灵活多样地传达信息、表达思想感情，可以超越语法逻辑常规，创造性地运用语言）、美的原则（要求美好有趣地传达信息、表达思想感情，应根据审美要求，不断增强语言的艺术性）。而丘特切夫诗歌中的修辞手法，更多地遵守的是灵活原则和美的原则。在其所运用的修辞手法中，又以拟人、比喻、借代、反复用得最多，也最出色。

如前所述，丘特切夫的诗歌深受德国哲学家谢林"同一哲学"的影响。谢林的"同一哲学"认为："自然与我们在自身内所认作智性和意识的那个东西原来是一回事"①，"自然应该是可见的精神，精神应该是不可见的自然"，因此，美国哲学家梯利指出："谢林的哲学展开以后，是一种泛神论，这种泛神论认为宇宙是一活生生的、演化的体系，是一种有机体，其中每一部分都有其地位，都为促进整体而效力。"② 这样，在谢林"同一哲学"的影响下，丘特切夫认为自然像人一样，是一个有着自己的灵魂、独立的生命的活的有机体，1836 年，他发表了诗歌的泛神主义宣言《"大自然并不是你们想象的那样"》，与同时代那种完全以科学、理性、冷静的眼光看待大自然，把自然看成一个毫无生命的客观对象的观念进行辩论，以滔滔的雄辩证明大自然有着自己的生命、意志、爱情和语言，进而宣称那些人的器官"又哑又聋"，他们看不到大自然的生命！这样，在诗歌中他就常常把自然的一切当做人来描写，即经常采用拟人手法来写诗。

---

① 《十八世纪末——十九世纪初德国哲学》，商务印书馆 1975 年版，第 164 页。
② ［美］梯利：《西方哲学史》下册，葛力译，商务印书馆 1979 年版，第 222 页。

　　但此处要谈的不是这种整体性的拟人手法，而是表现在语言上的拟人手法。这种表现在语言上的拟人手法，是指诗人往往直接把自然万物当做人，把用于人的词语直接用在自然之物上。这种方法，一方面体现了诗人那视自然为有生命之物的哲学观，另一方面，也体现了诗人服从审美规律的创新意识——超越日常生活常规，化熟悉为陌生，变静物为生命，以增强语言的艺术性。在丘特切夫的诗歌中，这种表现在语言上的拟人手法，主要有两种类型。

　　一种是把用于人的动词直接用于自然之物。如《"在深蓝的海水的平原上"》一诗，抒写的是："我们"乘船行驶在深蓝的海水的平原上，在幽幽星光下，在神秘而醉人的月光中，在迷人的静谧里，大家都做起了亲切的美梦，而"И баюкает их море／Тихо струйною волной"（即："大海正以轻柔的海波／哼唱着抚拍它们入眠"）。在这里，"баюкать"这一意为"（唱着，摇拍着）使小孩子睡觉"、且只用于人的动词，被直接用于大海（而且把人的美梦也拟人化了，"它们"可以在抚拍中入眠），这在当时是一种超越常规的大胆而新颖的用法，给人以新奇之美。在普希金的诗中，这个词还主要是常规的用法。在《斯捷卡·拉辛之歌》中，他想有所变化，但也只是："Волга，мать родная!... ／В долгу ночь баюкала，качала"（伏尔加，亲爱的母亲！……／你在夜里久久地哼唱着抚拍，摇荡）。也就是说，他先用暗喻使伏尔加河变成人——"亲爱的母亲"，然后再把用于人的动词"баюкать"用于它。两者相比，普希金较为传统，也较为费劲，而丘特切夫则相当大胆，有所推进，而且省事——直接使用这一个词就把大海给写活了。这类用法在丘特切夫的诗歌中相当多见，几乎可以说俯拾即是，如"Лазурь небесная смеется，／Ночной омытая грозой"（"一夜雷雨清洗过的天空，轻漾一片蓝莹莹的笑意"）（《山中的清晨》）、"Молчит сомнительно Восток"（"东方令人疑惑地沉默着"）（《"东方令人疑惑地沉默着"》）、"Звук уснул"（"声音睡熟了"）（《"灰蓝色的影子溶和了"》）、"Она（指Радуга，彩虹——引者）изнемогла"（"她筋疲力尽"或"彩虹疲惫不堪"）（《"在那潮湿的蔚蓝的天穹"》）、"Деревья поют"（"树木在歌唱"）（《"午日当空"》）、"Месяц встал"（"月亮站起来了"）（《归途中》之一），天空笑着，东方一声不吭，声音睡熟了，彩虹筋疲力尽，树木唱歌，月亮站了起来，这些都是人的动作，而诗人把它直接用于自然之物，不仅使自然之物获得了人的生命，也使读者读来十分亲切、新颖。

另一种是指丘特切夫以用于人的状语结构或副词来修饰一些常月的动词，使这一常用的动词更高程度地拟人化，同时使之更鲜明、更形象，这也是诗人赋予自然以生命的一个颇为独特的创新。如"Солнце раз еще взглянуло/Исподлобья на поля"（"太阳皱着眉再次望了一望田野"）（《"太阳勉勉强强、畏畏缩缩"》），就以只有人才会有的状语结构"Исподлобья"（"皱着眉"）来修饰常用的动词"взглянуть"（"望一望"），从而使太阳完全像人一样，使诗歌也因此而更新奇、生动、有趣、充满活力。又如"Здесь великое былое... /Дремлет сладко, беззаботно"（"在这儿，辉煌的过去……/正在甜蜜地、无忧地睡着"）（《"金碧辉煌的楼阁"》），"Деревья радостно трепещут, /Купаясь в небе голубом"（"树木快乐地随风摇曳，/沐浴在一片蔚蓝之中"）（《"午日当空"》），"Неохотно и несмело Солнце смотрит на поля"（"太阳勉勉强强、畏畏缩缩地打量着田野"）（《"太阳勉勉强强、畏畏缩缩"》），都是以形容人的副词"сладко, беззаботно"（"甜蜜地、无忧地"）、"радостно"（"快乐地"）、"Неохотно"、"несмело"（"勉勉强强地"、"畏畏缩缩地"）来修饰普通的动词"дремать"（"打盹"、"打瞌睡"）、"трепетать"（"颤动"、"摆动"、"飘扬"）、"смотреть"（"看"、"望"），从而使之更高程度地拟人化，也使动词更鲜明、更形象地表现了诗人的思想和情感。正因为如此，别尔科夫斯基高度评价丘特切夫的诗歌语言："对丘特切夫来说，一个生命的种类与另一种类之间不存在禁止超越的古老界限。在诗歌的语言和形象方面，丘特切夫拥有极大的自由。他从自己的时代中借用了推翻的精神。在诗人丘特切夫那里，没有事物的等级和概念的某些牢不可破的原则：低档的可以与高档的结合，它们能够互换位置，它们可以不停地重新评价。丘特切夫的诗歌语言——这是形象与形象的无穷替换，是代换和变化的无限可能。"①

此外，丘特切夫还善于以直接表现人的形容词用于抽象名词之前，使之

---

① *Берковский Н. Я. Ф. И. Тютчев. Тютчев Ф. И. стихотворения*, М. -Л. , 1962, c. 25—26.

拟人化，如"сумрак тихий，сумрак сонный"（"恬静的幽暗，沉睡的幽暗"）（《"灰蓝色的影子溶和了"》），"сумрак"（"幽暗"）本是一种比较抽象的东西，但以用于人的词"тихий"（"恬静的"）和"сонный"（"沉睡的"）加以修饰，使这一较为抽象之物顿时变得像人一样，习以为常的东西也充满了新鲜感。前述之"с моей тупой тоскою"（"带着呆滞的阴郁"）（《"在我的痛苦淤积的岁月中"》），"в чуткой темноте"（"敏锐的暗影中"）（《"夜晚的天空是这么阴沉"》）也是让"阴郁"和"暗影"像人一样"呆滞"或"敏锐"。

丘特切夫的比喻也用得多而出色，其中又以明喻用得最多。他的明喻往往取之于大自然或日常生活现象，但又以多种美的方式，使之与日常生活疏远，从而使那些习以为常的感觉和反应产生了新意，使语言产生一种新奇的美感。这些明喻或以优美生动取胜，如"И между гор росисто вьется／Долина светлой полосой"（露水盈盈的山谷蜿蜒着，／像一条晶带光华熠熠）（《山中的清晨》）、"И вдруг，как солнце молодое，／Любви признанье золотое／Исторглось из груди ея"（"而突然，像旭日初升，／从她的深心里跃出了／金色的爱情的表白"）（《"对于我，这难忘的一天"》），把满是露水的蜿蜒山谷比作光华熠熠的晶带，把女性初恋爱情的表白比作初升的旭日，既优美又生动；或以气势宏大见长，如"И всю природу，как туман，／Дремота жаркая объемлет"（炎热的睡意似雾般浓，把大自然整个的罩笼）（《日午》）、"Как океан объемлет шар земной，／Земная жизнь кругом объята снами"（好似海洋环绕着地面，／世上的生命被梦寐围抱）（《"好似海洋环绕着地面"》），炎热的睡意像浓雾一般笼罩了整个大自然，像海洋环绕着地球一样梦寐围抱着世上的所有生命，这种具有宏大气势的比喻只会产生在放眼世界、思考整个人类前景的诗人那里；或以极其新颖、贴切而让人称赞，如"как первую любовь，／России сердце не забудет！"（"就像铭记自己的初恋一样，／俄罗斯心中不会把你遗忘！"）、"Но твой，природа，мир о днях былых молчит／С улыбкою двусмысленной и тайной——Так отрок，чар ночных свидетель быв случайный，／Про них и днем молчание хранит."（"但大自然对于往事缄默不语，／只以神秘的微笑面对着人，／好像意外地看到夜宴的童子，/白天也闭着嘴，讳莫如深")（《"我驱车驰过利旺尼亚的平原"》)，初恋是极其美好的，也是终生难忘的，普希金是俄国文学的奠基者和俄罗斯诗歌的太阳，他的逝世是俄国文学也是俄国人民的重大损失，俄国人民将永远记得他的功绩，诗人以"初恋"作比喻，极其新颖又相当贴切地表达了俄国人民对普希金的感情，而以"意外地看到夜宴的童子"讳莫如深地保守秘密来比喻大自然，也是十分新颖而贴切的；或以出人意料的怪异而令人难忘，如"Ночь хмурая, как зверь стоокий, /Глядит из каждого куста"（"黑夜好似百眼兽，皱着眉，/从每座树丛中向人窥望"）（《"松软的沙子深可没膝……"》)、"Вот, как признак гробовой, /Месяц встал"（"看，在夜空上，苍白得像幽灵，/升起了月亮"）（《归途中》之一）、"Одни зарницы огневые, /Воспламеняясь чередой, /Как демоны глухонемые, /Ведут беседу меж собой"（"只有火焰般闪电的光辉/不断把阴霾的天点燃，/仿佛那是聋哑的魔鬼/在天边用暗号彼此商谈"）（《"夜晚的天空是这么阴沉"》)，把黑夜比作百眼兽、把月亮比作苍白的幽灵、把天边的闪电比作聋哑的魔鬼用暗号彼此商谈，都是出人意料的怪异比喻，但又极其形象生动，从而把对我们来说已经麻木得没有感觉的现象让我们读过一次就铭刻于心。

丘特切夫也很喜欢运用暗喻和借喻。因为暗喻和借喻比明喻更简洁、更含蓄一些，很适合他那短小精悍的诗歌形式，而且，暗喻往往直接说某物就是某物，借喻甚至只出现喻体，连本体和比喻性的词语都不出现，更切合他那大自然万事万物间没有任何间隔的哲学观念。因此，他或者采用各种形式让两种完全无关的事物构成本体与喻体的关系，以隐喻的形式表达思想情感，产生新颖别致的艺术感染力，如"Душа моя—Элизиум теней"（"我的心是一群幽灵的乐土"）（《"我的心是一群幽灵的乐土"》)、"Душа хотела быть звездой"（"我的心愿意作一颗星"）（《"我的心愿意作一颗星"》)、"Любви последей, зари вечерней"（"最后的爱情，黄昏的彩霞"）（《最后的爱情》)。诗人用破折号的方式让"心"和"幽灵的乐土"组合在一起，又用动词"愿作"把"心"与"星"连成一体，而"最后的爱情"与"黄昏的彩霞"更是直接并列出现，这些相隔甚远的事物，本来是风马牛不相及的，诗人却把它们从远距离组合到一起，构成本体与喻体的关系，从而产生了出人意料的艺术新鲜感。他更喜欢运用借喻的手法，精练含蓄地直接写出形象的喻体，让人耳目一新，如 "Две беспредельности были во мне，/И мной своевольно играли оне"（"我感到两个无极，两个宇宙，/尽在固执地把我捉弄不休"）（《海上的梦》），"О，бурь заснувших не буди—/Под ними хаос шевелится!"（"哦，别把这沉睡的风暴唤醒，/那下面正蠕动着怎样的地狱!"）（《"午夜的大风啊"……》），"За годом год，за веком век...／Что ж негодует человек，Сей злак земной!...／Он быстро，быстро вянет"（"一年年，一代代……/人何必愤慨？/这大地的谷禾!……/很快就凋谢"）（《"我独自默坐"》），"Шли мы верною стезей—／Огнедышащий и бурный/Уносил на змей морской"（"一条喷火的、暴怒的海蛇/把我们带上茫茫的旅途"）（《"在深蓝的海水的平原上"》），"Толпа，нахлынув，в грязь втоптала/То，что в душе ее цвело"（"匆忙的人流把她心中的/鲜艳的花朵踏成了污泥"）（《"我们的爱情是多么毁人"》）。用 "两个无极，两个宇宙" 直接比喻内心矛盾双方的斗争，以 "沉睡的风暴"、"地狱" 形容昏睡的潜意识及其本能的暴乱力量，称人为 "大地的谷禾"、海轮为 "喷火的、暴怒的海蛇"，以 "鲜艳的花朵" 来借喻杰尼西耶娃纯洁、美丽的爱情，都简洁而含蓄，新颖又生动，使熟悉的事物获得了新奇的魅力。

丘特切夫还常常在诗歌中把明喻与暗喻结合使用，使诗歌的语言更富有弹性与张力，也更新颖生动，如 "Он не змеею сердце жалит，/Но как пчела его сосет"（"他并不是毒蛇噬咬人心，/他呀，只像是蜜蜂把它吸吮"）（《少女啊，别相信》）。"Он не змеею"（"他不是毒蛇"）属于暗喻，而 "как пчела"（"像蜜蜂"）则是明喻，两者结合使用，既使诗歌避免了只有一种比喻的单调，显得活泼灵动，新颖奇特，又形象地从正反两个方面突出了诗中诗人的特点。

博喻最能体现一个诗人的才能——联想的丰富、观察的细致、比喻的新颖、语言的生动，因此，诗人的博喻往往得到人们高度的评价。我国宋代诗人苏东坡《百步洪》（其一）一诗中的博喻一向被论者盛加称誉："有如兔走鹰隼落，骏马下注千丈坡。断弦离柱箭脱手，飞电过隙珠翻荷。"而宋代词人贺铸《青玉案》一词中的博喻"若问闲愁都几许？一川烟草，满城风絮，梅子黄时雨"，更是使他获得了"贺梅子"的美称。宋代词人辛弃疾《沁园春·灵山齐庵赋，时筑偃湖未成》一词下阕中的"争先见面重重，看爽气、朝来三数峰。似谢家子弟，衣冠磊落，相如庭户，车骑雍容。我觉其间，雄深雅健，如对文章太史公。"也因连用三个历史上的人事来比喻眼前具体的山峰而获得很高的评价。丘特切夫的博喻也不亚于他们，甚至比他们更有深度。他在《黄昏》一诗中相当大胆而独特地运用了多种比喻："Как тихо веет над долиной/Далекий колокольный звон, /Как шум от стаи журавлиной, —/И в звучных листьях замер он. //Как море вешнее в разливе, /Светлея не колыхнет день..."（"好像遥远的车铃声响/在山谷上空轻轻回荡，/好像鹤群飞过，那啼唤/消失在飒飒的树叶上；//好像春天的海潮泛滥，或才破晓，白天就站定……"）短短的八行诗里竟有六行属于比喻，全诗接连用了三个比喻，一个比一个更突出其静悄和快迅。然而，这三个比喻在诗中还只是铺垫，在这三者步步推进的基础上，诗人最后写道："И торопливей, молчаливей/Ложится по долине тень."（"但比这更静悄，更匆忙，/山谷里飘下夜的暗影。"）这样，全诗就以层层递进的方式，生动形象地写出了夜晚降临的静悄与匆忙。博喻的手法给读者带来了极大的形象感、新鲜感与陌生感，从而大大加强了这首小诗的艺术魅力。又如"И роковое их слиянье, /И... поединок роковой"["（爱情）既是两颗心命定的比翼连枝，/又是……命定的生死决斗"]（《命数》），以博喻的方式写出了男女两性间爱情的复杂性：既有着"在天愿为比翼鸟，在地愿为连理枝"式两情相悦的甜蜜，也有着因原始的性敌对而引发的隐秘而激烈的生死争斗，这较之单纯新颖的比喻，显然是更加生动而深刻，达到了辩证的哲学高度。

值得一提的是，丘特切夫有时甚至让整首诗基本上建立在一个比喻的基础上（即以一个比喻而展开），如《"好似在夏日"》："好似在夏日，有时候小鸟/从窗口突然飞到屋里来，/随着它流进了生命和光明，/使一切栩栩如生，焕发光彩；//它从外界——从蓬勃的自然/给我们暗淡的一角带来了/

碧绿的树林，淙淙的流水，/和那蔚蓝的天空的闪耀；//和小鸟一样，她，我们的客人，/尽管来得短暂，又如此轻灵，/在我们这拘谨的小世界里，/她的莅临却把一切唤醒。//生命突然被点燃了起来，/变得活泼、热炽，迸出火花，/连彼得堡的冰冷的夏天/也好似被她的光彩融化。//连老成持重的都年轻了，/连博学的都要重做学童，/我们看到，那外交界的迷阵/都随着她的意愿而转动。//连我们的房子也像活起来，/高兴有了这样的客人，/吵闹的电报不再放肆，/我们有了更安静的气氛……"① 全诗的起点是一个比喻——来到外交部的少女纳杰日达·谢尔盖耶芙娜·阿金菲耶娃好像夏日从窗口飞进屋里从而给暗淡的屋子带来生命和光明的小鸟，然后在此基础上，由这一比喻展开全诗，详细描述了纳杰日达给外交部带来的青春、生气与活力，以夸张的手法表现了少女之美的力量，这也是热爱生命、热爱青春、更热爱美的诗人浪漫情怀的真实抒发。前述之《"好似把一卷稿纸"》也是以"好似把一卷稿纸"这一比喻而展开的，由稿纸的燃烧过渡到把心中半死的火尽情地燃烧一次——即让生命尽情地燃烧，尽情地发出光芒。应该说，这是诗人对比喻手法的相当大胆而出色的发挥，使之不仅作用于诗歌的语言，更影响甚至参与了诗歌的结构。

丘诗中也常运用借代手法，因为借代往往不直接说出要表达的人或事物，而借用与之密切相关的最有特色、最富形象感的东西来加以替代，它不仅可使语言简洁而有变化，而且可以使事物的特征更突出，形象更鲜明生动，语言更新颖有趣。如 "Куда ланит девались розы, /Улыбка уст и блеск очей? /Все опалили, выжгли слезы/Горючей влагою своей" （"她面颊上的玫瑰哪里去了？/还有那眼睛的晶莹的光，/和唇边的微笑？啊，这一切/已随火热的泪烧尽，消亡"）（《"我们的爱情是多么毁人"》），借杰尼西耶娃脸上的玫瑰（"розы ланит"）、眼睛里晶莹的光（"блеск очей"）、唇边的微笑（"Улыбка уст"）、火热的泪（"слезы горючей влагою своей"）来代替杰尼西耶娃青春的健康、美、激情、欢乐以及所受的屈辱与苦楚，从而使诗歌既显得典雅，又更形象生动地写出了杰尼西耶娃的美、爱情以及所受苦

---

① 《丘特切夫诗选》，查良铮译，外国文学出版社 1985 年版，第 142—143 页。

楚之深。"Я вспомнил время золотое"（"我回忆起那金色的时光"）（《给Б.》），则用金色的时光（"время золотое"）来代替逝去的、难忘的、温馨而美好的与阿玛莉雅的初恋时光，既富于形象性，又极有情感性。此外，他还在诗歌中用"сводом небесным"（苍穹）、"пылающей бездной"（燃烧的深渊）等代替天空，以"лазуревой равниной"（蔚蓝的平原）代替海洋，用"утренним часом"（早晨的时光）、"весной"（春天）代替青年，用"лучом Авроры"（阿弗罗拉之光）代替朝霞，在使诗歌的语言力避单调、富于变化的同时，也更生动形象。

丘特切夫在诗歌中还大量使用反复。对此，苏联学者多有论述。蓬皮扬斯基指出："丘特切夫诗歌的一个显著的特点，是有着大量的反复。这些反复在其创作中的作用是如此之大，以致没有它们，他的诗歌便会变得非常短小……每一个主题都带着留有它的所有一目了然的主要特点而多次反复。"[1] 格里戈里耶娃对此更是有着颇为深入的研究，她认为，丘诗中反复的作用是在诗语中成为富有表现力的、颇具匠心的组织的手段，它有以下几种类型：第一，同一词语的反复："Искала слов, не находила, /И сохла, сохла с каждым днем"（"想诉说可又找不到语言，/只有一天天凋零、凋零"——《"我的心没有一天不痛楚"》），"Сияй, сияй, прощальный свет/Любви последней, зари вечерней!"（"行将告别的光辉，亮吧！亮吧！/你最后的爱情，黄昏的彩霞！"[2]）；第二，语意略有变化的词语的反复："Боль, злую боль ожесточенья, /Боль, без отрады и без слез!"（"痛苦，残酷的凶恶的痛苦，/没有欢乐也没有眼泪的痛苦！"[3]），"Жизнь отреченья, жизнь страданья!"（"被唾弃的生活，痛苦的生活！"[4]），"Толпа вошла, толпа вломилась/В святилище души твоей"（"人群冲进来了，人群破门而

① Пумпянский Л. В. Поэзия Ф. И. Тютчева, 转引自 Григорьева А. Д. Слово в поэзии Тютчева. М., 1980, с. 149.
② 《最后的爱情》，见《丘特切夫诗选》，查良铮译，外国文学出版社1985年版，第125页。
③ 《"啊，我们爱得多么致命"》（即《"我们的爱情是多么毁人"》），见《丘特切夫诗全集》，朱宪生译，漓江出版社1998年版，第266页。
④ 《"啊，我们爱得多么致命"》，见《丘特切夫诗全集》，朱宪生译，漓江出版社1998年版，第266页。

入/到你心灵的圣殿"——《"你怀着爱情向它祈祷"》），"Еще ловлю я образ твой.../Твой милый образ, незабвенный"（"我还在捕捉着你的面影……/你那刻骨铭心的可爱面影"——《"我还被思念的痛苦所折磨"》）；第三，同一词在矛盾情况下的反复："Пускай скудеет в жилах кровь, /Но в сердце не скудеет нежность"（"尽管血管中的血快要枯干，/然而心中的柔情却不会枯干"——《最后的爱情》），"Как ни страдай она, любя, —/Душа, увы, не выстрадает счастья, /Но может выстрадать себя"（"不管她爱得有多痛苦，/心儿啊，不会在痛苦的煎熬中获得幸福，/而只会把自己煎熬成痛苦"——《"不管她爱得有多痛苦"》），"Он мерит воздух мне так бережно и скудно.../Не мерят так и лютому врагу"（"他为我小心翼翼地测试着周围的气氛，/就是为凶恶的敌人人们也不会这样测试"——《"不要说他还像从前那样爱我"》）；第四，同义语的反复："Так пламенно, так горячо любившей"（"她竟爱得这么火热，这么炽烈"①），"Все опалили, выжгли слезы/Горючей влагою своей"（"这一切，/已随火热的泪烧尽，消亡"②），"Их тяжкий гнет, их бремя роковое/Не выскажет, не выдержит мой стих"（"那沉重的压迫，致命的重负，我的诗也无法表达，无法承受"——《"在我的痛苦淤积的岁月里"》）；第五，基本形象及语意相似的词语的反复："Сегодня, друг, пятнадцать лет минуло/С того блаженно-нокового дня, /Как душу всю свою она вдохнула, /Как всю себя перелила в меня"（"到今天，朋友，十五年过去了，/从那幸福的和不幸的日子算起。/她是怎样吸干了自己的心血，/又是怎样地把它倾注到我心里。"③）"Сияй, сияй, прощальный свет/Любви последней, зари вечерней!"（"行将告别的光辉，亮吧！亮吧！/你最后的爱情，黄昏的彩霞！"④）值得

---

① 《"在我的痛苦淤积的岁月中"》，见《丘特切夫诗选》，查良铮译，外国文学出版社1985年版，第153页。

② 《"我们的爱情是多么毁人"》，见《丘特切夫诗选》，查良铮译，外国文学出版社1985年版，第113页。

③ 《"到今天，朋友，十五年过去了"》，见《丘特切夫诗全集》，朱宪生译，漓江出版社1998年版，第401页。

④ 《最后的爱情》，见《丘特切夫诗选》，查良铮译，外国文学出版社1985年版，第125页。

一提的是，这种反复在语言方面更主要的作用是，超脱日常生活简单、实用的逻辑原则，以反复的节奏诗化语言形成诗语，表达情感。

　　二是大量使用古语。丘特切夫在诗歌中大量使用古语，对此，苏俄学者有不同的看法。特尼亚诺夫大力肯定，并宣称古语是丘特切夫诗歌的主要特点乃至主要风格，他认为："丘特切夫是起源于罗蒙诺索夫和杰尔查文的俄罗斯抒情诗古老支流的典范。他是连接 18 世纪雄辩的颂歌体抒情诗与象征主义者的抒情诗之链的一个环节。他以杰尔查文的词汇为出发点，使之与茹科夫斯基风格的某些成分融合起来，出色地柔化了庄重的哲学颂歌的古老外形"①，进而指出，丘特切夫在杰尔查文的基础上，吸收了罗蒙诺索夫的雄辩特别是 18 世纪的政治颂歌和私秘抒情诗（或个人抒情诗），同时他又在普希金的背景上，升起在德国浪漫主义的上空，并使之具有古老的杰尔查文形式，赋予它新的生命。② 他还具体地指出："20 年代初，按诗风特点和语言，丘特切夫是一个摹古主义者"③，"丘特切夫不仅在词汇中，而且在风格上，都是从 18 世纪出发的"④，尤其是在语言方面，"丘特切夫选择的是他找到的特殊的古老的语言"⑤，而这又受到他的老师拉伊奇很大的影响与启发："拉伊奇力求创造一种特别的诗歌语言：把罗蒙诺索夫的风格与意大利的悦耳的音律结合起来。"⑥ 皮加列夫则赞同日尔蒙斯基的观点，认为古语在丘诗中"充其量只居于第二位，而总的来看，从 40 年代末开始，它们的数量在其诗中大大减少"⑦，格里戈里耶娃基本同意他们的观点，并且认为这种古语并非整个丘诗的普遍特征，而只出现于表现系列主题的部分诗歌中⑧。我们认为，皮加列夫等人的观点比较符合客观实际，但不可否认的是，即使古语在丘诗中只居于第二位，它们也占据了一个相当重要的地位，

① *Тынянов Ю.* История литературы. Критика. СПБ. , 2001, с. 368.

② *Тынянов Ю.* История литературы. Критика. СПБ. , 2001, с. 371—378.

③ *Тынянов Ю.* История литературы. Критика. СПБ. , 2001, с. 381.

④ *Тынянов Ю.* История литературы. Критика. СПБ. , 2001, с. 391.

⑤ *Тынянов Ю.* История литературы. Критика. СПБ. , 2001, с. 390.

⑥ *Тынянов Ю.* История литературы. Критика. СПБ. , 2001, с. 382.

⑦ *Пигарев К.* Жизнь и творчество Тютчева, М. , 1962, с. 275.

⑧ 详见 *Григорьева А. Д.* Слово в поэзии Тютчева. М. , 1980, с. 9.

对丘特切夫诗歌的风格产生了较大的影响，而且已经成为其诗歌风格的一个重要组成部分，因此，很有必要对之进行美学上的深入探讨。

那么，丘特切夫为什么要在自己的诗歌中较多地使用古语呢？首先，这与 18 世纪诗歌（罗蒙诺索夫、杰尔查文等）的影响有关；其次，这与诗人的语言创新有关，用古语的目的是为了以古语的深奥、典雅、具有深刻的文化内涵、尤其是极富形象性来唤起人们的新鲜感；再次，更应该指出的是，这也是丘特切夫诗歌独有的宇宙意识、人类意识乃至全球意识决定的。因为古语有以下几项绝对不可忽视的功能，它有助于诗人更生动、形象地表现自己的宇宙意识、人类意识乃至全球意识。

首先，古语能使诗歌的风格更为典雅。如前所述，丘特切夫的诗歌是一种极具独创性的哲理抒情诗，它思考的是人类的一些普遍问题，表现的是人类心灵共同的困惑，这些问题既是自古以来就存在而一直未能解决的，又是相当严肃和重大的，有着突出的宇宙意识、人类意识乃至全球意识，因此，它特别需要一种相应严肃、深沉、典雅的风格来加以表现。这样，丘特切夫便在其诗歌尤其是思考人类生存与心灵困惑、大自然的奥秘一类的诗歌中较多地使用带来崇高风格的古语。对此，特尼亚诺夫在《论文学的演变》一文中已有所论述："在罗蒙诺索夫的体系中，古语引进高雅的风格，因为在这个体系中，词汇的色彩具有主要的作用（作者借助于教会语言的词汇组合使用古语）。"① 格里戈里耶娃更明确地指出，丘特切夫早年比较喜欢在诗歌中使用斯拉夫教会古语和各类今天已经很少见的古语，这是哲理性主题的需要②，其实，还要补充一句，这也是表现宇宙意识、人类意识乃至全球意识的哲理抒情诗诗歌风格的需要。

其次，古语能更好地表现诗人的文化意识。宇宙意识、人类意识乃至全球意识说到底在某种程度上就是一种文化意识，因为人的独特性在于他所创造的文化，人是一种文化的生物。丘特切夫本身是一个知识极其渊博的人，早在大学时期，他就广泛地阅读了自然科学、社会科学、人文科学的著作，

---

① ［法］托多罗夫编选：《俄苏形式主义文论选》，蔡鸿滨译，中国社会科学出版社 1989 年版，第 103 页。

② 详见 *Григорьева А. Д. Слово в поэзии Тютчева.* М., 1980, с. 41、157—158.

到了被称为德国的新雅典——慕尼黑以后，他更是具备了广泛涉猎以上多方面书籍的条件，而且极其勤奋地阅读。他的朋友对其博学多有评论。如他的好友加加林公爵指出："丘特切夫大量阅读，而且善于阅读，也就是说，他善于选择阅读什么，并从阅读中吸取有益的东西。"[①] 德国著名哲学家谢林更是把他誉为"一个卓越的、最有教养的人，和他往来永远给人以欣慰"[②]。正因为如此，他十分热爱人类的文化。正是他对人类文化广泛的兴趣和非同一般的热爱，使得他终身关注人类的终极问题、思考人在宇宙中的位置、探索大自然的奥秘，从而使诗歌具有突出的宇宙意识、人类意识乃至全球意识。因此，可以说，他那强烈的文化意识正是其宇宙意识、人类意识的具体体现，而这又赋予其诗歌一种极其宏大、开阔的视野和相当的深度，从而达到具有全球意义的高度。他的文化意识在诗歌中又可以分为三种情况：第一，表现为用古语来指称抽象概念（特尼亚诺夫指出："在丘特切夫的体系中，古语还有另外一种功能，就是常常用来代替抽象概念……"[③]），思考人类的本质问题，如《Фонтан》（《喷泉》）：

Смотри, как облаком живым

Фонтан сияющий клубится;

Как пламенеет, как дробится

Его на солнце влажный дым.

Лучом поднявшись к небу, он

Коснулся высоты заветной—

И снова пылью огнецветной

Ниспасть на землю осужден.

О смертной мысли водомет,

① 转引自 ПигаревК. Жизнь и творчество Тютчева, М. , 1962, c. 74.

② 转引自《丘特切夫诗选》，查良铮译，外国文学出版社 1985 年版，第 170 页。

③ ［法］托多罗夫编选：《俄苏形式主义文论选》，蔡鸿滨译，中国社会科学出版社 1989 年版，第 103 页。

О водомет неистощимый!

Какой закон непостижимый

Тебя стремит, тебя метет?

Как жадно к небу рвешься ты!...

Но длань незримо-роковая,

Твой луч упорный преломляя,

Свергает в брызгах с высоты. ①

    诗歌的第一节，描述的是人工的喷泉，因此诗人采用的是从外国引进的常用的、普通的工艺学名词 "Фонтан"（"喷泉"）一词，第二节写的是思想的喷泉，因此诗人为了与这种抽象的东西协调，采用了俄罗斯民族的古语 "водомет"（"喷泉"）和 "длань"（"手，手掌"）一词。全诗是对人类思想的一种哲学思考，诗人认为，人类的思想既强大又无力，尽管它不断飞腾，想要凌云上溯，但只能达到一定的高度，超过这一无形的预定高度，就会被一只无形的命运巨掌打落下来，就像喷泉达到一定的高度就变成水花洒落地面。这种思考是客观、深刻而独特的，具有普遍的哲学意义。第二，表现为对古老文化的敬重，如前述之《罗马之夜》一诗就用了好些古语，如 "град"（"城市"）和 "прах"（"尘土，灰尘"）等，是为了以此与罗马城市几千年的历史协调，造成一种悠远的时间感和历史感，而使用带敬重语气的古语 "почивать"（"安寝，睡觉"），则充分体现了诗人对罗马这一人类古老文化象征的敬重乃至热爱。第三，表现为喜欢使用原始意象（或原型意象）——神话、宗教中的古语（或称典故性的词语），以更契合其诗歌总体对人类和自然、社会深层奥秘的探求：或者以这种原始意象的古语代替日常习见的词，如以 "Аврора"（阿弗罗拉，罗马神话中的司晨女神）代替朝

---

① 此诗见 *Тютчев Ф. И.* избранное, Ростов-на-Дону, 1996, с. 84，中译为："看啊，这明亮的喷泉，/像灵幻的云雾，不断升腾，/它那湿润的团团水烟，/在阳光下闪闪烁烁，缓缓消散。/它像一道光芒，飞奔向蓝天，/一旦达到朝思暮想的高度，/就注定四散陨落地面，/好似点点火尘，灿烂耀眼。//哦，宿命的思想喷泉，/哦，永不枯竭的喷泉！/是什么样不可思议的法则/使你激射和飞旋？/你多么渴望喷上蓝天！/然而一只无形的命运巨掌，/却凌空打断你倔强的光芒，/把你变成纷纷洒落的水星点点。"（曾思艺译）

霞（заря），以"слезы Авроры"（阿弗罗拉之泪）代替露珠（роса）；或者直接使用这类词，如 Геба、Пан、Атлас，这是古希腊神话中的青春女神赫芭、牧神潘、扛天的阿特拉斯，而 Перун 是古斯拉夫神话中的雷袒别隆，Фея 是西欧神话中的仙女菲雅，Элизиум 是古代神话中的乐土，Эдем 则是《圣经》中的伊甸园。这些原型意象的使用，造成了深刻而悠远的文化感，更好地揭示了人类、自然、社会乃至心理的深层奥秘。

再次，使用古语是为了回归词的本源。因为从人类语言的起源来看，原始语言在抒发情感的同时，还具有将经验构造成某种形象性的东西的功用，然而，随着人类抽象概括能力的提高，语言变得越来越抽象化、概念化，渐渐失去其与形象性的天然联系，使用古语，就是为了回归词的本源，恢复语言与形象性的天然联系。具体来看，它有以下几个方面的作用：

第一，可以使诗歌语言更生动更形象。因为古人在发明或创造一个词的时候，由于当时接近于原始思维，因而词语往往具有很强的形象性，然而在长期的运用过程中，一方面由于人们经常运用，对词语的形象性已经熟视无睹，十分麻木，另一方面也由于种种引申义的不断出现，使词语更多地转向抽象和概括，人们已习惯于抽象、概括的词义而慢慢忘却了其原初形象的本意，而在大家都已对一个词语的引申义习以为常而对其本义颇感陌生的时候，使用古语回归词的本源，这是一个既能回归传统、造成悠远的文化感又能使诗歌的语言形象生动的行之有效的好办法。表面上看，这是一种复古，其实它是一种化过分抽象、过分概括的语言为形象的诗意语言的艺术创新。这样，丘特切夫便在诗歌中较多地使用古语以恢复它的原始形象性，如"встать"这一动词在丘特切夫同时代人的观念中，是"начаться"（开始、起源、发端）、"подняться"（扬起来，升起来）之意，而且一般只用于风、暴风雨、波浪等现象，而丘特切夫却把它用于月亮："месяц встал"（月亮站起来），这就返回了该动词的原初意义[1]，使这一同时代人们习以为常的动词显得形象而生动，同时也使诗歌生动而形象。

第二，由此更可以使人产生一种回归文化传统的深度感，从而体现一种

---

[1] 详见 *Григорьева А. Д.* Слово в поэзии Тютчева. М. , 1980, с. 61—62.

真正的现代意识。1948 年诺贝尔文学奖获得者、现代派著名诗人艾略特指出："诗人，任何艺术的艺术家，谁也不能单独地具有他完全的意义。他的重要性以及我们对他的鉴赏就是鉴赏对他和已故诗人以及艺术家的关系。你不能把他单独地评价；你得把他放在前人之间来对照，来比较。"① 这话说出了现当代有识之士的心声。当前，不少有识之士已认识到，作为一个文化的生物，任何一个人都无法摆脱文化传统，我们一生下来就呼吸着文化传统而长大，文化传统无时无刻不在影响我们，尤其是通过我们无法回避的、赖以传达思想的语言时时处处在深深影响我们。因此，从更高层次上回归传统进而发展传统，便成为当代人的一个追求方向。丘特切夫回归词的本源，也就是回归文化传统，在当时及以后一段时间里，尽管有人因此认为他是一个摹古主义者，但从今天的眼光来看，他的这种做法无疑是很有远见，极富现代感的，值得肯定。而且，丘特切夫从词的角度回归文化传统为 20 世纪初的阿克梅派诗人尤其是其中的重要人物曼德尔施坦姆提供了可供效仿的榜样。曼德尔施坦姆写有论文集《词与文化》，并且宣称阿克梅主义就是对世界文化的眷念，这不仅是他对阿克梅派的解释，也是他给诗歌下的定义，他正是以此为指针来进行诗歌创作的。阿格诺索夫等俄罗斯当代学者对此有颇为详细的阐述："1933 年，在列宁格勒自己的诗歌朗诵会上，曼德尔施坦姆给阿克梅主义下了一个广为流传的定义：'阿克梅主义是对世界文化的眷念'。'对世界文化的眷念'这样的定义，揭示出作家本人世界观的本质，并且在很大程度上阐明了他艺术世界的特点。这是透过历史文化的比较和联想，对各个文化历史时代、对现代及其前景进行思索。为此，曼德尔施坦姆积极地将他人的艺术世界引入自己的轨道，换言之，在他的诗中，读者会看见为数众多的借自其他作者（萨福、莎士比亚、拉辛、塔索、但丁、谢尼耶、巴丘什科夫、普希金、莱蒙托夫、丘特切夫、涅克拉索夫、陀思妥耶夫斯基、巴尔扎克、福楼拜、狄更斯），或取自某个文化历史时期（古希腊、古罗马，中世纪，文艺复兴时期，古典主义、浪漫主义）的形象和语句。

---

① ［英］艾略特：《传统与个人才能》，卞之琳译，见赵毅衡编选：《"新批评"文集》，中国社会科学出版社 1988 年版，第 26 页。

诗人还经常使用圣经象征。"① 并且也大量使用古语词。

必须指出的是，丘特切夫所使用的古语往往带有崇高体的特点。他的这一崇高体既是对杰尔查文等人崇高体的继承，又有着较大的发展。别尔科夫斯基指出："他与献身于重大哲学问题的崇高体诗人杰尔查文相联系，同时又进行了有特色的变化。杰尔查文和他的同时代人的崇高体——其优越性是得到教会和国家赞美的官式崇高体。丘特切夫……庄严的崇高体就是生活的真实内容，它全部的热情，它的主要冲突，而不是激励着老一辈颂歌诗人们的官方提倡的信仰原则。俄国 18 世纪的颂体诗实际上是哲理诗，在这方面丘特切夫继承了它，并有一个非常重要的区别：他的哲学思想——是自由的，是间接地暗示事物本身的，而以前的诗人是服从从前留下的律令和众所周知的真理的。"② 在这方面，丘特切夫还启示了 20 世纪俄国著名女诗人茨维塔耶娃，她也像他一样，使用古语词以使诗歌具有崇高体的特点，阿格诺索夫等指出，茨维塔耶娃"将词汇复杂化的办法，是引入极少使用的、经常是陈旧的词和词形，以引起对过去时代的'崇高语体'的联想"③。

三是大胆地以两个现有的词组合成一个新的词。丘特切夫在这方面的创新，主要体现在形容词上。为了表达思想和感情的需要，也为了造成陌生化的艺术感觉，丘特切夫还大胆地对语言进行艺术加工——以两个现有的词组合成一个新的词。它又可分为两种类型：

第一，两个性质较为接近的词组合成一个新词。或以两个表颜色的词组合成一个表颜色的新词，以表现颜色层次的丰富性（在某种程度上也表现了诗人情感的细腻性与丰富性），如 "темно-зеленый" 就是由 "接近黑色的、深色的" 和 "绿色的" 两个词组成，"бледно-зеленой" 也是由 "苍白的、淡白的、浅色的" 和 "绿色的" 两个词组成；或以一个表声音或其他状态的词和一个表颜色的词组合成一个新词，如 "звучно-ясный" 由表声

---

① ［俄］阿格诺索夫主编：《20 世纪俄罗斯文学》，凌建侯等译，中国人民大学出版社 2001 年版，第 224 页。

② Берковский Н. Я. Ф. И. Тютчев. *Тютчев Ф. И. стихотворения*, М. -Л. , 1962, c. 19.

③ ［俄］阿格诺索夫主编：《20 世纪俄罗斯文学》，凌建侯等译，中国人民大学出版社 2001 年版，第 249 页。

音的词"响亮的、洪亮的"和表颜色程度的词"光亮的、明亮的"组成，"пышно-золотого"则由"华美的、豪华的"和"金色的、金黄色的"组成；或以两个表性质或状态的词组合成一个新词，如"ласково-ручной"由"温柔的、温存的"和"手的、恭顺的"组成，"грустно-сиротеющий"、"гордо-молодой"、"богохульно-добродушно"、"болезненно-греховной"分别由"忧郁的、愁闷的"和"孤苦无依的、冷清的"、"自豪的、高傲的"和"年轻的、新生的"、"上帝所喜悦的"和"好心肠的、温厚的"、"有病的、病态的、痛苦的"和"有罪恶的、罪孽的"组成。这类组合而成的新词在丘诗中最为常见。这种组合，体现了诗人对世间事物和人的情感观察的细致和体察的细腻，在语言上也新颖有趣。

第二，两个相距甚远的词组合成一个新词，这最能体现诗人的大胆独创，特尼亚诺夫曾对此作出过高度评价①。如"незримо-роковая"由"看不见的、不现形迹的"和"命中注定的、致命的"几乎风马牛不相及的两个词组合成一个新词②，其他如"болезненно-яркий"、"волшебно-немой"、"бешено-игривый"，分别由"病态的、虚弱的"和"明亮的、光明的"、"魔法的、玄妙的"和"哑的、沉默的"、"疯狂的、激烈的"和"贪玩的、顽皮的"等相距较远的词组成。特尼亚诺夫最为击节赞赏的是丘诗中的这样两个新词："дымно-легко"和"мглисто-лилейно"，他认为它们分别是由两个相反的词"冒烟的、有烟的、像烟一般的"和"轻的、轻盈的、淡薄的"、"有雾的、雾沉沉的、烟雾弥漫的"和"洁白如百合的、白而嫩的"而构成，充分体现了丘特切夫的大胆创新。③ 这两个词的确极其出人意料，相当大胆而极具新意，它出现在丘特切夫的《"昨夜，在醉人的梦幻中"》一诗中，描写黎明时光明进入室内的情景，由于极具独创性和新颖性，这两个词尤其是后一个词几乎无法以词的形式完美地译成中文，查良

---

① 详见 *Тынянов Ю.* История литературы. Критика. СПБ., 2001, с. 392—393.
② 详见 *Тынянов Ю.* История литературы. Критика. СПБ., 2001, с. 393。在该页，他还列举了其他一些这类组合，如"опально-мировое"、"мирно-боевой"、"блаженно-рокового"、"томно-озаренны"、"пророчески-прощальный"、"радостно-родное"、"кроваво-роковые"等等。
③ *Тынянов Ю.* История литературы. Критика. СПБ., 2001, с. 393.

铮先生译为"烟一般轻"、"幽洁如百合"①，朱宪生先生译为"轻如烟雾"、
"洁如百合"，后者译得似乎更为准确一些。② 这种似乎以强力把不同的词扭
合成一个新词的方法，奇特而新颖，体现了诗人那万物无间的思想。

　　四是取消动词，以名词或名词性的词语组合成诗。如前述之《海浪和
思想》纯粹以名词性的词语组合成诗，而无一个动词。这种手法，在比较
自由、最适合写诗的汉语中都不多见，中国诗史也仅寥寥数首，较早的有王
维的《田园乐七首》其五："山下孤烟远村，天边独树高原。一瓢颜回陋
巷，五柳先生对门。"然后是元好问的《杂著》："昨日东周今日秦，咸阳烟
火洛阳尘。百年蚁穴蜂衙里，笑煞昆仑顶上人。"白朴的《天净沙·春》：
"春山暖日和风，阑干楼阁帘栊，杨柳秋千院中。啼莺舞燕，小桥流水飞
红。"最著名的当推马致远的《天净沙·秋思》："枯藤老树昏鸦，小桥流水
人家，古道西风瘦马。夕阳西下，断肠人在天涯。"在向以逻辑严密著称、
极其重视和讲究语法的西方，尤其是以科学的理性和逻辑的严密著称的19
世纪，丘特切夫这种超越语法和常规用法的大胆创新，简直是石破天惊之
举。这种方法，超越了语言的演绎性和分析性，省略了动词乃至某些关联词
语，在语言表现形态上打破了常态的逻辑严密，甚至完全不合一般的语法习
惯与规范，而仅以情意贯穿典型的意象与画面，造成句法上的空白，形成一
种艺术性的模糊效应，充分体现了意象的鲜明性、暗示性，内涵的含蓄性，
更体现了语言的陌生化与创新性，因而更符合诗歌重视陌生化、鲜明、形象，
强调富有余味的审美本质。由此，也说明丘特切夫的确实现了自己提出的要
解放语言的主张，说明他确有挑战传统语法、立意创新的过人胆识和能力。

　　正因为上述原因，丘特切夫的词语完全被诗化了，充满了思想感情。阿
克萨科夫曾精辟地指出："在丘特切夫那里，词语的实体本身似乎失去了自
己的物质性……词语的实体在某种程度上充满了崇高的精神，变得透明了。
他的诗歌整个儿颤动着思想和感情。"③

---

① 《丘特切夫诗选》，查良铮译，外国文学出版社1985年版，第66页。
② 《丘特切夫诗全集》，朱宪生译，漓江出版社1998年版，第180页。
③ *Аксаков И. С.* Федор Иванович Тютчев(Биографический очерк). *Тютчев Ф. И.* Избранное, М.,
1985, c. 345.

第六章

丘特切夫的创作个性与
艺术风格

如前所述，在俄国诗歌史乃至俄国文学史上，丘特切夫占有一席相当重要的地位，这在俄国已成为文学史的基本常识，在当代也得到了世界的公认。而丘特切夫在俄国文学史上的重要地位，取决于体现了其独特创作个性和艺术风格的诗歌创作。下面，我们将结合其生平、家庭、社会、文化环境及诗歌创作等，比较全面、系统地研究其创作个性和艺术风格。

第一节　丘特切夫的创作个性

正如第二章第二节所述，丘特切夫的《诗》一诗可以说是他的创作宣言。作为一个终身处在"双重门槛"、被"两个无极，两个宇宙"固执地捉弄不休的人，丘特切夫心灵中有着非同一般的矛盾冲突，而诗正是他尽情表现内心的矛盾激战、宣泄难以忍耐的沸腾激情的最好手段，她不仅能很好地表现他对世界的哲学思考，而且能为他带来安详、宁静、和谐和永恒的美。因此，对于丘特切夫来说，诗在某种意义上，就是心灵的表现、个性的表现。丘特切夫的个性，具有复杂性：一方面他敏感孤独，富有想象力，热爱美，追求艺术，强调和谐，喜欢宁静；另一方面，他又热情洋溢，爱好交际，渴望骚动，歌颂混乱，描写使人心灵骚动不宁的黑夜。丘特切夫是一个个性分明、思想深邃的诗人，凡事都力求有自己独到的思索和追求，他致力于探索自然、生命、心灵之谜，而且终生乐此不疲，并且，在创作上有着强烈而稳定的自我意识，如他面对普希金诗歌创作的高峰，产生了"影响的焦虑"，在心灵深处把普希金当做一个竞争者①，力求超越他而发出自己的声音，因此，独辟蹊径，倾全部心血与毕生精力创作哲理抒情诗，把深邃的哲理、独特的形象（自然）、丰富的情感、瞬间的境界完美地融为一体，从而开创了俄国诗歌中与普希金的抒情诗分庭抗礼的哲理抒情诗，甚至形成了俄苏诗歌中的"丘特切夫流派"，在俄苏诗歌史上影响深远。而"强烈的、稳定的'自我意识'是创作个性走向成熟的一种标记，它曲折地表现着主体与社会环境的种种联系和关系；它既是创作个性一项核心的内容，也经常是创作个性外在表现的一个动因。"② 在这一过程中，丘特切夫也形成了自己独特的创作个性。

创作个性是在生活个性的基础上，诗人的人格素质和审美理想在艺术规律制约下所形成的艺术独创性。生活个性即个性，是一个人在普通生活中独特的人格素质，是足以使某一个体成为该个体的一系列生理、心理、社会的稳定特点的综合。关于个性的形成与发展，在心理学史上曾经有两个派别，两种截然不同的观点。一派是生物决定论。该派的观点是："人的个性发展是受生物因素，主要是受遗传因素决定的。因此，个性发展具有天生的（自决的）性质。"③ 一派是社会决定论，这派的观点认为："个性的发展是周围社会环境直接作用的结果，是环境的模塑品。"④ 但现在一般认为，个性是遗传、环境和自身主体性相互作用的结果。创作个性尽管远较人的个性更为心灵化也更为复杂化，但大体上也是上述三种因素融合的结晶——童庆炳先生等指出："创作个性是作家在创作实践中养成并表现在他的作品中的性格特征。这种性格特征，是作家的世界观、艺术观、审美趣味、艺术才能

---

① 详见曾思艺：《丘特切夫诗歌研究》，湖南文艺出版社 2000 年版，第 214—225 页。
② 刘烜：《文艺创造心理学》，吉林教育出版社 1992 年版，第 366 页。
③ ［俄］彼得罗夫斯基主编：《普通心理学》，朱智贤等译，人民教育出版社 1981 年版，第 139 页。
④ ［俄］彼得罗夫斯基主编：《普通心理学》，朱智贤等译，人民教育出版社 1981 年版，第 140 页。

及气质秉赋等综合形成的一种习惯性行为方式的表现。它制约和影响着文学风格的形成和表现。"① 下面，我们拟围绕遗传、环境、主体三个方面，对丘特切夫创作个性的形成原因及特点，加以全面而深入的探讨。

首先，与其家庭遗传有关。这是决定诗人创作个性的先天因素。丘特切夫的父亲伊万·尼古拉耶维奇·丘特切夫（1776 年—1846 年）受过新式教育，是一个富于理性的人，以平静、健全的眼光看待事物，性情温和，十分善良，具有高洁的道德情操，赢得了人们普遍的敬重。丘特切夫也非常敬爱自己的父亲。他现存最早的一首诗——七岁时创作的《致亲爱的老爸》，就是献给父亲该年 10 月 12 日寿辰的礼物。诗中不仅表达了诗人对父亲的热爱，也写出了父亲的性格特点：

> 在这个幸福的日子里，
> 儿子能给你怎样的贺礼！
> 送一束鲜花——但花已谢，
> 草地和山谷已是一片枯萎，
> 我能否献上一首诗歌？
> 于是我便向心灵求助。
> 我的心灵这样回答：
> 在一个幸福的家庭里，你——
> 最温存的丈夫，最慈祥的父亲，
> 善良的好朋友，不幸的保护者，
> 祝愿你的宝贵的岁月永远长流！
> 你打骂过的孩子用爱包围着你，
> 你会看见你的周身环绕着欢乐。
> 你就像太阳一样微笑着，
> 用那充满活力的光芒

---

① 童庆炳主编：《文学理论教程（修订本）教学参考书》，高等教育出版社 2002 年版，第 252 页。

从高天注视着地上的花朵。①

丘特切夫的母亲叶卡捷琳娜·里沃芙娜·丘特切娃（1776 年—1866 年，娘家姓托尔斯泰，列夫·托尔斯泰与诗人丘特切夫是第六代表兄弟，同时也是著名诗人普希金的远房表侄②），是一位具有非凡智力而又有点神经质的女性。她身材瘦削，生性抑郁，有一种发展到近乎病态的想象力。③

母亲的遗传给予丘特切夫的东西更多一些，如身材不高，比较干瘦，身体虚弱，尤其是特别敏感，智力出众，想象力超群（皮加列夫指出："小男孩生活在想象世界里，对于他来说，似乎在幻想和现实活动之间不存在界限"④）以及某种程度的抑郁。但父亲的善良、开朗、乐观，也为他的人生注入了一种非常有益的遗传素质。而"一个人出生时固有的这种稳定的心理特性就是气质特性。"⑤ 因此，正是父母亲遗传素质的共同作用，形成了诗人那独特的性格气质。

根据古希腊医生希波克拉特和古罗马医生盖伦的气质说，人体内的四种体液——血液、黏液、黄胆汁、黑胆汁——所占比例的各不相同，便构成气质的四种类型：体液混合比例中血液占优势的为多血质，其特点是热忱、活泼、好动、敏捷、兴趣广泛、情感丰富、外倾但不强烈并易于变化；黏液占优势的为黏液质，其特点是沉静、稳重、迟缓、寡言、能忍耐、情感几乎不外露、注意力稳定但难于转移；黄胆汁占优势的为胆汁质，其特点是精力旺盛、动作敏捷、易于冲动、情绪强烈而迅速地表现在言语、面部表情及姿态上，常常性急，有时甚至暴躁，有狂暴情绪爆发的倾向；黑胆汁占优势的是抑郁质，其特点是孤僻、落寞、行动迟缓、情绪体验不活跃但深刻有力且持

---

① 《丘特切夫诗全集》，朱宪生译，漓江出版社1998 年版，第1—2 页。

② 详见 *Кожинов В. В.* Тютчев. М. , 1988, с. 29.

③ 详见 *Аксаков И. С.* Федор Иванович Тютчев(*Биографический очерк*). Тютчев Ф. И. избранное, М. , 1985, с. 301.

④ *Пигарев К.* Жизнь и творчество Тютчева, М. , 1962, с. 9.

⑤ ［俄］彼得罗夫斯基主编：《普通心理学》，朱智贤等译，人民教育出版社1981 年版，第444 页。

久、情感内向、善于觉察别人不易觉察到的细微事物。① 当然，事实上大多数人是以一种气质为主导，同时掺和了其他气质特征。

如前所述，丘特切夫的性格气质颇为复杂。一方面，他感情丰富，满腔热情，敏感而又好动，兴趣广泛，追新求异（这也可能与其家庭遗传有关，丘特切夫的祖先是意大利人，在13世纪同马可·波罗一起外出旅游，来到并定居于俄国②，而意大利人的一大特点是热情洋溢，敏感好动，追新求异）。丘诗的一大特点，就是丰富的情感。皮加列夫称丘特切夫为"抒情歌手"，列夫·托尔斯泰常在所读的丘诗旁边标上俄文字母，以记录自己的感受，其中最常见的一个字母是"Ч"（俄文"чувство"的简写），意即"感情丰富"。这丰富的情感，首先表现为对小至沙粒、大至星空的世间万事万物的热爱（如大地母亲、夜晚的海洋、春雨、新叶、宇宙……），以及对人的爱与同情——不仅爱兄弟、朋友、恋人，而且爱苦难的人民，对他们的不幸与悲惨遭遇表示极大的同情（《"穷困的乡村"》、《归途中》、《"世人的眼泪"》、《给一个俄罗斯妇女》）；其次，表现为诸种感情的综合：喜气洋洋与毫无希望、强烈的兴奋与感情的麻木……以及脱离人群、孤独地沉溺于内心生活与对人的爱与同情；再次，表现为精细地展示同一情感的细微差别，如"思念"是"热烈的"、"炽热的"、"醉心的"、"迟钝的"、"难以言喻的"、"充满希望的"、"绝望的"。丘特切夫兴趣广泛，不仅热爱文学和政治，还广泛钻研了自然科学、哲学、历史、宗教等方面的著作。而且，他总是追求新的体验，经常一有机会就外出旅行——到外国去，或到大自然中去，甚至为此不断追求女性，在诗歌创作方面也不断有新的追求。另一方面，丘特切夫又性格内向，孤僻落寞，情绪体验深刻有力而又持久，总是试图躲进自己的内心去体验一切，并且有惊人敏锐、极其细致的观察能力。其性格的内向、孤僻，从前述之《沉默》、《"我的心是灵魂的乐土"》等表现他希望沉溺于内心的诗中可见一斑，从其诗歌爱用的色彩上亦可看出。刘烜先生指出："在影响色彩嗜好的种种因素中，性格与色彩嗜好的关系，特别

---

① 参见王克俭：《文学创作心理学》，中央民族大学出版社1997年版，第94页。
② *Пигарев К. Жизнь и творчество Тютчева*, М., 1962, с. 7. 注释2。

引人注目。一般地说，性格外向的人，大多喜欢赤色、黄色等暖色系统的色彩；性格内向的人，较多喜欢绿色、青色等冷色系统的色彩。"① 我们发现，丘特切夫青年以后，最喜欢用的色彩是黑色、绿色、蓝色、铅灰等冷色系统，充分体现了他那比较内向的性格气质。应该指出的是，这种内向的气质在丘特切夫的气质中似乎占主导方面（因为随着年龄的增加，丘特切夫更沉入内心，也更孤独）。

由上可知，丘特切夫的气质应属以抑郁质为主而又带有多血质特点的一种复合型气质，也就是说，他的气质以抑郁质为主，同时又掺和了多血质在其中。因此，他的性格中内向型的东西更多一些，外向型的东西则相对来说少一些，而且越到晚年，他越是喜欢潜入内心，躲进自然，去细细观察，深入思考，探索人、自然、生命、心灵之谜。

后天的因素则更进一步强化了这种气质特征。丘特切夫出生于一个古老的贵族家庭，家境富裕，在俄国的奥尔洛夫省勃良斯基县奥甫斯图格村拥有庄园和田地，在莫斯科近郊特罗伊茨基的亚美尼亚胡同第 11 号有自己的住宅。富裕的家境，使丘特切夫自幼受到良好的文化教育，很早就有阅读的嗜好，也很早就学会了法语。"对诗人的成长起决定作用的是母亲。"② 这不仅是指如前所述母亲的遗传因素铸造了诗人以抑郁质为主的性格气质特征，更是指母亲对儿子教育的关心与精心安排。

丘特切夫的母亲十分关心孩子的教育问题，很早就培养了丘特切夫对阅读的嗜好和对法语的纯熟。丘特切夫的同乡、著名文学评论家列夫·奥泽罗夫指出："然而，他母亲希望，她的儿子首先要很好地懂得俄语。"③ 的确，她更重视的是孩子对俄语的学习及其他方面的学习。于是，当时著名的诗人、翻译家、对古希腊哲学和德国哲学造诣颇深的拉伊奇被请来担任孩子的家庭教师。

拉伊奇（1792 年—1855 年），原名谢苗·叶戈罗维奇·阿姆菲捷阿特罗夫，生于奥尔洛夫省克罗姆斯基县一个神甫家庭。在宗教学校毕业后，移

---

① 刘烜：《文艺创造心理学》，吉林教育出版社 1992 年版，第 318 页。

② *Кожинов В. В.* Тютчев. М., 1988, с. 27.

③ *Озеров Л.* Галактика Федора Тютчева. *Тютчев Ф. И.* Стихотворения, М., 1985, с. 8.

居莫斯科，在莫斯科大学附属的寄宿学校担任语文教师，著名诗人莱蒙托夫是其学生之一。拉伊奇精通希腊语、拉丁语、意大利语，长期研究古希腊和德国的哲学，对希腊神话也造诣颇深。他曾是"幸福同盟"的成员，思想进步，诗歌创作继承了公民抒情诗的传统。十二月党人起义失败后，他安于现实，转向茹科夫斯基的诗歌原则，更多地致力于诗歌创作新形式的探索，在民歌的基础上对韵律和诗节进行大胆、有益的尝试。他先后钻研过古罗马作家和意大利的语言和文学，翻译了古罗马著名诗人维吉尔的《农事诗》、意大利诗人阿里奥斯托的《疯狂的罗兰》、塔索的《解放了的耶路撒冷》，塔索这一著名长诗的翻译给他带来了极大的声誉。在近八年的时间（1812 年—1819 年）里，具有哲学、文学、语言学等方面高度修养和水平的拉伊奇，把俄国和世界最优秀的文学作品介绍给丘特切夫，为他讲解古希腊和德国的哲学，尤其是谢林的哲学著作，并向他传授诗歌的秘密。拉伊奇的教育，一方面大大提高了丘特切夫对俄语的热爱及俄语的水平，另一方面，又以其哲学观念，加深了丘特切夫对大自然与哲学的爱好，并和诗人从小就深受其影响的带冥想性质的东正教一起，强化了他的沉思、深刻体察的抑郁质气质特征。

1819 年秋，丘特切夫进入俄国的最高学府莫斯科大学，读的是语文系。当时，"莫斯科大学不仅是一个重要科学中心，而且还成了重要社会生活中心。"① 这里，学术空气相当浓厚，各种思想十分活跃。"在莫斯科大学，（19 世纪）10 年代末 20 年代初产生了许多各种各样的小组和青年协会"②，"他们的宗旨是为了促进他们自己圈子里成员的精神、艺术（或文学）的知性发展"③。其中颇为著名的有 1819 年成立的拉伊奇小组，包括丘特切夫、安德烈·穆拉维约夫、奥陀耶夫斯基、舍维廖夫、波戈金等；和从 1817 年就团结在莫斯科大学语文系教授阿列克赛·费多罗维奇·梅尔兹利亚科夫（1778 年—1830 年）周围的小组（梅尔兹利亚科夫戏称为"我的小小的科

---

① 苏联科学院历史所列宁格勒分所编：《俄国文化史纲（从远古至 1917 年)》，张开等译，商务印书馆 1994 年版，第 276 页。

② *Кожинов В. В. Тютчев. М.*, 1988, c. 71.

③ ［美］拉伊夫：《独裁下的嬗变与危机——俄罗斯帝国二百年剖析》，蒋学祯、王端译，学林出版社 1996 年版，第 98 页。

学院"），包括丘特切夫、霍米雅科夫、韦涅维季诺夫、基列耶夫斯基兄弟等人。丘特切夫积极参加各种文化思想活动，尤其是文学活动，大量阅读自然科学、社会科学、人文科学方面的书籍，并与老师和同学讨论这些方面的诸多问题。在这学习和讨论的过程中，他性格中多血质的一面得以强化，与外界交往的能力也得到发展。

1822 年 6 月，丘特切夫作为俄国驻巴伐利亚慕尼黑外交使团的工作人员，来到德国，从此开始了长达 22 年的国外生活。他两次结婚，娶的都是德国世袭名门望族的女子。通过妻子的关系，丘特切夫与当地上流社会过从甚密。而且，当时的慕尼黑，被称为德国式的新雅典。尤其是 1825 年 10 月，巴伐利亚新国王路德维希——这位具有良好文艺、科学素养的年轻君主继位后，竭力提倡文艺与科学，把兰茨胡特大学迁到慕尼黑，大加整顿、扩充，并采取一系列措施，兴办教育，发展科学，繁荣文艺，一时之间，许许多多的作家、艺术家、哲学家、科学家纷纷迁居此地，与此同时，慕尼黑又拥有出色的美术馆、博物馆、图书馆。在慕尼黑，丘特切夫通过妻子的关系，进入了当地的上流社会，在他的客人中，有许多著名的德国诗人、学者、演员。这种富有高度文化修养的交往，不仅使丘特切夫大开眼界，获得了人文科学、社会科学和自然科学方面的许多知识和信息，也进一步强化了他喜好交往、敏捷好动、兴趣广泛的多血质的一面。不过，与此同时，强调观察自然、与自然同一的谢林哲学的深刻影响，又使他那抑郁质的气质暗暗深化：喜好孤独地潜入内心和自然之中，厌恶人群。

1850 年，丘特切夫与斯莫尔尼学院（他的两个女儿在那里读书，他经常去看望她们）副院长的侄女杰尼西耶娃开始了长达 14 年的婚外热恋[1]，

---

[1] 关于丘特切夫认识杰尼西耶娃的时间，苏俄学者有不同的观点，列夫·奥泽罗夫认为："丘特切夫在 1850 年与叶莲娜·阿列克山德罗芙娜·杰尼西耶娃认识，那时，他正处在自己生命的第 48 个年头"，详见 Озеров Л. Галактика Федора Тютчева. Тютчев Ф. И. Стихотворения, М., 1985, c. 11；而诗人的外孙、著名丘特切夫研究专家皮加列夫则认为："杰尼西耶娃何时开始强烈吸引丘特切夫，已不得而知。她的名字首次出现在丘特切夫的家庭便签上，是在 1846 年和 1847 年"，详见皮加列夫 Пигарев К. Жизнь и творчество Тютчева, М., 1962, c. 146。皮加列夫之说有根有据，当以其说为是。但诗人与杰尼西耶娃产生热恋的时间，则公认是在 1850 年，这有诗人创作的诗歌为证。

生下了一个女儿、两个儿子。正如列夫·托尔斯泰在其名著《安娜·卡列尼娜》中所揭露的那样，上流社会允许偷鸡摸狗，却容许不得真正的爱情。一时之间，舆论大哗，道貌岸然的上流社会作正人君子状，群起而攻之，社交的大门也对诗人和杰尼西耶娃相继关闭。但舆论的压力更多地落在女方的头上，诗人在《"你怀着爱情向它祈祷"》一诗中生动而又深刻地写道：

> 你怀着爱情向它祈祷，
> 它在你心中像一件圣物，
> 然而命运却把它交给
> 世人的流言任意凌辱。
>
> 没有人能阻挡那一群人
> 冲进你的心灵的圣殿，
> 因此你感到那内心的秘密
> 和膜拜，都已经无可栈恋。
>
> 啊，但愿你心灵的翅翼
> 能超越世人之上翱翔，
> 从而把它救出这种迫害——
> 这社会的永恒的诽谤！①

虽然两人十分痛苦，但爱情并未有丝毫的减弱。这场被诗人称为"最后的爱情"的漫长恋爱，既给予诗人极大的幸福，也给他带来了极大的痛苦（在《最后的爱情》中他写道："哦，最后的爱情啊！你的激荡/竟如此幸福，而又如此绝望！"），尤其是社会舆论的压力，使诗人更厌恶人群而潜入内心，甚至希望离开人间，奔向永恒的纯美世界，他在1861年的《"尽管在山谷里筑起了小巢"》一诗中写道：

---

① 《丘特切夫诗选》，查良铮译，外国文学出版社1985年版，第118页。

尽管在山谷里筑起了小巢，

但有时，我也能感受到

在山顶上奔流的空气，

是多么的爽神美妙——

我们的心胸多么渴望

冲破这浓厚云层的封闭，

远离这窒息心灵的大地，

在高山上轻松自如地呼吸。

我久久久久地凝望

那高插云霄的山峰——

怎样的甘露和清凉

从那里汩汩地向我们奔涌。

忽然它们那纯洁的白雪上

有什么火焰般灿烂晶莹：

那是天使的翅膀

悄悄滑过戴雪的峰顶……①

　　从1864年开始，丘特切夫进入了相当痛苦的晚年。1864年8月，杰尼西耶娃在饱尝人世的排斥和打击后因病去世，丘特切夫受到巨大打击（他在她出殡后的第二天给 A．Н．格奥尔吉耶夫斯基写信说："一切都完了——昨天我们把她埋葬了。这究竟是怎么回事？发生了什么事情？我这是在给您写什么——我不知道……对于我来说，一切都死去了：思想，感情，记忆，一切……"②），健康状况从此显著恶化。1865年，他与杰尼西耶娃所生的大女儿叶莲娜病死（14岁）、儿子尼古拉夭折（一周岁）。1866年，90岁的母亲仙游。1870年，长子德米特里及唯一的兄弟尼古拉（哥哥）逝世。

---

① 曾思艺译自 *Тютчев Ф. И.* избранное, Ростов-на-Дону, 1996, с. 189.
② 转引自 *Пигарев К.* Жизнь и творчество Тютчева, М. , 1962, с. 169.

1872 年，女儿玛丽娅·比雷列娃死于肺病。这接二连三的打击，使诗人更趋抑郁，情绪也更悲观，几乎完全沉迷于内心。

丘特切夫以其执著探索人生、自然、心灵奥秘和刻意追求艺术和美的主体个性，融会上述先天因素和后天环境的影响，形成了如前所述的哲学观与悲剧意识，并在此基础上形成了独特的创作个性：兼有多血质与抑郁质而以抑郁质为主的艺术气质，优雅、爱美、求新、深刻、沉郁的性格，敏感而富于想象，思想深邃，认为诗应植根大地尤其是表现心灵，特别善于抒写人类痛苦的一面，富有悲剧美（这，有点类似我国现代文豪鲁迅先生）。

这里尤其要指出的是，诗人童年的经历对其后来的创作有非常大的影响。"心理学的研究表明：童年是一个人成长道路上的里程碑，人的气质个性往往是在童年时形成或初具形态的。苏联作家巴乌斯托夫斯基在其《金蔷薇》中指出：'写作，像一种精神状态，早在他还没有写满几令纸以前，就在他身上产生了，可以产生在少年时代，也可能产生在童年时代……对生活，对我们周围一切的诗意的理解，是童年时代给我们的最伟大的馈赠。如果一个人在悠长而严肃的岁月中，没有失去这个馈赠，那他就是诗人或作家。'童年的体验总是在艺术家的心灵中留下深刻的印象，成为他体验储备中最深最醇的宝藏。"[1] 刘烜先生更是直接指出，童年印象或童年经历之所以重要，是因为：首先，童年印象是具体、真切的；其次，童年印象是新奇的；第三，童年印象是强烈的，经久不忘的。[2] 在丘特切夫的童年，至少有以下几件事在其创作中留下了深深的痕迹。

第一，襁褓中弟弟的夭折。丘特切夫的三个弟弟谢尔盖、德米特里、瓦西里都死在婴儿期[3]。这一连串的死亡给诗人以极大的震撼，使诗人幼小的心灵过早地感受到死亡的阴影，以致到 1849 年 6 月 13 日，他在写于故乡的《"就这样，我又和您见面了"》一诗中，还特意提到"就像我那死在襁褓里的小弟弟"一事，相隔四十余年，印象还这么深，足见此事对诗人童年的心灵影响之大。这件事再加上 1812 年的莫斯科大火、战争中众多人们的死

---

[1] 童庆炳主编：《现代心理美学》，中国社会科学出版社 1999 年版，第 77 页。
[2] 详见刘烜：《文艺创造心理学》，吉林教育出版社 1992 年版，第 259—260 页。
[3] *Пигарев К.* Жизнь и творчество Тютчева, М., 1962, c. 8. 注释 5。

亡以及他爱读的古希腊罗马文学中大量的死亡描写，强化了诗人童年对死亡的印象，以致在童年时代他不仅喜欢游观曾经发生过长久鏖战的武西日古城，而且尤其喜欢在黄昏时候到乡村公墓间流连忘返。这样，死亡很早就成为诗人的一个情结，12 岁就写出了颇具死亡意识的《一八一六年新年献辞》。此后，其诗歌创作的一个极其重要的主题就是死亡。死亡意识甚至使得他在晚年趋向悲观，更多地抒写富于悲剧性的情感。

第二，1812 年的卫国战争。1812 年卫国战争开始时，丘特切夫只有九岁。在战乱之中，大人和小孩都过着紧张的生活，丘特切夫一家在雅罗斯拉夫尔度过了动荡不安的时期，而他们在莫斯科近郊特罗伊茨克住宅里的东西被洗劫一空。著名作家茨威格指出："一个人在童年所耳濡目染的时代气息已融入他的血液之中，是根深蒂固的。"童年所经历的战争事件对丘特切夫产生了极大的影响：一是造成了他从此具有的终其一生对动乱的敏感，使他在成年时期的诗歌尤其是写于欧洲的诗歌中，以极其敏锐的预感，觉察出巨大的动乱和变革的即将来临，革命导师列宁之所以特别欣赏丘特切夫的诗歌，除了其诗歌思想的深刻、艺术的精湛外，一个重要的原因是："他谈到了这个天才诗人的原始的反抗性，恰恰是预感到当时在西欧业已酝酿成熟的伟大事件的到来"[1]；二是燃起了他对祖国的热爱之情，这甚至成为他晚年变为斯拉夫主义者的重要原因，列夫·奥泽罗夫指出："'无论在丘特切夫身上，还是在所有他的同龄诗人的身上，难道不是这些童年的印象，燃起了那种对俄罗斯的顽强的、炽热的爱——这种爱在他们的诗中呼吸着，后来已经是任何生活环境也无法扑灭的了？'诗人的传记作者阿克萨科夫这样写道。难道不正是当时在诗人心里产生了后来体现在《'穷困的乡村'》、《'凭理智无法理解俄罗斯'》和别的一些献给俄罗斯和她的历史命运的诗篇中的一部分深藏于内心的题材？"[2]

第三，远祖扎哈利伊的影响。丘特切夫的一位远祖扎哈利伊·丘特切夫是库里科沃战役功勋卓著的英雄之一。库里科沃位于顿河和涅普列德瓦河地

---

[1] 转引自《丘特切夫诗选》，查良铮译，外国文学出版社 1985 年版，第 180 页。

[2] *Озеров Л.* Галактика Федора Тютчева. Тютчев Ф. И. Стихотворения, М., 1985, с. 7.

区，1380 年 9 月 8 日，莫斯科大公德米特里·顿斯科依率军在此与金帐汗国马麦的军队激战，大获全胜，对俄罗斯从蒙古鞑靼人桎梏中解放出来起了重大作用，这是俄罗斯历史上的重大事件之一，诗人的这位远祖因此而名垂青史。他的英雄事迹激励着丘特切夫从小就向往建功立业。

第四，拉伊奇等的教育。拉伊奇担任丘特切夫家庭教师的近八年时间，正是诗人 8 至 16 岁这段时间，"美国作家凯瑟曾指出：8 岁到 15 岁之间是一个作家一生的个性形成时期，这个时期他不自觉地收集艺术的材料，他成熟之后可能积累许许多多有趣而生动的印象，但是形成创作主体的材料却是在 15 岁以前获得的。现代心理学证明：作家艺术家的这种经验之谈是合乎科学的。在心理学领域中，各派心理学家之间尽管有许多分歧，但都十分重视童年经验对个人成长的意义，认为童年时期的经验，特别是那些印象深刻的经验往往给艺术家的一生涂上了一种特殊的基调和底色，并在相当程度上决定着艺术家对于创作题材的选择。"[1] 拉伊奇为诗人描述的艺术与美的境界和天高地阔的哲学境界，是诗人一生都在努力追求与极力达到的一种境界。他和梅尔兹利亚科夫为诗人大力介绍的一方面渴求建功立业另一方面又极力追求美、追求宁静与和谐的古希腊罗马文学与哲学，再加上他初步介绍、后来诗人亲自接触并影响其终生的推崇美、提出"纯艺术论"、强调矛盾对立通过斗争复归和谐同一的谢林同一哲学的影响，形成了诗人后来那终生矛盾的艺术个性：既奔向崇高甚至悲壮，向往阔大、丰盈的人生境界，又极力追求艺术与美，渴望宁静与和谐。

第二节　丘特切夫的艺术风格

"风格"一词，源于希腊文（stylos），后来进入拉丁文（stylus），含有"锥子"、"木堆"、"石柱"、"雕刻刀"之意，以后渐渐引申出"写字的方

---

[1] 童庆炳主编：《现代心理美学》，中国社会科学出版社 1999 年版，第 80 页。

法"的意思，到公元前 2 世纪罗马喜剧作家泰伦斯和公元前 1 世纪罗马著名作家西塞罗等人的著作中，"风格"又引申为"以文字修饰思想和说服他人的一种语言方式和演讲技巧"，后来进而引申出"写作的风度"、"作品的特殊格调"、"伟大作家的写作格调"、"艺术作品的气势"等意思，并成为一个国际性的科学术语，英文称之为 style，法文称之为 style，俄文称之为 стиль。在我国，"风格"一词最早用于品评人物，出现在魏晋时期："风"是风采、风姿，指人的体貌；"格"则指人格、德性；"风格"合指人在风度、品格方面所表现出来的全面的综合特点。刘勰的《文心雕龙》最早将风格概念引入文艺理论和文学批评，其《议对》篇说应劭、傅咸、陆机三人的作品虽然各有其所长和不足，但总的看来："亦各有美，风格存焉"；其《夸饰》篇指出："虽《诗》、《书》雅言，风格训世，事必宜广，文亦过焉。"此后，"风格"越来越多地用于品评文艺，到唐代更是得到了极为广泛的运用，而且出现了司空图《二十四诗品》这样影响深远的风格理论著作。

尽管"风格"在西方和我国都历史悠久，著作甚多，但直至今日，对于"风格"的内涵，国内外学者尚未有比较统一的意见，仍然存在着各种不同的观点。当然，这与"风格"一词内涵的复杂有一定的关系。在英语、法语、德语、俄语中，"风格"一词都含有"修辞"、"笔调"、"文风"、"文体"、"文笔"等多种相近似的含义（因此，我国翻译工作者在翻译中，往往因人而异地把"风格"译为"文风"、"笔调"、"文体"、"文笔"）；我国古代文学批评则往往用"体"、"风"、"气"、"神"、"味"、"调"等来论述风格。综观国内外关于风格内涵的界定，大约有以下几种有代表性的观点。

一是修辞说，代表人物为亚里士多德和斯宾塞。亚里士多德认为，修辞的高明就是风格。斯宾塞更是明确提出，卓越的文学风格是在语言的运用上，能以最大可能的经济手法来引起读者的注意。

二是媒介说，代表人物为吕莫尔。他在《意大利研究》一书中认为，风格是一种逐渐形成习惯的对于题材的内在要求的适应。德国著名哲学家和美学家黑格尔虽不完全认同这一观点，却在《美学》里认为吕莫尔以艺术家使用的"感性材料"即"媒介"的不同决定艺术风格，"是一个极重要的论断"，并加以发挥道："根据这个意义，人们在音乐中区分教堂音乐风格和歌剧音乐风格，在绘画中区分历史画风格和风俗画风格。"①

三是形式说，代表人物为艾尔斯贝格和我国的一些学者。这种观点认为，风格不过是外在形式的高明，是文艺描写手段和表达手段的综合。苏联文论家艾尔斯贝格说，风格是从形式的一切因素中发展起来，由这一切因素所构成的。风格是艺术形式的主要部分，是艺术形式的起组织作用的力量。我国的一些学者也认为，风格是作家写作艺术和表现手法特点的总和，或者说，风格主要指的是艺术形式、艺术表现的特色。

四是个性自然流露说。我国文学批评一向强调"文如其人"，"文品即人品"，如明代屠隆在其《白榆集》中就指出："士之寥廓者语远，端亮者语庄，宽舒者语和，褊急者语峭，浮华者语绮，清松者语幽，疏朗者语畅，沉着者语深，谲荡者语荒，阴鸷者语险。"国外学者和作家也有这方面的论述，如法国古典文艺理论家布封指出："风格却就是本人"②（一译"风格即人"），德国大文豪歌德说："一个作家的风格是他的内心生活的准确标志。"③ 法国著名作家莫泊桑也认为："气质就是商标"，"艺术家独特的气质，会使他所描绘的事物带上某种符合于他的思想的本质的特殊色彩和独特风格"④。

五是内容与形式统一说，这是我国20世纪80年代通行的文艺理论教科书中比较有代表性的论点，以以群先生主编的《文学的基本原理》和蔡仪先生主编的《文学概论》为代表。《文学的基本原理》认为："优秀作家的创作，往往具有鲜明突出的、与众不同的个性，这种个性是从文学作品的内容与形式、思想与艺术的统一中显示出来的，并且贯穿在某个作家一系列的作品中，成为他创作上鲜明而独特的标志。这也就是作家创作的风格。"⑤

---

① ［德］黑格尔：《美学》第一卷，朱光潜译，商务印书馆1996年版，第372—373页。
② ［法］布封：《风格论》，《译文》1957年9月号。
③ 《歌德谈话录》，朱光潜译，人民文学出版社1979年版，第39页。
④ 《爱弥尔·佐拉研究》，《古典文艺理论译丛》第八册，人民文学出版社1964年版，第149页。
⑤ 以群主编：《文学的基本原理》，上海文艺出版社1979年版，第417页。

《文学概论》认为："一部作品相当完整，它的由内容到形式的特点的有机体现，即形成作品的风格。"①

六是语体说。该观点或者笼统地认为，文学风格是指作品的语体风格；或是更具体地指出，这是作家以自己独特的审美理想、审美趣味所选择的语体，是作家自由的创造所呈现的语言格调。②

七可概括为主体与对象审美联系说③。这是近年来我国学者融合西方新理论与中国以往理论后提出的新见解。如童庆炳先生等认为："文学风格就是作家创作个性与具体话语情景造成的相对稳定的整体话语特色。文学风格是主体与对象、内容与形式的特定融合，是一个作家创作趋于成熟、其作品达到较高艺术造诣的标志。"④ 王之望先生也认为："创作主体与对象的本质联系通过高度完美的文学作品所体现出来的鲜明独特的审美风貌，就是文学风格。"⑤ 俄罗斯当代国学大师利哈乔夫的观点，与童庆炳先生和王之望先生的意见比较接近："风格——不只是语言的形式，而且这也是对作品的整个内容结构和作品的整个形式起统一作用的美学原则……艺术风格把作家特有的对现实的普遍接受和受到作家为自己提出的任务所制约的该作家的手法统一于自身。"⑥

以上七种说法都有一定的道理，而以第七种说法更能抓住风格的主体特征。任何文学创作，尤其是诗歌创作，其艺术风格与创作主体密不可分，创作主体有什么样的创作个性，他就会以什么样的审美风貌来形成其艺术风格，尽管艾略特一再强调"非个性论"，提出："诗不是放纵情感，而是逃避情感，不是表现个性，而是逃避个性。"⑦ 但艾略特说这话有以下几个前

---

① 蔡仪主编：《文学概论》，人民文学出版社1979年版，第164页。
② 顾祖钊：《文学原理新释》，人民文学出版社2000年版，第179页。
③ 以上第一、二、三、五种关于风格观点的概括，参考了王之望：《文学风格论》，四川文艺出版社1986年版，第19—20页；第四、七两种则为笔者的概括。
④ 童庆炳主编：《文学理论教程（修订本）教学参考书》，高等教育出版社2002年版，第252页。
⑤ 王之望：《文学风格论》，四川文艺出版社1986年版，第33页。
⑥ ［俄］德·谢·利哈乔夫：《解读俄罗斯》，吴晓都等译，北京大学出版社2003年版，第84页。
⑦ ［英］艾略特：《传统与个人才能》，卞之琳译，见赵毅衡编：《"新批评"文集》，中国社会科学出版社1988年版，第32页。

提：第一，这在某种程度上是针对那些个性太过突出、感情过分强烈的诗人而言的，是对过分高扬这种东西的浪漫主义的一种反动，因为他接着又说："自然，只有有个性和感情的人才会知道要逃避这种东西是什么意义。"① 第二，这是他十分重视历史意识（即传统）的必然结果。艾略特提出，历史意识首先表现为一种必须用很大的劳力才能得到的传统，但更重要的是一种领悟："不但要理解过去的过去性，而且还要理解过去的现存性；历史意识不但使人写作时有他自己那一代的背景，而且还要感到从荷马以来欧洲整个的文学及其本国整个的文学有一个同时的存在，组成一个同时的局面。这个历史意识是对于永久的意识，也是对于暂时的意识，也是对于永久和暂时合起来的意识。就是这个意识使一个作家成为传统的。同时也就是这个意识使一个作家最敏锐地意识到自己在时间中的地位，自己和当代的关系。"因此，他宣称："这种意识对于任何人想在二十五岁以上还要继续作诗人的差不多是不可缺少的"，甚至认为："诗人，任何艺术的艺术家，谁也不能单独地具有他完全的意义。他的重要性以及我们对他的鉴赏就是鉴赏对他和以往诗人以及艺术家的关系"②，"实在呢，假如我们研究一个诗人，撇开了他的偏见，我们却常常会看出：他的作品中，不仅最好的部分，就是最个人的部分也就是他前辈诗人最足以使他们永垂不朽的地方。"③ 正因为如此，他倡议作家和诗人要尽其所能去了解传统，并以毕生的精力去发展传统："于是他就得随时不断地放弃当前自己，归附更有价值的东西。一个艺术家的前进是不断地牺牲自己，不断地消灭自己。"④ 第三，这是重视读者而得出的结论。艾略特指出："诚实的批评和敏感的读者，并不注意诗人，而注意

---

① ［英］艾略特：《传统与个人才能》，卞之琳译，见赵毅衡编：《"新批评"文集》，中国社会科学出版社 1988 年版，第 32 页。
② ［英］艾略特：《传统与个人才能》，卞之琳译，见赵毅衡编：《"新批评"文集》，中国社会科学出版社 1988 年版，第 26 页。
③ ［英］艾略特：《传统与个人才能》，卞之琳译，见赵毅衡编：《"新批评"文集》，中国社会科学出版社 1988 年版，第 325 页。
④ ［英］艾略特：《传统与个人才能》，卞之琳译，见赵毅衡编：《"新批评"文集》，中国社会科学出版社 1988 年版，第 28 页。

诗。"① 因此，艺术风格的主体性必须受到重视。

综合取舍以上诸家的多种观点，我们认为，就丘特切夫而言，风格是其以独特的创作个性对自然、社会、心理现象进行美的加工与创造，以艺术的语言体现出来的总体风貌，具有独创性、多样性和相对稳定性。因此，丘特切夫诗歌的艺术风格，既是他本人个性、气质的独特体现，是其创作个性在诗歌创作中的具体表现，又是他在哲学观与美学观的指导下把对现实世界、大自然、人生的种种哲理与审美的感悟，灵活运用抒情艺术、结构艺术，并用富于艺术性的语言使之变成高度完美的艺术品，而体现出来的相对稳定、极具独创性且兼有多样性的鲜明的审美风貌，包含了哲理内容、艺术技巧、语言乃至诗人的个性等多方面的内容。

关于丘特切夫的艺术风格，中国学者似乎还未进行过概括，俄国学者也往往说得语焉不详。俄罗斯当代学者奇切林写了一本学术专著《俄国文学风格史纲》，但在该书中他只是从修饰语、词汇的审慎，动词形式的多样性和功用，比喻、对照的独特性，否定语气词的作用，韵律的作用等方面对丘特切夫诗歌的艺术风格进行比较具体的分析②，关于其总体的艺术风格，则说得比较含糊："丘特切夫的抒情诗在风格、形象和思想方面是如此富有生命感又极个人化，如此独一无二又出自本原，以致它长期被当做特殊的现象来理解。"③ 我们认为，由于丘特切夫有着颇为复杂的哲学观、美学观和创作个性：既植根大地，奔向崇高甚至悲壮，向往阔大、丰盈的人生境界，又极力追求艺术与美，渴望心灵的宁静与和谐，因此，其诗歌的艺术风格因之比较复杂，多种因素并存，具体表现为自然中融合新奇、凝练里蕴涵深邃、优美内渗透沉郁等几个方面的综合。下面，拟分别加以阐析。

第一，自然中融合新奇。丘特切夫十分热爱大自然，描写大自然的美成为其诗歌的一大特点。同时，热爱自然，也使他追求极富自然之美的美的类型——一种清水芙蓉般的美，真诚、圣洁、清新、自然，这对他的诗歌风格

---

① ［英］艾略特：《传统与个人才能》，卞之琳译，见赵毅衡编：《"新批评"文集》，中国社会科学出版社1988年版，第28页。

② *Чичерин А. В.* Очерки по истории русского литературного стиля, М., 1977, c. 393—411.

③ *Чичерин А. В.* Очерки по истории русского литературного стиля, М., 1977, c. 410.

有较大的影响。因此，丘特切夫诗歌的一大特点，就是自然。极有洞察力的瞿秋白先生早在 20 世纪 20 年代就已指出，丘特切夫"东方式得厉害"，"他崇拜自然，一切人造都无价值而有奴性"①。众所周知，东方的人生观和文学观，都极重自然。丘特切夫崇拜自然，反对人造，甚至因此认为文明是不真实的，这与东方的自然观极其相似。这种对自然的推崇，不只是表现在如前所述，他让大自然作为独立的对象，在诗歌中占据重要的地位，更重要的是指他在诗歌的艺术风格上所表现出来的自然。丘特切夫从不为文而文，从不面壁虚构，总是有感而发，有感才发（不过，这种迸发的底蕴是长期的艺术追求与对世界的哲理性思考）：或是情动于衷，喷发为诗；或是触景生情，妙笔成文。一切，都是如此自然地涌现出来。因此，他的诗歌大多像是即兴诗，对此，前面我们已有较为详细的论述，此处不赘述。这种自然，赋予丘特切夫的诗歌一种朴实、纯真的独特魅力，一种清水出芙蓉式的美。然而，丘特切夫诗歌的风格不只是自然，他还在自然中融合着新奇，这就使他的诗更具一种神采飞动的新奇力量。丘诗中的新奇表现在以下几个方面：

一是思想内涵方面的新奇，这是指诗人在思想内涵方面前所未有地探索了存在的一些根本问题，这虽然使他的诗因为过于深刻过于超前不为当时大量的读者理解，但这深刻的新奇也使他的诗具有极大的现代意识。如他在俄国文学中率先从异化的高度，深刻、全面地探讨了个性与社会的矛盾，并最早对人类命运之谜进行了颇为现代的哲学探索。在此之前，普希金在其《高加索的俘虏》、《茨冈》、《叶甫盖尼·奥涅金》等叙事诗中对个性的问题进行了较深刻的探索②，莱蒙托夫则在《当代英雄》中触及这一问题。丘特切夫却是从异化的高度来表现个性与社会的矛盾，而且既看到社会对个性的压抑、限制、异化甚至扼杀，又看到脱离群众的个人主义的自由、个性的极端解放乃是虚幻的自由，从而既富有哲学的深度，又颇具现代色彩。别尔

---

① 《瞿秋白文集》（一），人民文学出版社 1954 年版，第 175 页；或见《瞿秋白文粹·饿乡纪程》，太白文艺出版社 1995 年版，第 157—158 页。
② 详见张铁夫等著：《普希金的生活与创作》第二章第二节、第六章第二节、第八章，中国社会科学出版社 2004 年版；或见曾思艺：《文化土壤里的情感之花——中西诗歌研究》，东方出版社 2002 年版，第 15—67 页。

科夫斯基指出，在这方面，他比托尔斯泰和陀思妥耶夫斯基早了四分之一世纪。① 又如他对人类命运之谜、死亡问题的探索。"人类命运之谜对大多数人来说不足介意；但诗人却始终将它置于想象之中。死的观念会使凡夫俗子失魂落魄，却能使天才格外大胆无畏"②。而此前，普希金、莱蒙托夫较注重现实，对这一问题关心不多，杰尔查文虽有所表现，但只是偶感而发，茹科夫斯基在诗歌中对彼岸、永生有更多的描绘，但或过于感伤，或仅限于宗教的宿命观，且茹诗大多为模仿之作或他人之作的变体，真正属于自己的东西很少。丘特切夫则毕生对人类的命运之谜、对人在宇宙中的位置、对死亡问题兴趣浓厚，深入、系统地进行探索，而且达到了相当现代的哲学高度。③

　　二是题材的新奇，这主要是指丘特切夫在俄国诗歌史上，同时也在俄国文学史上，最早使自然作为独特的形象，在文学中占据主要的地位，并使之与哲学结合起来。在此之前，俄国文学中还没有谁如此亲近自然，理解自然，让自然蕴涵着深刻的思想和丰富的感情。杰尔查文、卡拉姆津还只是发现俄罗斯自然的美，开始在诗歌中较多地描写自然景物。普希金还主要把自然当做纯风景来欣赏，其《冬天的早晨》、《风景》、《雪崩》、《高加索》、《冬晚》等描写自然的名诗莫不如此。茹科夫斯基虽在自然中作朦胧的幻想与哲理思考，但往往只是触景生情，更未想到过让自然与哲学结合起来。莱蒙托夫的自然与普希金、茹科夫斯基近似。只有在丘特切夫这里，自然才拥有自己独特的地位。"他的生活同大自然息息相通：/他理解潺潺不绝的溪流，/懂得树上叶子的窃窃私语，/感觉到小草在瑟瑟发抖。/他能看懂星罗棋布的天书，/海上的浪涛也向他倾诉衷曲。"④ 他细致生动地描绘了千姿百

---

① *Берковский Н. Я. Ф. И. Тютчев. Тютчев Ф. И. стихотворения*, М. -Л. , 1962, с. 42—44.

② ［法］斯太尔夫人：《德国的文学与艺术》，丁世中译，人民文学出版社1981年版，第43—44页。

③ 详见曾思艺：《丘特切夫诗歌研究》，湖南文艺出版社2000年版，第35—84页。

④ ［俄］巴拉丁斯基：《悼念歌德》，见《俄罗斯抒情诗选》，上册，张草纫译，上海译文出版社1992年版，第314页。

态的大自然，并使之与谢林哲学等融为一体①。所以，皮加列夫指出："丘特切夫首先是作为自然的歌手为读者所认识的。这种看法说明，他是让自然形象在创作中占有独特地位的第一个俄国诗人，从某种意义上说，也是唯一的俄国诗人。"②

三是手法的新奇。这首先表现为最早在俄罗斯抒情诗中进行心理分析。众所周知，俄罗斯民族有一种刻画心理、表现心理、分析心理的传统，起始于普希金，莱蒙托夫、屠格涅夫、托尔斯泰、陀思妥耶夫斯基等继续深化之，苏联学者弗赫特把这种文学现象称为"心理现实主义"。但在抒情诗乃至诗歌中真正进行心理分析的是丘特切夫，而且，他的心理分析达到了辩证分析和较为现代的高度。由于谢林哲学等的影响，其自然诗展示自然的过程即是剖析心灵的过程，这不能不说是他的一大贡献。在"杰尼西耶娃组诗"中，他更是辩证、深刻地揭示了人的爱情心理中复杂的深层心理，并发现了两性相爱中的原始性敌对，对人性中的爱情心理层次有了更深、更新、更现代的开拓。而这，已完全为现代生理学及心理学所证明："只有非常肤浅的研究者，才会忽视两性之间的原始排斥和原始对抗——它们比两性之间的吸引更加真实和持久。两性之间的吸引可能一度占优势，然而两性之间的反感却始终存在，而且其表现要广泛得多，常常还相当有力。在爱情之下，永远潜在着仇恨。当然，这正是人间悲剧最深刻的根源之一！"③ 这更是丘特切夫的独特贡献，也是其诗歌远远超过其时代的新奇之处！其次，这表现为修辞手法的新颖运用。如拟人手法，在俄国文学乃至整个世界文学中，都是一种常用的手法，但丘特切夫的新颖之处在于，他不是偶尔用之，而是大量地甚至可以说是系统地运用这种手法，把大自然本身、自然的万事万物描绘得像人一样有着生命、情感乃至思想、语言、爱情，他笔下的大自然总是在运动着，是一个生气勃勃的生命有机体。这样，他不仅在诗歌中确立了自然的

---

① 详见曾思艺：《丘特切夫诗歌研究》，湖南文艺出版社 2000 年版，第 37—49 页、85—98 页、240—313 页。

② *Пигарев К.* Жизнь и творчество Тютчева, М., 1962, с. 203.

③ ［美］冯德·魏尔德：《理想的婚姻——性生理与性生活》，杨慧林等译，东方出版社 1989 年版，第 160 页。

独特形象，更把大自然描绘成他在《"大自然并不是你们想象的那样"》一诗中宣称的那样，是个活生生、有灵气的生命体，有着自己活的灵魂，有着自己的个性、语言、生命和爱情。这就大大超越了当时的俄国诗人，而且对此后的诗人、小说家乃至画家产生了较大的影响。[1] 他还善于把一些人们习以为常的自然现象拟人化，写得新颖而动人，如他写道："звук уснул"（声音沉睡了），俄国象征派诗人、理论家勃留索夫指出："不管怎样分析'声音'这一概念，从中是发现不到'沉睡'的；必须给'声音'外加上什么东西，把它和'声音'联系、综合在一起，才能得出'声音沉睡了'这一组合"，他认为这是因为诗人使用了综合判断的缘故[2]，实际上，这是因为诗人巧妙地运用了拟人手法，把人们已经熟视无睹的声音静寂的现象拟人化，说它像人一样沉睡了，这是一种化熟悉为陌生的手法，使极其平常的自然现象获得了新奇的艺术魅力。他把闪电的反光比作聋哑的恶魔，也同样起到了化熟悉为陌生的艺术功效。而他大量使用通感手法，也如前所述，是对人们已经运用得过分熟悉甚至使人麻木的语言的一种创新。

　　第二，凝练里蕴涵深邃。丘特切夫的诗歌一向以凝练著称。这主要表现在两个方面。其一，他的诗大多写得简短。如前所述，屠格涅夫早已指出，丘特切夫的诗歌写得凝练简短，我们也做过统计，在丘特切夫所创作的近400首诗中，24行以上的只有70首，其他都在24行以下，他的绝大多数好诗、名诗都在8至16行之间，可见他确实写得简短。其二，其诗歌的语言极其精练，没有任何多余的东西。这在俄国几乎已成为共识，如前所述，格里戈里耶娃已经指出："在关于诗人丘特切夫的语言的意见中，常常看到指出其诗的下列特性：朴实，没有多余的修饰，诗的结构与内容紧紧联结在一

---

① 丘特切夫在这方面影响了诗人费特、涅克拉索夫、尼基京等，详见曾思艺：《丘特切夫诗歌研究》，湖南文艺出版社2000年版，第314—342页；影响了小说家屠格涅夫、列夫·托尔斯泰，分别见曾思艺：《在诗意的自然中探索人生之谜——丘特切夫对屠格涅夫的影响》，《外国文学研究》1994年第4期，曾思艺：《丘特切夫与托尔斯泰》，《俄罗斯文艺》2004年第1期；影响了画家列维坦，详见曾思艺：《风景与哲理的结晶——诗人丘特切夫对画家列维坦的影响》，《天津师范大学学报》1994年第2期。

② ［俄］勃留索夫：《诗歌综合法》，转引自［俄］维戈茨基：《艺术心理学》，周新译，上海文艺出版社1985年版，第51页。

起，诗歌语言的准确性，诗的修饰语的恰当性。"①

的确，要把东西写得很长比较容易，但要把东西写得简短凝练，则相当困难，需要很深的功力和过人的才气。由此可见，丘特切夫确实具有突出的诗歌才能或云写作才能。但丘特切夫更进一步，他还在凝练中蕴涵深沉。这种深沉首先是指他的诗歌蕴涵着深邃的哲理。丘特切夫力求以诗歌来表现自己对人、自然、生命、心灵之谜等本质问题的执著、系统、终生的思考，因此，其诗歌在简短凝练的形式里包含了深邃的哲理内涵：自然的强大与人生的脆弱；生与死的矛盾；个性与社会的矛盾及人的异化；拒绝扰攘的现实，向往永恒、纯净的天界；②等等。其次，表现为他的不少诗写得颇为沉郁，如《"夜晚的天空是这么阴沉"》、《"在这儿，生活曾经如何沸腾"》等。这样，他的诗歌就达到了相当的艺术高度：既简短凝练，又内蕴深刻，颇为沉郁，其艺术功效有点类似于英国诗人勃莱克（通译布莱克，1757 年—1828年）所说的："一颗沙里看出一个世界，／一朵野花里一座天堂，／把无限放在你的手掌上，／永恒在一刹那里收藏。"③

正因为如此，他的诗歌虽然只有薄薄的一本，只有四百来首，却在俄国乃至世界诗歌史上占有比较重要的地位。费特是慧眼独具的诗人，早在1883 年 12 月就为此专门写过一首诗——《写在丘特切夫诗集上》："这一份步入美之殿堂的通行证，／是诗人把它交付给我们，／这里强大的精神在把一切统领，／这里盈溢着高雅生活之花的芳馨。／／在乌拉尔一带高原看不到赫利孔山，／冻僵的月桂枝不会五彩缤纷，／阿那克瑞翁不会在楚科奇人中出现，／丘特切夫决不会成为兹梁人。／／但维护真理的缪斯／却发现——这本小小的诗册／比卷帙浩繁的文集／分量还沉重许多。"④ 诗歌第一节首先赞美了丘特切夫诗歌所具有的美、强大的精神力量和高雅的追求。第二节笔锋一转，接连写了四件不可能的事情：在俄国的乌拉尔高原一带无法看到希腊神话中的赫利孔山，冻僵的月桂枝头自然不可能鲜花盛开，古希腊著名的诗人

---

① *Григорьева А. Д. Слово в поэзии Тютчева.* М. , 1980, с. 8.
② 详见曾思艺：《丘特切夫诗歌研究》，湖南文艺出版社2000 年版，第176—179 页。
③《梁宗岱译诗集》，湖南人民出版社1983 年版，第 17 页。
④ 曾思艺译自 *Фет А. А. Лирика.* М. , 2003, с. 242.

阿那克瑞翁当然不会出现在俄国的少数民族楚科奇人之中，而作为沙俄帝国三等文官的丘特切夫更是决不会成为俄国的少数民族兹梁人。第三节在第二节的基础上再来一个转折：然而，维护真理的缪斯发现，尽管丘特切夫的诗集又小又薄，但由于其短小精悍，在凝练中蕴涵深邃，因此，其分量比他人那些卷帙浩繁的文集竟还沉重许多！此诗还体现了费特作为艺术大师惊人的超前预见性。当时，丘特切夫只在上层文学圈里有一定的影响，并未赢得广大的读者，时至今日，相隔一百多年，公正的时间以事实证明了费特的预见：丘特切夫仅以四百来首小诗，成为与普希金、莱蒙托夫齐名的俄国三大古典诗人，并且获得了联合国教科文组织授予的"世界文化名人"的称号。可见，费特当时的眼光是何等的敏锐与深邃。

第三，优美内渗透沉郁。如前所述，丘特切夫是一个极其热爱美、终生追求美的诗人，甚至希望用美和艺术来改善人性，使暴君及其冷酷的同伙成为善与美的友人，其创作带有一定的唯美倾向。他的诗歌十分重视艺术性，在艺术上有着不懈的追求和大胆的创新，列夫·托尔斯泰指出其诗的一个显著特点是"美"（красота），费特甚至认为他是一个伟大的纯美诗人。但也正如前面说过的那样，丘特切夫不只是一个爱美的诗人，他在竭力追求美的同时，更致力于思考人的本质性的问题，奔向崇高甚至悲壮，这样，其诗歌在风格上便主要体现为既优美又沉郁，在优美内渗透沉郁。

优美，首先，表现为对自然中各种美的对象的热爱。有时，这是一种纯净、新鲜、富有生命活力的诗意般的美，如《新绿》：

> 新抽的叶子泛着翠绿。
> 看啊，这一片白桦树木
> 披上新绿，多么葱茏可喜！
> 空气中弥漫一片澄碧，
> 半透明的，好似烟雾……

多久了，树林在沉睡中
梦着春季，和金色的盛夏，
而现在，这些活跃的梦
初次遇上蔚蓝的天空，
就突现在光天化日之下……

嫩叶受到阳光的洗濯
又投下了新生的荫影，
它们是多么美，多么活跃！
我们从它们的沙沙响动
可以听出：在这树丛中，
你绝不会见到一片枯叶。①

在蔚蓝的天空下，在灿丽的阳光中，白桦树林整个儿披上了新绿，使空气中仿佛弥漫着一片半透明的烟雾似的澄碧，热爱生命、热爱新生事物的诗人从中发现了一种富有青春和生命力的美，这是一种欢跃的美！因为，在这树丛中，你绝对找不到一片枯叶！有时，这是一种富于变化的美，如前述之《"哦，我的大海的波浪呀"》就充分写出了大海那富于变化的美：宁静的白天，在阳光下一片笑靥，反映着整个碧蓝的天穹；骚动时则惊涛拍岸，卷起千堆雪，把"孤寂的深渊都搅得沸腾"；时而悄悄低语，情话绵绵，柔情万种，十分甜蜜；时而愤怒不已，怨声动地，发出预见的呻吟；而在这些明媚的美与沉郁的美之外，在蔚蓝的夜晚它又呈现一种神秘的美，使得诗人那颗极其爱美的心都情不自禁地沉入海底。有时，这是一种明丽的永恒之美，如前述之《"山谷里的雪灿烂耀目"》，以其惯用的衬托手法展开：山谷的积雪具有明丽的美，但它太过短暂，很快就会融化不见；春天的禾苗绿茵茵的，富于青春美，但它闪耀不久也就凋残；最后指出，只有那雪山顶峰的朝霞永远光灿而不衰萎，至今仍闪耀着鲜艳的美！积雪和禾苗的衬托，很好地突出

①《丘特切夫诗选》，查良铮译，外国文学出版社1985年版，第106页。

了朝霞之美的明丽且永恒！他的《泪》一诗更是写出了自然间的各种各样的美：晶莹透亮、红光闪闪的美酒，红如宝石、喷香吐艳的葡萄，沉浸在春的海洋里的宇宙万物，在春天的和风中染得绯红的美人的脸蛋，神圣的生命的泪水，充分体现了诗人对优美事物的热爱。

　　其次，表现为对女性美的热爱。女性的美一向偏于阴柔，是典型的优美。丘特切夫从青年到晚年，一直保持着对女性的美的热爱。在那些献给妻子和情人的诗里，他竭力歌颂对方的美，有时甚至把自然之美与女性的美融合起来抒写，构成优美动人的意境，达到相当的艺术高度，如前述之《"我记得那黄金的时刻"》。此外，从青年直到晚年，凡是美丽动人的女性，都能以其美的魅力激发诗人的灵感，使他情不自禁地为之写诗。1833 年，诗人写下了《给——》一诗：

> 你那漾着盈盈笑意的嘴唇，
> 你那少女的面颊的红润，
> 你明亮的眸子，火星般闪烁，
> 一切充满了青春的诱惑……
> 啊，想必是爱情展翅飞翔
> 轻轻送来这多情的目光，
> 它带着一种奇异的权力，
> 要把心灵诱入美妙的牢狱。①

　　少女的青春的美，唤起了敏感的诗人强烈的美感，也使多情的诗人沉入美妙的幻想，认为这是爱情展翅飞翔，以多情的目光送来了使人失去自由又让人甜蜜美好的爱情（"美妙的牢狱"这种矛盾修饰法，非常生动、深刻地表达了诗人的这种心境）。1863 年，60 岁的诗人更是为临时造访的青春少女纳杰日达创作了 36 行的诗歌《"好似在夏日"》，写这位来客给自己留下了"很久、很久不能忘记"的"不平凡的美丽的印象"。1872 年，年近古稀的

_____

① 《丘特切夫诗选》，查良铮译，外国文学出版社 1985 年版，第 37 页。

诗人，依然激情不减当年地在焕发着青春美的 Я. К. 济比娜（1845 年—
1923 年）的诗歌练习册上题诗，表现了对女性青春美的赞颂：

> 在这里，整个世界生气勃勃，缤纷陆离，
> 到处是迷人的声音和神奇的梦境，
> 哦，这个世界如此年轻，如此美丽，
> 整整一千个世界才能与它相等。①

诗人不只是歌颂女性青春的美、形体的美，他也十分看重女性的精神
美，尤其是那种纯真、温柔、圣洁的美。1824 年，他写了《给 H》一诗：

> 你充满纯真热情的温存目光，
> 是你圣洁情感的金色的霞晖，
> 可这目光却不能使他们怜悯——
> 这对他们简直是无言的责备。
>
> 这些人的心中没有真情实意，
> 朋友啊，他们是在躲避着你，
> 你那无邪目光中的爱情像宣判书，
> 他们怕它，就像害怕童年的回忆。
>
> 可对于我这目光是一种恩赐，
> 好像是生命之泉，在我心底
> 你的目光将会永远永远存在，
> 我需要它，就像需要蓝天和空气。
>
> 只有天上才有这样的灵魂之光，

---

① 曾思艺译自 *Тютчев Ф. И.* избранное, Ростов-на-Дону, 1996, с. 311.

　　　　　它属于上天，只在天国里闪耀，

　　　　　在罪恶的黑夜中，在可怕的深渊里，

　　　　　这纯净的火苗，就像地狱之火在燃烧。①

　　诗以对比的手法充分赞颂了这位女性纯真、温柔、圣洁的美：对于缺乏真诚情意的心灵来说，这是"无言的谴责"；对于"我"来说，却是"神赐厚礼"，是一种使人美好的"向上精神的光芒"，能净化和提升精神境界。前述之《邂逅》一诗，也是写女性的精神美给自己带来的灵性的升华，表达了类似歌德《浮士德》中名句"永恒的女性，引领我们飞升"的思想。

　　再次，通过对大自然景物的描绘，塑造优美、和谐、宁静的境界，并在诗歌中较多描写与优美有关的自然现象，爱用也常用喷泉、彩虹、新叶、雷雨、白云、落日、明月、溪水……等优美意象。

　　最后，采用富于美感的古典格律诗，韵律考究，格律严谨，而且绝大多数诗歌短小精悍，晶莹剔透，浓缩精致，诗歌形式十分优美。

　　沉郁则主要通过如前所述内容方面的悲剧性及悲剧美体现出来。

　　丘特切夫诗歌风格中的优美内渗透沉郁，具体表现为：

　　第一，他大多数诗歌都是以优美简短的诗歌形式表现十分深刻而又富于悲剧美的哲理思想，并且达到了相当的艺术高度；

　　第二，他特别善于通过优美动人的自然意象、景物甚至女性美，来表现悲凉、悲哀乃至悲壮的心境或主题。如《秋天的黄昏》：

　　　　　秋天的黄昏另有一种明媚，

　　　　　它的景色神秘、美妙而动人：

　　　　　那斑斓的树木，不祥的光辉，

　　　　　那紫红的枯叶，飒飒的声音，

　　　　　还有薄雾和安详的天蓝

---

① 《丘特切夫诗全集》，朱宪生译，漓江出版社1998年版，第43—44页。

静静笼罩着凄苦的大地；

有时寒风卷来，落叶飞旋，

像预兆着风暴正在凝聚。

一切都衰弱，凋零；一切都带着

一种凄凉的，温柔的笑容，

若是在人身上，我们会看做

神灵的心隐秘着的苦痛。①

这首诗不同于普希金《秋》诗的豪放、乐观，而有点类似于我国古代的悲秋诗。在秋天黄昏明媚、神秘、美妙、动人的一派优美景色里，诗人产生的是一种悲凉的情绪，感到的是一种女性般的"凄凉、温柔的笑容"，难怪涅克拉索夫当年评价说，读这首诗使人产生一种坐在所爱的女人病榻旁的心情②。《病毒的空气》更是表现了诗人面对美而产生的悲哀情绪：

我爱这神灵的愤怒！我爱这充沛一切

却隐而不见的"恶"：它随着鲜艳的花朵

而盛开，和澄澈的源泉一起流泻，

彩虹中有它，它就在罗马的天空飘过。

在头上，仍旧是那高洁无云的碧霄，

你的心胸也仍旧呼吸自如而舒畅；

还一样有温暖的风舞弄着树梢，

玫瑰的芬芳依旧；但这一切都是死亡！……

谁知道呢？也许，大自然所以充沛着

美好的光、影、声、色，如此令人陶醉，

只不过是预兆着我们的最后一刻，

---

① 《丘特切夫诗选》，查良铮译，外国文学出版社1985年版，第24页。

② 详见 *Гаркави А. М.* Тютчев в восприятии Некрасова. В Россию можно только верить... Ф. И. Тютчев и его время: Сб. статей, Тула, 1981, с. 12.

并给我们临终的痛苦送一些安慰！
命运的致命的使者啊，当你要把
大地之子唤出生之领域时，是否就以
这一切当做掩盖自己形象的轻纱，
从而使人看不见你的恐怖的袭击？①

　　如前所述，丘特切夫是一个有着强烈死亡意识的诗人，从少年开始，就比一般人更强烈地感到死亡的威胁，因此，即使在美好、灿烂的大自然中，他也不是像一般人那样全然是欢欣、陶醉，而是更细腻、更深入一层地想到，大自然之所以充沛着如此美好令人陶醉的光、影、声、色，只不过是为了掩饰自己对人恐怖的最后一击！在全然令人陶醉的美景中产生强烈的死亡意识，这就是丘特切夫区别于一般人也深刻于一般人的独特的悲剧感！

　　第三，往往把优美的东西与崇高或悲哀的东西融合在一首诗里。如《"被蓝色夜晚的恬静所笼罩"》：

被蓝色夜晚的恬静所笼罩，
这墨绿的花园睡得多甘美；
从苹果树的白花间透出了
金色的月轮，多动人的光辉！……

神秘得像创世的第一天，
深邃的天穹里星群在燃烧，
远方的乐音依稀可以听见，
附近溪水的谈心在花间缭绕……

当白日的世界被夜幕遮没，
劳作沉睡了，运动也精疲力尽……

————————
① 《丘特切夫诗选》，查良铮译，外国文学出版社 1985 年版，第 29 页。

251

在安睡的城和林顶上，却飘着
夜夜都醒来的奇异的轰鸣……

这不可解的喧哗来自哪里？……
它可是人在梦中流露的思想？
或是随着夜之混沌以俱来的
无形的世界在空中扰扰攘攘？……①

　　诗歌的第一节描绘了一个十分优美的意境：蓝色的夜晚，墨绿的花园，苹果树的白花，金色的月轮，醉人的恬静。后面三节则转入崇高：深邃天穹里星群的燃烧，神秘得像创世的第一天，安睡的城和林顶上飘着夜夜都醒来的奇异的轰鸣，它似乎是诗人在梦中自由奔放的具有巨大力量的本能，又像是伴随着夜之混沌而俱来的无形的世界。又如《"哦，尼斯"》：

哦，尼斯！这南国明媚的风光！……
这温暖的太阳使我多么不宁！
生命像一只鸟，想展翅飞翔，
然而它不能；只有望着天空
白白张开它已折断的翅膀
扑打着，却无法一跃而起，
终于它还是依附在尘土上，
由于无能和痛楚而轻轻颤栗……②

　　尼斯这法国南部明媚的自然风光与抒情主人公那生命无法飞升、只能依附在尘土上的无能和痛楚，共同构成这首短短的小诗，从而以对照的方式更鲜明、更强烈地写出了生命的无能与悲哀。这类诗在丘特切夫的诗歌中为数

---

① 《丘特切夫诗选》，查良铮译，外国文学出版社1985年版，第45页。
② 《丘特切夫诗选》，查良铮译，外国文学出版社1985年版，第147页。

甚多，也很有特色，如《"从林中草地"》、《"凋残的树林凄清、悒郁"》、《"北风息了"》、《"嬉笑吧，趁这时在你头上"》、《"在那潮湿的蔚蓝的天穹"》等诗，莫不如此。

结　语

诗人、作家的哲学观、美学观是一个饶有趣味也很有意义的课题，值得深入探讨。

首先，与职业哲学家、美学家相比，诗人、作家的哲学观、美学观有着明显的不同，可以说独具特色。职业哲学家、美学家的哲学观、美学观，大都是以思辨、抽象的方式，建构一个庞大的理论体系，思周虑密，极富逻辑性；而诗人、作家的哲学观与美学观，则是通过一系列作品，以诗意的形象表现出来的，因为"艺术不诉诸理性结论，而是通过感性形象的逻辑、通过思想和感情的融合、通过对思想的情感掌握来这样做"①。然而，不能因此就认为这种哲学观与美学观是毫无系统的零星杂说。它们表现了诗人、作家对心灵、自然乃至宇宙较为一贯的认识，以及对艺术与美的长期思考与执着追求，有着其内在的体系。丘特切夫更是如此。如前所述，他花费过大量心血与时间深入钻研过古希腊罗马、法国尤其是德国古典哲学家谢林的哲学，终生都在极力探寻自然、社会、心灵、生命之谜，并试图以诗来表达自己的生命体验和哲学思考。因此，其哲学观与美学观必然具有内在的体系。

丘特切夫创造性地接受了谢林同一哲学等的影响，并且，以自己的人生经历与深刻思考加以融会、发展，从而形成了自己较为系统的独特哲学观与美学观。

如前所述，丘特切夫的哲学观包括一切皆变与和谐思想，以及回归自然、顺应自然的观念。在他看来，世上的一切皆由对立的双方共同构成，这些对立的矛盾总是在运动着，变化着，最后通过种种冲突，达到统一，进入

---

① ［俄］斯托洛维奇：《生活·创作·人——艺术活动的功能》，凌继尧译，中国人民大学出版社 1993 年版，第 121 页。

和谐。而自然是和谐与永恒的象征，因此，他反对在当时占主导地位的视自然为无生命的征服对象、把人凌驾于自然之上的思想观念，认为自然是一个有着自己的意志、灵魂、语言和爱情的活生生的生命机体，能给人以力量，提升人的精神境界，而人与自然在根本上是相通的，应热爱自然、爱护生物，并回归自然、融入自然、顺应自然，过一种简朴而追求精神升华的生活，从而具有朴素的生态学思想，在某种程度上成为20世纪生态哲学、生态伦理学的先驱。

丘特切夫的美学观则包括悲剧意识和美学主张。在长期的探索中，丘特切夫在其哲学观的影响下形成了独特的悲剧意识，包括：奋斗与宿命感、孤独感、心灵分裂、悲悯情怀。他一方面强调奋斗，认为人生的目的在于不屈的斗争与奋战，另一方面又有着相当浓厚的宿命感，认为人的一切努力与奋斗终归徒劳，人不过是大自然的短暂的梦，而且越到晚年宿命感越浓；认为人无法认识世界，语言无法传达思想，人与人之间无法沟通，爱情已随风远去，前途一片迷茫，只能沉默，只能转向自己的内心，在内心里生活，具有强烈的孤独感；感到"两个无极，两个宇宙，尽在固执地把我捉弄不休"，并终生"处在双重生活的门槛"，产生了心灵分裂，既渴求和谐与宁静又喜爱风暴、雷雨、骚乱，既热爱大自然与生活又对大自然感到疑惑与恐惧、对人世深感厌恶，即便是爱情，也一方面是心灵的亲密结合一方面是致命的决斗，一方面是令人陶醉的幸福和甜蜜一方面是灰心丧气的绝望；其悲恸情怀则表现为或是通过对贫困、凄凉的生存环境的描写，表达对当时沙皇黑暗统治下贫苦人民的同情，或是直接描写下层人民深重的苦难。丘特切夫的悲剧意识既类似于古希腊悲剧，又颇有现代特色。在哲学思想和悲剧意识的共同影响下，丘特切夫形成了自己的美学观：强调诗必须植根于大地（关注社会现实、描写大自然、表现宇宙性的问题），诗是心灵的表现（诗是自我或个性的表现，高度重视想象、直觉、灵感、美的魅力及美的瞬间性）。因此，他极其重视诗歌，在诗歌中比较全面地表述了自己对诗歌的产生（有感于物、情动于衷）、灵感（灵感的突如其来性、唤醒心灵及诗化冥想的作用）、诗歌的功用（规劝作用、改善人性作用、给不幸者以安慰并使之健康成长的作用）、诗人（特点和力量、应具备的素质）、诗的语言与思维的关系（"说出的思想已是谎"）、诗的命运（不为人们重视，很短暂）的看法，重视美，重视语言，强调探索人生、社会、自然、心灵乃至宇宙之谜。

其次，诗人、作家的哲学观、美学观与其创作之间有着一种比较复杂的关系。宏观地看，两者之间，一般来说，主要是一种双向互动关系：一方面，诗人、作家在创作时必然要遵从一定的哲学观与美学观；另一方面，诗人、作家的创作在必要的时候又会对其哲学观与美学观产生反弹，即所谓文学对抗哲学、创作超越理论。但丘特切夫善于把抽象的哲学思考与理论指导化为生动具体的形象，从而基本上避免了文学与哲学的对抗、创作与理论的矛盾，这在某种程度上也可以说他在文学上确实是才华非凡，技艺高超，用文学形象化地表现了哲学观念，用艺术性很高的创作超越了抽象的理论，从而消泯了一般诗人、作家多有的文学与哲学的对抗、创作与理论的矛盾。不过，其哲学观、美学观与创作的关系，依然较为复杂：既有指导作用，也有误导效应。

哲学观与美学观的指导作用，主要是指它们规定了创作追求的大致方向，或者说它们在总体上引导着创作的追求方向、思想内容的哲理内涵以及艺术手法的运用与创新，并且以诗意的因素和谐地融入其创作之中。丘特切夫的哲学观首先内化为其诗歌中所表现的哲学思想和悲剧意识，赋予其诗歌以深刻的哲理内涵和沉郁的艺术风格，同时又与其美学观一起影响了诗人的艺术追求。在其哲学观与美学观的指导下，丘特切夫力求用高超的诗歌艺术来表现自己对人生、社会、自然、心灵乃至宇宙之谜的追寻，在艺术方面进行了诸多探索，从而体现了其哲学观与美学观对诗歌创作的指导作用。

在抒情艺术方面，他采取了多变的抒情角度，独创了完整的断片形式。既然整个大千世界时时刻刻都在运动变化着，人的内心也充满矛盾斗争，幽深复杂，这样，角度固定、比较单一的传统抒情方式显然已难以表现这运动变化的世界和矛盾复杂的内心。因此，强调诗歌植根于大地、诗是心灵的表现的丘特切夫，在继承传统抒情方式的基础上，根据自己表达思想、抒发情感的需要，进行了颇为大胆的推进与创新，在俄国诗歌中较早地采用了变换的多角度抒情方式——灵活自如地选择不同的抒情角度，以更好地表现经常处于运动变化中的世界和时刻在矛盾冲突着的复杂内心，同时也使抒情诗在抒情角度方面具有多种角度，富于变化之美。既然大自然乃至人的心灵，通过对立、冲突而时时刻刻都处在运动、变化之中，而人只能在一个短短的瞬间把握其美和本质，那么，表现这一运动变化的世界和心灵的诗歌，必然是简短的断片式的。与此同时，诗人又力求有所作为，希望赋予人的生命乃至宇宙以意义，注重用诗歌描绘变化的世界表现复杂的心灵，强调在永恒的短暂瞬间，从整体上诗意地感悟、把握运动变化的宇宙和心灵的美与本质，这样，表现这种感悟与把握的诗歌形式，又必然是以诗意的逻辑形式来体现意义的，在总体上是完整的。这两方面的结合，就自然而然地构成了丘特切夫诗歌抒情艺术在其哲学观与美学观影响下而形成的一个突出特点——完整的断片形式。

　　世界无时无刻不在运动、变化，与之呼应的人的心灵也在不断骚动不宁，展示心灵世界的隐秘、揭示大千世界之美与奥秘的诗歌，在艺术上也必须相应地改变。以具有跳跃色彩的个性化意象（意象分列、意象叠加等）结构全篇，能更传神地表达世界与人心的运动。而自然与人心息息相通，因此人的每一脉情思都可以在自然界中找到对应的象征物，因此丘特切夫就可以让自然景物与人的情思并列出现，在结构上形成俄国诗歌史上独特的"对喻"。现代人思想复杂、混乱，心灵的活动极其复杂，具有多种层次，揭示它的方式也多种多样而且具有多义之美：既可以运用客观对应物，也可以采取通篇象征，还可以把思想隐藏于风景背后。丘诗结构艺术的种种形式也与其哲学观、美学观密切相关。

　　与此同时，诗歌的语言也随之产生了极大的变化。丰繁多变的大千世界，复杂幽微的隐秘情思，有着千丝万缕的联系，广阔无垠而又幽深莫测，而用多种感觉的沟通和多样的语言方式却可以形象地表现这一切。丘诗中的通感手法不仅量多，而且相当出色，充分体现了他那人与自然一体的思想，和他那重视诗歌艺术、致力于陌生化的艺术追求——在审美情感的支配下，打破常规的感知觉经验，把各种感知觉表象相互嫁接与转换，变成想象中的变形性感知觉，并外化为诗意的语言，从而把平淡的事物变成充满诱惑力的新感知对象，收到反常合道的艺术功效。其多样的语言方式则表现为善于运用拟人、比喻、借代、反复，以及使用古语、创造新词、名词叠加等多种方式，让语言鲜活、形象起来，极其生动而形象地表现宇宙的美、复杂的情感和深刻的哲理思想。这多种语言方式都属于审美的方式，是诗人依照审美情感的需要去运用语言，从而使语言的法则和规范远离日常生活逻辑的法则和规范而服从于审美的法则与规范，以造成陌生化的艺术感觉。这既体现了诗人那人与自然一体、万物之间没有界限的哲学观念，也是诗人那重想象、重语言的美学追求的具体体现。

在长期的艺术探索过程中，丘特切夫以其执著探索人生、社会、自然、心灵乃至宇宙之谜和刻意追求艺术和美的主体个性，融会了家庭遗传的先天因素（父亲的温和、善良，母亲的敏感、抑郁、想象力非凡）和后天环境（母亲对教育的关心、卫国战争、拉伊奇等人及莫斯科大学、慕尼黑的文化氛围、与杰尼西耶娃的婚外恋等）的影响，形成了独特的创作个性：兼有多血质与抑郁质而以抑郁质为主的艺术气质，优雅、爱美、求新、深刻、沉郁的性格，敏感而富于想象，思想深邃，认为诗应植根大地尤其是表现心灵，特别善于抒写人类痛苦的一面，富有悲剧美。而其艺术风格，既是他本人个性、气质的独特体现，是其创作个性在诗歌创作中的具体表现，又是他在哲学观与美学观的指导下把对现实世界、大自然、人生的种种哲理与审美的感悟，灵活运用抒情艺术、结构艺术以及富于艺术性的语言，使之变成高度完美的艺术品，而体现出来的相对稳定、极具独创性且兼有多样性的鲜明的审美风貌，包含了哲理内容、艺术技巧、语言乃至诗人的个性等多方面的内容，是一个多种因素并存的复杂的整体，具体表现为自然中融合新奇、凝练里蕴含深邃、优美内渗透沉郁等几个方面的综合。

当然，丘特切夫的哲学观、美学观有时也会对其诗歌起误导作用。这种误导作用主要表现为哲学观与美学观指令式地要求诗歌创作直接体现其重要主张，从而把诗歌变成它们简单的传声筒，产生了误导效应。比如说，在丘特切夫的哲学观中，有一个本书前面涉及较少的重要组成部分，那就是其社会政治观。而其社会政治观中最突出、最有代表性的又数其泛斯拉夫主义主张。这一观念大约形成于 19 世纪 20 年代末。它认为俄国是一个巨人国家，肩负着上帝赋予的历史使命，应该发挥"世界创造者"的作用，统一各斯拉夫民族，对抗西方与革命，以拯救世界与基督教。这一社会政治主张到诗人晚年越来越根深蒂固，而且越来越急切地要求表达，不仅使他写作了多篇（本）政论性的文章和论著，而且和其强调诗歌必须关注社会现实（前述"诗必须植根于大地"美学观的要点之一）的美学观一起，驱使诗人创作了一系列表现这一主张的社会政治诗，如《致冈卡》、《预言》、《招魂术式的预言》、《"可怕的梦压在我们头顶"》、《"你，俄罗斯之星"》、《致斯拉夫人》（一）、《致斯拉夫人》（二）、《"在俄罗斯昔日的维尔钮斯上空"》等。这些诗由于太急功近利地面对社会现实，已变成其社会政治主张的传声筒，往往直接说教，而缺乏诗歌的形象性和诗意美，既冗长又乏味，从而充分体现了其哲学观、美学观对其诗歌创作的误导效应。

　　从总体上看，在丘特切夫的近四百首诗里，体现其哲学观与美学观指导作用的诗歌占其总数的绝大多数，这些诗往往把深邃的哲理、独特的形象（自然）、丰富的情感、瞬间的印象完美地融为一体，达到了相当的艺术高度，而显示其哲学观与美学观误导效应的社会政治诗则不到十分之一。可见，丘特切夫的哲学观与美学观对其诗歌创作更主要的是指导作用，误导效应所占比例极小。可以说，正是在其哲学观与美学观的正确引导下，丘特切夫创作出了内容上富于哲学深度和现代意识、形式上相当独特且颇具创新意义的诗歌。这些诗歌以高超的艺术技巧超前表达了相当深刻的哲理内涵，不仅为俄国诗歌的发展作出了巨大的贡献（梅列日科夫斯基指出："托尔斯泰和陀思妥耶夫斯基需要用鸿篇巨制来表达的东西，丘特切夫却只需用短短几行诗就可以表达……丘特切夫对于俄罗斯抒情诗所作出的贡献，几乎等同于他们对于俄罗斯叙事文学所作出的贡献。"①），使丘特切夫因此在俄国文学史乃至世界诗歌史上占有重要的一席地位，而且，由于它们与20世纪的诗篇产生了共鸣，并积极参与了当今时代对世界和人的认识，使诗人在1993年荣获联合国教科文组织授予的"世界文化名人"的称号。

① ［俄］梅列日科夫斯基：《俄罗斯诗歌的两个秘密》，杨怀玉译，《国外文学》1997年第3期。

主要参考文献

一、俄文部分:

Тютчев Ф. И. полное собрание стихотворений, Л., 1957 (《丘特切夫诗歌全集》,列宁格勒,1957 年)

Тютчев Ф. И. Стихотворения. Письма, М., 1957 (《丘特切夫诗选,书信选》,莫斯科,1957 年)

Тютчев Ф. И. Стихотворения, М. —Л., 1962 (《丘特切夫诗选》,莫斯科—列宁格勒,1962 年)

Тютчев Ф. И. Стихотворения, М., 1985 (《丘特切夫诗选》,莫斯科,1985 年)

Тютчев Ф. И. Избранное, М., 1985 (《丘特切夫选集》,莫斯科,1985 年)

Тютчев Ф. И. Избранное, Ростов—на—Дону, 1996 (《丘特切夫选集》,顿河罗斯托夫,1996 年)

АксаковИ. С. Биография Ф. И. Тютчева, М., 1886 (阿克萨科夫《丘特切夫传》,莫斯科,1886 年);又作《Федор Иванович Тютчев (Биографический очерк)》, М., 1985, 收 入《Тютчев Ф. И. Избранное》(《费多尔·伊凡诺维奇·丘特切夫(传记概略)》,《丘特切夫选集》,莫斯科,1985 年)

Пигарев К. Жизнь и творчество Тютчева, М., 1962 (基里尔·皮加列夫《丘特切夫的生平和创作》,莫斯科,1962 年)

ГиппиусВ. В. От Пушкина до Блока, М. —Л., 1966 (吉皮乌斯《从普希金到勃洛克》,莫斯科—列宁格勒,1966 年)

Королева Н. В. Ф. И. Тютчев. История русской поэзии, Т. 2,

Л.，1969（科罗廖娃《丘特切夫》，见《俄国诗歌史》第二卷，列宁格勒，1969 年）

Озеров Л. Поэзия Тютчева，М.，1975（列夫·奥泽罗夫《丘特切夫的诗》，莫斯科，1975）

Чичерин А. В. Очерки по истории русского литературного стиля，М.，1977（奇切林《俄国文学风格史纲》，莫斯科，1977 年）

Пигарев К. Ф. И. Тютчев и е го время，М.，1978（基里尔·皮加列夫《丘特切夫和他的时代》，莫斯科，1978 年）

Маймин Е. А. Русская философская поэзия，М.，1980（迈明《俄国哲理诗》，莫斯科，1980 年）

Горелов А. Три Судьбы——Ф. Тютчев、А. Сухово—кобылин、И. Бунин，Л.，1980（阿纳特·戈列洛夫《三种命运——丘特切夫、苏霍沃—科贝林、蒲宁》，列宁格勒，1980 年）

Григоьева А. Д. Слово в поэзии Тютчева，М.，1980（格里戈里耶娃《丘特切夫诗歌的语言》，莫斯科，1980 年）

В Россию можно только верить...——Ф. И. Тютчев и е го время（сборник статей），Тула，1981（《对俄罗斯只能信仰——丘特切夫和他的时代》［论文集］，图拉，1981 年）

Время и судьбы русских писателй，М.，1981（《俄国作家的时代和机缘》，莫斯科，1981 年）

Академия Наук СССР Институт мировой литературы. История русской литературы，Т. 3.，Л.，1982（苏联科学院世界文学研究所《俄罗斯文学史》，第三卷，列宁格勒，1982 年）

Современники о Ф. И. Тютчеве——Воспоминания，отзывы и письм，Тула，1984（《同时代人谈丘特切夫——回忆，评语和书信》，图拉，1984 年）

Кожинов В. В. Тютчев，М.，1988（科日诺夫《丘特切夫》，莫斯科，1988 年）

Петров А. Личностъ и судъба Федора Тютчева，М.，1992（彼得罗夫

《费多尔·丘特切夫的个性和命运》，莫斯科，1992 年）

Тынянов Ю. История литературы. Критика. СПБ.，2001（特尼亚诺夫《文学史及批评文集》，圣彼得堡，2001 年）

Слезнв А. И. Лирика Ф. И. Тютчев（в русской мысли второй половины ⅩⅠⅩ—начала ⅩⅩ вв.）. Санкт-Петербург，2002（谢列兹尼奥夫《19 世纪后期—20 世纪初期俄国思想中的丘特切夫诗歌》，圣彼得堡，2002 年）

二、中文部分：

《丘特切夫诗选》，查良铮译，外国文学出版社 1985 年版。

《丘特切夫抒情诗选》，陈先元、朱宪生译，漓江出版社 1986 年版。

《丘特切夫诗全集》，朱宪生译，漓江出版社 1998 年版。

《俄罗斯抒情诗选》，张草纫译，上海译文出版社 1992 年版。

《俄国现代派诗选》，郑体武译，上海译文出版社 1996 年版。

《俄国象征派诗选》，黎皓智译，浙江文艺出版社 1996 年版。

《俄国白银时代诗选》，汪剑钊译，云南人民出版社 1998 年版。

顾蕴璞编选：《俄罗斯白银时代诗选》，花城出版社 2000 年版。

曾思艺：《丘特切夫诗歌研究》，湖南文艺出版社 2000 年版。

曾思艺：《文化土壤里的情感之花——中西诗歌研究》，东方出版社 2002 年版。

徐稚芳：《俄罗斯诗歌史》，北京大学出版社 1989 年版。

朱宪生：《俄罗斯抒情诗史》，陕西人民教育出版社 1993 年版。

张铁夫等著：《普希金的生活与创作》，中国社会科学出版社 2004 年版。

郑克鲁：《法国诗歌史》，上海外语教育出版社 1996 年版。

李赋宁总主编：《欧洲文学史》，商务印书馆 2001 年版。

梯利：《西方哲学史》，葛力译，商务印书馆 1979 年版。

罗素：《西方哲学史》，马元德译，商务印书馆 1996 年版。

黑格尔：《哲学史讲演录》，贺麟、王太庆译，商务印书馆 1996 年版。

威尔·杜兰特：《探索的思想》，朱安等译，文化艺术出版社 1991
年版。

北京大学哲学系外国哲学史教研室编译：《古希腊罗马哲学》，三联书
店 1957 年版。

马丁·海德格：《谢林论人类自由的本质》，薛华译，辽宁教育出版社
1999 年版。

谢林：《先验唯心论体系》，梁志学、石泉译，商务印书馆 1983 年版。

洛斯基：《俄国哲学史》，贾泽林等译，浙江人民出版社 1999 年版。

别尔嘉耶夫：《俄罗斯思想》，雷永生、邱守娟译，三联书店 1995
年版。

弗兰克：《俄国知识人与精神偶像》，徐凤林译，学林出版社 1999
年版。

德·谢·利哈乔夫：《解读俄罗斯》，吴晓都等译，北京大学出版社
2003 年版。

林精华：《想象俄罗斯》，人民文学出版社 2000 年版。

苏联科学院历史所列宁格勒分所编：《俄国文化史纲（从远古至 1917
年）》，张开等译，商务印书馆 1994 年版。

拉伊夫：《独裁下的嬗变与危机——俄罗斯帝国二百年剖析》，蒋学祯、
王端译，学林出版社 1996 年版。

《瞿秋白文集》（一），人民文学出版社 1954 年版。

黑格尔：《美学》，朱光潜译，商务印书馆 1996 年版。

朱光潜：《西方美学史》，人民文学出版社 1982 年版。

蒋孔阳、朱立元主编：《西方美学通史》，上海文艺出版社 1999 年版。

奥夫相尼科夫：《俄罗斯美学史》，张凡琪、陆齐华译，中国人民大学
出版社 1990 年版。

鲍列夫：《美学》，乔修业、常谢枫译，中国文联出版公司 1986 年版。

斯托洛维奇：《生活·创作·人——艺术活动的功能》，凌继尧译，中
国人民大学出版社 1993 年版。

康德：《论优美感和崇高感》，何兆武译，商务印书馆 2001 年版。

席勒:《秀美与尊严》,张玉能译,文化艺术出版社 1996 年版。

席勒:《审美教育书简》,徐恒醇译,中国文联出版公司 1984 年版。

柏拉图:《文艺对话集》,朱光潜译,人民文学出版社 1983 年版。

亚里士多德、贺拉斯:《诗学·诗艺》,罗念生、杨周翰译,人民文学出版社 1982 年版。

《歌德谈话录》,朱光潜译,人民文学出版社 1979 年版。

阿伯拉姆:《简明外国文学词典》,曾忠禄等译,湖南人民出版社 1987 年版。

竹内敏雄主编:《美学百科辞典》,刘晓路等译,湖南人民出版社 1988 年版。

顾祖钊:《文学原理新释》,人民文学出版社 2000 年版。

尼采:《悲剧的诞生》,周国平编译,三联书店 1986 年版。

雅斯贝尔斯:《悲剧的超越》,亦春译,工人出版社 1988 年版。

程孟辉:《西方悲剧学说史》,中国人民大学出版社 1994 年版。

侴荣本:《文艺美学范畴研究——论悲剧与喜剧》,南京大学出版社 2002 年版。

朱光潜:《悲剧心理学》,张隆溪译,人民文学出版社 1985 年版。

任生名:《西方现代悲剧论稿》,上海外语教育出版社 1998 年版。

什克洛夫斯基等著:《俄国形式主义文论选》,方珊等译,三联书店 1989 年版。

托多罗夫编选:《俄苏形式主义文论选》,蔡鸿滨译,中国社会科学出版社 1989 年版。

赵毅衡编:《"新批评"文集》,中国社会科学出版社 1988 年版。

骆小所:《艺术语言学》,云南人民出版社 1996 年修订版。

王之望:《文学风格论》,四川文艺出版社 1986 年版。

舒展编选:《钱钟书论学文选》,花城出版社 1990 年版。

科瓦廖夫:《文艺创作心理学》,程正民译,福建人民出版社 1982 年版。

维戈茨基:《艺术心理学》,周新译,上海文艺出版社 1985 年版。

童庆炳主编：《现代心理美学》，中国社会科学出版社 1999 年版。

王克俭：《文学创作心理学》，中央民族大学出版社 1997 年版。

刘烜：《文艺创造心理学》，吉林教育出版社 1992 年版。

钱谷融、鲁枢元主编：《文学心理学教程》，华东师范大学出版社 1987 年版。

徐挥：《艺术家人格的心理分析》，华中师范大学出版社 1999 年版。

高楠：《艺术心理学》，辽宁人民出版社 1987 年版。

彼得罗夫斯基主编：《普通心理学》，朱智贤等译，人民教育出版社 1981 年版。

燕国材：《新编普通心理学概论》，东方出版中心 1998 年版。

车文博：《西方心理学史》，浙江教育出版社 1998 年版。

T·H·黎黑：《心理学史——心理学思想的主要趋势》，刘恩久等译，上海译文出版社 1990 年版。

叶浩生主编：《西方心理学的历史与体系》，人民教育出版社 1998 年版。

杨清：《现代西方心理学主要派别》，辽宁人民出版社 1982 年版。

马世骏主编：《现代生态学透视》，科学出版社 1990 年版。

余谋昌：《生态哲学》，陕西人民教育出版社 2000 年版。

雷毅：《生态伦理学》，陕西人民教育出版社 2000 年版。

鲁枢元：《生态文艺学》，陕西人民教育出版社 2000 年版。

何怀宏主编：《生态伦理学——精神资源与哲学基础》，河北大学出版社 2002 年版。

王诺：《欧美生态文学》，北京大学出版社 2003 年版。

艾恺：《世界范围内的反现代化思潮——论文化守成主义》，贵州人民出版社 1999 年版。

孙志文：《现代人的焦虑和希望》，陈永禹译，三联书店 1994 年版。

附录一

诗意的活自然与生命的哲理

——丘特切夫的自然诗对托尔斯泰
小说的影响

俄国天才诗人费多尔·伊万诺维奇·丘特切夫与俄国大文豪列夫·尼古
拉耶维奇·托尔斯泰是第六代表兄弟（丘特切夫的母亲叶卡捷琳娜·里沃
芙娜·丘特切娃娘家姓托尔斯泰)①，但由于相隔多代，他们自己可能并不
知道这一关系，因而并未因此而多加往来，当然，两人的年龄也可能是一个
障碍——丘特切夫（1803年—1873年）长于托尔斯泰（1828年—1910年）
25岁，整整四分之一世纪，尽管他们一生只见过十余次面，但托尔斯泰十
分尊敬丘特切夫，而且这种感情越到晚年越是浓烈。

托尔斯泰与丘特切夫初识于1855年11月23日②，直到1906年7月17
日、8月21日他还两次满怀深情地回忆起这次相识："那时我从塞瓦斯托波
尔回来后住在彼得堡，当时已大名鼎鼎的丘特切夫来看我，尊重我一个年轻
作家，使我深感荣幸。当时，我记得，我大吃一惊……"③ 1873年2月初在
致A. A. 托尔斯泰娅的信中，他曾明确谈到自己对丘特切夫的感情与看
法："您不会相信——我和他一生中只见过十余次面：但我爱他，并且认为

---

① ［俄］B. 科日诺夫：《丘特切夫》，莫斯科，1988年版，第29页。
② 《同时代人谈丘特切夫》，图拉，1984年版，第137页注释15。
③ 《同时代人谈丘特切夫》，图拉，1984年版，第78、81页。

他是那些无法计量地高出于所生活的庸众中的人们中不幸的一个，所以永远是孤独的。"① 1871 年 8 月托尔斯泰在从费特庄园作客后回家的途中偶遇丘特切夫。这是两人的最后一次相会。这次相会给托尔斯泰留下了极其深刻的印象，他在给朋友们的信中一再兴奋地谈起此事。在同年 8 月 24 至 26 日致费特的信中他写道："我最近到您那儿去是我历次出门最愉快的一次……我在契尔尼遇见了丘特切夫，我讲了和听了四个站的话，现在，我时时刻刻都在回想这个伟大的、朴素的、学识高深和真正的老头儿。"② 同年 9 月 13 日在致斯特拉霍夫的信中，他再次谈到此事："离开您后不久我就在铁路上遇到了丘特切夫，我们交谈了四个小时。我主要听他讲话……这是一个天才的、堂堂正正的儿童老头。在活着的人们当中，除了您和他，我不知道还有谁能使我产生这样的感想。"③

托尔斯泰更热爱丘特切夫的诗歌，他曾说过："没有丘特切夫，我就不能活。"④ 托尔斯泰初次接触丘诗大约是 1855 年 12 月 31 日，德鲁日宁在其日记中写道："后到涅克拉索夫家，遇到波特金、托尔斯泰和屠格涅夫……朗诵丘特切夫的诗……"⑤ 后来，托尔斯泰回忆道："当时屠格涅夫、涅克拉索夫和 Ko 勉强说服我们阅读丘特切夫的诗歌。然而，当我读过以后，我简直被他那创作天才的巨大能量搞得目瞪口呆。"⑥ 他之所以喜爱丘诗，一是因为丘诗风格独特、思想深刻、感情丰富、美⑦，二是因为丘特切夫严肃认真地对待诗歌艺术，在内容与形式方面精益求精："他（丘特切夫——引者）是非常严肃的，他不像我的朋友费特那

①　转引自皮加列夫：《丘特切夫的生平与创作》，莫斯科，1962 年版，第 180 页。
②　《托尔斯泰文学书简》，章其译，湖南人民出版社 1984 年版，第 445 页。
③　《同时代人谈丘特切夫》，图拉，1984 年版，第 69 页。
④　《同时代人谈丘特切夫》，图拉，1984 年版，第 76 页。
⑤　《同时代人回忆托尔斯泰》，上，冯连辑、张韵婕、裴兆顺译，上海译文出版社 1984 年版，第 101 页，该页俄文原注认为这大概是托尔斯泰头一次接触丘诗；又《同时代人谈丘特切夫》第 72 页及第 136 页注释 2 与此同。
⑥　《同时代人谈丘特切夫》，图拉，1984 年版，第 136 页注释。
⑦　这是托翁晚年对丘诗的评价，他在喜欢的丘诗旁标上特定的记号，表明这些特点，详见陈先元、朱宪生译《丘特切夫抒情诗选》有关注释，漓江出版社 1986 年版，或见《对俄罗斯只能信仰——丘特切夫和他的时代》（论文集），图拉，1981 年版，第 161 页。

样与缪斯开玩笑……他对一切都要求严格：不论是内容还是形式都如此。"①

即使到了晚年，他已不再喜欢诗歌——因为他认为诗是贵族文化，是绝大多数俄国人民不能理解的、异己的东西②，而且，他"对诗歌语言一般说来是持否定态度的。他曾经说过，诗人受格律和韵脚的束缚，时常要拿自己的形象和语句去凑格律和韵脚；他们在表达自己的思想时是不自由的"③，但他对丘特切夫诗歌的爱不仅未曾减弱，反而历久弥深了。"他只看重极少数几位诗人：丘特切夫、莱蒙托夫、费特，当然还有普希金"④，"列夫·尼古拉耶维奇要是引用诗句或谈到诗歌……那总是普希金和丘特切夫，还有费特"⑤。而且，"他最喜欢读的是费·伊·丘特切夫的诗歌"⑥。他甚至认为丘特切夫高于普希金："在我看来，丘特切夫是个最好的诗人，其次是莱蒙托夫，再次是普希金"⑦。因为尽管普希金比丘特切夫全面，但他的长处更主要有赖于其散文作品，"而丘特切夫作为一个抒情诗人，无可比拟地深刻于普希金"⑧。他不仅在晚年的谈话中一再谈到丘特切夫，引用其诗句，而且经常劝导从事文学、爱好文学的人们阅读丘诗、学习丘诗，甚至把丘特切夫诗集当做礼物不断送给他人。⑨

托尔斯泰如此热爱丘诗，而且时间又长达半个多世纪，这不能不对其思想

---

① 《同时代人谈丘特切夫》，图拉，1984年版，第74页。
② ［俄］瓦·费·布尔加科夫：《垂暮之年——托尔斯泰晚年生活纪事》，绪论，陈伉译，内蒙古人民出版社1984年版，第15页。
③ 《同时代人回忆托尔斯泰》，上，冯连驸、张韵婕、裴兆顺译，上海译文出版社1984年版，第305—306页。
④ 《同时代人回忆托尔斯泰》，上，冯连驸、张韵婕、裴兆顺译，上海译文出版社1984年版，第306页。
⑤ ［俄］瓦·费·布尔加科夫：《垂暮之年——托尔斯泰晚年生活纪事》，绪论，陈伉译，内蒙古人民出版社1984年版，第15页。
⑥ 《同时代人谈丘特切夫》，图拉，1984年版，第72页。
⑦ 《同时代人谈丘特切夫》，第76页，或参见《同时代人回忆托尔斯泰》，下，周敏显等译，上海译文出版社1984年版，第105页及上，第369页。
⑧ 《同时代人谈丘特切夫》，第77页，或参见《同时代人回忆托尔斯泰》，下，周敏显等译，上海译文出版社1984年版，第114页及上，第595—596页。
⑨ 《同时代人谈丘特切夫》，第72—83页，或参见《同时代人回忆托尔斯泰》，下，周敏显等译，上海译文出版社1984年版，第106页。

和创作产生一定的影响。1891年10月25日，他在给彼得堡著名出版商、书店老板M．M．列杰尔列的信中开列了一份对自己生活各阶段影响最大的书目，其中在"20至35岁"间明确写出丘特切夫的抒情诗对他的影响为："大"①。然而，中俄学术界似乎由于某种原因，对这一问题很少论及，即使谈到，大多为只言片语："丘特切夫从泛神论观点出发，把人和自然结合为一个整体，这是他的写景诗的一大特色。屠格涅夫和托尔斯泰在小说中所使用的人景交融的描写手法，受到了这些诗篇的影响。"②即使像В．Э．贝克尔那样，撰写了专文《费·伊·丘特切夫和列·尼·托尔斯泰》，也只是统计了托翁所喜欢并标上记号的丘诗有多少首，并选择其中的一些代表作加以分析③，而几乎未涉及诗人对作家的影响。

综观两人的创作，我们认为，正如托翁自己所说的那样，丘诗对其有"大"的影响。这一影响时间颇长（从1855年直到托翁晚年），范围较广。研究这一影响，不仅有利于促进对托尔斯泰的思想和艺术的理解，而且对文学中的影响研究也不无意义，具有较高的学术价值。由于篇幅所限，一些极有价值的问题暂不讨论（如"杰尼西耶娃组诗"对《安娜·卡列尼娜》的影响，苏联学者虽然谈及过，但未曾深入），此处集中探讨的只是，丘特切夫的自然诗对托尔斯泰创作的影响。

丘特切夫的自然诗深受德国古典哲学家谢林（1775年—1854年）"同一哲学"的影响。"同一哲学"认为，自然界的一切，从物质到人类，都是一种绝对的、不自觉的、发展的精神——"宇宙精神"（又译"世界灵魂"、"绝对同一性"、"绝对"）按一定的目的创造出来的。人是宇宙精神的产物，他的意识与自然没有差别："自然应该是可见的精神，精神应该是不可见的自然"，自然也是有理性的，与人的意识毫无区别："自然与我们在自身内所认作智性和意识的那个东西原来是一回事。"因此，主观意识逐渐认识自

---

① 倪蕊琴编：《托尔斯泰生活和创作简表》，载《托尔斯泰论文集》，上海译文出版社1983年版，第549页。
② 《丘特切夫诗选》，查良铮译，外国文学出版社1985年版，第183页。
③ 参见《对俄罗斯只能信仰——丘特切夫和他的时代》（论文集），图拉，1981年版，第161—168页。

己的过程，也就是认识客体的过程，反之亦然。① 在此理论影响下，丘特切夫认为自然是一个活的有机体。它有自己的生命、意志、语言和爱情："大自然并非你们想象的那样：/它不是图形，不是一张死板的脸——/它有自己的灵魂，它有自己的意志，/它有自己的爱情，它有自己的语言……"② 这样，他眼中的自然，既非古希腊人那样是众神的殿堂，也不是基督教中上帝这宇宙的唯一创造者的神庙，而是一个生气勃勃的生命有机体。这个生命有机体的一切，都为诗人热爱，也在其笔下得到了广泛的描绘。苏联著名评论家列夫·奥泽罗夫在论述丘氏及其诗歌时指出："他喜爱尘世的一切，喜爱现实生活的丰富多彩，渴望用自己的整个生命去了解它们。他喜爱春天的雷雨和初萌感情的汛滥，喜爱太阳下闪光的白雪和群山的顶峰，喜爱骑兵队似的海浪和当'万物在我中，我在万物中'的黄昏时候神秘的宁静，喜爱一端架在森林上，另一端隐在白云中的彩虹，喜爱喷泉的飞沫和黏糊糊的新叶，喜爱天空中飞翔的鸟群和'在悠闲的犁沟里'闪闪发光的'蛛网的细丝'。世界的一切元素对他敞开：大地，水，火，空气。"③

进而，丘特切夫形成了人与自然统一的思想，他最憧憬的人与自然交融为一的完美境界是："万物在我中，我在万物中"④。这样，他往往把人与自然结合起来描写，让自然与人心沟通，展示人与自然的统一与和谐。

托尔斯泰本来就热爱大自然，在丘诗的影响下，他不仅喜欢描绘充满生命活力的大自然的一切，更明确形成了人与自然统一的观念，并且把人与自然结合起来描写。

在未接触丘诗以前，托尔斯泰作品中的自然景物，往往更多的是孤立的背景，而未与人们的心灵沟通起来，如1852年完成的《袭击》中的一段写

① 关于谢林"同一哲学"对丘诗的影响，详见曾思艺：《丘特切夫诗歌研究》，湖南文艺出版社2000年版，第271—288页，或见曾思艺：《丘特切夫的哲理抒情诗与谢林哲学》，载《湘潭大学学报》1989年第4期，中国人民大学书报资料中心《外国哲学与哲学史》1989年第11期全文复印。
② 《丘特切夫诗选》，曾思艺译，菲尼克斯出版社，顿河罗斯托夫，1996年版，第87页。
③ ［俄］列夫·奥泽罗夫：《丘特切夫的银河系》，见《丘特切夫诗选》，莫斯科，1985年版，第5页。
④ 《丘特切夫诗选》，曾思艺译，菲尼克斯出版社，顿河罗斯托夫，1996年版，第78页。

景就是如此："晚上六点多钟，我们精疲力竭，满身尘土走进宽阔坚固的要塞大门。太阳快落山了，把它那玫瑰红的余辉投向美丽如画的小炮台，投向要塞四周的花园和高高的白杨树，投向金黄色的田野，也投向聚集在雪山周围的白云——白云仿佛在模仿雪山，连成一片，跟雪山一样神奇美丽。一钩新月，好像一小朵透明的云彩，出现在天边。"① 而这在他 1856 年以前的作品中几乎随处可见。不过，受泛神论影响，托尔斯泰此时也已初步形成了朦朦胧胧的人与自然一致的想法，并在作品中有数量极少、相当简短而又十分可贵的表现，如 1854 年完成的《少年》在描写经过大雷雨后男主人公的心理时，就初次与大自然挂起钩来："我的心灵像焕然一新的、欢欢喜喜的大自然一样微笑着。"②

在读过丘特切夫的诗歌，并且被他那创作天才的巨大能量搞得目瞪口呆后，托尔斯泰逐渐明确地形成了人与自然统一的思想。他在 1861 年的旅行笔记中指出，"欣赏大自然的主要喜悦"，在于感到"自己是这无限的美丽的整体的一部分"③："我爱这样的自然，当她从四面八方环抱着我，而后无边无际地向远方伸展，但我却处身其中。我喜欢，当炎热的空气从各方面包围着我。而这种空气，缭绕着向无限远的地方散发，当那被我坐皱了的油绿鲜嫩的草叶使一望无际的草地变成一片翠绿的时候，当那远处郁郁葱葱的树林枝叶随风摆动着，在我的脸上移动着影子的时候，当我们所呼吸的空气构成无垠天空的深蔚蓝色的时候，当您不是单独一个人因大自然而欢腾、而快乐的时候，当您的四周有无数昆虫嗡嗡叫着打转，小牛互相顶撞着匍匐而行，周围到处是鸟儿在响亮而婉转地歌唱的时候。"④ 在自己的创作中，他更是大量把人与自然结合起来写，并且力图阐明人与自然的统一，如 1856

① 《托尔斯泰文集·一个地主的早晨——中短篇小说1852—1856》，草婴译，上海译文出版社1985年版，第12页。
② ［俄］列夫·托尔斯泰：《童年 少年 青年》，谢素台译，人民文学出版社1984年版，第127页。
③ 转引自蒋连杰：《技巧·方法·思想——谈托尔斯泰的大自然描绘》，载《托尔斯泰论集》，浙江人民出版社1982年版，第402页。
④ ［俄］普列汉诺夫：《托尔斯泰和大自然》，载《文艺理论研究》1980年第1期，也可见《托尔斯泰日记》，上，雷成德等译，陕西人民出版社1998年版，第325页。

年 9 月完稿的《青年》中写道:"神秘而伟大的自然,这不知为何高悬在蔚蓝天空的某个地方、同时又无所不在、好像要填满无穷空间的、吸引人的亮晶晶的圆月;还有我,一个已经被各种各样卑鄙的、可怜的人类情欲所污损,但是有着无穷的、莫大的想象力和爱情的微不足道的蛆虫——在这种时刻,我觉得大自然、月亮和我,这三者仿佛融为一体了。"① 在《两个骠骑兵》、《哥萨克》、《战争与和平》中,他也多次写到这种统一。

在此基础上,托尔斯泰学习、借鉴了丘特切夫自然诗的一些写作技巧与哲理观念。

丘特切夫自然诗的一大特点是善于通过光、影、声、色来栩栩如生地描写自然景物,如:"青春的雷一连串响过,/阳光把雨丝镀成了黄金"(《春雷》),又如:"被蓝色夜晚的恬静所笼罩/这墨绿的花园睡得多甘美;/从苹果树的白花间透出了/金黄色的月轮,多动人的光辉"(《"被蓝色夜晚的恬静所笼罩"》)②。

托尔斯泰也善于通过光、影、声、色来描绘自然景物,如《哥萨克》中的一段夜景描写:"夜黑暗而温暖,没有风。只有小半边天空星光闪烁;山那边的大半边天空都被乌云遮没了。乌云跟山连成一片,因为宁静无风,缓缓地向前移动,它那曲折的边缘在湛蓝的星空陪衬下显得格外清晰……芦苇有时无缘无故地东摇西摆,发出飒飒声。从下面看去,摇摆的芦苇在那片明亮的天空衬托下好像蓬松的树枝。脚边就是河岸,河岸下是汹涌的激流。远一点是一大片光滑而流动的褐色河面,河水在浅滩和岸旁泛着单调的涟漪。再远一点,水、岸、云汇成了一片不可渗透的黑暗。河面上浮动着一条条黑影……偶尔亮起一道闪光,映入黑镜子般的水中,照亮了对面微斜的河岸。和谐的夜籁——芦苇的飒飒声,哥萨克的打鼾声,蚊子的嗡嗡声和流水的潺潺声,偶尔被远方的枪声、河岸上泥土的崩落声、大鱼的泼水声,或是野兽窜过荒林的簌簌声所打断。一只猫头鹰沿捷列克河飞过,在飞翔时双翼

---

① [俄]列夫·托尔斯泰:《童年 少年 青年》,谢素台译,人民文学出版社 1984 年版,第 325 页。
② 《丘特切夫诗选》,查良铮译,外国文学出版社 1985 年版,第 5、45 页。

每挥动两下就相碰一次。"① 此类描写在《哥萨克》中为数不少，在《战争与和平》、《安娜·卡列尼娜》、《复活》中也常可见到。

丘特切夫把人与自然看成一个统一的整体，人的意识与自然是一回事，因此，他往往让自然与人心沟通，通过对自然的描绘，展示心灵的运动过程，让自然景物成为思想与情绪的客观对应物或象征，如《"河流迂缓了"》、《"在戕人的忧思中"》、《"世人的眼泪"》等诗莫不如此。② 这种人与自然结合、情景交融的艺术手法为托尔斯泰所借鉴，并较多地使用于其创作中，最著名的当数《战争与和平》中的老橡树。当安德烈公爵绝望、悲哀的时候，他看到路旁那棵巨大的、两人才能合抱的橡树，"它像一个老迈的、粗暴的、傲慢的怪物，站在带笑的桦树之间，伸开着巨大的、丑陋的、不对称的、有瘤的手臂和手指……不愿受春天的蛊惑，不愿看见春天和太阳"，并且似乎在说，"春天，爱情，幸福！……老是一样的，全是欺骗！没有春天，没有太阳，没有幸福！"几天后，被月夜中充满激情与诗意的少女娜塔莎所感动，恢复了青春和希望的安德烈公爵再次看到老橡树时，发现："老橡树完全变了样子，撑开了帐幕般的多汁的暗绿色的枝叶，在夕阳的余辉下轻轻摆动着，昂然地矗立着。既没有生节瘤的手指，也没有瘢痕，又没有老年的不满与苦闷——什么都看不见了。从粗糙的、百年的树皮里，长出了一片片没有枝干的多汁的幼嫩的叶子，使人不能相信这棵老树会长出这样的树叶。"③ 在这里，老橡树显然是安德烈公爵的思想和情绪的外化或象征物。《安娜·卡列尼娜》中安娜乘车时的暴风雪、《战争与和平》中彼尔仰首观望的那颗彗星也同样如此。

丘特切夫的自然诗被称为"哲理抒情诗"，显然，它包含着丰富而深刻的哲理意蕴。

首先，丘诗包含着丰厚的生命哲学意蕴，其中最明显的一点，便是表现

---

① 《托尔斯泰文集·哥萨克——中短篇小说1857—1863》，草婴译，上海译文出版社1995年版，第191—192页。

② 详见曾思艺：《丘特切夫诗歌研究》，湖南文艺出版社2000年版，第161—165页。

③ ［俄］列夫·托尔斯泰：《战争与和平》（二），高植译，上海译文出版社1981年版，第597、602页。

生命的运动。为了表现生命的运动，丘特切夫在自然诗中最喜欢描绘一种现象向另一种现象的更替，或一种状况向另一种状况的转化，如《"太阳怯懦地望了一望"》，细致生动地描写了由晴转雨又由雨转晴的转化状态，《黄昏》则细腻地描绘了白天向夜晚过渡的黄昏时刻，《夏晚》则写夏天傍晚由炎热开始转凉快的情景。他也致力于表现自然的某种运动，如《"昨夜，在醉人的梦幻里"》细致地描绘了晨光的流动：

> ……轻轻地流着，徐徐地飘着，/仿佛随一阵细风流入，/烟一般轻，幽洁如百合，/有什么突然扑进窗户。//看，有什么无形地流过/那在幽暗中灼烁的地毯，/啊，它已经悄悄地攀着/被子的一角，顺着它的边——//像一条蛇蜿蜒地爬行，/终于来到了卧榻上，/看啊，它已窥进帐帏中/好似一条丝带在飘荡……//突然，它以颤动的光线/触着了少女的前胸，/又以洪亮的、绯红的叫喊/张开了你睫毛的丝绒。①

托尔斯泰也善于通过描写大自然的运动与变化来展示生命的哲学意蕴。在他看来，大自然就是生命力的象征："生命的力量无处不在：在青草中，在树芽中，在花中，在昆虫和鸟雀中，于是我想，我们人类有一种特性，多少受制于这种力量，能够在自己身上认识这种力量。"② 在小说中，他更是大量描写运动着的自然，甚至把自然写得像人一样充满生命的活力，以致普列汉诺夫指出："每一个读过托尔斯泰作品的人都知道，托尔斯泰爱大自然，并以任何人任何时候也不曾达到过的技巧描绘了大自然，大自然不是被写出来的，而是活在我们的伟大艺术家身上，有时大自然甚至仿佛是小说中的一个人物，只消回忆一下《战争与和平》中的罗斯托夫家的幼辈们圣诞节之夜驾橇车的无与伦比的场景。"③

即使是柔和宁静的黄昏，在托尔斯泰笔下也被描写得一切都在运动，充

---

① 《丘特切夫诗选》，查良铮译，外国文学出版社1985年版，第66—67页。
② 转引自蒋连杰：《技巧·方法·思想——谈托尔斯泰的大自然描绘》，载《托尔斯泰论集》，浙江人民出版社1982年版，第404页。
③ ［俄］普列汉诺夫：《托尔斯泰和大自然》，载《文艺理论研究》1980年第1期。

满了生命活力,如《卢塞恩》中的一段:"晚上六点多钟。下了一整天雨,这会儿放晴了。浅蓝色的湖水好像燃烧的硫磺;湖上几叶扁舟,拖着一条条渐渐消逝的波纹;光滑宁静的湖水像要满溢出来,从窗外葱绿的河岸间蜿蜒流去,流到两边夹峙的陡坡之间,颜色渐渐变暗;接着就停留和消失在沟壑、山岭、云雾和冰雪之间。近处,潮湿的浅绿湖岸伸展出去,岸上有芦苇、草坪、花园和别墅;远一点是树木苍郁的陡坡和倾圮的古堡;再远一点是淡紫色的群山,那里有形状古怪的巉岩和白雪皑皑的奇峰;万物都沉浸在柔和清澈的浅蓝色大气中,同时又被从云缝里漏出来的落日余辉照耀得瑰丽万状。湖上也好,山上也好,空中也好,没有一根完整的线条,没有一种单纯的色彩,没有一个停滞的瞬间,一切都在运动,哪里也没有平衡,一切都变幻莫测,到处是互相渗透、光怪陆离的线条和阴影,但周围却是一片宁静、柔和、统一和无与伦比的美。"①

但托尔斯泰对此又有所推进。作为一个长期生活于农村并参加了不少农村劳动的作家,他超越了丘特切夫,颇具创造性地写道,人的劳动也能给大自然带来变化,从而歌颂了人的生命活力——劳动,如《安娜·卡列尼娜》中描写列文割草后的一段:"列文向四下里看了一下,简直不认得这地方了。一切都变了样。有一大片草地割过了,它在夕阳的斜照下,连同一行行割下的芬芳的青草,闪出一种异样的光辉。那河边被割过的灌木,那原来看不清的泛出钢铁般光芒的弯弯曲曲的河流,那些站起来走动的农民,那片割到一半的草地上用青草堆起来的障壁,那些在割过的草地上空盘旋的苍鹰,——一切都显得与原来不同了。"②

丘诗中更深邃的哲理意蕴表现为对人与自然关系的思考。丘特切夫认为,自然纯洁、和谐、永恒,而人世则污浊、喧嚣、短暂,在《"宴会终了"》一诗中,他写到人世喧喧嚷嚷:歌声震天,杯盘狼藉,车马奔流不息,人们熙熙攘攘,而在这城市的喧嚣之上,只有天空中明净无邪的星星在

---

① 《托尔斯泰文集·哥萨克——中短篇小说1857—1863》,草婴译,上海译文出版社1995年版,第2页。

② [俄]列夫·托尔斯泰:《安娜·卡列尼娜》,上,草婴译,上海译文出版社1982年版,第321页。

闪闪耀耀①，从而表达了类似我国宋代词人"人散后，一钩淡月天如水"的思想观念。在《"啊，多么荒凉的山林峭壁"》一诗中，他更是让人世与大自然两相对照：

> 啊，多么荒凉的山林峭壁！/一路上，溪水朝我流得欢腾——/它忙于到谷中去另觅新居……/而我则往山上缓缓地攀登。//我坐在山顶，伴着一株白松，/这儿一片静，令人感到欣慰……/溪水啊，你朝着山谷和人群/奔流吧：/尝尝那是什么滋味！②

在这里，"山谷"是庸俗、污浊、喧嚣的尘世的象征，"山顶"则是纯洁、永恒、宁静的精神境界的象征，全诗通过这两个对立的意象，表达了诗人富有哲理意味的思想——厌恶纷纭、扰攘、庸俗的人世，向往纯洁、永恒的精神境界。

在丘诗的启发下，托尔斯泰也常在小说中让生机勃勃的美好、纯洁的大自然与作茧自缚甚至自相残害的污浊、丑恶的人世两相对照，从而有力地表达自己对人世和社会的否定与批判，最著名的当数《复活》开头的一段："尽管好几十万人聚居在一小块地方，竭力把土地糟蹋得面目全非，尽管他们肆意把石头砸进地里，不让花草树木生长，尽管他们除尽刚出土的小草，把煤炭和石油烧得烟雾腾腾，尽管他们滥伐树木，驱逐鸟兽，在城市里，春天毕竟还是春天。阳光和煦，青草又到处生长，不仅在林荫道上，而且在石板缝里。凡是青草没有锄尽的地方，都一片翠绿，生意盎然。桦树、杨树和稠李纷纷抽出芬芳的黏稠嫩叶，菩提树上鼓起一个个胀裂的新芽。寒鸦、麻雀和鸽子感到春天已经来临，都在欢乐地筑巢。就连苍蝇都被阳光照暖，在墙脚下营营嗡嗡地骚动。花草树木也好，鸟雀昆虫也好，儿童也好，全都欢欢喜喜，生气蓬勃。唯独人，唯独成年人，一直在自欺欺人，折磨自己，也折磨别人。他们认为神圣而重要的，不是这春色迷人的早晨，不是上帝为造

---

① 详见《丘特切夫诗选》，查良铮译，外国文学出版社 1985 年版，第 95—96 页。
②《丘特切夫诗选》，查良铮译，外国文学出版社 1985 年版，第 51 页。

福众生所创造的人间的美，那种使万物趋向和平、协调、互爱的美；他们认为神圣而重要的，是他们自己发明的统治别人的种种手段"，尤其是省监狱办公室的官员，他们"认为神圣而重要的，不是飞禽走兽和男女老幼都在享受的春色和欢乐，他们认为神圣而重要的，是昨天接到的那份编号盖印、写明案由的公文"。①

丘特切夫进而认为，自然是美妙永恒的，更是强大有力的。对于自然来说，人只是瞬间的梦幻：当人已经从年轻力壮变得衰弱无力时，自然依旧年轻而美丽。人一天天变老，最终来自泥土，复归于泥土，而自然则永恒地活着，并且毫无变化地年轻美妙，如《春天》、《"天上隐现出白色的云朵"》②。在最为托尔斯泰推崇的两首诗歌之一的《"灵柩已经放进墓茔"》（另一首是《沉默》）中他更是写道：

灵柩已经放进墓茔，/人们都已聚集在墓地……/说话勉强，呼吸困难，/腐朽的气味令人窒息……//在掘开的墓穴的上方，/在放好的棺木的前头，/一位有名的博学的牧师/正在把祭词高声宣读。//他宣讲人生的短暂/罪恶，还有基督的鲜血……/他把众人的心深深打动，/用睿智而又得体的语言……//可天空永远这样明净辽阔，/永远地凌驾于大地之上……/在蓝色的天空的深处，/鸟儿在飞翔，在歌唱……③

全诗在作为整体的永恒、强大的自然的对照下，不仅深刻地表现了人的短暂、渺小，而且表现了虔信宗教的徒劳——对牧师的轻微讥讽即是揭示人力图在宗教中求得永恒与不朽纯属幻想。在《"伴我多年的兄长"》中他甚至极其悲观地宣称："一切都将消失殆尽，连痕迹都没有！/有我还是无我——/哪儿又会需要什么？/一切都将如此——暴风雪依然这样悲号，/依然是这样的黑暗，笼罩草原的四周。"④ 这样，他便产生了面对永恒大自然

---

① ［俄］列夫·托尔斯泰：《复活》，草婴译，上海译文出版社1983年版，第5页。
② 详见《丘特切夫诗歌全集》，朱宪生译，漓江出版社1998年版，第196—197页，453页。
③ 《丘特切夫诗歌全集》，朱宪生译，漓江出版社1998年版，第147页。
④ 《丘特切夫诗歌全集》，朱宪生译，漓江出版社1998年版，第500页。

而深感悲哀的强烈的死亡意识①。为摆脱这一暮霭般越来越浓的死亡的阴影，他试图融化于普遍的自然中，天人合一，获得和平与宁静，忘掉个体的"我"（《春天》），在曾使晚年的托尔斯泰感动得老泪纵横的《"灰蓝色的影子溶和了"》一诗中，他甚至宣称："让那忘我的昏黑/在我的感觉中满溢！/让我饱尝湮灭的滋味，/同安谧的世界融为一体！"②

托尔斯泰由此而深受启发，也开始较多地思考人与自然的关系。他赞同丘特切夫那自然永恒、强大，而人短暂、渺小的观念，并且也往往在美妙的自然中产生强烈的死亡意识，如他在1857年当做日记的瑞士旅行笔记中写道："令人感到惊讶的是，我在克拉拉度过的两个月，每当清晨，或者特别是在傍晚，饭后打开百叶窗，一缕阴影便从窗口投入，我望着湖水，望着反射在湖中的绿色的远方的蓝色群山，这种美便使我目眩神晕，一瞬间，一种意料不到的力量浸透了我。即刻，使我产生要爱的心情，甚至于觉得自己身上产生了一种对自己爱的情绪，我伤感过去，寄希望于未来。使我感到生活成为一件快活的事，我想活得很久很久。对于死的念头产生了孩子般的诗意的恐惧心理。"③ 因此，普列汉诺夫明确指出："托尔斯泰最强烈地感受着面临死亡的恐怖感觉，往往正是他最大限度地陶醉在自己与大自然融为一体的意识中的时候。"④

托尔斯泰小说中对人与自然关系的思考，表现为：在永恒、宁静然而强大的自然面前，人显得如此躁动不安，又如此短暂而微不足道。这方面最著名的例子，是安德烈公爵负伤后躺在奥斯特里茨战场上，望着天空的一段描写："在他头上，除了天，崇高的天，虽不明朗，然而是高不可测的、有灰云静静地移动着的天，没有别的了。'多么静穆、安宁、严肃呵，完全不像我那样地跑，'安德烈公爵想，'不像我们那样地跑、叫喊、斗争；完全不像法兵和炮兵那样地带着愤怒惊惶的面孔，互相争夺炮弹，——云在这个崇高无极的天空移动着，完全不像我们那样的哦。为什么我从前没有看过这个

---

① 详见曾思艺：《丘特切夫诗歌研究》，湖南文艺出版社2000年版，第68—82页。
② 《丘特切夫诗选》，曾思艺译，菲尼克斯出版社，顿河罗斯托夫，1996年版，第78页。
③ 《托尔斯泰日记》，上，雷成德等译，陕西人民出版社1998年版，第254页。
④ ［俄］普列汉诺夫：《托尔斯泰和大自然》，载《文艺理论研究》1980年第1期。

崇高的天？我终于发现了它，我是多么幸福啊。是的！除了这个元极的天，一切都是空虚，一切都是欺骗。除了天，什么、什么都没有了。但甚至天也是没有的，除了静穆与安宁，什么也没有。"①

托尔斯泰面对死亡，虽然未曾像丘特切夫那样宣称要忘掉个体的自我，投入永恒的普在，同安谧的世界融为一体，但他以另一种方式，表达了类似丘特切夫的观念。在《三死》这部小说中，他写到了世界上的三种死亡：贵夫人的死、农民的死、一棵树的死②。他在1858年5月1日致阿·安·托尔斯泰娅的一封信中阐明了该作品的主旨："我的想法是：三个生物死去了，——一位贵夫人、一个农民和一株树。贵夫人是既可怜又可厌，因为她一辈子撒谎，直到临终还仍然在撒谎……那个农民死得很安静，就因为他不是一个基督教徒。他的宗教……是他终生相伴的大自然……是他跟整个世界的和谐相处，不像贵夫人，她跟整个世界凿枘不和。那株树死得安静、诚实、漂亮。漂亮，——因为它既不撒谎，也不做作，既不害怕，也不惋叹。"③ 也就是说，贵夫人自私自利，自我中心，与大自然格格不入，农民与大自然基本融为一体，而树则本身就是永恒大自然的一部分。通过他们的死，表现了托尔斯泰放弃自我，与大自然融为一体、过真正自然的生活的思想。

值得一提的是，在借鉴丘诗的同时，托尔斯泰又以自己独特的博爱、道德自我完善等观念充实、深化了自己的自然描写，从而超越了丘特切夫，使自己的作品更显丰厚和深刻。

综上所述，丘特切夫的自然诗的确对托尔斯泰的思想和创作有着"大"的影响，对此的研究应更加深入，本文权作引玉之砖。

---

① ［俄］列夫·托尔斯泰：《战争与和平》（一），高植译，第398—399页。
② 详见《托尔斯泰文集·哥萨克——中短篇小说1857—1863》，草婴译，上海译文出版社1995年版，第57—71页。
③ 转引自［俄］贝奇柯夫：《托尔斯泰评传》，吴钧燮译，人民文学出版社1981年版，第81页。

附录二
费·伊·丘特切夫

在费多尔·伊万诺维奇·丘特切夫这位优秀诗人的艺术才能已经达到成熟，他不仅创作而且发表了许多诗篇之后很久，他的名字对俄罗斯读者来说还是陌生的。而他的那些诗篇，后来被选入文选读本并且成为俄罗斯优秀抒情诗的典范。

作为诗人兼不定期的文学丛刊和杂志《伽拉忒亚（Галатея）》①的出版者 C. E. 拉伊奇的学生，丘特切夫早在少年时期就在老师的熏陶下，培养起了对文学的兴趣，并被他带进作家圈里。少年诗人的另一个老师，莫斯科大学的教授 A. Ф. 梅尔兹利亚科夫，在俄罗斯语言爱好者协会的大会上，朗读了诗人模仿贺拉斯《达官贵人》的一首诗作之后，14 岁的诗人被选为协会成员。

此后丘特切夫的命运非同寻常。18 岁时，他作为俄国驻巴伐利亚慕尼黑外交使团的人员出国赴任。二十多年的时间，他待在国外，期间只是偶尔回到祖国。返回俄罗斯时他已不再年轻，足足 40 岁了。从 19 世纪 20 年代后期起，丘特切夫就在俄罗斯杂志和不定期的文学丛刊（如《乌剌尼亚》、《北方的诗》、《伽拉忒亚》、《朝霞》等）发表诗篇。到 30 年代中期，他已发表了这样一些作品，如《春雷》、《夏晚》、《幻影》、《不眠夜》、《梦》、

---

① 伽拉忒亚是希腊神话中的海洋女神之一，是平静海洋的化身。此外，皮格马利翁所爱的象牙女郎也叫伽拉忒亚。

《"好似海洋环绕着地面"》、《西塞罗》、《最后的剧变》、《春水》、《沉默》、《疯狂》。丘特切夫的这些诗作和其他投稿者那些蹩脚的仿作发表在一起，未能获得同时代人应有的评价。诗人的这些杰作常常在杂志上和他那些未成熟的译诗及早期的诗篇交替发表，因而未能使人正确评议诗人诗才的特点及其所达到的水平。

直到1836年，丘特切夫根据朋友 И. C. 加加林的提议，收集了自己的诗作和手稿，把它们寄到俄罗斯，转交参与《现代人》杂志出版发行的 П. А. 维亚泽姆斯基、B. A. 茹科夫斯基，而随后就连普希金也开始认真关注他的创作。加加林在1836年6月12（24）日写给诗人的信中，通报了茹科夫斯基和维亚泽姆斯基对其作品的青睐，以及普希金对其作品的欣赏。很明显，最后一个消息令诗人非常激动。诗人在1836年7月7（19）日写给加加林的回信中，说到对方的消息令自己深感欢欣，他随即把话题转向普希金，并且依据普希金的智慧和艺术创作的特点，认为他高于同时代所有的法国诗人。

普希金亲自将多首精选的丘诗列入《现代人》第三、四卷的目录内（第三卷1个印张，第四卷0.5个印张）。与维亚泽姆斯基和茹科夫斯基设想的只发表丘特切夫的五六首诗不同，普希金将诗人从德国寄来的24首诗全部发表，并且开始着手准备出版丘特切夫的诗集。丘特切夫的朋友们希望，普希金能参加到诗集的出版工作中去，但诗作未能结集出版。

始终关注普希金的同时代人，于1836年宣告了他对丘诗所怀有的兴趣甚或是热情。把丘特切夫的大部分精选诗和其他著名诗人的作品同时发表在普希金主编的《现代人》上，本身就是把他介绍给读者的一种独特的推荐方式。然而《现代人》上发表的这一系列作品署名为费·丘，作者的名字不能为人所知，只是文艺工作者们才熟悉它。同时，在《现代人》中，诗人创作的抒情形象和合乎语言规范的诗篇，是以标题为《寄自德国的诗章》出现的。

读者虽不能从《现代人》上发表的丘诗中获知诗人的名字，但他们却知道了他独特的经历和创作的本质特征：他被想象成一个久居德国并被德国文化熏染的俄国人。对已发表在《现代人》上作品的这种独特"注释"，是符合丘特切夫诗歌的一些最重要的主题的：丘特切夫已发表的早期诗作中的一首——海涅《松树》的译作，发表在 1827 年的《北方的诗》上，加上了原诗未有的标题《从异乡》，并在诗后有附注文字"慕尼黑"。这样，诗人便赋予这首诗以"自身抒情主题的特点"，并使其成为异国他乡的俄罗斯人思乡之情的表现。

在 19 世纪 20 年代末和 30 年代，德国哲学和诗歌引起了俄国社会的兴趣。团结在《俄罗斯通报》下的一批年轻的俄国谢林派"爱智协会"成员的活动，引起了普希金的注意。丘特切夫与他们关系密切。普希金继 И. 基列耶夫斯基之后称这些哲学家兼诗人为德国派诗人，他把丘特切夫也列入其中。1830 年普希金在不定期的文学刊物《朝霞》上发表评论，承认德国派两位诗人舍维廖夫和霍米亚科夫具有无可争议的才能，但并未这样称道丘特切夫，因为当时他的创作还鲜为人知。然而，1836 年，当丘特切夫的诗在他的杂志上占据了很多篇幅时，显而易见的是，丘特切夫引起了他的重视。

可是，在普希金去世后数年，丘诗发表的数量显著减少。在普希金和与他接近的文学界的朋友这些权威诗人们承认诗人才能的时候，丘特切夫在文学界占据了一定的位置，而在 40 年代，这种可能性消失了，他的诗几乎未在杂志上发表。俄国的一流诗人把自己的诗篇从德国寄回祖国而又未署上全名，这个谜一般的现象被完全忘记了。而这种遗忘为瓦列瑞安·迈科夫指出。在对 А. Н. 普列谢耶夫所译海涅诗歌的评论中，瓦·迈科夫顺便提及丘特切夫，他断言，对曾在《现代人》上发表作品并引起专家和评论家注意的丘特切夫十年的彻底遗忘，证明了俄国文学界可悲的现状及对真正天才和真正诗歌作品的轻视。他通过这种方式把丘特切夫作为当代社会遭受悲惨命运的天才诗人的例子。瓦·迈科夫根据普希金和他接近的文学界友人的评论，来评价丘特切夫创作的艺术意义。

在对丘特切夫的文学命运起了特殊作用的 Н. А. 涅克拉索夫的《俄国的二流诗人》（1850 年）一文中，也可发现相同的意图。涅克拉索夫的文章（第一篇评论丘特切夫创作的特写）断言，丘特切夫由于受条件影响屈居二流诗人的位置，实质上应属于一流诗人的行列，他在文学界的消失是一个巨大的损失。涅克拉索夫宣称："我们坚定地把丘特切夫的诗歌才能归入俄国第一流的诗歌天才"，并在这篇文章中把丘特切夫列为可与普希金和莱蒙托夫并驾齐驱的俄国最著名诗人。文章结尾处，忆及普希金生前及逝世后发表在《现代人》刊物上的那些丘诗。1850 年刊登在《现代人》上赞扬丘特切夫的文章并不偶然。涅克拉索夫的文章，表达了《现代人》编辑部对诗歌的命运、研究和保存过去诗歌瑰宝的关心，以及鼓励诗人继续创作的决心。涅克拉索夫同情地谈到敌意的环境留在诗人心中不祥的痕迹，和反映在创作中诗人心灵的敏感，并且暗示无论老一辈诗人还是同辈诗人，都有着同样悲惨的命运。他以这样的断言结束该篇文章，说丘特切夫的诗作应结集出版，祖国文学的爱好者会把此书与俄国诗歌天才的优秀作品等而视之，一同收入自己的藏书。

为了使丘特切夫重返文学界，聚集在以涅克拉索夫为主编的《现代人》周围的作家收集整理出版丘诗，他们把自己的使命视为普希金所开创的事业的继续。屠格涅夫作为出版丘特切夫第一部诗集的倡议者，称丘特切夫为"最优秀的诗人之一，仿佛是普希金用问候和赞扬给我们留下的遗嘱"，更是十分明确地表露了这一想法。

涅克拉索夫的文章引起了读者和文艺工作者对丘特切夫创作及其本人的兴趣。他的名字很快便为人所知。丘特切夫本人察觉到对自己作品的注意和同情，开始将自己于 40 年代写的诗篇寄回俄国；它们发表在诗人大学时的朋友 M. П. 波戈金的杂志《俄罗斯人》和丘特切夫妹夫 H. B. 苏什科夫出版的不定期文学刊物《招待晚会》上。

在 1854 年《现代人》杂志 3 月卷的副刊上（Т. 44），刊登了丘特切夫的 92 首诗，另外还有 15 首发表在杂志 5 月卷上。一个月之后，在 1854 年 6 月，丘特切夫的第一部诗集问世，是由屠格涅夫负责并有涅克拉索夫参与编辑校订的。屠格涅夫写了一个短序。A. A. 费特后来回忆，《现代人》的工作人员以极大的欢欣来迎接丘特切夫诗集问世这个重要的现象。

当《文学丛刊》杂志上有人发表文章质疑刊登在《现代人》上的大部分丘诗的艺术价值时，屠格涅夫对这种攻击用一篇相对简短、但热情洋溢且内容充实的论丘特切夫创作的文章予以回击。屠格涅夫肯定，丘特切夫作为一个有思想的诗人，常和那些强烈支配他整个人的感情融合在一起。屠格涅夫这篇文章细腻透彻的见解中，他的以下观点值得注意：在丘诗中感觉到普希金时代诗歌文化的特征，并且在其中发现了更早之前的文学因素，诗人描绘的心理细节和一瞬间的抒情活动，在其短诗创作中风格的特殊意义，热情是其抒情诗的主要主题，其政治诗价值相对较少。

屠格涅夫的文章仿佛是 50 年代初继涅克拉索夫的《俄国二流诗人们》后发表在《现代人》上对丘诗作出肯定评论的一系列文章的总结（涅克拉索夫、巴纳耶夫、屠格涅夫本人的评论）。

《现代人》杂志圈作家们的意见，简短又坚决地反映在屠格涅夫致费特的信中："对于丘特切夫是无须争论的；谁若是欣赏不了他，这就充分证明，他欣赏不了诗。"屠格涅夫文章的好些论点不仅预料到整整几代读者对诗人创作的态度，而且影响了对其创作的理解。

然而，对丘特切夫才能的肯定，虽然刺激了其创作积极性，但并未使诗人改变不精心保存自己的作品和懒于发表自己诗歌的习惯，也没有能防止他诗歌创作中所出现的长期空白。

丘特切夫承认，他对祖国和诗歌同等热爱，喜欢丢手稿，像焚毁垃圾一样地烧毁自己的作品。他的令友人惊异的才能根源于他对文学劳动的态度的最自然本性。对丘特切夫而言，艺术首先是表达自我的方式，而与读者交流对他来说则意义较轻。

К. В. 皮加列夫在自己的专著中，根据保存在苏联列宁国家图书馆里私人收藏的丘特切夫手稿和信件，讲述了诗人生命中的一个特殊时期。1851 年春，在迷恋上 Е. А. 杰尼西耶娃时，丘特切夫曾给妻子写了忏悔诗《"我不知道，美好的东西能否触及……"》，并附有一篇法文《为了让你独自了解》——也就是《写给您，单独读与您听》。诗人把诗稿放入 Э. Ф. 丘特切娃的植物标本集里，直到逝世一次也未提及。只是过了 25 年，在 1875 年，也就是诗人逝世两年后，丘特切夫的遗孀才偶然在老相册里发现了这首诗。И. 阿克萨科夫注意到这样一个情况，把诗献给妻子并请她独自理解该诗，诗人并未考虑到她能否完全理解，那时爱尔涅斯蒂娜·费多罗芙娜还不太懂俄语。

丘特切夫的美学观点和作诗原则形成于 19 世纪 20 年代至 30 年代初，

他并不反对发表文学作品，但他认为，作品的主要作用是显形自我意识以及个性的自我表现。

丘特切夫的这个特点可以解释这样一个事实，他在一些专论中阐述的（最重要的一篇是《俄国与革命》，1848 年）保守的斯拉夫派政治观点，虽在其外交活动中留下痕迹，但基本没有在他的哲理诗和抒情诗中反映出来。在丘特切夫的诗歌创作中，直接表露诗人政治主张的诗篇，占据次要地位，这在俄国文学界是一个罕见的现象。他的直接面向读者和叙述成熟论点的诗，没有体现他的美学观点，被他本人视为具有实用意义的作品，"应时诗"。他的诗鲜有宣言式的，它们反映的是理性所能认识的鲜活的现实、理性的探索、心灵的激动、热情及痛苦，而不是提供现成的解决方法。

特别突出的是，在 19 世纪 20 年代后期甚至 30 年代，在哲理抒情诗中占据重要位置的诗人、艺术家主题，在丘特切夫的诗中不是以抽象的宣言表现出来，而是与理解诗人形象及其作品的内容直接联系的——无论是雪莱、歌德、拜伦还是普希金。普希金的个性，他的命运及创作，是丘特切夫经常思考的对象。

通过与普希金的诗歌的比较，丘特切夫意识到了自己创作的特点。和普希金的创作对话，对其抒情诗思想和形象的反映，贯穿于丘特切夫各个时期的诗歌中。丘特切夫有两首诗是专门献给普希金的。在自己诗歌创作的初期，17 岁的丘特切夫把年轻的普希金——《自由颂》的作者，当做诗人的化身，当做被赋予预言神圣的真理、解放思想、为"顽固的暴君"宣讲崇高教导的天才加以致敬。同时丘特切夫又与普希金进行论战。他不能接受毫不妥协的慷慨激昂的否定——普希金《自由颂》中讽刺的开头，可能不无拉季谢夫同名颂诗的影响。丘特切夫把普希金想象成极好的席勒，并且把这位俄国诗人当做独特的侯爵波扎，他用他所表现的道德感情的崇高和诗的和谐来感化心灵和社会风气。K. B. 皮加列夫说出了理由充足的假设，丘特切夫致《自由颂》作者的诗，很快便为普希金所知。

在《1837 年 1 月 29 日》这首纪念普希金逝世的诗中，丘特切夫对诗人的创作活动和本人作出了一个总结性的评价。普希金——俄罗斯的初恋，俄国才智卓越的人物中真正的帝王。丹特士——弑君的凶手。普希金的命运是崇高而神圣的，丘特切夫认为，俄国第一位诗人的诗歌天才，他本人所具有的真实的特征，是人民热爱他的根源。

普希金称歌德为"浪漫主义诗歌的巨匠"。歌德不仅对欧洲文学的发展，而且对当代和后世的自然科学和哲学思想都产生了巨大的影响。他宣布思考和认识世界的个人是整个宇宙的中心，而且制定了专门的道德来确定类似的个人行为。关于卓越的创作天才、认识器官的特殊权利的观念，是歌德在与德国社会的贫乏、简陋，与封建社会的价值尺度和人们的等级特权作斗争中形成的。歌德将精神上的贵族作风与贵族出身对立起来。

德国的浪漫主义者——歌德的继承者，也是在很多方面持与之相反观点的人，掌握了其卓越的创作天才的特殊道德的思想，而失去了歌德理论实质的客观态度。对歌德来说，天才自我表达和自我确认的权利，是由它承受和代表的认知和进步的客观过程决定的，而对于浪漫主义者来说，则是由他的天性里表现出的自发的、无意识的了解宇宙的未知奥秘所决定。黑格尔还原了歌德提出的天才的客观意义的思想。丘特切夫的创作无可怀疑地与欧洲诗歌发展的哲学时期相联系。在俄国，这种诗歌的哲学思潮在 E. A. 巴拉丁斯基和普希金 19 世纪 30 年代的诗歌，以及"爱智协会"成员的著作中反映出来。有充分根据可以认为丘特切夫是这个诗歌流派的一位突出的代表。

"按其本质来看，归根结底……类似歌德……亲爱的，聪明的，如白昼般明智的，费多尔·伊万诺维奇"——关于丘特切夫，屠格涅夫这样写道。Ю. 萨马林也发现了丘特切夫和歌德性格上的共同点。

涅克拉索夫指出，丘特切夫某些作品里细微的讽刺很像海涅，并在此基础上把丘特切夫作为一个自成一家的诗人，与海涅的俄国模仿者区别开来。

丘特切夫，毫无疑问，从未模仿过海涅，但却非常熟悉和珍惜这位德国最后一代浪漫主义者杰出代表的创作。他和海涅在 1828 年结识，并且建立了友好亲密的关系。这两位欧洲的杰出人物进行了长时间的交谈，讨论当代的政治局势，文学及哲学问题。谢林也很珍视与丘特切夫的谈话，诗人和他也是 1828 年在慕尼黑结识的。

使丘特切夫与海涅接近的，不是他们思想的本质和作品的艺术风格，而是共同反映在他们诗作里的细腻、敏锐的思想，对现实的深刻理解，对认识的热情，以及掌握当代的和最复杂的思维方法。如果歌德是以认识的理性作为历史和诗歌的主角而使丘特切夫接近，那他亲近海涅的原因是，海涅把生命过程中复杂的、矛盾的本性，通过描写反常的感情基础——人的激情的形式体现出来。以客观的态度理解主观和在人的主观感情世界反映客观规律，被丘特切夫的第一个传记作者 И. C. 阿克萨克夫，在丘特切夫的性格和创作中发现。他这样写到诗人："他的我不知不觉忘了自己，沉浸于丰富的思想的世界……他的头脑……总是在思想着。"阿克萨克夫随即强调，丘特切夫的思想渗透着一种强烈的热情。"作为与谢林和黑格尔同时代的人，丘特切夫的血液里包含有哲学辩证法的思想"——丘特切夫创作的研究者 H. Я. 别尔科夫斯基公正地评价。

19 世纪三四十年代欧洲杰出人物的哲学思想和文学创作的特点是意识到思维过程和思想表达形式本身与世界发展的客观进程完全相符。根据黑格尔的观点，不仅辩证的方法——认识的方法，符合宇宙灵魂自身发展过程的本性，就是哲学家提出的那些规律法则本身也是如此，这些法则概念的变化不定反映了宇宙现象和规律的变化不定。

海涅和丘特切夫的这种法则和诗歌格言，符合当时哲学思想的表达方式和结构。简练和精致最能反映世界的本质，这种观念决定了两位抒情诗人诗歌中表现思想的机智。于是，按照海涅自己的说法，"讽刺短诗"，便成了他许多抒情诗的特性——它们有着尖锐的、不合常情出乎预料的结局，以在人的关系领域内部的冲突、矛盾的本质中，在它的多义和不可预见的情势中，传达出对人的关系的理解。

早在 19 世纪 20 年代末和 30 年代初，丘特切夫就创作了一系列诗，其中哲学思想成为主要内容并决定作品的结构。同时把可见的和现实的形象（虽然有时也有幻想的形象）作为表达思想的工具。这些作品的主角是认识的理性，人对认识的本能的追求，而认识的热情的表达者则是诗人。诗作《最后的剧变》仿佛描绘了一幅世界毁灭的图画。然而作品的意义不在于世界末日的阴暗预言，也不在描绘剧变的可怕，而在于隐藏在这一形象后面的有关世界万物本原的思想，诗人以狂热的热情力求认识它，准备为认识付出毁灭整个世界结构的代价。包含有深刻思想和诗人的强烈感情的四行诗，简洁反映了组成多姿多彩地球生命覆盖物的元素和基础的单纯、和谐和丰富。

在《西塞罗》（1830 年）一诗中表现了对瞬间辉煌的渴望，认识、了解神的"无所不知"并准备为此承担任何牺牲、敢于为破坏辩护的决心，这是在精彩的生活中为了深入了解秘密结构的本质而进行破坏。诗歌虽然以一个罗马演说家和政治家的名字来命名，实际上诗的主角是一种向历史的破坏力量发出召唤的现代思想。

丘特切夫将演说家的名言——西塞罗言语的典范变成一幅展开的破坏文明的画面，他将这种破坏比成宇宙的剧变。重复西塞罗的话，诗人强化了它们形象的可见性，且以狂热的极端主义，表达了成为揭开历史运动隐秘动机和社会动乱的见证者和牺牲者的意愿。

丘特切夫诗中体现的认识理性侵略性的思想，和歌德的创作有相似处：歌德的狂热追求知识的主人公，作为破坏精神——靡菲斯特的长期同路人，他的前进路上铺满了牺牲。

丘特切夫不反对自发灵感的观念，诗人从不合常情的思索中所得到的特殊认识，然而与浪漫主义者和谢林派的人不同的是，他不满足于类似的认识，不愿认为它是人类精神的最高成就，他为它的不完备而苦恼。

一批学者虽然发现了丘特切夫的某些观点与谢林的接近以及与歌德的联系，但他们还是公正地认为，丘特切夫并非哪个统一的哲学体系的信仰者，更非某些哲学观点的宣传者（В. В. 吉皮乌斯、Б. Я. 布赫什塔布、Д. Н. 斯特列穆霍夫、К. В. 皮加列夫）。

对自然的美化，希望超逻辑地、自发地洞察到自然的秘密，在丘特切夫诗中和对绝对认识的渴望结合在一起，在这种绝对认识里面又融合和认可了人类的合乎逻辑的、理性的努力和他的自发的、本能的意向。丘特切夫的诗《幻影》（1829 年）中渗透了被绝对认识苦苦折磨的思想。他的两行"重读"的结尾：

只是在预言的梦境里，
上帝惊扰了缪斯纯洁的灵魂！

仿佛是哲学启示的一句精神格言。然而这种诗意的说法没有解决诗中提出的问题，而是更加深了诗中所描写的形势的悲剧情感。当灵活的宇宙马车自由自在地驶向天堂的圣地，当大地的秘密为认识的理性所知，狂乱压迫着大地。这种狂乱不因缪斯"预言的"梦境而消失。创作的梦只是使诗人意识到狂乱这种人类的悲剧，并且产生一种战胜它的冲动。

认识的渴望在这里非常紧张地表达出来，诗人感觉到自己已接近在视而不见的目光面前运动和敞开的活生生的本质。两个形容词所传达出的主要内容——"那辆灵活的宇宙马车，自由自在地滑向天空的圣殿"，对丘特切夫来说是极端重要的。我们看见，为了洞察认识结构的本质性的基础，他准备接受对它的破坏。在诗《最后的剧变》中，认识的瞬间也是破坏地球物质结构的瞬间；在《西塞罗》一诗中认识历史规律的瞬间就是文明崩溃的瞬间。

丘特切夫的《"我喜欢路德教徒的祈祷仪式"》（1834 年）一诗，也表现出了惊人相似的对认识的强烈激情。这首诗的思想是如此反常，丘特切夫诗歌的精细研究者 Н. Я. 别尔科夫斯基指出，诗中的感情"几乎就是对宗教和教会的一种冷嘲热讽"。

与此同时这首诗并没有否定宗教，就像在《西塞罗》里没有否定罗马的历史一样。很明显，此时诗人对揭露宗教改革运动并无特别的兴趣，激动他的是使他终生迷恋的另一个问题，——关于认识的问题，关于人的思维永不衰竭的喷泉的问题。

把诗的开头与丘特切夫的生平及其众所周知的政治和宗教观点相比较，它显得不可理解。丘特切夫确信，只有东正教才是真正的基督教，正是东正教堂，而非国家和政治体制，应把人民紧密地团结在俄罗斯周围。在诗的开头他宣称自己热爱路德派的祈祷仪式，并用崇高的、充满感情的词语来评价它的仪式：

> 我喜欢路德教徒的祈祷仪式，
> 它庄严、隆重而又简易。

从第一段四行的诗节读者知道，这种热爱的源泉在于，路德教会的仪式给诗人揭示了宗教和它的历史沿革中某种本质的东西：

> 光秃秃的墙壁，空荡荡的房屋
> 我理解其中高深的教义。

然后诗人思维进程的反常性加剧了。他喜欢祈祷仪式是因为他发现，其中反映了信仰的崩溃，宗教变为哲学和无信仰。正是这破坏的瞬间显示出信仰的本质，使人明白，宗教仪式往昔的华美反映了信仰的强盛和朴素。分析、理性的入侵破坏了宗教的原则，但信仰在崩溃的时刻向理性显露了它崇高的意义：

> 可曾看见？当你们聚集在路边，
> 信仰最后一次出现在你们面前：
> 她还未跨过门槛，
> 但她的房子已经空了，徒有四壁墙垣，——
> 她还未跨过门槛，
> 在她身后的房门还未关好……
> 但时间已到……快祈祷上天，
> 现在是你们最后一次祷告。

这样，在参加路德教派的祈祷仪式中，诗人感觉到，他在宗教"宿命的时刻""拜访"了教堂。

在神破灭的瞬间理解神这种思想为丘特切夫的意识所固有，于是这个形象被他用作解释性的比拟：

> 曾几何时，啊，幸福的南方，
> 曾几何时，我当面看到了你——
> 而你，好似金身显圣的神，
> 能让我，一个游子，一览无遗？

在诗歌中传达对彻底的、抛弃一切限制的认识的热情向往的同时（《喷泉》，1836 年），丘特切夫把渴望瞬间顿悟的理性的苦闷，和自发地了解世界和谐的理想的诗意体现，处理为抒情的情节。

《天鹅》一诗中（19 世纪 20 年代末 30 年代初），在天鹅和鹰这两个对立的形象后面，隐藏着这样的比拟：天鹅是抒情的诗人和旁观者，而鹰是浪漫的暴动分子，国家的揭露者。这个潜在的意思读者几乎不能够了解，只有把《天鹅》与另一首诗《拜伦（〈采德里茨〉片段）》相比较才能完全清楚地发现。很明显，《天鹅》中两种诗人类型的区别的思想，对丘特切夫来说并不重要。主要的对比在于，渴望向上、飞向太阳、追求结果的心灵，与能在宇宙的完整中去了解它的旁观者的深刻天性是对立的。

"鹰——山巅的主角，与之对立的是天鹅——广阔无垠的世界的主人公……很有意义的是，在这样的对比下把鹰和昼结合了，而天鹅则和夜结合"，当代的研究者洛特—加龙省曼写道。这个结论还可以补充：虽然诗人确确实实是在说包围着天鹅的"双重深渊"，但他并不仅仅指包围着消极旁观者的理性世界的无限性，而且也指这个世界的结构性。天鹅处于无垠的宇宙中间。

鹰，"抬起坚定的目光去啜饮太阳的光辉"，也就是视而不见，与之不同的是，天鹅则不视而见（自然的元素"珍爱"天鹅"能看见一切的梦"），天鹅看见了无边无际的球形世界的和谐：

> 一片澄碧而圣洁的天
> 给你洒着星空的荣光。

由清晰、精致、简洁的三节诗组成的诗歌结构，不包含象征的宣言式的解释，反映了宇宙体系的精致、完美、神秘的思想。

如果《幻影》一诗描写的是沉睡的人类的无知觉状态，他只是无意识地领悟到了宇宙公开的真正实质，在创造性的心灵——艺术家的梦中，他们因为感觉到知识的不完善而恐慌，那么在著名的《"好似海洋环绕着地面"》（1830 年）一诗中，沉睡的人类开始了解宇宙并理解它的美与和谐。这首诗的开头，把"被梦寐围抱"的人类生活比作被海洋"环绕"的地面。在丘特切夫的创作中经常出现把对精神境界的理解比作掌握物质的特性。在《"被蓝色夜晚的恬静所笼罩"》（1836 年）一诗中，诗人讲述了"从梦境中获得自由的"人的思想：

> 无形的世界，它虽然能听，却不能看。

《"好似海洋环绕着地面"》一诗的结尾，与《天鹅》结尾非常接近。宇宙的美在这里以地球的形象体现出来：

> 星辰的荣光燃烧在中天，
> 天穹从深处神秘地窥视着小舟，——
> 我们飘然滑移在无底的深渊，
> 烈火熊熊，环绕在我们四周。

可以这样说，这里以及《天鹅》一诗中宇宙的球体形象是想象的——因为天空只是倒映在水中，而天球顶部和底部的重合——这是幻象。然而，这种幻想，这种理想所创造出来的形象是符合现实的。类似于《"好似海洋环绕着地面"》，梦与理想——在这里是大地上的生活，星空则是围抱着人的物质生活与精神范围的地球外罩。

丘特切夫创作中所提出的宇宙主题是如此的严肃和深刻，这是他同时代的诗人所没有的，它不仅使 19 世纪 30 年代的自然哲学家激动，而且激动着 60 年代有着狂热政治兴趣的人。其中，涅克拉索夫高度评价了该诗："诗的最后四句是令人惊奇的：读着它们，你不由自主地感到颤栗。"他指的是作品结束部分有关宇宙的壮丽尾声。对丘特切夫本人来说，宇宙的主题是他看待自然和人与自然相互关系观点的自然和必然的产物。

在按公民暴露诗传统写的《"大自然并不是你们想象的那样"》（1836 年）一诗中，丘特切夫运用了 Г. Р. 杰尔查文在《致君王与法官》中痛斥不称职的当权者类似的语言，愤慨地斥责那些对自然冷漠的人们，他们认为自然是"图形"，"死板的脸"。丘特切夫把不热爱自然和不理解她的语言看做身体有缺陷、道德不完善的标志。

> 大自然并不是你们想象的那样，
> 它不是图形，不是一张死板的脸——
> 它有自己的灵魂，它有自己的意志，
> 它有自己的爱情，它有自己的语言……
>
> …… ……
>
> 你们看看树上的枝叶、花朵，
> 难道这些都是那园丁的制作？
> 你们再看母体内孕育的硕果，
> 难道是外界异己力量的恩泽？

　　这首诗确立了自然主权的思想，它用来反对那些鼓吹人肆意践踏自然，使自然服从于人的意志的庸俗物质主义者，反对把自然看成是上帝意志的"图形"的教义。

　　在丘特切夫作品中可以发现对 K. H. 巴丘什科夫《"在森林的荒野中有快乐……"》一诗反应的明显痕迹，该诗显然给诗人留下了极大的印象。在诗人其他作品中，还有此类响应（《"不，大地母亲啊……"》、《"在海浪的咆哮里……"》及其他）。

　　对巴丘什科夫这首诗，普希金当年在小悲剧《在瘟疫盛行时的筵宴》中的主席赞美歌里，也有所回应。然而，如果说普希金"接过"这一主题，并按自己的观点发展了这一主题——自然界可怕的、宿命的现象对人的魔力，它们召唤把自然元素本身的自我意识与人类的积极性、意志和大无畏精神相对立，那么丘特切夫在这首诗中则发展了这一思想——人类和自然母亲存在着亲缘关系，这种亲缘关系使会思想的个体必须承担义务。在丘特切夫的创作中，人与自然相互关系的问题，可在自然主权与它对人的道德影响，人与自然的亲缘关系以及其在所有存在物中命定孤独的悲剧性抒情主题中找到反映。

《"不，大地母亲啊……"》一诗（1836 年）略加改变地引用了巴丘什科夫对自然的称呼（在巴丘什科夫那里是："……你，自然母亲，对于心来说，你比一切更宝贵！"——在丘特切夫这里是："……我不能够隐藏我对你的深情迷恋，大地母亲！"），丘特切夫陶醉于"自然"的状况，陶醉于因摆脱思想的重负、复杂的精神生活及劳役、有目的的活动和抽象的自由。在这首诗中，丘特切夫把情感体验与理想的情绪相结合，耽溺于大地的生活及其简单的快乐，通过自然界富有魅力的形象体现出来：

> 漫无目的地游荡，
> 也许无意中偶然遇见
> 紫丁香清新的芬芳
> 抑或光辉灿烂的梦幻……

在结尾这几行诗句中，口语和俗语的表达（无意中，遇见，"芬芳"指的是精神，方言"紫丁香"代替了"丁香"），传达出抒情主体情绪的直率和纯朴，而成为诗歌传统的"光辉灿烂的梦幻"这个形象指抒情主体心灵崇高的、理想的目的性。在《"在海浪的咆哮里……"》一诗（1865 年）中，寻根问底的思想和"絮语"、不安于必死的结局和在宇宙中的无限渺小地位的人类的抗议与音乐对立，而音乐则从自然界中流溢出来并反映了它的和谐。诗的中心，情感的"重心"是法国哲学家帕斯卡尔的名言。帕斯卡尔也同丘特切夫一样，思考人与自然的联系以及他们的隔绝。在强调人是自然界最完美的事物，并把思考的能力视为力量的源泉之后，帕斯卡尔写道："人不是别的什么东西，只不过是一根芦苇，是自然界最脆弱的东西，但这根芦苇会思想。"丘特切夫在这首诗中也传达出被自己的理性认识弄得与自然隔绝的人的孤独的感觉，他不能理解自然过程的和谐，也不顺应它。

人类对丘特切夫来说，就像自然一样是个秘密。但每一个体都有自己独特的秘密。人的内心世界历来是悲惨的，其中隐藏着破坏力和自我破坏力。

在追求理解宇宙的和谐及和谐的庄严中，人类体验到了混沌的吸引。热情刚在混沌中入睡，"混沌就开始活动起来"。诗人对午夜的大风感叹道：

> 哦，是的，你的歌在对人暗示
> 他可怕的故乡，那原始的混沌！
> 夜灵的世界听到你的故事
> 正感到多么亲切，听得多凝神！

　　同时丘特切夫认为人的心灵隐含着不为自然所知的道德和创造力量。而"释放"这些隐藏的人的混沌的本能是危险的，因为这样有可能破坏个体精神力量的平衡，而试图闯入内心世界则会导致破坏这个世界。个体的道德越丰富，他就越复杂和脆弱，其力量就越隐晦和神秘，这些力量在自然状态下产生了忘我的感情和纯洁的道德、不安的思想和创作的灵感。

　　爱和创作本身，作为深刻的人类精神的产物，同时也具有破坏个体和谐和完整的危险性。这种思想渗透在他著名的诗歌《沉默》（1830年）中。

　　抒情诗的自白，自我分析，忏悔的心境孕育着人的内心世界崩溃的危险：

> 只要你会在自己之中生活，
> 有一个大千世界在你心窝，
> 魔力的神秘境界充满其中，
> 别让外界的喧嚣把它震破，
> 别让白昼的光芒把它淹没——
> 倾听它的歌吧，静听，而沉默。①

　　诗人在坦白了内心并分析了内心的思想的同时，冒险要破坏它们真实的自然状态。因为丘特切夫认为，认识与破坏相近。他在爱情中找到了认识别

---

① 飞白：《诗海》现代卷，漓江出版社1990年版，第811页。

的个体的破坏性的渴望：爱情、激情会破坏人的保守的闭塞和内在世界的完整状态。渴望自我表达，渴望达到完全的相互理解，使个体变得脆弱敏感。甚至恋人之间相互的感情，彼此渴望把自己的我融入我们这个新的统一体中，都不能防止个体、"孤立"和疏远的强烈破坏力的爆发。而这种爆发总是和按照传统被视为是心灵和谐时刻的钟情如影随形的：

> 爱情啊，爱情啊，——据人传说，
>
> 那是心灵与亲爱的心灵的默契，
>
> 它们的融会，它们的结合，
>
> 两颗心注定的双双比翼，
>
> 就和……致命的决斗差不多……

这个"致命的决斗"，其牺牲者大都是女性，这一危害性的抒情主题，贯穿于丘特切夫的全部创作：《致两姐妹》（1830 年），《"我独坐沉思"》（1836 年），《1837 年 12 月 1 日》和《"多么温存，多么迷人的忧愁"》（1837 年），《"我还被痛苦的愿望折磨着……"》（1848 年），《"哦，我们的爱情是多么毁人"》（1851 年），《命数》（1851 年），《"不要说，他还像从前那样爱我……"》（1851 年—1852 年）及其他诗。在丘特切夫的许多诗中，热恋心灵的激情坦白是致命的。它使诗人在鄙俗的人群面前无力自卫。在《"你怀着爱情祈求什么……"》一诗中产生强烈感情的妇女内心世界就像一座神殿，而无情的世俗社会用虚伪的道德法庭迫害它，人们则践踏它。

神殿被踩躏，因入侵被践踏、被摧毁的孤岛情节，出现在丘特切夫不同主题的诗歌中：《沉默》，《"哦，我们的爱情是多么毁人"》，《"你怀着爱情祈求什么……"》（1851 年—1852 年）。这一抒情主题反映出丘特切夫所固有的那种在心灵和创作最热情高涨的时刻的破坏性体验，而这两种高潮揭示了人的精神世界的深刻，并把人的精神世界置于面临成为不理解、恶意和谴责的牺牲品的危险面前。同时，诗人不顾精神高涨所带来的危险，把这种状态理解为幸福。

> 同样，我的生命忧郁地
>
> 腐蚀着，每天化为烟飞去；
>
> 就在这难忍的单调中，
>
> 我将同样地渐渐燃熄！……
>
> 天哪！我多么希望把心中
>
> 这半死的火任情烧一次，
>
> 不再折磨，不再继续苦痛，
>
> 让我闪闪光——然后就死！

　　诗人接近紧张的爱情冲突、致命的热情和内心狂热。他不认为非除狂热和斗争的平静生活是幸福的。无怪乎他在暴风雨（《春雷》、《"夏天的暴雨快活地轰鸣……"》）和春水沸腾泛滥的形象中（《春水》），体现了大自然春天的繁荣、它的年轻力量的狂暴。

　　相反，缓慢地、无影无踪地、"无声无息"地枯萎、"腐烂"的悲剧，没有冲突，没有英雄般的高潮的悲剧，引起了诗人深深的悲痛，他被"没有快乐也没有眼泪的痛苦"吓呆了。

　　丘特切夫经常描写"极端"，危机时刻的情势，紧张冲突的结局和斗争达到极点的一刻。其哲理抒情诗这个特点表现为，诗人力求把思想变得极度简洁和概括性格言般的准确。丘特切夫用自然界、宇宙生命和人们生活的本原形象把精致完美的哲学公式、理论化为形象的语言，表达自己对本质的理解。在情诗中，丘特切夫诗作的这个特点反映在描写两颗相爱的心灵的"致命的决斗"的紧张"情节"中。

　　在丘特切夫诗歌中，与充满矛盾冲突的紧张情节一样占重要位置的是描写"无法弄清"的悲剧性，无言的、无法表达的痛苦，毫无反响、不被承认、没有反驳的人的存在无迹消失的情景。

　　在《1825年12月14日》一诗中，丘特切夫把十二月党人起义描写成不为人民和历史接受的牺牲（"人民，不会背信弃义，必定痛骂你们的名字"），不配称之为英勇的功勋，注定要被忘记，是丧失理智的致命谬误的结果。丘特切夫谴责了十二月党人，但包含在他诗中的斥责含糊而不绝对。

他在把他们的思想、他们的政治学说当做无法实现的空想加以摒弃的同时，把他们描写成满怀热情和幻想解放的牺牲者。正是在这首诗里，丘特切夫塑造了俄罗斯这个农奴制君主国的概括性形象——充满夜的严酷气息的"永久极地"，此形象早于赫尔岑在十二月党人起义后描画的象征性图景（《关于俄国革命思想的发展》）。在献给十二月党人的象征性诗歌《疯狂》（1830年）中，可以发现丘特切夫两首诗在形象和思想方面独特的内在联系。在这两个作品中，社会生活表现为地面表层被烤焦的沙漠形象（《疯狂》），或是极地的永恒冻土形象（《1825年12月14日》）。两部作品的主角——乌托邦主义者，幻想改造不祥的死气沉沉的荒漠，恢复它的生气。根据诗人的评论，他们是疯子，"轻率思想的牺牲者"。但《疯狂》的结束诗节并未对他那谴责主角的思想进行总结。不仅如此，与作品开头对那些在沙漠中寻水的疯狂者轻视怜悯的立场相反，诗歌有着充满抒情性的结尾，掩埋在沙层下的泉水声，在诗中这位主人公听来，仿佛是对幻想的特别赞扬，而不是指摘。

> 它觉得它听到了泉水
> 在地下沸腾的奔流声，
> 啊，流水在唱着摇篮曲，
> 并且喧腾地从地下迸涌！

无怪乎这节诗很像丘特切夫后期一首诗作（1862年）的开端，诗人推崇诗人顿悟的才能：

> 大自然赋予了另一些人
> 一种自发的先知的本能，
> 凭着它他们能够听见
> 大地黑暗深处的水声……

《1825年12月14日》结尾诗节，像丘特切夫其他所有诗一样，意义含糊。在严酷的风中冒着热气又逐渐变凉的血，既表达出专制统治下牺牲者的无力自卫，又表现出反革命势力的残酷。丘特切夫创作研究者 H. B. 科罗列夫指出，鲜血的形象在丘诗中总具有崇高和悲剧的意义。

同时，丘特切夫这首作品的最后诗句"没有留下一点痕迹……"，为《1825 年 12 月 14 日》与丘特切夫四五十年代抒情诗的近似提供了依据，在这些诗里主题之一就是无法弄清的悲剧成分，"没有快乐也没有眼泪"的寻常生活，"无声无息"、了无痕迹的死亡。反映这一主题的诗有《给一个俄罗斯女人》，《"好像烟柱在高处冉冉上升！……"》，《"世人的眼泪……"》，《"穷困的乡村"》，这些诗的优点在于，诗人给出了俄罗斯当代生活的概括性形象，而在最后一首诗里——是俄罗斯人民生活的诗意图画。诗人景仰宗法制农民的崇高道德，发现每日劳动所具有的崇高的道德意义及"未觉醒的人民"的忍耐，同时深深体验到同代人对自己生活的消极和无意识、无觉悟的悲惨。基督教的恭顺、驯服不符合他渴求认识和理解生活及其热情和斗争的宏伟天性。早在 40 年代，丘特切夫已把主动性、生存、充满恐慌和开启个体创造力事件的思想同关于俄国妇女命运的思考交织在一块儿，他坚信，只有积极的、被社会的、理性的关心及自由的感情照耀的生活才能使其幸福。19 世纪后半叶现实主义文学的代表作家，从各方面揭露了生活的悲剧性：日常的、"因循守旧的"生活，缺乏"共同思想"及重大事件的生活，以及扼杀崇高追求和人的创造力的生活。屠格涅夫的不少作品思考了这个问题。

丘特切夫的创作形成于浪漫主义思潮的怀抱，从 19 世纪中叶完全走向理解"面临历史动荡的人"，诗意地表达积极地、自觉地承担自己历史使命的当代人心理。他通过这种方式解决同时代的现实主义作家以这种或那种形式解决的艺术问题。

丘特切夫的个人生活状况推动他朝这条创作路线发展。诗人成为震荡他的当代悲剧的参与者。丘特切夫是个有着强烈感情和激情的人。还在早期有关爱情的诗作中，他就以表达激情的力量和坦白使人震惊。

如果说普希金在自己的爱情诗中始终把纯洁、"明净的"爱情认为是人道的最高情感的表现，那么丘特切夫则通过描写致命的、充满内心冲突的、宿命的激情，来深入揭示陷入爱情中的人的本质。

在普希金的诗《她的眼睛》和丘特切夫的《"我的朋友，我爱看你的眼睛……"》中可发现有趣的对比：

> 她含着列丽的微笑低垂着眸子——
> 那副美惠女神的洋洋得意；
> 抬起眸子来呢——拉斐尔的天使
> 正是这样仰望着上帝的光辉。①

在这首诗里普希金描写了心爱的妇女眼睛的魅力。

> 然而比这更迷人的，是目睹
> 在热情的一吻时，你把两眼
> 低低垂下，从睫毛间却透出
> 沉郁而幽暗的欲望的火焰。

——丘特切夫仿佛在与普希金争辩。

丘特切夫一方面提出力求认识和分析破坏因素的思想，其中也包括心理分析，另一方面又凝神关注人们的内心生活，并以抽象的标准观念指出爱情的关系中个体突如其来的、不被承认的表现。

在丘特切夫的早期诗作《致 N．N．》（1830 年）中，抒情主人公观察着自己喜爱的妇女，试图根据她的行为总结她的感情、性格，在惊讶于其性格的同时，思考形成性格特征的原因：

> 多亏人们，也多亏命运，
> 你品尝到那隐秘的快乐，
> 体验到光明：它给予我们所有
> 背叛的欢乐……背叛使你快活。

---

① 戈宝权、王守仁主编：《普希金抒情诗全集》，第三卷，湖南文艺出版社 1993 年版，第 17 页。

就像歌德的浮士德，丘特切夫抒情诗的主体兼有火热的激情和冷静的分析理性。不只是喜爱的妇女，就连他自己的个性也成为观察的对象。在表达出强烈的、有时是深深的悲剧性感情的丘特切夫诗中，诗人常常作为被致命的、不幸的然而是美好的激情场景震惊的观察者而出现。

　　啊，我们的爱情是多么毁人！
　　凭着盲目的热情的风暴，
　　越是被我们真心爱的人，
　　越是容易被我们毁掉！

　　啊，在我们迟暮残年的时候，
　　我们会爱得多痴迷，多温柔……

由于喜欢分析、思考、观察，作者准备谴责自己，放弃自己率真感情的权利。

　　你爱得真挚而热烈，而我——
　　望着你，只感到苦恼和嫉妒……

丘特切夫就这样对待他热爱的妇女，对她的爱情成为他返回俄罗斯后生活中的幸福和悲剧。

1844 年丘特切夫从国外返回俄国，1850 年与 E. A. 杰尼西耶娃亲近，而后同居，她是丘特切夫女儿就读的斯莫尔尼学院的教师。丘特切夫有两次婚姻，妻子都是名门贵族出身的外国女子。无论在国外还是彼得堡，丘特切夫都周旋于宫廷的圈子。杰尼西耶娃，虽然是贵族出身，受过大学教育，但她思想上的兴趣和心理气质明显有别于丘特切夫在此之前遇见的上流社会的妇女。热情、惊慌、脆弱，对艺术漠不关心，对社会舆论反应过于敏感，杰尼西耶娃是新时代的俄罗斯女性。她完全不属于三四十年代抒情诗美化的那种类型的妇女，她在很多方面与陀思妥耶夫斯基笔下的女主人公相似。丘特切夫很熟悉这个妇女的内心世界，早在 19 世纪 20 年代末 30 年代初，他就把造孽的、致命的感情作为自己诗歌世界的元素。然而正是杰尼西耶娃向丘特切夫揭示了当代人内心的病态的紧张，他们强烈地体验到习惯联系的崩溃，以及正在开始的、仿佛是毫不动摇的俄国社会日常生活和社会生活形式的改革。

丘特切夫和杰尼西耶娃深深的、牢固的爱情使诗人有了第二个、"偶合"的家庭，——陀思妥耶夫斯基、托尔斯泰、皮谢姆斯基认为，这是俄国生活转折时期的一种典型现象。诗人惯有的思想是激情的破坏性，它暴露了人的内心世界，使之在外界攻击下束手无力，这在诗人熟悉和"亲近的"上流社会对他喜爱的妇女的中伤中得到了证实。但这种致命的，促使杰尼西耶娃死亡的痛苦经历不只是深深伤害了她，也使她的天性活跃起来，展示了她性格的力量、感情的细腻、自我牺牲的精神以及内心的纯洁及崇高。

> 人群闯入，人群冲进
> 你心灵的圣地，
> 那公开的内心秘密和牺牲
> 你不由自主地感到羞耻。

像通常一样，丘特切夫这里把日常口语词汇运用到诗歌中有着深刻的意义。它强调了生活的现实性，情景的"非文学性"。

把丘特切夫 19 世纪 30 年代和 50 年代诗歌中类似的抒情情节相对照即可发现，他在这些年所经历的心理变动是多么剧烈，而且明显地反映在他的抒情诗中。

重新转向双眼满蕴魅力的妇女这一抒情主题，诗人不否认正是激情赋予女性无法抗拒的力量，但不是"沉郁而幽暗的欲望的火焰"，而是深深的痛苦使他不安和感动。他这样写女性的目光：

> 在那睫毛的浓浓的阴影下，
> 每一瞥都饱含深深的忧愁，

它温柔得有如幸福的感觉，

又像命定的痛苦，无尽无休。

啊，每逢我遇到她的目光，

我的心在那奇异的一刻

就无法不深深激动：看着她，

我的眼泪会不自禁地滴落。①

　　如果在《致 N. N.》这首诗中表现的是，惊奇与妇女的狡猾，以及她在谎言的气氛中生活的能力，诗人自身对她的态度转化为那些快乐的思想，这些快乐应允男人接近类似的激情及高于恋人的偏见，那么在致杰尼西耶娃的组诗中，诗人心中占上风的是对为了爱情牺牲了内心的宁静，放弃后悔遗憾的妇女所处的状况负责的感情，他对她的观察使他总是自我谴责。"丘特切夫创造了独特的组诗，不仅明显不同于以往的俄国爱情诗，也有别于他自己创作的别的作品……在俄国抒情诗中，丘特切夫大概是第一个在爱情描写中把主要注意力转向妇女的人"，B. B. 吉皮乌斯在评价丘特切夫献给杰尼西耶娃的组诗时这样写道。

　　"杰尼西耶娃组诗"的现实性，它的"忏悔性"，诗人自我谴责的高尚立场和对完全承受了社会偏见和世俗虚伪道德的妇女的人道主义同情，使丘特切夫的组诗与涅克拉索夫的抒情诗相近。Г. А. 古科夫斯基提出一个观点，认为涅克拉索夫对丘特切夫这组诗可能产生过影响。丘特切夫作品与涅克拉索夫艺术创作体系风格的近似可能为以下因素推动：丘特切夫第一次接触到杰尼西耶娃之类的人物，涅克拉索夫以诗的形式表达了该类人物的感情。在制定自己的诗歌体系时，涅克拉索夫认真地参考了丘特切夫抒情诗的经验，这样的情况也导致了他们作品的近似。

　　并非只有丘特切夫后期的抒情诗与农奴制崩溃这一狂暴时期的人的感情密切相关。他努力热烈直接地对当代政治事件作出反映，使文学成为直接的

① 本文中丘特切夫诗歌的译文大多取自查良铮、朱宪生所译丘特切夫诗远，部分为译者试译，因前面不少诗歌已引用、出现过，故未一一标明。

政治辩论的领域，也反映了充满重大"问题"时期的思潮。然而如果丘特切夫的抒情诗与稍后的文学家、同现实主义的及在部分程度上同民主主义诗人的诗歌近似，那么在他的"偶然"写成的政治作品中，反映了他那保守的、君主制的、泛斯拉夫主义的观点，这时他是陈腐的和抽象的。在这种情况下，丘特切夫作为发表演讲的、带有成见的诗人出现。他郑重又抽象地表达自己反动的政治空想，把俄罗斯作为与革命的西方相对立的信奉东正教的帝国。只是在他少数的政治诗里，不仅反映了诗人的政治信仰，而且也有深深激动他的事件所引起的思考而产生的感情，丘特切夫仍相信自己的艺术体系和创作抒情诗，它们的含义远非单一的，在这些诗里人道主义纠正有时甚至取代了他政治理想的狭隘（《1825 年 12 月 14 日》，《1837 年 1 月 29 日》，《"穷困的乡村"》，《"从海洋到海洋……"》及其他）。

——曾思艺、邱静娟译自苏联科学院俄国文学研究所《俄国文学史》，列宁格勒，1982 年。（*Академия Наук СССР институт русской литературы*: История русской литературы，Ленинград，1982.）

附录三

丘特切夫生活与创作
年表

1803 年

11 月 23 日（新历 **12 月 5 日**）：费多尔·伊万诺维奇·丘特切夫出生于俄罗斯奥尔洛夫省勃良斯基县奥夫斯图格村一个贵族家庭。

1810 年

11 月 12 日：写下我们至今所能见到的最早一首诗《致亲爱的老爸》。

年底：丘特切夫家住在莫斯科亚美尼亚胡同自家的住房。

1812 年

8 月：丘特切夫全家在拿破仑军队侵占莫斯科前夕去往雅罗斯拉夫尔。

年底：回到莫斯科。著名诗人 C. E. 拉伊奇被聘为丘特切夫的家庭教师。

1813 年

这年，已经能翻译古罗马诗人贺拉斯的作品了。

1815 年

年底：创作了显示诗歌才能的诗《一八一六年新年献辞》。

1816 年底—1817 年初

开始在莫斯科大学听课。

1817 年

10 月 28 日：B．A．茹科夫斯基访问丘特切夫家。

1817 年—1820 年

结识了未来的"爱智协会"成员波戈金、B．奥陀耶夫斯基、韦涅维季诺夫、霍米亚科夫、马克西莫维奇、舍维廖夫、基列耶夫斯基兄弟（П．B．基列耶夫斯基、И．B．基列耶夫斯基）、A．穆拉维约夫、罗扎林、科舍廖夫等人。

1818 年

2 月 22 日：莫斯科大学教授、诗人 A．Ф．梅尔兹利亚科夫在俄罗斯语言爱好者协会的集会上朗诵了丘特切夫的诗歌《一八一六年新年献辞》。

3 月 30 日：被接受为俄罗斯语言爱好者协会外围成员。

4 月 17 日：在克里姆林宫会见 B．A．茹科夫斯基。

1819 年

8 月中旬：《俄罗斯语言爱好者协会作品集》收入丘特切夫根据贺拉斯的诗歌改译的《贺拉斯寄语文艺保护神》。

11 月 6 日：成为莫斯科大学语文系学生。

1821 年

4 月 30 日：剧作家费多尔·科科什金在俄罗斯语言爱好者协会朗诵了

丘特切夫最早一首"爱智协会"的诗歌宣言《春天——致友人》。

11 月 23 日：大学毕业，获语文学副博士学位。

1822 年

2 月 5 日：来到彼得堡。

2 月 21 日：进入外交部任职。

5 月 13 日：被列入俄国驻巴伐利亚慕尼黑外交使团的编外人员。

6 月 11 日：出国。

1823 年春

在慕尼黑爱上美貌少女阿玛丽雅·封·莱亨菲尔德（但她后来嫁给了丘特切夫的同事克留杰涅尔男爵）。

1825 年

6 月 11 日：回到俄国度假。

11 月：在波戈金的丛刊《乌剌尼亚》发表第一首成熟的作品《闪光》。

年底至 1826 年初：从彼得堡出发去慕尼黑。

1826 年

3 月 5 日：与德国名门贵族女子艾列昂诺拉·彼得逊结婚。

1827 年

去巴黎旅行。

1827 年底—1828 年

结识德国著名哲学家谢林。谢林称他为"一个卓越的、最有教养的人，和他往来永远给人以欣慰"。

1828 年

2 月至 7 月：与德国诗人海涅交往。

1829 年—1830 年

拉伊奇的杂志《伽拉忒亚》发表了一些丘诗，成熟的有《夏晚》、《幻影》、《不眠夜》、《梦》等，但未标明作者。

1830 年

4 月 6 日：И. В. 基列耶夫斯基和罗扎林来到慕尼黑，与丘特切夫会面。

5 月 16 日至 10 月 13 日：与家人一起在彼得堡度假。

1833 年

2 月：结识德国名门贵族女子爱尔涅斯蒂娜·乔恩贝尔克（普费费里）。

8 月底：出差希腊。

1836 年

6 月 28 日至 8 月 22 日：当外交公使不在时执行在慕尼黑的外交代办职务。

10 月至 12 月：在普希金主编的《现代人》杂志上发表了丘特切夫的一组诗《寄自德国的诗章》，共 16 首（加上 1837 年发表的共 24 首）。

1837 年

5 月至 8 月初：与家人一起在彼得堡度假。

8 月 3 日：被委任为俄国驻意大利都灵外交使团一等秘书。

8 月 7 日：离开彼得堡到都灵赴任。

1838 年

7 月 22 日：被委任为俄国驻都灵外交使团代办（任职至 1839 年 6 月 25 日）。

8 月 28 日：艾列昂诺拉·丘特切娃在都灵去世（从俄国返回时，所乘坐的轮船失火，为抢救孩子，烧成重伤而死）。

1839 年

擅自离职去瑞士与爱尔涅斯蒂娜·乔恩贝尔克（普费费里）商谈婚礼之事。

7 月 7 日：在柏林续娶爱尔涅斯蒂娜·乔恩贝尔克（普费费里）为妻。

10 月 1 日：被免去一等秘书职务。

1841 年

6 月 30 日：因"长期度假不返职"被解除外交官职务。

8 月：赴布拉格。结识捷克学者与作家冈卡。

1843 年

7 月 8 日至 9 月 19 日：在俄国。

7 月 25 日：拜访基列耶夫斯基一家；结识恰达耶夫、赫尔岑等人。

1844 年

6 月：在慕尼黑出版了丘特切夫的政论小册子《致古斯塔夫·科尔贝医生的信》（即《俄罗斯和德意志》）。

9 月 20 日：全家回到俄国，迁居彼得堡。

1845 年

3 月 16 日：重新进外交部任职。

4 月 14 日：重新获得宫廷高级侍从职位。

1846 年

2 月 15 日：被任命为国家最高文官部门的特别官员。

8 月 28 日至 9 月 12 日：回故乡奥甫斯图格小住。批评家和时评家迈科夫撰文向俄国读书界提到《寄自德国的诗章》，并作了较高评价。

1847 年

6 月底至 9 月：去国外（德国、瑞士）。

1848 年

2 月 1 日：被任命为外交部特别办公室高级官员。

4 月 12 日：写完论文《俄罗斯与革命》（1849 年 5 月在巴黎以小册子的形式出版）。

1849 年

6 月 7 日：去奥甫斯图格。诗人创作的新时期开始。

秋天：进行专题论文《俄罗斯与西方》的写作（未完成）。

1850 年

1 月：《现代人》杂志当年第 1 期发表了 24 首丘诗及涅克拉索夫的文章《俄国的二流诗人们》，称丘特切夫为"第一流的诗歌天才"，对丘诗加以全面肯定，诗人得到了真正的承认。

7 月 15 日：开始了与女儿同岁者 E. A. 杰尼西耶娃长达 14 年的"最后的爱情"。

1852 年

6 月底：在奥略尔（经过奥甫斯图格）。

12 月 31 日：在奥甫斯图格停留（直至 1853 年 1 月 22 日）。

1853 年

6 月 13 日：从彼得堡去德国和法国（9 月 9 日返回）。

1854 年

3 月：丘特切夫的诗选作为《现代人》杂志第 3 期的副刊出版。

6 月：出版了单行本《丘特切夫诗选》，屠格涅夫写了论文《略谈丘特切夫的诗》，称他为俄国"最卓越的诗人之一"。

1855 年

8 月初：去莫斯科。

8 月中旬：去奥甫斯图格。写出诗歌《"穷困的乡村"》。

9 月 3 日：从奥甫斯图格到莫斯科。

9 月 15 日：返回彼得堡。

1856 年

年初：结识列夫·托尔斯泰。

8 月底至 9 月：在莫斯科。

9 月底：返回彼得堡。

1857 年

4 月 7 日：提升为四等文官。

8 月 4 日至 6 日：去奥甫斯图格。

8 月底：在莫斯科。

10 月 29 日：被选为俄罗斯科学院语文学部通讯院士。

11 月：被邀请担任国际杂志的编辑，用法文写了《关于俄国检查制度的一封信》作为报答。

1858 年

4 月 17 日：被任命为外文书刊检查委员会主席。

8 月底：在莫斯科。

1859 年

1 月 21 日：被选为俄罗斯语言爱好者协会正式成员。

2 月：《俄罗斯语言》第 2 期刊出诗人费特的论文《论丘特切夫的诗》。

4 月底：在莫斯科。

5 月 9 日至 11 月 2 日：去国外。

1860 年

6 月 20 日至 11 月底：去德国、瑞士和法国。

11 月底：返回彼得堡。

1861 年

3 月 6 日至 7 日：丘特切夫用法语翻译的解放农奴的宣言发表。
同年《丘特切夫诗选》的德文版出版。

1862 年

5 月 25 日：去德国和瑞士。

8 月 15 日：返回彼得堡。

9 月初：赴诺夫戈罗德参加俄罗斯建国一千年庆典。

10 月 14 日至 23 日：在莫斯科。

1863 年

6 月中旬至 8 月初：在莫斯科。

1864 年

6 月中旬：在莫斯科。

7 月 4 日：返回彼得堡。

8 月 4 日：杰尼西耶娃因病死于彼得堡。

8 月 20 日左右：去德国、瑞士、法国。

1865 年

3 月 25 日：从国外回到彼得堡。

7 月 24 日：从彼得堡经莫斯科到奥甫斯图格。

8 月 6 日至 28 日：在奥甫斯图格。

8 月 30 日：提升为三等文官。

1866 年

1 月：在莫斯科参加女儿安娜·费多罗芙娜与作家 И. С. 阿克萨科夫的婚礼。

1867 年

7 月底至 8 月初：在莫斯科。

1868 年

3 月：《丘特切夫诗集》第二版出版。

8 月：在奥甫斯图格。

1869 年

4 月 29 日：在莫斯科参加儿子伊万·费多罗维奇与普吉雅塔的婚礼。

8 月：去奥甫斯图格，又从那里去基辅。

1870 年

7 月至 8 月：最后一次去国外（德国和奥地利）。

9 月 7 日至 12 日：在奥甫斯图格。

1871 年

6 月上旬：在莫斯科。

8 月 14 日至 20 日：最后一次在奥甫斯图格。

1873 年

1 月 1 日：开始患重病。

5 月 19 日：移居皇村。

5 月：《俄罗斯档案》杂志刊载了丘特切夫 1857 年写的《关于俄国检查制度的一封信》。

7 月 15 日：在皇村病逝。

7 月 18 日：遗体安葬于彼得堡新处女公墓。

后　记

　　做梦也没想到，在《丘特切夫诗歌研究》完成后，还会继续深入研究丘特切夫。为了写《丘特切夫诗歌研究》，我曾在文学、美学、宗教、哲学、绘画等方面，足足进行了将近十三年的扎实准备，因此，原来担心最多只能写十几万字，没想到一口气写完，居然多达40万字，而且竟然有一种发挥得淋漓尽致的感觉。出版后，在国内获得了比较广泛的好评：不仅有一批真正的俄苏文学专家和翻译家，如：钱中文、吴元迈、顾蕴璞、张铁夫、朱宪生、陈建华、周启超、刘文飞、刘亚丁、汪介之、王志耕、郑体武、谷羽等，充分肯定了它，而且有一些创作界的朋友对它青眼有加，素未谋面的湖南青年作家马笑泉读了该书后创作了《读〈丘特切夫诗歌研究〉有感》：

　　　　飞雪四合　蜡烛升起
　　　　俄罗斯的白银多么纯粹而耀眼
　　　　引导跋涉异域的长旅

　　　　一双眼睛注视着另一双
　　　　相隔异代却彼此洞察
　　　　一种呼吸传接着另一种
　　　　默默神合而无须翻译
　　　　伟大的声音要求
　　　　一个对称
　　　　一种精确阐释的
　　　　旋律回荡
　　　　于雾纱朦胧的白桦林

我们却在中国清雅的竹林里

听到了他异乡的知音

是谁抵达　并长久盘膝

在丘特切夫僻静的小屋里

双手劳动　静静咀嚼

内心的力量不断滋长

无名而温暖

然后拍马离去　回到故乡

在小屋之外　蓝月亮高挂白昼——

阐释者是另一个创造者

老诗人陈耀球更是为此写了两首七律加以充分肯定，一首是《题曾思艺教授〈丘特切夫诗歌研究〉》：

江山代有才人出，学海欣看又一碑。

哲理远从希腊辨，诗风近识辋川规。

四百本书资博引，十年之积费凝思。

丘公泉下应含笑：旷代他乡有我知。

另一首是《贺思艺教授乔迁》：

忘年应是有前因，书海同舟寄此身。

功力我钦君学者，才情天许本诗人。

五洲赏粹张华彩，广论丘公足世珍。

今日乔迁情更得，会看群马逸麒麟。

《湖南日报》、《三湘都市报》、《湘潭大学学报》、《盐城师范学院学报》等多家报刊发表了评论文章，《邵阳日报》、《中华读书报》则配发照片，对作者及丘特切夫研究进行了介绍。

考上博士后，由于十几年来总是写诗、译诗、研究诗，很想开拓新的领域，转向小说研究、翻译与创作，因此我下定决心，博士论文研究俄国19世纪心理现实主义小说，并且作了一定的准备，也得到了导师朱宪生教授的大力支持。但我的硕士导师张铁夫教授劝我为了湘潭大学文学与新闻学院申报比较文学与世界文学博士点，再回到丘特切夫研究，利用我这方面前期成果较多（发表过十几篇论文，出版过一部专著），而且反响不错，申报一项国家社科基金课题，增加申报博士点的分量。张老师一生有两个情结，一个是"普希金情结"，一个是"湘潭大学情结"，而他是我最敬爱的老师，因此，经过一番思想斗争，我又回到了丘特切夫研究。再研究丘特切夫，在搜集数据、熟悉数据方面，的确省了不少事。但不利的因素似乎更多一些：原有的研究已比较全面、深入了，现在，该怎么超越自己呢？超越别人，相对来说，要容易一些，超越自己，却有相当大的难度。因为别人毕竟有不同的视角与方法，而自己却形成了比较固定的视角与方法。于是，我利用自己多年创作诗歌与翻译诗歌的经验，转而研究丘特切夫的诗歌艺术。

现在的这本《丘特切夫诗歌美学》是我的博士论文，这次出版，进行了部分修改。本书的完成与出版，首先要感谢我的两位导师朱宪生教授与张铁夫教授，朱老师对我进行了精心指导，而没有张老师的意见，我恐怕很难再研究丘特切夫。感谢孙景尧、郑克鲁、叶华年、谢天振、陈建华、陈思和、朱立元、刘锋杰各位教授，他们高度评价了这篇论文，也提出了一些宝贵意见，从而使本书更趋完善。感谢湖南省社会科学规划办公室，再次把《丘特切夫诗歌美学》列入湖南省社会科学研究规划课题。感谢天津师范大学文学院院长孟昭毅教授、科研处处长杜勇教授，他们为本书的写作、出版，提供了大力帮助。感谢我在北京大学俄语系做访问学者时的师姐陈远明博士，她在俄国获取博士学位归国前夕和到俄国出差的短暂期间，都一再从极端忙碌中挤出时间，为我到莫斯科、圣彼得堡的大小书店，寻找并购买有关丘特切夫和俄国诗歌方面的研究专著，使我的研究增加了最新的信息。感谢师妹杨玉波博士，冒着盛夏酷暑，为我查找、复印有关丘特切夫最新的原文资料。感谢《俄罗斯文艺》、《国外文学》、《外国文学研究》等刊物，发表了本书中的 10 篇论文。感谢师母徐大兰老师，在上海求学的三年里，她时常关心我的学习和生活，给了我很多关怀、温暖和帮助。感谢人民出版社的编辑和校对就文字用法上提出的许多建议，除了引文上的问题之外，大都予以采纳。特别要感谢的是我的妻子姜晓艳女士，在我攻读博士的三年里包揽了全部家务，并且在干好工作之余，独自操办了湘潭、天津两处新房子的整个装修（湘潭房子装修好才一年多一点，2003 年 8 月我便因故调入天津师范大学文学院，安居才能乐业，又在天津买了房子，重新装修），在极端忙碌中还不忘时时关心我的身体与学习，使我得以安心而温馨地读书、写作。军功章啊，有我的一半也有她的一半！

作 者

2007 年 8 月 11 日

天津市南开区竹华里揽旭轩

责任编辑:陈鹏鸣
装帧设计:徐　晖

图书在版编目(CIP)数据

丘特切夫诗歌美学/曾思艺 著. -北京:人民出版社,2009.3
ISBN 978－7－01－007695－9

Ⅰ.丘…　Ⅱ.曾…　Ⅲ.丘特切夫(1803—1873)-诗歌-文学研究
Ⅳ.I512.072

中国版本图书馆 CIP 数据核字(2009)第 011801 号

丘特切夫诗歌美学
QIUTEQIEFU SHIGE MEIXUE

曾思艺　著

人民出版社 出版发行
(100706　北京朝阳门内大街166号)

北京新魏印刷厂印刷　　新华书店经销

2009 年 3 月第 1 版　2009 年 3 月北京第 1 次印刷
开本:710 毫米×1000 毫米 1/16　印张:20.25
字数:298 千字

ISBN 978－7－01－007695－9　定价:39.00 元

邮购地址 100706　北京朝阳门内大街166号
人民东方图书销售中心　电话 (010)65250042　65289539